LEONARD LAUDER

THE COMPANY I KEEP
MY LIFE IN BEAUTY

[美]莱纳德·兰黛 著
谭宇墨凡 译

成为雅诗兰黛

湖南文艺出版社
博集天卷

THE COMPANY I KEEP, Copyright © 2020 by Leonard A. Lauder.
Published by arrangement with Harper Business, an imprint of HarperCollins Publishers.

© 中南博集天卷文化传媒有限公司。本书版权受法律保护。未经权利人许可，任何人不得以任何方式使用本书包括正文、插图、封面、版式等任何部分内容，违者将受到法律制裁。

著作权合同登记号：18-2021-337

图书在版编目（CIP）数据

成为雅诗兰黛 /（美）莱纳德·兰黛
（Leonard A. Lauder）著；谭宇墨凡译 . -- 长沙：湖南文艺出版社，2023.5
书名原文：THE COMPANY I KEEP
ISBN 978-7-5726-0570-3

Ⅰ.①成… Ⅱ.①莱…②谭… Ⅲ.①传记文学—美国—现代 Ⅳ.① I712.55

中国版本图书馆 CIP 数据核字（2022）第 025254 号

上架建议：畅销·管理

CHENGWEI YASHILANDAI
成为雅诗兰黛

著　　者：	[美] 莱纳德·兰黛
译　　者：	谭宇墨凡
出 版 人：	陈新文
责任编辑：	吕苗莉
监　　制：	董晓磊
策划编辑：	张婉希
特约编辑：	张亚一
营销编辑：	张　烁
版权编辑：	王媛媛　姚珊珊
版式设计：	梁秋晨
封面设计：	尚燕平
内文排版：	百朗文化
出　　版：	湖南文艺出版社
	（长沙市雨花区东二环一段 508 号　邮编：410014）
网　　址：	www.hnwy.net
印　　刷：	北京天宇万达印刷有限公司
经　　销：	新华书店
开　　本：	680 mm×955 mm　1/16
字　　数：	347 千字
印　　张：	26
版　　次：	2023 年 5 月第 1 版
印　　次：	2023 年 5 月第 1 次印刷
书　　号：	ISBN 978-7-5726-0570-3
定　　价：	68.00 元

若有质量问题，请致电质量监督电话：010-59096394
团购电话：010-59320018

献给雅诗兰黛这个大家庭，
以及雅诗兰黛过去、现在的所有同事，
你们创建了一家了不起的公司。
感谢你们，向你们致敬。

感谢我的家人们，
感谢你们的爱与支持。
拥有你们是我的幸运。

ESTÉE LAUDER
成为雅诗兰黛

约 1954 年，
与我的父亲、弟弟罗纳德，还有母亲，在佛罗里达西棕榈海滩。

1955 年，
拍摄于美国海军服役时期。

1959 年，
与我的妻子伊芙琳度蜜月，在加利福尼亚州斯廷森海滩。

1951年，
母亲在得克萨斯休斯敦的萨科威茨百货雅诗兰黛专柜。

1968 年，
伊芙琳在波士顿的邦维特·泰勒百货雅诗兰黛专柜。

1971年，

与我的同事，倩碧的创始人，卡萝尔·菲利普斯，在纽约的萨克斯第五大道精品百货外。

1972年，

纽约著名的皮肤科医生，倩碧的顾问，诺曼·奥伦特里奇医生。

1987 年,
与美容顾问们在布鲁明戴尔百货的雅诗兰黛专柜。

1990 年，
我的母亲、我的儿子威廉和纽约波道夫·古德曼精品百货团队庆祝悦木之源的发布。

1995 年，
与我的家人们庆祝雅诗兰黛在纽约证券交易所首次公开募股。

2011年，
我和我的儿子威廉、雅诗兰黛 CEO 法布里齐奥·弗雷达，在以"提高乳腺癌防治意识"为主题的德国柏林灯光节上。

兰黛工作准则

关于领导力

我负全责

作为领导者，你要对所有向你汇报的人负责，即使你不知道他们做了什么。你要对自己或下属的每一个决定和行动负责，因为这些决定和行动反映了你的领导力。如果你不能掌控每一个决定，那么你就根本不适合这项工作。

你要像船长一样行动，从而让人们像船长一样思考

当我走过公司大厅时，如果我看到地上有一片纸，我也会把它捡起来。重要的是，要让员工看到你正在这样做。如果你都不关心，那他们为什么要关心呢？如果他们看到地上有纸，那么他们就会觉得工作环境邋遢一点也没关系。如果允许他们的工作场所凌乱不堪，他们就可能会对其他事情也不尽心，比如与顾客打交道和制造产品之类的工作。

忽略"铁砧合唱"

我们的创意服务总监琼·利曼经常说："一个想法很棒。两个想法不太有效。三个想法完全没用。"一百个人会有一百种不同的意见，琼把这种现象称为"铁砧合唱"。若一个会议出现了这种现象，就会使人想起歌剧《游吟诗人》中的场景，所有吉卜赛人一边尽情歌唱，一边大声地敲打着他们的铁砧——当然会议没有歌剧那么有趣。经营公司时，你要避免出现"铁砧合唱"。

做重大决定时要有女性在场

这就是所谓的"镜像市场"理论：让你的团队有非常熟悉消费者的人，他们要和消费者有同样的需求和欲望。

关于聘用、解雇，以及与人共事

雇用比你聪明的人
事实上，你最不应该期望的是让一个团队由无数个"迷你版的你自己"组成。

"亲爱的小猫"
海伦告诉我，当她被《时尚》杂志录用的消息传出去时，她接到了一个最好朋友打来的电话："海伦！我要来纽约帮你发行杂志。"

海伦的回答是："亲爱的小猫，我不能雇用你，因为我不能解雇你。"

"亲爱的小猫"的教训是：不要雇用你最好的朋友，也不要雇用以前的同学。简而言之，不要雇用那些你不能解雇的人。友谊是友谊，生意是生意。

你告诉她你爱她了吗？
人们不只会为了钱而工作，他们还会为了获得认可而工作。

而且如果你经常感谢他们的话，你就可以指出他们在哪些方面可以改进。一旦别人接受了你的赞扬，他就失去了拒绝批评的权利。

解雇的最佳方式
如果我不得不解雇某人，我就会对他们说："这真不是你的错，这是我们的错。我们可能没有正确地培训你，没有很好地督导你，没有恰当地与你共事，也没有把你放到你最能胜任的职位上。我请你离开的原因不是你不好，而是我们还不够好，不能让你发挥自己伟大的才能。"

关于市场

你由你的分销定义

不要被大量分销渠道这种极具诱惑但十分虚妄的幻象误导，最终降低了你的品牌价值。如果你属于奢侈品市场，那就待在奢侈品这个细分市场。

为自己创造竞争对手

我创建倩碧是为了与雅诗兰黛竞争。当我们开始收购其他公司时，我们先从魅可开始，接着很快就收购了与之截然相反的品牌，即芭比波朗。

率先进入市场的人总是赢家

占领高位的你只需要守住自己的地位，而竞争对手面对的困难可要多得多。

独自发现信号

我记得在一个美丽的春日清晨，我在杭州跑步穿过一个公园，那曾是中国古代最优雅的城市。那是在 20 世纪 70 年代末，当时那里的每个人，无论男女，都穿着一种用暗蓝色棉布做成的不合身的工装。一位年轻女性穿着一件工装，但因为天气开始变暖，她把衣服扣子解开了。在单调的暗蓝色工装里面，有着鲜艳的红色衬里。那时我就知道，中国市场会为雅诗兰黛的进入做好准备，一切只是时间问题。

Contents 目录

01 第一部分
家务事

第一章 "摆弄别人的脸" / 003

第二章 "打电话，发电报，让女人知道" / 013

第三章 "美丽是你的责任" / 031

第四章 萨克斯的吸引力 / 049

第五章 "她把整个买卖都拱手送人了！" / 065

第六章 "你应该当个药剂师" / 079

第七章 "海军让我获得了实践领导力的博士学位" / 095

02 第二部分
追随兰黛

第八章 "我有很多好主意！" / 113

第九章 "伊芙和莱纳秀" / 139

第十章 第一个进入市场的人会赢 / 159

第十一章 露华浓之战 / 173

第十二章 "捉贼记" / 193

03 第三部分
美丽变形记

第十三章　黄金十年 / 221

第十四章　兰蔻之战 / 245

第十五章　"经营企业的家族" / 265

第十六章　一个有争议的决策 / 277

04 第四部分
收藏家的艺术品

第十七章　三个"哎呀" / 289

第十八章　"树长不到天上去" / 303

05 第五部分
"我可以有所作为"

第十九章　游乐场的花衣吹笛手 / 325

第二十章　为全球未来做准备 / 331

第二十一章　验证医学突破的前景 / 337

第二十二章　改造博物馆 / 347

第二十三章　我的遗产：改变人 / 361

后记　第二次恋爱的机会 / 381

致谢 / 387

ESTÉE LAUDER

成 为 雅 诗 兰 黛

01

第 一 部 分

家务事

ESTEE
LAUDER

抚摸顾客的脸,你就成功了一半。

由于销售队伍不断扩充,母亲比以往任何时候都要忙碌。现在,除了要管理"灰金发女郎之家"的柜台,她还得每天去和分店的销售人员沟通,以确保大家按照她培训的方式推销产品。母亲去巡店的目的可不只是监督销售人员,她经常会情不自禁地介入销售,亲自向顾客展示她的产品。她曾估算过,那段时间,她几乎每天都会抚摸五十多张脸。
这只是一个开始。
而她想要更多。

第一章
"摆弄别人的脸"

ESTÉE LAUDER
成为雅诗兰黛

我的母亲和其他人的母亲都不一样。

我成长于20世纪30年代,小时候我总是坐在厨房里,看着母亲在炉子上制作面霜。当时我们住在纽约上西区的一座公寓酒店里。公寓大楼看似普通,却有一项特别之处:它们提供家政服务。母亲很享受这种不必亲自收拾床铺的便利,这样她就可以把全部精力都放在自己的事业上了。

那时我还在上小学,每天中午我会回家吃一顿热腾腾的午饭(羊排、薄荷酱和土豆泥是我最喜欢的搭配)。然后,门铃会被一名顾客按响,一位想知道如何用柔滑、芳香的药水护理脸部,好让自己的脸像真丝一样柔软光滑的顾客。

我在客厅里忙个不停的时候,母亲就在卧室里给她们做面部护理。我经常听到她用自己的口头禅鼓励顾客:"每个女人都可以美丽。"

事实也确实如此,当那些女顾客做完护理走出客厅时,她们的肌肤都变得晶莹剔透,而她们的手提包里都装着新买的黑白相间的小罐子,上面标着"雅诗兰黛"[①]。

我出生于1933年,就在那一年,母亲创立了雅诗兰黛公司。如今,这

[①] 本书中,若指称雅诗·兰黛女士本人,使用"雅诗·兰黛",若指称其所创立的品牌和公司,则使用"雅诗兰黛"。——译者注

家以她名字命名的公司拥有超过25个品牌，其产品在全球150多个国家和地区销售。不过，在那个年代，母亲的成功还是用一个个小罐子来衡量的。雅诗兰黛公司和我一同成长，我们就像双胞胎一样亲密无间。一直以来，雅诗兰黛公司对我而言都不是一个家族企业那么简单，它曾经是，而且现在仍然是我的家。

这是我们的故事。一个关于家族变迁、企业崛起的故事，也是一个关于不断变化的世界的故事，它是我人生中的重要旅程，让我明白自己应该如何生活、如何去爱、如何面对雅诗兰黛。

"我喜欢把她们变漂亮"

创造美，是母亲从小就热爱的事业。

这位后来以"雅诗·兰黛"之名为世人所熟知的女性出生于1908年7月1日，她的原名叫"约瑟菲娜·埃丝特·门策"，她是罗泽·萧兹·罗森塔尔和她的第二任丈夫马克斯·门策的女儿。

罗泽是匈牙利移民，马克斯是斯洛伐克移民，他们都住在皇后区的科罗纳。马克斯在那里经营一家五金店，他们就住在店铺楼上。

当时科罗纳的发展势头很好，人口不断增长，意大利人、东欧人、德意志人和爱尔兰人持续涌入，到处都是正在施工的建筑工地。1909年，昆斯博罗桥竣工，新公司和新马路如雨后春笋般涌现，科罗纳一天比一天繁荣。布鲁克林环卫公司和其他一些公司利用毗邻法拉盛湾的沼泽地来处理附近市镇的煤渣和垃圾。堆积如山的垃圾足有60英尺[①]高，大家戏称其为

[①] 计量单位，1英尺等于30.48厘米。——编者注

"科罗纳山"。这个地区后来在菲茨杰拉德的小说《了不起的盖茨比》中以"灰烬谷"的名字而闻名于世。

这是一个充满了活力和野心的地区。所有移民来到美国都是为了让自己和子女们过上更好的生活，他们将自己的全部精力倾注在这个目标上。而那些出生在美国的移民子女则往往会有意识地回避自己的欧洲背景，全身心地融入美国文化。我的母亲就曾在她的自传《雅诗：一个成功的故事》中写过："我渴望成为百分之百的美国人。"

这意味着她要学会纯正的美式口音，要发现并抓住能让自己离开皇后区的机会，去探索更广阔的世界。

和许多小女孩一样，埃斯蒂（家人习惯这样称呼她）喜欢把玩妈妈的护肤霜，喜欢给其他小女孩梳头发，她对美容化妆的兴趣远远大过一般的小女孩。无论是家人、朋友还是后来的同学，任何坐得够久的人都要接受她的"面部护理"，直到父亲马克斯提出异议："埃斯蒂，不要再摆弄别人的脸了。"但是，正如她所写的，"抚摸人们的脸是我最喜欢做的事，不管他们是谁，我都想抚摸他们，并把他们变得更漂亮"。

放学后和周末的时候，埃斯蒂会去父亲的五金店帮忙。她有一项特殊任务——设计橱窗来吸引顾客。圣诞节期间，她会用奢华的蝴蝶结和彩纸装饰一把锤子或一套钉子，然后把它们放在一棵假树下。她从顾客的反应中学到了重要的一课。"包装需要特殊的创意，"她写道，"你可以通过改变商品的包装让商品变得更吸引人。口红、纺织品、香水和门把手，它们之间也许有很大不同，但所有货物都需要有创意的包装。"

埃斯蒂还得帮家人张罗别的生意，那是一家由范妮·罗森塔尔（她同父异母的哥哥伊西多·罗森塔尔的妻子）和范妮的姊妹弗里达·普拉克经营的百货公司。她曾回忆说："普拉克&罗森塔尔百货就像一扇通往梦幻国度的门。对我来说，那里就是盛大的化装舞会。我喜欢把玩那些漂亮的衣服，喜欢触摸那些光滑的皮手套，把蕾丝围巾拉到自己的肩膀上。"（当我还是个孩子的时候，我也常和表兄弟们在柜台后面的更衣室里玩捉迷藏。）

她在这里学会了许多营销技巧。和当时大多数百货公司一样，普拉克 & 罗森塔尔百货主要出售面向女性顾客的商品。女顾客们来这里不仅是为了逛街和购物，还为了找个合适的地方和朋友聚会，对她们来说，集商场、游乐场和女性会所功能于一身的普拉克 & 罗森塔尔百货再合适不过了。

在普拉克 & 罗森塔尔百货，招待女顾客的导购总是用女顾客的母语与她们攀谈。范妮和弗里达能用意第绪语和犹太女顾客谈心，也能和意大利顾客用地道的那不勒斯语滔滔不绝地交流。她们每周开店六天半，出售的商品包罗万象，从烛台到圣餐服，应有尽有。

母亲不但学会了如何与顾客交谈，还学会了享受工作的乐趣。她天性活泼，接待顾客时又十分用心，她对顾客们的状况了如指掌，谁的气色不好，她一望即知。总之，她很适合在这里工作。

母亲幸福地沉浸在这个由女性创造，并为女性服务的购物天堂里，她会观察女顾客们喜欢什么，有多喜欢，会记下导购会用什么方式向她们推销商品。

"我渴望听到收银机欢快的铃声，"我母亲这样写道，"商店里的导购很多，但当我为客人们服务时，她们总是笑着购买更多商品。我很清楚，也能感受到其中的不同。我在实践中学到了这一点，提供高质量的服务是经营企业的不二法门。"

我母亲在很小的时候就学到了宝贵的一课，尽管女性还不能投票，但她们可以经营企业、赚钱，然后用这些钱让自己被美好的事物环绕。

魔法背后的科学

零售业并不是唯一对有野心的女性敞开怀抱的行业。第一次世界大战后，两位女性企业家在化妆品行业崭露头角：赫莲娜·鲁宾斯坦和弗洛伦丝·南丁格尔·格雷厄姆，也就是大家熟知的伊丽莎白·雅顿。

赫莲娜夫人，赫莲娜·鲁宾斯坦喜欢被人这样称呼。她和雅顿小姐的出身背景截然不同，前者来自波兰克拉科夫的一个正统犹太教家庭，是家中的八个女儿之一；后者则在加拿大安大略省的一个小农场长大，每周会在礼拜日的前一天晚上洗一次澡，每月洗一次头发。

当我的母亲还是个十几岁小姑娘的时候，赫莲娜夫人和雅顿小姐已经在打造自己的商业帝国了。她们的名字被印在美容沙龙连锁店的墙上，印在蜜粉、香水、防水睫毛膏的盒子上。在她们名声鼎盛之时，她们被认为是世界上最富有、最有权势的白手起家的女人。

母亲本可对此视而不见、充耳不闻，躲在自己的小天地里，不去了解别人的产品是如何被越来越多的女性使用和宣传的。但作为一个喜欢帮助女性提升颜值和气质的人，母亲既不是瞎子也不是聋子，科罗纳也不是一座孤岛。

无论是在普拉克&罗森塔尔百货的柜台后，还是在缓缓驶入曼哈顿的电车上（通往此地的7号线地铁直到1928年12月才完工），母亲都常常看到女人们为了蜜粉、腮红和唇膏一掷千金的样子，这是她母亲那辈人无法想象也无法容忍的。第一次世界大战期间，女人们成功地闯入了传统的男性行业（20世纪20年代，职业女性的数量增加了25%）。她们带着刚刚建立起来的满满的信心，充满热情地探索着职场新天地。此外，新的工作给广大女性带来了更丰厚的收入，她们开始购买化妆品，通过化妆来表达自信。

与此同时，电影、时尚杂志和报纸专栏正在普及一种新的女性形象。浓淡相宜的眉毛、噘起的深红色嘴唇、粗重的眼线、深色眼影，还有小扇子一样浓密的睫毛，这些都是爵士乐时代的摩登女郎喜欢的妆容。化妆曾经被认为是媚俗之举，现在却被认为是光明正大获取关注的手段。女孩们不必躲在卧室或更衣室里偷偷摸摸地化妆，都开始在公开场合补口红了，大家认为这举动不但透着一股摩登女郎的派头，还是女性独立的象征。不用问，化妆品厂商们马上就开始生产便携式粉盒和外壳设计感更强的唇膏了。颇受欢迎的讽刺周刊《评判》在宣布橄榄球赛季开始时，使用了这样一幅插画，一位时髦的年轻女大学生，头戴钟形帽，漫不经心地用带镜小粉盒检查唇上的口红，画面上还露出了耶鲁大学的校旗。

对化妆品行业的渴求影响了整个经济体系。1923年，《国家》杂志做出评估："美国化妆品和香水工厂估值已达7500万美元——十年间增长了400%。"1929年，《财富》杂志称，邮购巨头西尔斯百货当年销售的粉饼比肥皂、牙膏和洗发水加起来还要多。

在这些新产品和它们五花八门的使用方式的映衬之下，母亲传授给女儿们的家庭美妆秘方就显得分外老旧了，年轻女性们转而投奔新的美妆知识的来源——美妆专栏。

20世纪20年代中期，绝大多数杂志和报纸都开设了美妆专栏，专栏作家们提供了许多新的美妆建议，还有不少地方广播电台开设了美妆课程。美妆行业就这样得到了多数人的认可。

我相信母亲肯定对此感受颇深。

16岁时，我的母亲埃斯蒂找到了一个和她一样喜欢"摆弄别人的脸"的人——她的舅舅约翰·萧兹。约翰是个化学家，他在第一次世界大战前离开了匈牙利，并在纽约定居。1924年，他创办了一家名为"新方法实验室"的小公司，生产美妆用品、栓剂、祛斑剂和治疗狗疥癣的药物，还有一种叫作"匈牙利胡须蜡"的产品。约翰还兼职做美容师,他会帮顾客做面部护理。(注意"护肤"和"化妆"的区别:护肤需要使用面霜、乳液,而化妆时用的是化妆品。如果你把女人的脸想象成一幅名画,那么护肤就相当于准备画布,化妆则是在画布上面作画。)

我母亲完全不关心栓剂和狗的疥癣,她关注的是约翰舅舅用秘密配方制成的面霜。用她的话说,那是一种"柔软得像天鹅绒一样的面霜,能神奇地让你散发出芬芳的气息,让你的脸像丝绸般光滑,能让你脸上的所有瑕疵在一夜之间消失"。

约翰舅舅的面霜可能拥有神奇的魔力,但它们却是在最普通的环境中生产出来的。最初,约翰舅舅在厨房的瓦斯炉上做面霜,后来,他把百老汇大街朗埃克剧院楼上的一间小屋子当作自己的实验室。安静的、戴着眼镜的约翰舅舅非常理解外甥女的兴趣,也鼓励她追逐梦想。他将所有的秘诀倾囊相授,哪些特殊的化合物能够清除瑕疵;什么成分可以起到有效保湿的作用;和肥皂比起来,什么样的洁面油更温和,更适用于敏感肌……

"我被迷住了,"母亲回忆说,"一放学我就跑回家,试图成为一个科学家。"

她像一个优秀的科学家一样不断地做试验,她会记录下约翰舅舅生产每一样产品的方法,再在朋友身上试验不同的配方,还对试验结果做了详细的记录。母亲所有的朋友都曾被她抹上过厚厚的面霜,对这段往事,母亲总是津津乐道:"如果谁的鼻子下面有点红肿,感觉第二天要起痘痘,她就会来向我求助。我就给她一包面霜,第二天她的皮肤状况就会大大改善!朋友和朋友的朋友们都慕名而来,我在纽敦高中的声望可高啦!"

约翰舅舅是个实干家,在他的指导下,母亲学会了如何帮顾客们清洁和护理面部。她的手法非常熟练,不一会儿就能做完一整套护肤和化妆流程,她会使用卸妆油、面霜、腮红、蜜粉和唇釉,通常还会用一点眼影,她可以在五分钟内做好这一切。为了表示感谢，她通常还会送给试验对象们很多面霜小样。

母亲把这种面霜命名为"高效全能精华面霜"，她经常拿它送人，结果高中还没念完，她就成了全校人缘最好的女孩。母亲在自传中写过她当时的想法："在内心深处，我意识到自己找到了比名气更重要的东西。我的未来就在这一罐面霜里。属于我的时刻已经到来，我不打算错过。"

"你好，金发女郎！"

对许多美国人来说，20世纪20年代是一个蓬勃发展的年代，对马克斯·门策来说更是如此。越来越多的人开始装修他们的家，或者干脆造新房子，这样一来，马克斯的五金生意便蒸蒸日上。他先是在纽约北部的韦斯切斯特郡的金神湖边购置了一座一居室的避暑小屋。由于那座小屋靠近水边，所以一到夏天，他就要整晚跟蚊子搏斗。马克斯很快就拆掉了那座小屋，在山上换了一座更大的房子。

新房子最值得称道之处是有室内下水管道、有冰箱，还有一个宽敞又通风的门廊，门廊上有一个老式的秋千，我母亲喜欢坐在秋千上，看着客人们从街对面的石山度假酒店来到这里。

夏天的一个早晨，我母亲在秋千上来回荡着，希望找个人陪自己一起打网球。这一年她才19岁，但已经是个标准的万人迷了。她有一头闪亮的金发，一双浅褐色的眼睛，她的皮肤完美无瑕，所有人都对她的皮肤赞不绝口。而且，她打扮得很有个人风格。当她穿着粉红色的上衣和条纹短裤坐在秋千上时，所有的路人都会情不自禁地盯着她看。

一个穿着时髦短裤的英俊青年发现自己无法对她视而不见，他大胆地喊道："你好，金发女郎！"

作为一个受过良好教育的女孩，我母亲没有理会他。但她脑子里却一直都在想这个人。到了下个周末，一位来做客的朋友对她眨了眨眼睛，说："俱乐部里有个年轻人想让我介绍他给你认识，并且必须得体地、正式地介绍，他就是约瑟夫·劳特尔先生。他人不错。真的，他叫我这么告诉你的。"

约瑟夫·劳特尔比我母亲大6岁。和我母亲一样，约瑟夫的父母也是移民，他们来自奥匈帝国，而他自己则在哈勒姆区长大，他的父亲在那里做裁缝。约瑟夫曾在纽约商业高中学习会计，也参与过服装行业的各种商业活动。遇到我母亲的时候，他已经有了一家丝绸进口公司。虽然他的问候有失礼节，但他其实是一个彬彬有礼、谦恭仁厚、脚踏实地的男人。

经过3年的恋爱，约瑟菲娜·埃丝特·门策和约瑟夫·劳特尔于1930年1月15日在位于135号大街和百老汇大街交会处的皇家棕榈舞厅结婚。母亲穿上了白色缎子礼服，戴上了精致的蕾丝帽子，还涂了唇膏，这是她人生中第一次涂唇膏——如果她的父亲知道了肯定会让她立即擦掉。这对新婚夫妇在百慕大度了蜜月，由于手里的钱不够买房，他们回到了皇后区，和母亲的父母、妹妹、妹夫居住在一起。

几年后，他们又搬到了纽约上西区的一套公寓里。1933年3月19日，我出生了。同年，在纽约的电话查询簿上出现了一个新的条目，条目上的地名叫作劳特尔联合化学公司。

第二章

"打电话，发电报，
让女人知道"

ESTÉE LAUDER
成为雅诗兰黛

我出生时，父母收到了不少朋友和客户发来的贺信，但几乎所有美好的祝福都伴随着焦虑。华尔街股市在1929年10月29日彻底崩盘，两年半后，我出生了，"大萧条"的阴影依然笼罩着这个国家的每一个角落，即使是我出生的好消息也不能消除亲友们对未来的担忧。

其中一封贺信来自伊曼纽尔·斯蒂尔，他是我父亲经营的顶尖丝绸公司在波士顿的重要客户科恩·霍尔·马克斯纺织品公司丝织品部门的负责人，他在信中向我父亲表达了祝贺，然后满怀希望地补充道："虽然工作进展缓慢，但情况很快就会好转。"在纽约皮克斯基尔的马尔科夫鞋店工作的罗丝是我母亲的朋友，她说得比较直白："皮克斯基尔的情况非常糟糕。这里的两家商业银行都停业了，严重影响了我们的生意。"

母亲就在这个时候生下了我，并且同时创造了自己的公司，正如我母亲常说的，"那时大家都站在大街上卖苹果"。这可不是危言耸听。当时全国大约有9000家银行倒闭，数百万人的积蓄化为乌有。美国国民生产总值下降了一半，从1040亿美元降至大约560亿美元。每4个人中就有1个人失业。华盛顿州的果农决定以每个5美分的低价抛售苹果，尽管这一年他们刚获得了苹果大丰收。果农们为了度过艰难时刻，做出了最后的尝试。

如果人们对花5美分买一个苹果都心存疑虑，就更不会有人舍得花钱买真丝了。人们转而使用人造丝，这是一种便宜且类似真丝的纤维，于20世纪20年代中期被引入美国，也就是说，人们现在只买这种布料了。于是顶尖丝绸公司也成为当时数千家不幸倒闭的公司中的一个。

挣扎着糊口的生活可不是母亲想要的。当她还是一个生活在皇后区的少女时，她就知道自己想要富足美好的生活。起初，她认为自己可以去做女演员，以此维持自己的生活水准。于是她去了樱花巷剧院，申请在他们的话剧中扮演一个小角色。（她排练时，我就乖乖坐在剧场后面的婴儿车里等她。）

成为女演员的计划落空后，母亲并没有放弃自己的梦想——她只是改变了实现梦想的方法。现在她相信，自己的抱负能不能实现，完全取决于自己销售护肤品的能力。

在美容沙龙取得突破性进展

不管是否遭遇了"大萧条"，母亲都坚信一个道理，那就是她后来挂在嘴边的"女性愿意为更优质的产品的溢价买单"。（我完全同意这个观点。2001年经济衰退，我提出"口红指数"这个概念来解释雅诗兰黛旗下口红销量的上升。面对不确定的经济环境，女性会倾向于通过购买美妆产品来减压，这是她们负担得起的小小的放纵之举，但她们会削减在其他昂贵项目上的支出。）母亲是对品质有执念的人。她本能地认识到，她的高效全能精华面霜和其他产品之所以大受欢迎，是因为产品中富含各种健康、纯净的营养成分，可以养护肌肤。用现在的话来说，质量是一种差异化优势。

然而，如何让潜在的用户群体看到这个优势呢？

20世纪30年代，女性购买护肤品时有很多选择，你可以选择挨家挨户上门推销的小商贩或是药店里的便宜货；也可以走进赫莲娜·鲁宾斯坦和伊丽莎白·雅顿的高端美容沙龙，购买那些出现在广告中的高价护肤品；纽约的萨克斯第五大道精品百货和达拉斯的奈曼·马库斯百货等高端专卖店里摆满了形形色色的护肤品，种类繁多，不一而足。不过在这几者之间，另有一个潜力无限的市场——美容沙龙。

1935 年，美国有 61355 家美容沙龙，仅纽约市就有 4400 多家。这些美容沙龙大多是由女人创办、经营的，它们主要为顾客提供美发服务。20 世纪 20 年代流行的摩登女郎风格已经过时，简单的波波头和中性短发已经被电烫鬈发、大波浪鬈发、盘发和其他复杂的发型取代，这些新发型既不好做，也难以维持，必须得有专业人士为你提供帮助，这就需要你经常光顾美容沙龙。美容沙龙还可以提供一些小小的奢侈服务，这里有人帮你洗头发，给你做头皮按摩，你还能轻松享受电吹风带来的便利。这在当时可不多见，因为普通家庭是不会购置电吹风的。

美容沙龙也孕育出了某种意义上的女性社区，就像母亲曾在普拉克 & 罗森塔尔百货看到的——女人们坐在美发师的椅子上、美甲师的桌子旁，尽情地聊着关于自己的孩子、丈夫的八卦，当然，还有她们在日常生活中总结出的美容心得。

母亲在这里可谓如鱼得水。

名媛弗洛伦丝·莫里斯在西 72 号大街经营了一家名为"灰金发女郎之家"的美发沙龙，母亲是那里的常客。用她自己的话说，她每个月都会去那里"翻新"自己"天生的"金发。母亲得天独厚的美貌就是一块活招牌，她总是热情地与其他顾客分享自己的美容秘诀，邀请她们来我们家做面部护理。

母亲职业生涯的第一次突破，源于一次意料之外的拜访。一次，弗洛伦丝·莫里斯来看母亲，问她如何让皮肤保持年轻和活力。

"下次我来的时候,"我母亲允诺道,"我会带一些我的产品给你。"

几周后,我母亲拿了四个罐子来。回忆往事时,她说:"一切都靠它们了。"

弗洛伦丝把罐子放到一边,准备等会儿再试,但我母亲可不想放过机会。"让我给你看看它们是如何起作用的,"她坚持说,"给我五分钟,让我告诉你正确的使用方法。"

弗洛伦丝还没来得及拒绝,我母亲就已经在她的脸上涂了厚厚的洁面油,给她卸了妆,又敷上厚厚的一层高效全能精华面霜,为她做面部按摩。然后,我母亲用了一点点润肤露为弗洛伦丝提亮肤色,又轻轻扫了一层散粉。(我母亲还带了一款可以清洁面部的膏状面膜,但面膜用起来时间太长,她不想让弗洛伦丝等得不耐烦。)

最后,她在弗洛伦丝的面颊上擦了点腮红,用我母亲的话说就是"打上一道红光",再涂些唇膏,弗洛伦丝就变成了一个"令人陶醉的美人"。

弗洛伦丝对着镜子沉思片刻,问我母亲:"我在东60号大街39号新开了一家美容沙龙,你有没有兴趣去那里做美容师?"

我母亲一秒也没犹豫就同意了。

"在那之前,我一直到处赠送我的产品,"后来她在自传中这样写道,"这是我第一次做成一笔真正的生意。我会在她的美容沙龙里租一个小柜台。我会付给她租金。我卖掉的每一样产品都会变成钱,并且全部归我所有。我不找合伙人,因为我可以独立承担租金。如果这件事办成了,我就开创了我一直梦寐以求的事业。"

不过,她已经意识到,她必须为自己的产品选择更好的包装,好让它们看起来更精致。她绝对不能像约翰舅舅一样用啤酒瓶放面霜。最终,她选择了造型简洁的乳白色玻璃罐,并为它配上了黑色的盖子。

接下来的问题,就是罐子上应该写上谁的名字。约翰舅舅在面霜罐子上贴了他妻子名字的各种变体——弗洛里·安娜或弗罗瑞·安娜。但母亲觉得，她对面霜的配方做了很多改动，这面霜应该属于她，就像她后来写的"轮到我了，该我做主了"。她曾渴望在百老汇剧院的灯光中看到自己的名字。现在，她决定让自己的名字出现在罐子上。

"约瑟菲娜"是母亲的教名，从来没有人这么称呼她，况且这个名字太长了，不适合贴在罐子上当商标用。她尝试过不少名字，埃丝特尔、埃丝特、埃丝特拉。她想要一个听起来比较女性化，隐约带有欧洲风情，独特而又优雅的名字，同时还得方便发音和记忆。

最终，她敲定了"雅诗"，并把生硬的德语姓氏"劳特尔"[1]改成了更柔和，并且更暧昧的"兰黛"。母亲声称自己的家族还在奥地利居住时，姓氏就是如此拼写的，只不过后来被一名移民官改了。（而父亲直到20世纪50年代才正式改了名字。）

一家公司就此诞生。

四项全能

创业需要同时具备献身精神、创造力、个人魅力和敢作敢为的勇气，这在"大萧条"时期最黑暗的日子里显得尤为重要。

母亲同时具备所有这些特质。

母亲在"灰金发女郎之家"的柜台后练就了一身推销技巧。经验告诉她，坐在烫发机下的女人和等待指甲油变干的女人是最容易感到无聊的，而且她们被困在那里完全无法脱身。

---

[1] 雅诗·兰黛原姓氏为劳特尔，即"Lauter"，后改为兰黛，即"Lauder"。——编者注

母亲说："她们的无聊时间正好为我所用。"

当母亲接近自己的目标时，她绝不会跟对方说"有什么可以帮你的吗？"这类客套话，相反，她会开门见山地说："女士，我有样东西，用在您身上很完美。我可以帮您试用吗？"

她强调："我保证让她觉得自己的肌肤被人悉心呵护，并且变得更娇嫩了。"

对方当然愿意，她正被困在烫发机下无事可做，而且母亲提供的面部护理完全是免费的！

母亲给对方涂上高效全能精华面霜，当她的头发已经烫好但还没开始梳理时，母亲擦去面霜，用三分钟走完她在高中时期就已经完善的那些流程——迅速用腮红点亮顾客的脸庞，扫一层散粉定妆，再按压一点绿松石色的眼影，好衬托出眼睛的深邃纯净，最后，她会为顾客擦上"公爵夫人红"唇膏（这个色号的名字来自温莎公爵夫人，她是我母亲心中的时尚女神）。

"我会让她去梳理头发。每当一套流程走完的时候，新造型总会让顾客开心不已。'你做了什么？''你用的是什么？''你怎么做到的？'这些问题接二连三地出现。和莫里斯夫人一样，只要对方开口询问一声，我的买卖就来了，我会给她一份她刚刚试用过的产品清单。绝大多数顾客至少会带走一两样产品。"

"世纪性的销售技巧"

事实上，女人们之所以会"带走至少一两样产品"，是因为母亲发现了"世纪性的销售技巧"——免费小样。她总是随身携带着产品小样和蜡纸信封，无论女人们是否购买商品，母亲都会送她们一份产品小样，几茶匙散粉、一大勺面霜、一支袖珍口红。

"关键在于，没有哪个女人会从美容沙龙空手而归，"她写道，"送小样的目的就是说服女人们尝试我的新产品。只要她在家的时候能试一试，看看这些产品使自己变得多么美丽可爱，她就会永远忠于这款产品。对于这一点，我从不曾怀疑过。"

母亲深信美丽的外表能帮助女性建立自信。这个信念贯穿了她的一生，并影响到了整个雅诗兰黛。当所有人都被"大萧条"打击得溃不成军时，信念就显得尤为重要了。母亲坚定地认为，即使经济前景暗淡，女性还是会愿意花钱购买优质的护肤品和化妆品。"当一个女人陷入艰难的处境时，她会先喂饱孩子，然后是丈夫，但她自己宁可不吃午饭，也会省下钱来买瓶好面霜。"（母亲说得对，即使在经济最萧条的1933年，化妆品行业的销售总额依然高于"大萧条"前的任何一年。）

为了多卖几罐面霜，母亲每天都热情洋溢地工作。她会在早上9点准时赶到"灰金发女郎之家"，擦亮自己的小罐子，把它们摆上货架，然后在店里一直干到晚上6点。回家后，她和父亲躲在厨房里制作各种护肤品。生产护肤品是一项相当耗费时间的工作，每次制作的数量也不多。如果父亲一次做了二十四罐面霜的话，那家里的存货就算很多了。

不过，美容沙龙既是母亲播下成功的种子的沃土，也是给她带来痛苦的炼狱，这些痛苦后来都被母亲转化成了工作的动力。她经常讲起自己年轻时经历的一件事。一天，在"灰金发女郎之家"，她走到一位潜在用户身边，夸她身上那件衬衫漂亮。母亲总是穿得体体面面的，无论多缺钱，她都尽量让自己看起来优雅大方，因为她觉得这样可以得到别人的尊重。

"你介意告诉我你的衬衫是在哪里买的吗？"她问道。

那位女士打量她一眼，轻蔑地说："你问这个有什么用呢？你永远也买不起。"

母亲发誓要改变这一切。

"抚摸顾客的脸，你就成功了一半"

忠实的用户群慢慢被母亲培养起来，尽管增速略慢，增长的势头却始终稳定。一天，另一家美容沙龙的负责人邀请母亲去自己的店里展示产品，精明的母亲马上开始盘算："如果每家美容沙龙每天有5位女士购买价值2美元的产品，我就能赚10美元。那么，如果我在5家美容沙龙销售产品，我一天就能赚50美元——这是一个天文数字。"

她知道自己不能随便从马路上拉个人替自己卖货，这事没那么简单。一个好的销售人员要有自己独特的技巧。"显然，我必须对销售人员进行培训。"

她培训的重点在于反复强调产品的全天然成分和性价比，并向顾客普及美妆知识。

"你可以在早上或晚上使用这款奇妙的高效全能精华面霜！"

"不要疯狂地使用四种不同的面霜！"

当时人们普遍认为，想要让肌肤变得娇嫩，必须在护肤、化妆上面耗费大量时间和精力，母亲却反其道而行之，尽量简化护肤和化妆的流程。

"这是一种让你难以置信的、能够让你看起来容光焕发的散粉……注意我是如何在使用前抖动这些散粉的。一定要将散粉抖到你的脸上，这样才能让你的妆容明亮轻盈，而不是暗淡厚重。我通常会用无菌棉蘸上一些散粉，这是最有效的方法……"母亲坚持亲自做培训，后来她在百货公司开专柜，"亲自做培训"成了她的品牌独特的差异化优势，而母亲当时还没意识到这一点。

其他品牌雇销售人员是为了推销产品，而母亲培训出来的销售人员却会给顾客上课，教顾客如何使用产品，如何让皮肤呈现出最好的状态。母亲悉心指导过的销售人员个个都懂得如何为顾客树立信心，她们向顾客传递了母亲的理念——每个女人都可以美丽。她坚持使用的沟通方式——曾被我外祖父看不起的"摆弄别人的脸"的亲密接触——其实充满了说服力。

"抚摸顾客的脸，你就成功了一半。"

可能我讲得太快了。

由于销售队伍不断扩充，母亲比以往任何时候都要忙碌。现在，除了要管理"灰金发女郎之家"的柜台，她还得每天去和分店的销售人员沟通，以确保大家按照她培训的方式推销产品。母亲去巡店的目的可不只是监督销售人员，她经常会情不自禁地介入销售，亲自向顾客展示她的产品。她曾估算过，那段时间，她几乎每天都会抚摸五十多张脸。

这只是一个开始。

而她想要更多。

第二件秘密武器

为了扩大顾客群体，母亲还使用了另一件秘密武器。

她总说，在电视广告出现以前，有三种方式可以将商品信息快速传递给顾客。大多数人能说出两种——打电话和发电报。

而母亲凭本能选择了第三种——让女人知道。

顾客之间口口相传，这样打广告既便宜又高效。"让女人知道"是母亲创业战略的核心。"如果一个女人发现了什么好货，她会告诉另一个女人。她们还没走进我的美容沙龙，就已经在帮我推销面霜了，"母亲说，"'让女人知道'，就是这个秘密武器将雅诗兰黛推向了全世界。"

如果"让女人知道"是一件武器，那么母亲可算是以一己之力让武器火力倍增的功臣。没有什么能够阻止母亲做产品推广，她要让所有女人都知道，雅诗兰黛的产品有多优秀，这样她们才会告诉更多的姐妹。

谁也别想置身事外！母亲在街上和火车上拦下陌生人，向他们讲解护肤秘诀。最狠的是，她曾经按响一个救世军姐妹的门铃，只为了告诉她如何让皮肤看起来更光滑、富有活力。

"你没有任何理由让自己看起来脏兮兮的。"她告诫所有人。老熟人们都记得母亲是如何拉拢那些素不相识的顾客的，她们一起讨论顾客的妆容，母亲会告诉顾客应该如何修改。"最终她卖出了价值 40 美元的化妆品。"

在长岛的短暂假期使她认识了一群新客。当时长岛已经是纽约人最喜欢的度假胜地之一了，各式各样的度假村里充斥着形形色色的度假者，从工薪阶层到精英阶层，什么人都有。母亲将目标锁定在后者身上。

"在接下来的几年里，我每年都会在丽都海滩酒店或格兰德酒店独自待上几周，这既是度假，也是工作，"她写道，"名媛们聚在一起，邀请我去教她们皮肤护理和美妆方面的知识。酒店老板们也很欢迎我去上课。对他们来说，这是免费的广告，我的课程可比普通的表演受欢迎多了。名媛们想学习新知识，而不是被愚蠢的笑话逗笑。这对她们来说很有趣，对我来说也有利可图。"

一个夏天又一个夏天，母亲总会"敦促自己"，或者用她自己的话说，去为大家"涂上面霜，化好妆，打扮得漂漂亮亮"。一个冬天，她去大顾客家里拜访。在一个可以看作特百惠派对的前身的聚会上，她鼓励女主人邀请朋友们来玩桥牌，并在游戏间隙给大家做面部护理。她在长岛的一位顾客把这件事告诉了自己住在费城的姐姐。不久，母亲就开始定期去宾夕法尼亚出差了。

有钱的纽约人喜欢去迈阿密海滩过冬，在 20 世纪 30 年代，那是身份高贵的象征。我 3 岁时，母亲开始追随顾客们的脚步，去南方卖化妆品。第一年，她在 2 月初南下，一直在迈阿密待到了 4 月中旬。第二年，她带着我去迈阿密，把父亲留在了纽约。

我们在佛罗里达的生活

对母亲来说，佛罗里达可不意味着"度假"。她根本没有假期，只有工作、工作以及更多的工作。这是一场耗费心神的赌博，她将自己的时间和血汗钱都押了上去。

这时父亲已经失业，只能随机寻找一些零散的工作做。母亲非常没有安全感，所以她决定自己承担起养家的责任。她不但要拼命寻找新顾客，还要抽时间照顾我。

从纽约到迈阿密的火车走了整整两天。这次旅行对我来说是一次冒险，对母亲来说则是一场噩梦。这列火车有以豪华著称的皮尔曼卧铺车厢，但为了省钱，我们只能坐在硬座车厢里。母亲在给父亲的信中写道："人们在聊天，灯一直开着，我们怎么能睡着呢？"我坚持要在餐车吃饭，因为据母亲说"莱纳德说爸爸想让他在餐车上吃饭"。这意味着母亲要把藏在身上的一点点现金拿出来，支付餐车服务费和服务生的小费。

在随后的旅途中，我们决定就在座位上简单对付几口。乘务员拿着篮子走来走去，篮子里装着三明治、糖果和口香糖。一份简单的烤牛肉三明治或火腿奶酪三明治要 50 美分才能买到，单加一份火腿也得花上 35 美分。

一到目的地，母亲就找了个住处。"我们在车站检查并寄存了行李，然后打车去了迈阿密海滩，打车花了 1.5 美元，我带着莱纳德去找便宜的旅馆，我们找了好久，却一无所获。旅馆的人说，我每周得交 40 美元作为自己的伙食费，还得为莱纳德交 18 美元的伙食费。而说到房钱，不包括其他的，仅仅是房钱，我每天得为自己花 20 美元，再为莱纳德花 15 美元。我带着可怜的孩子走了好几个小时，直到他的小脚丫受了伤，再也走不动为止。我不得不把他背回去，随便找个地方过夜，这又花了我 5 美元。已经 6 点了，我们的行李还在车站，我只能裸睡，而莱纳德只穿着内衣就睡了。"（这些信件都收录在我们从未公开的家庭档案中，现在我一字不落地摘录于此。）

我们最终住进了迈阿密海滩子午大道上的阿德米拉酒店，它距离纽约的顾客的家只有几个街区。在那里，我们与一位做女帽的女孩共用一个房间。那是一间"很棒的房间，有两张漂亮的单人床和一张不错的婴儿床"。我母亲每周需要支付 25 美元房钱，伙食费也"非常合理"。尽管如此，这笔计划外的支出还是使我母亲元气大伤，她的钱包里只剩 5 美元了。

第二天，母亲在信中写下这样的句子："又一天过去了，我累得半死，哪里也去不了，就连散步也不行。因为莱纳德走不动了，而我得和他待在一起。如果你在这里的话，那么我会更开心，没有你我哪里也不爱去。"

我对她的焦虑和苦恼一无所知，只记得自己和酒店里的其他孩子玩得很开心，餐厅里的人们都很喜欢我。菠菜是我最爱吃的蔬菜。母亲在寄回家的信中写过："每次吃菠菜时，莱纳德都想让周围的人看到他的肌肉，就像大力水手波比那样。周围的人都超爱他。"

两周后，情况略有好转，只是一直下着大雨。母亲在信中写道："我不得不在这里多待一周，好弥补自己之前浪费的时间。"一位顾客把自己的车借给了母亲，这只是那位太太三辆车中的一辆。母亲在信中重点强调了这一点，并说她打算开车去棕榈海滩。"我在这里遇到了很多买面霜的顾客。我知道我会做得很好。"与此同时，她认识了一位新顾客。"这位太太今后会给我带来很多顾客。我希望我能赚很多很多钱。"

不到3周，母亲就卖了不少货，她让父亲再多寄一些货来，她要"标价3.95美元的套装5件，标价1.98美元的套装若干"，并说"它们都在厨房柜子里，没有贴标签，记得贴上。还有，亲爱的，从壁橱里的那个大罐子里面取点面霜，分装到6个小罐子里面（回忆一下我是怎么做的），然后在小罐子上贴好眼霜的标签，标签非常小，在你的五斗橱里，在从下往上数第二层的位置。再来2份深橙色的散粉，但要把它们包装得紧实一些，上次就撒出来了一点"。

我想她当时很有安全感，甚至有些激动，因为她在信里补充写道："真的，亲爱的，我在这里赚到钱了！"

在信的结尾，她说："献上海洋般的爱和浪花般的吻。"

我们又在这里待了3周——总共待了6周，直到3月中旬才回家。接下来的几年，"去佛罗里达过冬"成为我和母亲每年的保留项目。到了1939年前后，每年一入冬，我们就早早赶赴佛罗里达，在那里居住的时间也越来越长。当时我已经满6岁了，可以去诺曼底岛读小学了，每天早上8点半到晚上7点，我都在学校上课。我学会了给父亲写信，告诉他我有多想念他。

"亲爱的爸爸，"我写道，"我要给你寄去一些神奇的沙子，这样你就可以请你办公室的人来接替你的位子。你告诉他们，你没去过迈阿密，你的儿子非常想念你，你必须来这里。谢谢你，爸爸。吻你，吻你。"我在信末的空白处写满了"吻你"。

那些沙子一定有着神奇的魔力，不久后我就在给父亲的信里写道："很快我就要举办生日派对了，很高兴你办公室的人同意你来参加我的派对。爸爸，我现在必须去上学了，所以我不能写下所有的吻，但是当你来南方的时候，我就可以亲吻你了——你的儿子莱纳德。"

在随后的信中，我抱怨父亲对我不公平："因为你只给了我一个吻。你给妈妈写了很多信，却只给我写了一封。我特别特别想念你。"

我的父母确实"写了很多信"。但母亲已经不会再给出"海洋般的爱和浪花般的吻"了。（父亲写给母亲的信已经丢失了，但父亲保留了母亲所有的信件。）相反，她开始在信中描述"让女人知道"的升级版战略——发卡片。

她发出了大约150张卡片，宣布自己已经到达迈阿密海滩的查尔斯酒店。她还从收入中拿出20%付给其中一位顾客，用她自己的话说，那是一位拥有令人印象深刻的"贵族"姓氏的女士。她让那位女士负责"与那些夫人小姐交谈"，剩下的交给她来做。让她开心的是，她在迈阿密找到了远比纽约便宜的生产原料。她提醒父亲寄来眼霜的标签，"因为很快就会用到"。

她认为去佛罗里达绝对是一个正确的决定。"相信我，虽然我目前还需要努力工作才能使收支平衡，但佛罗里达绝对是个卖美妆产品的好地方。这里的女人很喜欢花钱。"

2月渐渐过去，她开始讨论另一个话题。

雅诗·兰黛先生

我的父亲是一位很有耐心的人，他那略带讽刺的幽默感与母亲近乎偏执的坚毅性格刚好互补。他曾对朋友们打趣说："她去哪里，我就去哪里。我们总是这样彼此妥协。"还有一次，他开玩笑说："不，我们不经常出去，一周只有六个晚上在外面而已。"

父亲是母亲的知己，也是她信赖的盟友，但他的耐心正在逐渐消失。

母亲的许多生意都是通过社交场上的应酬得来的。"一有机会，我就会请潜在顾客来我家吃晚饭，或者不假思索地出去下馆子，"母亲写道，"我丈夫喜欢安静的生活，而我喜欢派对。他只想在家里吃饭、听收音机和读报。"

母亲承认他们之间还有更深层次的矛盾。"当我走进房间时，他总是把报纸放在一边，停下手中的工作来听我说话。但我不能为他做同样的事。当他想和我聊天时，我总是忍不住走神。我的头脑在另一个世界里思考、盘算、设计，我的精力全部投在手里的十几个项目上，大脑一片混乱。"

这对父亲来说可不容易应付。顶尖丝绸公司倒闭之后，父亲尝试做其他生意，他开过一家名叫"斗牛士"的快餐连锁店。店里的冰淇淋很好吃，但最终因经济大环境不佳而倒闭了（直到美国参加"二战"后，经济才开始复苏，那时没有多少买卖人是真正赚钱的）。父亲发现，自己不但没有养家糊口的能力，还被人当成了妻子的助手，身边的人称呼他为"雅诗·兰黛先生"，这令他感到沮丧又害怕。

与此同时，母亲也倍感举步维艰。她快要被来自家人和朋友的"善意"淹没了，大家都劝她放弃"摆弄别人的脸"的爱好，回家做一个贤惠的妻子和温柔的母亲。然而母亲对父亲能力的质疑也与日俱增，她的事业刚刚有了起色，这对她来说比性命都重要！她绝对不要回到皇后区当家庭主妇！她奋斗多年，好容易看到自己的梦想快要实现，没有人能让她松手！什么都阻挡不了她！

此时此刻，在母亲眼中，任何不能帮助她的人都是在拖她的后腿，包括我父亲。

1939年3月29日，她从迈阿密海滩寄出一封写给父亲的信件：

"亲爱的，说实话，我感到处境艰难。如果没有我的生意，那么你一个人根本养活不了我。而我想要的家是这样的：下个月的燃气费和电费已经付完，家里有足够的余粮，丈夫可以负担我和孩子的生活必需品。至于奢侈品，没关系，我可以自己买单。

"但我知道这是办不到的。9年半过去了，你还在说'我们会努力''也许能应付得来'。亲爱的，我不能再尝试了。我知道离婚会伤害到你，甚至莱纳德，或许还有我自己。但是，天啊，亲爱的，你连自己都养活不了，怎么养活莱纳德和我呢？

"有时我愿意忽略很多东西，但两年前的那个夏天，家里连买块小面包的2美分都拿不出来。为了2美分，我不得不打破儿子的存钱罐，这是我永远无法忘掉的记忆。如果现在走了回头路，那么我恐怕要工作一辈子才能生活得有模有样。"

在接下来的10天里，这样的信件几乎每天都在纽约和佛罗里达之间飞来飞去。父亲提出一个个赚钱的想法，做皮带生意，或者陪她一起进军美妆护肤行业。但母亲的态度却变得越来越强硬。

1939年4月11日，她写道："好吧，自上周以来，我问了又问，想了又想，最终决定离婚。我知道，就算我回去了，我也不会感觉快乐。说实话，就在去年，我还希望我没有回去，没有产生离婚的想法。当时我觉得自己错了，而你是对的。但现在我非常确定，我就是想离婚。因为你在信中说，希望我们能够百分之百地共享彼此的收益。亲爱的，我不能这样做。我赚的钱不够我们共享，也不能为你将来的事业做储备。也许你会成功，也许你不会，那样的话我就会老很多，我会疲惫不堪，未来一塌糊涂，只能靠给人家做面部护理养家糊口。你从来都没有给过我信心，从没有让我相信你有能力负担一个家庭。而最糟糕的是，你答应去进修，去学贸易，然而仅仅因为学校里的人没有鼓励你，你就放弃了。

"你还写信问我，为什么我想要离婚。好，过去9年半的时间里，我一直在尝试，终于得出了结论，我不能再像以前那样过穷日子了。我好不容易才自立，我好不容易才走到今天这一步。"

她补充说："我感觉不太舒服。我不知道什么时候才能告别这种无处依靠的日子，不知道什么时候才能放松和休息。只要和你生活在一起，我就永远都别想看到那一天。我只能像你母亲那样过日子——工作、担忧、节俭、乞求别人的帮助。哦，不！这不是我要的。

"我会为我的孩子和我自己努力工作，直到我有别的想法。所以，让我们做朋友吧，如果你能成功，而我们都还愿意继续，那么我们也许还能重新在一起。"

母亲坚信自己一个人能活得更好，1939年4月11日，她在佛罗里达的迈阿密海滩向父亲提出了离婚。

第三章
"美丽是你的责任"

ESTÉE LAUDER
成为雅诗兰黛

父母离婚时，我刚满6岁。3月，父亲来到佛罗里达为我庆祝生日，并试图说服母亲改变主意。当他离开时，我哭得喘不过气来。正因如此，父母决定不告诉我他们打算离婚的事。回到纽约后，我和母亲搬到了上西区的另一家酒店公寓。她说父亲不会再和我们住在一起了，因为他需要搬到市中心，好离他的生意近一些。这是她的原话，"离他的生意近一些"。

事实上，我经常见到父亲。每周六或周日，他都会带我去百老汇86号街的尖脚趾饭店吃午饭，这家店在纽约上西区的中心地带，而他就住在附近的一家旅馆里。这个社区的西面与西区大道和滨河大道相接，是纯粹的住宅区。这里有建于20世纪初的优雅建筑，住着许多作家、音乐家、医生、大学教授和其他知识分子。往东两个街区就是中央公园西大道，那里朝向中央公园的公寓楼更宏伟、更优雅。在百老汇大街、中央公园西大道、哥伦布大道和阿姆斯特丹大道之间，是一条覆有沙砾的商业要道，道路两旁被租用公寓楼底商的小企业占据，这些公寓楼很实用，一点都不花哨。那是些五层高的赤褐色的砂石建筑，其中一些是舒适的独户住宅，另一些则被隔成了一居室或两居室的廉价公寓。

上西区对移民有很强的吸引力，尤其是德国和奥地利的犹太难民，他们逃离了日益危险的欧洲。（匈牙利人、波兰人和捷克人被吸引到上东区。）每个移民群体都建立了自己的聚居地，在那里他们可以讲自己的语言，保留自己的习俗。很多德国犹太人定居在被戏称为"哈德孙河边的法兰克福"的华盛顿高地区，而奥地利犹太人的聚居地则离奶油松饼面包店很近——走着就能到。这家面包店位于百老汇大街和阿姆斯特丹大道之间的72号大街上，而且除了内部装饰外，店里的氛围像极了旧世界维也纳的咖啡馆。店里的服务人员曾经都是教授，他们会用带有浓重口音的英语称呼彼此为"博士先生"①。

在上西区，曾经有数百家类似奶油松饼面包店和尖脚趾饭店的餐馆，有些阳光明媚，通风很好；有些则较为昏暗却很舒适；有些有爱尔兰酒馆的感觉；有些则更像传统的犹太熟食店。如果你觉得自己很合群，那么可以坐在柜台边的凳子上；不然你也可以溜进一个吱吱作响的用红色皮革包裹的隔间，与朋友亲密交谈。这是那种只要来三次，服务员就会记住你的名字的老店，他们还会记住你喜欢坐的位置，记住你喜欢把奶油放在苹果馅饼上面还是放在旁边。

尖脚趾饭店很大，可能是因为它正好位于街道拐角。这里的桌子上都铺有两块厚厚的白色桌布，服务员都穿着正装。菜单和八卦小报差不多大，上面印有特色菜的促销广告，比如号称"一个能顶一顿饭"的三明治，"尖脚趾饭店清炖鸡肉蛋汤配薏米"（加无酵饼需要额外加钱），还有"你最喜欢的高级腌制牛胸肉"配煮白菜、新土豆和腌甜菜，以及"尖脚趾饭店特色意大利面配鸡肝、豌豆和碎帕尔马芝士"。这里还有樱桃芝士蛋糕，它有一层饼干外皮，上面还点缀着一个闪亮的格子状装饰物。这里的樱桃芝士蛋糕堪称全世界独一无二的美食！

我在尖脚趾饭店的午餐通常是一个开放式火鸡肉三明治，里面有很多肉汁、土豆泥和蔓越莓酱。我总是先点一道鸡尾冷虾，这是菜单上最昂贵

---

① 原文为德语"Herr Doktor"，意为博士先生。——编者注

的菜之一，但我父亲从来没有制止我点这道菜。他只是笑着说："你吃得像个采购员。"我一度以为采购员就是用别人的钱吃昂贵的食物的人。几年后我才意识到采购员是那些采购我们的产品并在高端百货公司出售的人。对我们公司而言，他们可是非常重要的大人物，值得一份鸡尾冷虾。

我父亲天生爱笑，脾气一直很好。他给我讲了自己第一次抽雪茄的故事，说最后他被雪茄的味道熏吐了。他讲这个既是为了逗我笑，也是为了警告我不要抽烟。他的小花招奏效了，我从不抽烟。

午餐后，我们可能会去中央公园或美国自然历史博物馆后面的公园玩投球游戏。父亲臂力很好，我必须戴着手套才敢接他投的球。他还教我如何击球。9岁那年，我在夏令营给他写了一张明信片，上面写着："我按你说的做了，我打出了二垒安打。"

一周5分钱

1939年9月，我在位于阿姆斯特丹大道和77号大街交界处的第87公立学校读一年级。开学第二天，我们班的每个孩子都被要求带5分钱上学。我们交的硬币被封在薄玻璃纸信封中，送到了位于百老汇大道和73号大街交会处的中央储蓄银行，这家令人敬畏的商业堡垒占据了整整一个街区。（当我第一次看到意大利佛罗伦萨文艺复兴时期的宫殿时，我立刻想起了中央储蓄银行。）之后，我们每人都收到了一本蓝色存折。我很骄傲，我拥有了一个储蓄账户。

在长达好几年的时间里，这本存折一直是我最珍贵的财产。大人鼓励我每周都去存5分钱，我听话地照做了。每次存钱，我都会把之前拿到的利息也存起来。和"大萧条"时期的每个乖孩子一样，我喜欢看到利息不断增长。它向我展示了节俭的力量。

虽然我是在"大萧条"时期长大的，但对于经济环境的恶劣，我并没有切身体会。我们不是依然居住在有门卫和电梯的豪华酒店里吗？我也从没想过父亲当时的境况是何等艰难，我只看到父亲在花钱时异常谨慎。我也开始学习注意自己的开销，绝不让消费金额超出自己的支付能力，这个习惯我保持了一辈子。

我一直在往中央储蓄银行的那个账户里存钱，直到成年后才取出了这个账户中的积蓄，来为公司的员工发工资。当时那已经算是一大笔钱了。

时尚的潜移默化

每年1月，我和母亲都会去迈阿密海滩。

我们住在南海滩上狭小的家庭旅馆里，但母亲把她的经营活动集中在科林斯大道附近的豪华酒店里，麦卡利斯特酒店、火烈鸟酒店、鹦鹉螺酒店，以及最为重要的罗尼广场酒店，那是一座仿威尼斯风格的豪华建筑，设计它的建筑师还设计了棕榈海滩的浪花酒店和科勒尔盖布尔斯的比特摩尔庄园。作为迈阿密海滩上第一家提供露台的酒店，它吸引了一大批好莱坞名流，其中不乏奥森·韦尔斯和海华丝这样的明星，还有不少上流社会人士，甚至还有来自欧洲的皇室成员，其中就有大名鼎鼎的温莎公爵和公爵夫人。除此之外，电台名人华特·温切尔还在酒店的竹屋里主持了许多广播节目。

对母亲来说，这是一个完美的启动平台。这些客人正是她的目标顾客，优雅的女士，以及那些想和她们一样飞上枝头变凤凰的小女孩。

坐在罗尼广场酒店的大堂里，我仿佛置身于时装秀场的最前排。这是多么盛大的表演啊！为了和朋友一起购物或享用下午茶，时髦女郎们会穿上有飘逸蝴蝶垂肩袖和外展下摆的连衣裙，戴上刚好齐腕的短手套，而且肯定会戴一顶帽子，通常是斜着戴的无边小草帽，上面经常还会插一支羽毛作为亮眼的点缀。大众已经可以接受女性在公共场合穿裤子了，尤其是阔腿沙滩裤，配上修身的腰带和吊带背心，从前面看很端庄，但整个后背都裸露在外面！而对网球和其他运动项目来说，女式水手领罩衫最受欢迎。

耳濡目染地，我理解了"时尚"二字。什么样的女人适合穿什么样的衣服，小细节能带来多大的改变，自信的气质是如何让人容光焕发的，这些常识已深入我的骨髓。后来我意识到，罗尼广场酒店的大堂给我上了关于时尚的第一节课。

无论如何，我不可能不了解时尚，因为我的母亲就很注重外表，她总能把服装搭配得漂漂亮亮。有一次我问她为什么要穿得那么讲究，当时我们在纽约，她穿着一件伊丽莎白领的外套，非常时髦。母亲说："我必须这么穿。良好的形象有利于我做生意。"

她的生意非常兴旺。20世纪20年代那种面具般厚重的妆容已经过时，现在流行健康、自然的妆容。美国版《VOGUE》杂志强调："为了让自己看起来像几乎没化妆，你必须使用更多化妆品。如果妆容不够精致，那么你的脸看上去就会像刚受了惊吓一样粗糙，即使有一丝暗沉也会很显眼，尤其是在白天。"理想的脸应该有着无瑕而光滑的皮肤，再用鲜红的唇膏点亮面孔。这正是我母亲的理念的完美范例。

我的初恋

对我来说，罗尼广场酒店真正吸引人的地方，除了占地15英亩[①]的花

[①] 英美制地积单位，1英亩合4046.86平方米。——编者注

园和一个巨大的游泳池,就是它在公共空间里陈列着无数的酒店明信片。诺曼底岛的小学里的同学们都会收集和交换豪华酒店的明信片,就像其他学校的孩子们会交换棒球球员卡一样,"我用'谢尔本酒店'换你的'罗尼广场酒店'"。

那是我第一次疯狂地爱上收集。

像当时的许多孩子一样,我也喜欢集邮。回到纽约后的一个周六,我去了一家邮票商店,那里碰巧也卖老式风景明信片。一位顾客给我看了几张19世纪晚期和20世纪早期的德国和美国明信片,我立刻就被迷住了。

这对我来说是个多么大的发现啊!每张明信片上的照片都有一个完整的故事,新泽西州莱克赫斯特航空试验中心的"兴登堡"号飞艇爆炸,或者奥匈帝国的弗兰茨·斐迪南大公走下萨拉热窝市政厅的台阶,几分钟后,刺杀事件引发了第一次世界大战。每当我看到这些照片,就觉得自己仿佛置身于事发现场。一拿起明信片,我就走进了另一个世界。

向我介绍老式明信片的顾客叫沃尔特·祖瓦伊。在他的指导下,我开始频繁光顾古董店和其他邮票商店。最终,我收集了超过12.5万张明信片。我对它们非常着迷,以至于我未来的妻子伊芙琳戏称它们为我的"情人"。

我认为这些明信片在很多方面都可看作新闻摄影的雏形——每张图片都讲述了一个故事。它们也教会了我很多,关于直接性和亲切感,还有构图和信息传递,这些都可以运用到雅诗兰黛的产品广告上。

大后方的生活

1940年5月,我和母亲搬到了滨海大道酒店,这是位于西区大道和74号大街交界处的另一家酒店。当时我只有7岁,但我记得那个日子,因为我们在活动纸箱上铺了报纸，报纸的标题都是关于纳粹入侵法国的。

滨海大道酒店最招人喜欢的就是这里的大毛巾。当时我非常热衷于阅读有关超级英雄的漫画，并收听相关题材的广播节目。酒店的大毛巾可以做一个完美的披风。那时候，所有的男孩都得穿灯笼裤，而我会把蓝色短袜拉到灯笼裤上，戴上镶着金色星星的红色面具，在肩膀上披一条毛巾，然后大喊"沙赞"[①]！我就变身成了惊奇队长或美国队长。

1941年12月7日下午，我正在听收音机，一位播音员忽然插播了一条信息："节目暂时中断，插播一条新闻，日本轰炸了珍珠港。"之后节目又恢复了正常，但播音员每隔30分钟就插播更多新闻。这让我感到很生气。

除此之外，我的生活并没有因为美国加入"二战"而改变多少。家里的亲人老的老、小的小，没有一个符合服兵役的条件。虽然还有几个亲戚住在欧洲，但幼小的我对他们一无所知。

那年1月，和往常一样，母亲和我前往迈阿密海滩。在写给父亲的一张明信片中，我告诉他迈阿密有一家贝尔飞机公司的制造厂，还有一家制造B-26掠夺者轰炸机的工厂。除谢尔本酒店，每一家酒店都被政府征用了，它们成了航空学员的宿舍。

我的同学们已经不再交换酒店明信片，他们找到了新的爱好。学校附近有一个空军训练场，孩子们都知道如何辨认在头顶俯冲的各种飞机的型号。1942年5月2日，我给父亲写信："今天，一架B-25飞机飞得很低，差点撞到树上。它飞得有差不多30英尺高。这是一个侧视图。"是的，我还画了一张草图。

两周后，我写道："再过10天，哇哦，我说错了，再过11天，我们就要回到宾夕法尼亚了。"然后，我继续写道："你寄给我的那些温德米尔

---

① 沙赞是美国漫画中的超级英雄，可以通过大喊"沙赞"变身超级英雄。——编者注

酒店的明信片是盖过戳的。我可以把它们送给我的朋友吗？请给我一个答复。"最后，我在信中强调："现在我已经有 173 张明信片了。"

狗牌和灯火管制

回家后，我发现这座城市已经与 5 个月前我离开时大不相同了。路灯、建筑物内和剧场入口处的白炽灯，甚至时代广场上闪烁的灯光都不见了，这些标志性的灯光曾让纽约光彩熠熠，就算你站在离这里 30 英里[①]之外的海面上都能看到。

据说，这些闪亮的灯光使得港口上的船只更容易成为德国 U 型潜艇的打击目标。所以，这些灯现在都被熄灭了。时代广场的"奇观"，那些精心制作的霓虹灯广告牌，例如和大楼等宽的箭牌口香糖广告牌（它被做成水族箱的模样，还有神仙鱼和细尾鱼在上面游动）；绅士牌花生从袋子里倾倒而出；白色气泡从盛满苏打水的瓶中咝咝地冒出来，又被倒进了 9 英寸[②]高的玻璃杯中；还有雪佛兰和可口可乐的商标灯牌，这些曾经五彩缤纷的霓虹灯广告牌如今全部陷入黑暗中。就连宾夕法尼亚车站宏伟的大厅的天窗玻璃都被漆成了黑色。

家里也安装了遮光罩，我很快就学会了拉上窗帘、调暗灯光。百老汇大街沿路所有的街灯都熄灭了，公共汽车、出租车和汽车的前灯都套上了灯罩。晚上抬头时，我都能看到星星了！

我知道数以百万计的人正在死去，每次去看电影的时候我都会看到新闻汇辑。但这些事仿佛离我格外遥远。"一战"时，我父亲太年轻不能应征

[①] 英美制长度单位，1 英里合 1.6093 千米。
[②] 英美制长度单位，1 英寸等于 2.54 厘米。

入伍,而如今到了"二战",他又因为年龄太大而不能应征入伍。由于没有感受到迫在眉睫的威胁,纽约的战时生活对我来说是令人兴奋的。当时有10家大型报社,它们每天的报纸都把战争新闻放在头版。我收集了欧洲所有国家的地图,每天我都仔细地关注战争的进展。

公立学校的所有孩子都拿到了身份牌,那是一个圆形的塑料牌,大约有25美分硬币那么大,我们用绳子把它挂在脖子上,看起来就像狗牌一样。身份牌有两种,每一种上面都印有你的名字、出生日期和身份证号码。它的作用也和狗牌差不多,在遭遇空袭或其他袭击后,它可以帮助其他人识别你的尸体。

每周都有空袭演习,有些课程很无聊,大家都巴不得课程被空袭演习打断。我们会被护送出学校,在西77号大街排好队,接受戴着白色头盔的演习负责人的检查。

家庭经济学的课程有了新的重要意义——尽管有或者可能正是因为有——食物定量配给制度的出现。一天,数学课被打断了,老师宣布了5位优等生的名字,我也是其中之一,然后我们就被带走,去上了烹饪课。

我知道,为了维持分配给各个班级的食物总量不变,学校必须确保每个班级都是满员的。这一年的学生人数若是减少,便意味着下一年的配给也会减少。家庭经济学的课程通常是为女孩开设的,但那一年,学校里的女孩数量不够,所以我们5个男孩要去补足人数。我们被指导着学习如何烹煮土豆和四季豆。等它们煮好后,我们还必须趁着煮菜的水还热,赶紧喝掉它。喝不完这些水,谁也别想离开房间。我知道不能浪费维生素,可是煮菜水的味道实在令人望而却步。我为战争做过不少事,这是比较令我沮丧的一部分。

校外常有人组织回收废品的活动,大家要去回收橡胶、纸张,以及金属制品,然后再拿去生产枪支、飞机、坦克和船只。在我住的街区,有一座巨大的由废弃金属堆成的高山,它就矗立在阿姆斯特丹大道和西区大道之间的63号大街上,上面还有从位于百老汇大街和72号大街交会处的安索尼亚酒店屋顶卸下的华丽的铸铁飞檐。电影院打出了"救救午后场"的广告,任何人只要带着足够大的废弃金属就可以免费入场,哪怕从旧香烟盒里取出几百张金属箔,团成一个球都行。对我这样一个求胜心切的清道夫来说,这些回收废品的活动令我感到兴奋。不过我不得不承认,在回收报纸和杂志时,我会把《生活》杂志留下来。

中央公园的绵羊草坪上建了一个模拟战场,那里离我们的公寓只有几个街区的距离。那里有坦克,还有可以摸索着穿过的烟幕。那里会有人定期组织模拟战斗,当然了,美国总是胜利的一方。

大街也是我们玩游戏的好地方。当时美国国内实行严格的汽油定量配给制度,加上整个战争期间都没怎么生产新车,导致大街上根本没什么车,宽阔的公路上总是空荡荡的。因此,公路就成了孩子们的游乐场。

沿街排列着五层高的褐色楼房,每一栋都配有一个宽大的石阶通向门口——这个地方很适合玩门廊球。在这个类似棒球的游戏中,你要向台阶投掷一个粉色的斯伯丁弹力球,而你的对手必须尽力接住球。如果球落地并弹起一次后被接住,就记一垒,弹起两次再接住记二垒,弹起三次再接住就是三垒。如果对手在球还没落地时就接住了球,你就出局了。

我们还会玩棍球。我们挥动扫帚击打斯伯丁弹力球,并用井盖作垒。

5月的第二周是弹珠赛季。我们成群结队地来到位于西区大道和83号大街交会处的第9公立学校(现在是第811公立学校)。你要努力让你的玛瑙牌大号弹珠滚过4条车道和两边的停车道,一直滚到一个打开的雪茄盒里,有人坐在那里守护着雪茄盒。如果你的弹珠成功地避开了下水道和坑洞,顺顺当当地沿着雪茄盒盖的斜坡滚进盒里,那就轮到你坐在那里看管雪茄盒了。赢家的奖励就是,看管雪茄盒的人可以拿走所有没能滚进盒子的弹珠。

在西区大街上到处都是玩弹珠的。偶尔会听到远处传来"车！车！"的叫喊声，由远及近，不断重复。这其实是别人在警告你，赶紧把弹珠收好，停止游戏，好让汽车通过。但这种情况很少发生。

战争结束后，我还是会想念那些游戏。

另一件激动人心的事

战争开始时，父亲和别人合伙做买卖，把物资卖给军资供应处，也就是所谓的随军福利社。1941年，就在美国参战之前，他们购入了大量瑞士制造的打火机。与深入人心的芝宝牌方形打火机不同，这款瑞士制造的打火机是圆柱形的，就像一个口红盒，由五颜六色的氧化铝制成。由于瑞士不实行定量配给制，我父亲和他的合伙人购入了尽可能多的打火机。

这是一个完美的商机。当时的金属供应已经很紧张，珍珠港事件之后，芝宝公司将所有产品线都调去生产军用物资，不再为普通消费者生产打火机。但是，美国烟民的比例却急剧飙升，烟民数量在1940到1945年间增加了75%，因此金属打火机成了热门商品。

卖打火机只是个开始。后来父亲成了一名全职销售员，专门为随军福利社销售商品。一天，他给了我一些肩章和徽章，上面有上尉的长条和中士的"V"形条标志，他让我卖给同学。这些宝贝都非常抢手。

大概10岁、11岁那几年，我的小买卖已经做得有模有样了。我曾在一周内卖掉了价值十多美元的徽章，我为此感到非常兴奋。我把钱直接存进了中央储蓄银行的账户。我是个正经买卖人了！

这是我的第一次商业冒险，感觉好极了。对我来说，从生意中赚到的钱比父母给我的零花钱更有意义，因为这是我自己挣来的。从那时起，我就对做生意充满了兴趣。我觉得做生意真是天底下最有意思的事。

顺便说一下，虽然我没有年龄适合服兵役的亲戚，但我们都非常认真地履行自己在后方的职责。第二次世界大战中，作为"大后方"的一员，当时机到来时，我必须进行登记并应征入伍。我始终无法理解，为什么我们这一代的一些人会为自己躲过了兵役而感到自豪。

大大小小的变化

1942年冬天，我得了腮腺炎，父亲寸步不离地照顾我。我父母在1942年12月复婚，1943年9月，我们从滨海大道酒店搬到了街对面的一套公寓里。我的弟弟罗纳德也于1944年2月出生了。

父亲的收入终于增加了一些。除了承办随军福利社业务，父亲还生产了一款由母亲设计的女用压发梳，由于纺织品实施定量配给制，棉布帽子也成了一种奢侈品，女人们转而通过其他方式充实自己的衣橱。父亲通过压发梳、打火机，以及其他小商品，赚到了自己的第一桶金。

母亲的生意更是蒸蒸日上。美国加入战局时，有人开始质疑美国女性"保持一如既往的迷人"的生活方式，认为这是轻浮之举。畅销小说家范尼·赫斯特公开在《纽约时报》上宣称："在这场绝望的斗争中，女性的历史不会用口红来书写。"为了回应这一观点，一位"热血并涂着口红"的家庭主妇反驳说，"漂亮的外表既表达了身为女性的自豪，也体现了对战士们的尊重。"她反问道："当男人们即将为了自由而战死时，如果我们只能向他们展示悲伤和沮丧，这会给他们更多帮助吗？"在她看来，这显然不能。她认为口红是勇气的徽章，象征着"内心的刚强"和"真正的美国女性的热血"。

她并非孤军奋战。在1941年的一篇社论中,《VOGUE》杂志问道:"在这样的时刻,女士们关心自己的外表是爱国的表现吗?"

一名士兵这样回答:"在这样的日子里,如果女士们外表不够光鲜,那无异于打击士气,应被视为叛国。"

广告也都在提醒女性:"美丽是你的责任。"英国和美国的效率专家称,富有魅力的外表能鼓舞士气,提高效率。工厂也为迎接战争做了充足的准备,女性开始大量进入劳动力市场,填补了因征兵而造成的大量空缺岗位。许多从事制造业的工厂也重新设计了厂房,将美容沙龙和化妆品柜台都纳入其中。波音公司同时开设了焊接培训班和魅力培训班,西雅图海军造船厂的管理层和工会都就"如何在生产线上看起来更漂亮"提供了建议。马丁飞行器公司的月度员工内刊《马丁之星》还会定期在有关B-26掠夺者轰炸机和B-29超级空中堡垒轰炸机的文章中穿插一些美容小窍门。

战争生产委员会曾试图将美妆产品的产量削减20%,结果遭到了美妆行业生产者和消费者的强烈抗议。不到4个月,战争生产委员会就撤掉了L171号令,默认美妆产品对战争至关重要。

如果有一样东西被认为是不可或缺的,那就是口红。1944年,《妇女家庭杂志》上刊登了一则丹琪牌口红的广告,一名女性空军飞行员正从战斗机的驾驶舱里钻出来,她身穿跳伞装、背着降落伞,还涂上了丹琪牌口红。广告文案是这样说的,口红"象征着我们战斗的理由……在任何情况下,女性都有保持女人味和美丽的宝贵权利"。就连1943年5月29日的《周六晚邮报》封面上的"铆工罗西"和著名的"我们能做到!"海报上展示二头肌的女性,也都涂了口红。

那些因为战争而独立的劳动女性逐渐形成了新的市场。从事工业生产的女性数量变得前所未有的庞大——截至 1943 年，飞机制造业中有 65% 的员工是女性，与战前仅有的 1% 形成鲜明对比，而且她们赚的钱比大家听说过的还要多。由于当时对日用品实行定量配给制，衣服、鞋子、尼龙制品、玻璃纸，甚至咖啡的数量都是受限制的，于是广大女性自然地将美妆产品视为相对容易获得的享受。

1942 年，成立仅 10 年便坐拥百万美元身家的露华浓老板查尔斯·雷夫森评论说，女性工薪族终于"有钱去购买她们耳熟能详的美妆产品了"。（露华浓设计过一款红色唇膏，其颜色与美国海军陆战队女预备役军人制服帽上的装饰线十分相配。）

她们确实非常疯狂。1940 年，化妆品、香水和洗漱用品的零售总额约为 4.5 亿美元。到 1945 年战争结束时，光是露华浓的营业总额就已经超过了 7.11 亿美元——这个数据将露华浓推上了美国五大美妆品牌之一的宝座。

当仁不让

我用自己的方式帮母亲鼓舞了士气，也提高了她的收入。由于实行定量配给制，母亲很难从供应商那里一次性购入大量产品原料。于是她给了我一份购物清单，打发我去附近的药店，看看能买到什么。我到处走走逛逛，在这里买 1 磅① 乳化剂，在那里买 1 夸脱② 矿物油。不过，不久我就找到了可靠的货源，成了母亲颇为信赖的供应商。

我们的新公寓有两间卧室和一间女佣房。我的父母和弟弟住一间卧室，我住另一间，女佣房则用来存放空罐和空瓶。我经常帮母亲搬运货物，因

---

① 英美制质量单位，1 磅合 0.4536 千克。
② 英美制体积单位，美制 1 夸脱约等于 1.101 升。

此我对母亲业务的增长量了若指掌。

母亲"在用户群体里树立口碑"的理念取得了成功,她那一套"打电话、发电报、让女人知道"的营销方式的确行之有效。很多女性会将母亲生产的面霜和乳液推荐给自己的女性朋友,还告诉她们,雅诗兰黛在纽约各地的美容沙龙都设有专柜,母亲为专柜配备的销售人员也越来越多,每一个女销售员都是她亲自培训的。母亲分给我的任务是收钱,每周收一次。

到了收钱的日子,我便跳上公交车,把所有美容沙龙挨个走一遍。这一趟走完,我的书包里就塞满了钞票,多则 200 美元,少则 100 美元。这在当时可是一笔不小的数目。

我的父母就这样 100 美元、200 美元地攒着钱,他们齐心协力地筹集启动资金,准备日后创立一家大公司——这就是未来被称为雅诗兰黛的公司。

空闲时间和敏锐的眼光

然而我对父母的野心和计划一无所知。我知道的只是父母都很忙,总是不在家,我经常自己一个人待着。不过我是个天性独立的孩子,整个纽约都是我巨大的游乐场。

周末,父母会给我 20 美分的车票钱,好把我打发出去,不要在家里碍手碍脚。我最喜欢的行车路线是第五大道的公交线路,公交车会沿着滨河大道一直开到翠亨堡和修道院。这些公交车都是双层巴士,但到了夏天,上层的车顶就会被拆除。

我喜欢坐在车顶,在那里我可以伸长脖子四处观望。滨河大道的一侧是许多优雅的建筑,我最喜欢位于滨河大道和 86 号大街交会处的诺曼底公寓。那里有一套刚好能与我视线平行的公寓,透过它的落地窗,我可以看到客厅里陈列的漂亮的艺术作品。这就像是对梦幻世界的匆匆一瞥。大道另一侧是滨河公园的散步区,穿着时髦的男女在菩提树和梧桐树下漫步,而我完全被眼前滚动的时尚潮流迷住了。

在周六的时候,母亲会给我做一个三明治,然后把背着棕色小包的我送到百老汇大街和 75 号大街交会处的灯塔电影院。只要 1 美分,我就能进入一个神奇的世界。不过,后来随着通货膨胀,价格涨到了 12 美分。除了首轮放映的正片,我还可以看到一部关于战争最新情况的新闻短片、一部卡通片,以及一部连续剧中的一集,有时甚至还包含一场舞台表演。我会和朋友们一起在那里坐上四五个小时,我们称自己为"75 号大街帮"。"75 号大街帮"的成员们津津有味地看着电影,嚼着三明治,幸福得就像进了天堂。

然而最棒的还在后面,我们离开电影院时还能得到一本漫画书!谁能想到买一张电影票就能得到这么多好东西。这是我第一次体验"购物即可获得赠品"式的服务。

电影也是一扇大门,它通向另一个天堂——博物馆。

在我上小学时,现代艺术博物馆里有一个很棒的电影院(现在仍是如此)。我每周都会抽一两个下午去看 20 世纪 20 年代和 30 年代早期的老电影。我还记得那些熠熠生辉的女明星,格洛丽亚·斯旺森、克拉拉·鲍、玛丽·阿斯特,当然还有无人能够媲美的格蕾塔·嘉宝。她们如何仅凭一颦一蹙、一个耸肩和一个噘嘴传情达意?她们的服装、道具和妆容如何强化她们的性格?每个女演员都如此独特,她们是如何以自己的方式征服观众的?

当时的我对此一无所知,于是我用了一生的时间来磨炼自己的双眼,好去欣赏艺术与设计之美。

电影开始之前,我经常在博物馆的画廊和花园里闲逛,我在那里发现了形形色色的好东西,梵·高的《星空》、彼得·布鲁姆的《永恒之城》(这幅油画对意大利墨索里尼的法西斯政权进行了惊人的谴责)、帕维尔·切利乔夫的《捉迷藏》，以及几幅俄罗斯结构主义画作。

我曾兴致勃勃地问自己，如果我能在现代艺术博物馆里拥有一幅画，那会是哪一幅？我的首选一直是奥斯卡·施莱默的《包豪斯阶梯》。我爱那幅画，一有机会就会去看看。

（把时间快进到25年或30年后，我和妻子伊芙琳前往米兰旅行的那段时间。我记得有一天，我们开车到坎皮奥内，那是一片被瑞士领土包围的意大利飞地。在一家德国人开的画廊里，我被一幅叫《拾级而上》的画作深深吸引了，这是奥斯卡·施莱默完成《包豪斯阶梯》之前的最后一幅创作手稿。其价格是3万美元，几乎是我当时一年的工资。

这幅画贵到让人不想买，但我还是买了，并且从没后悔过。这幅《拾级而上》直到现在还挂在墙上，它作为一个标志物，告诉我梦想可以变成现实。）

我就读的第87公立学校与美国自然博物馆只隔了一个街区。学校下午3点就放学，而3点时我父母还在工作。自然而然地，我三不五时就去博物馆参观。我听过天文馆中的每一场演讲。博物馆对面的纽约历史学会也是我的挚爱。

罗杰斯和哈特有一首很受欢迎的歌曲叫《我们拥有曼哈顿》，歌词结尾是："这座城市是一个奇妙的玩具，专为女孩和男孩打造。"对我来说，这座城市的确是一个奇妙的玩具。事实证明，童年时期在曼哈顿的探险经历恰好为我未来的工作打了基础，后来我在公司里创建品牌、审核营销活动时，用到了很多那时学到的知识。

1945年9月2日，日本正式投降，第二次世界大战终于结束。第二年，定量配给制被逐步淘汰。战时新闻署号召美国人"少花钱，才有钱花"的海报也被扔掉了。经历了10年的"大萧条"和战争，美国终于重新出现了和平与繁荣的迹象，大家对未来信心满满。

第四章

萨克斯的吸引力

ESTÉE LAUDER
成为雅诗兰黛

我父母和生意伙伴出去吃饭时，总喜欢带上我。对他们来说，让我加入饭局可谓一举两得：首先，我不用大晚上一个人待着了；其次，可以把照顾我、喂我吃饭的任务甩给其他人。但是，1946年的那顿晚餐对我来说非常特别。

我们5个人围坐在桌子旁——我的父母、他们的会计和律师，还有我。经过多年呕心沥血的辛勤工作，我的父母省吃俭用攒下一笔钱，他们准备用这些钱来豪赌一把——不再把产品授权给美容沙龙售卖。他们下定决心要闯入真正的行业大联盟，做批发！

会计和律师被他们公布的计划吓坏了。"这是行不通的！美妆行业的风险太高了，你们会破产的！"他们恳求我父母重新考虑一下，"雅诗！约翰！求你们了！别这样做！"

他们的担心是有道理的，美妆行业的竞争十分惨烈。

在一线品牌中，伊丽莎白·雅顿和赫莲娜·鲁宾斯坦这对竞争对手已经分别利用水疗会所和美容沙龙吸引到了不少有钱的顾客。据说在这些水疗会所和美容沙龙里，女性顾客不但可以让人帮自己拉伸、放松和洗澡，还可以让人把自己裹在热毛毯里，或是沐浴在红外线中。她可以让人帮自己按摩，也可以享受水中按摩，甚至还有奢华的牛奶浴。所有这些服务都可以在午餐前提供。还有露华浓，在查尔斯·雷夫森的带领下，露华浓的市场占有率更高了，旗下产品在各个百货公司和数千家美容沙龙都受到追捧。

除了这些在全国各地都拥有极高知名度的一线品牌，市面上还有不少其他成熟的美妆品牌。每个品牌都有独特的市场定位：蜜丝佛陀、科蒂和其他大众品牌要么在药店或伍尔沃斯杂货店这样的廉价杂货店出售，要么在相对较新的连锁超市里开架零售；而雅芳则别出心裁地组建了一个以女性为主的销售团队，挨家挨户推销化妆品和香水，直接与消费者建立联系；芝曼蒙黛和丽思查尔斯等价格昂贵的品牌则将奢侈品专卖店作为自己的销售平台，这些专卖店通常是专门销售高级品牌成衣和配饰的。

每个品牌都在大肆复制他人的成功经验，并根据自己的用户群体加以调整。

雅诗兰黛只是个小品牌，它小到哪怕只是多了一位顾客，人们都能注意到营业额发生了变化。人们很难想象这只小蚂蚁竟然认为自己有实力与行业巨头抗衡。但我父母觉得时机已经成熟。"会计和律师做好本职工作就行了，"他们说，"商业决策应该由我们来做。"

他们做的决策就是成立一家名为"雅诗兰黛化妆品"的公司。

战后美妆热潮

雅诗兰黛化妆品公司幸运地在正确的时间、正确的地点成立了。

第二次世界大战后，美国经济迅速发展，老百姓手头宽裕了不少，特别是广大女性劳动者。她们不但学会了赚钱，还学会了如何为自己花钱。战争结束后，很多工厂由生产军用品转为生产日用品，还雇用了大量退伍军人作为劳动力，成千上万的女性劳动者因此失业。尽管如此，女性劳动者，特别是已婚女性劳动者的数量仍有显著增长，美国女性劳动者的数量在短短 10 年内攀升至 1600 万，达到了有史以来的最高峰。

此外，战争让女性尝到了人格独立和经济独立的甜头。她们不但扩大了视野，还学到了新的技能，她们甚至能够利用自己新学的技能帮助这个国家打赢战争。和平时期的美国女性不但变得更加自信，还开始主动规划自己的生活。高速增长的经济水平为美国女性提供了消费的勇气，她们开始购买汽车、冰箱、洗衣机、吸尘器……消费让她们感到自由又幸福。当然啦，她们也买化妆品。

时装行业开始了天翻地覆的革新。1947 年 2 月 12 日，克莉丝汀·迪奥的"新风貌"运动横空出世。战争时期实行定量配给制，大家购买服装时会本能地选择那些结实耐磨的服装。而"新时尚运动"则完全背道而驰，迪奥推出了标志性的紧身胸衣和宽大的长裙，强调女性特质的服装开始大行其道，成为新的流行风尚。

所谓的"新风貌"运动，是由《时尚芭莎》的编辑卡梅尔·斯诺命名的流行趋势，它指的不仅是迪奥倡导的"富有女性韵味"的时装，也包括全新的妆容。

克莉丝汀·迪奥的商业伙伴，后来成为迪奥公司负责人的雅克·鲁埃描述了一场时装秀上观众的反应："战争时期化妆品的严重匮乏使大家被迫接受了自己的素颜。当那些妆容精致的模特出现时，观众席上的女人们立刻理解了这种新的优雅。"女人们再次拿起口红、眼影、眉笔和腮红，在脸上化出了精致的妆容。

纽约——美国展示时尚与品质的舞台，《时尚芭莎》《VOGUE》以及诸多影响力巨大的时尚杂志的大本营。雅诗兰黛这棵幼苗就生长在这片完美的苗圃中。

占尽天时地利人和的母亲成了化妆品行业炙手可热的新星。

1946 年，就在雅诗兰黛化妆品公司刚刚成立时，《纽约时报》发布报道称，在对 1000 名女性做的调查中，99% 的女性承认自己有擦口红的习惯，95% 的女性涂指甲油，94% 的女性使用散粉，80% 的女性会涂粉底液，73% 的女性有喷香水的习惯，71% 的女性习惯使用洁面霜。其结论是"美妆市场正在稳固发展"，并预测"祖母的玫瑰花露和散粉"很快就会发展成一个产值 10 亿美元的行业。

谁能成为这个行业的领头羊？58 岁的伊丽莎白·雅顿，64 岁的赫莲娜·鲁宾斯坦，还是"钢铁直男"查尔斯·雷夫森？我的母亲此时刚满 38 岁，是一位年轻迷人的金发女郎，她性格活泼、精力充沛，对自己的产品充满信心，而且她比巴顿将军还要坚毅果敢。她拥有一切领袖必备的品质，她就是为了这个行业而生的！

最初，母亲将目标锁定为占受访女性 71% 的洁面霜使用者，这个群体会对母亲精心调制的洁面油、奶油面膜和高效全能精华面霜怦然心动。除了这些护肤产品，公司还会免费附赠一份润肤露、一份散粉、一支名为"公爵夫人红"的唇膏和一块绿松石色的眼影。之所以选择这个颜色的眼影，是因为它最能突出眼睛的深邃明澈。

总而言之，母亲打算用一只手能数过来的几样产品，建立起自己的商业帝国。

我们全家人都投入了这场战斗。

各尽所能

我的父母以"女主外男主内"的合作方式来划分各自的职责。"主外"的母亲不知疲倦地在全国各地出差，推销自家的产品。曾有一年，她的出差总时长达到了25周。当母亲轻抚大客户们的脸颊为她们上妆时,她的手指也悄悄搭上了美妆行业的脉搏。她对这个行业上下游的需求了如指掌,并且源源不断地输出着各种关于产品和营销的新创意。

父亲"主内",一周7天,父亲天天都从早上8点忙到晚上7点,他在顶尖丝绸公司和其他企业积累的工作经验正好可以用来管理雅诗兰黛的财务、运营和生产部门。父亲是我见过的工作最努力的人。

我的父母曾经开玩笑说,他们的合作之所以如此成功,是因为母亲从来没有去过工厂,而父亲从来没有离开过工厂。

母亲在54号街麦迪逊大道501室租了一间小办公室和一间陈列室。她买了一张可爱的小圆桌,放在办公室里做装饰。我记得她曾经说过:"这张桌子要是用来签订单就完美了。"就连当时年仅13岁的我也觉得:"那岂不是美事一桩吗?"

工厂离我们的公寓只有几个街区,就在西64号大街1号,中央公园西路和64号大街交会处的拐角。这里原本是家餐馆。起初,我父母只租了厨房,我们预付了6个月的租金,还雇了两名员工来制作化妆品。随着业务扩大,我们把餐馆的其余部分也都租下来了。(我们还将当年用过的火炉留在了长岛的工厂里,它是公司历史的一部分,呈现了公司初创时期的样貌。)

13岁那一年,我已经开始工作了。我每天下午放学后都去工厂干活,就连周末也不例外。我并不觉得厌烦,此时,曾陪我一起看电影、玩弹珠的"75号大街帮"已经默默解散了。再说,当我看到父母那么拼命地工作时,我也只想帮他们做点事。

我的薪水是每小时25美分,这在当时算是高薪了。不到两年的时间,我已经学会了编录发票。我成了公司的开票员,我可不是"普通"的开票员,而是"独一无二"的开票员。

和我的父母一起共事,这本身就是很棒的教育。我见证了家人们一拳一脚打天下的全过程。我们的新公司在行业内没什么知名度，我们买任何东西都得先付钱，不能赊欠。有一次我们买了一批纸盒，钱已经付了，对方却拖着不给我们发货。纸盒公司的人连电话都不接，我们父子只好赶到他们位于长岛的办公室要账。要么把盒子拿回来，要么把钱要回来，我们至少得要回来一样东西。否则还没等正式开业，公司就破产倒闭了。

我不知道父亲到底说了什么，抑或做了什么，总之他说服了对方，纸盒公司同意发货了。我还记得当纸盒送到公司时，父亲大大松了一口气的样子。

也就是在那一天，我学到了宝贵的一课。正如父亲常说的："当一个有经验的人遇到一个有钱的人，很快，有经验的人就会有钱，而有钱的人会有经验。"

（随着雅诗兰黛的不断发展壮大，我们成了全行业最大的纸盒采购商。一天，当年拖着不肯发货的那家纸盒公司来找我们谈合作，想让我们试试他们的产品。当时我刚好负责公司的采购业务，拒绝他们的感觉实在是太爽了。）

我们第一年的销售额约为5万美元。在这个行业，这算是很高的了，但我们在产品的原料和包装上花了很多钱。这些开支几乎耗尽了所有利润。

"特殊"环境

母亲决心要培养出只属于雅诗兰黛的用户群体，为自家的品牌奠定一个独一无二的强大地基。

从一开始，她就瞄准了那些愿意购买优质产品、一心想要提升社会地位和生活水平的女性。十多年来，母亲一直在第一线奋战。她亲手帮顾客按摩，给她们涂上全能高效精华面霜，教她们如何通过化妆来扬长避短。同时，母亲还会陪她们聊天。她对自己的顾客了若指掌，她知道她们的期望和野心、恐惧和担忧。她了解她们真正想要的东西，因为女性总会在按摩时交心，而母亲最懂得如何帮助朋友。

查尔斯·雷夫森说自己"把希望装进瓶子里，卖给女人"，母亲拒绝这样定义自己的事业，她认为自己在传递自信。她从不怀疑这一点，无论自己的顾客从事何种行业，拥有什么样的社会背景，她们都会选择质量更好的护肤产品。只要能让自己变得更有女人味、更优雅，她们绝不会吝惜钱财。

当然，她并不是第一个发现并试图满足这一类的顾客需求的人。伊丽莎白·雅顿和赫莲娜·鲁宾斯坦也在密切关注这群用户，而且她们在行业内已经站稳了脚跟，这两位女士的美容沙龙已经入驻了全球各大城市。她们的美容沙龙提供一站式购物服务，顾客们可以在这里买到所有能使自己看起来更美的化妆品。穿着干净的白色制服和软底护士鞋的护理人员会为顾客们提供氧气面膜、深层组织按摩、去角质、美黑、新陈代谢检测、自然水疗，以及石蜡温热疗等服务，而这只不过是美容沙龙服务列表中的几项常规服务。美容沙龙还为顾客们提供各种课程，比如瑜伽课（在伊丽莎白·雅顿的美容沙龙里，一个缎背驼毛瑜伽垫能卖到 65 美元。）、体操课、形体课、礼仪培训课，甚至还有击剑课。美容沙龙的餐厅会供应清淡健康的食物。在美容沙龙里，他们对顾客的服务可以说是从头到脚，无微不至。只要顾客愿意，美容沙龙里的美发师甚至可以陪她聊上一整天。

我的父母根本没有足够的资金开美容沙龙，更别提与雅顿小姐和赫莲娜夫人的连锁美容沙龙竞争了。

母亲决定另辟蹊径，她选择了另一个平台去获取客流——奢侈品专卖店。

专卖奢侈品的百货公司与普通的百货公司不同，普通的百货公司什么都卖，从衣服到家具，从自行车到电视机，应有尽有。专卖奢侈品的百货公司则专门经营男女服装和配饰，每家店都会对应一个特定的细分市场，从折扣店到高端店都有。

纽约的萨克斯第五大道精品百货、邦维特·泰勒百货和波道夫·古德曼精品百货、达拉斯的奈曼·马库斯百货，旧金山的 I. 马格宁百货，这些都是专卖店界最耀眼的明星。就像《米其林指南》的最高嘉奖说的那样，它们"值得你特别安排一趟旅行"。

但是，每一个拥有追求时尚的人群基础的城市，都有属于自己本土的奢侈品专卖店，比如底特律的希默尔霍赫专卖店、克利夫兰的哈雷兄弟百货、新奥尔良的戈德肖百货、休斯敦的萨科威茨百货等，此处仅举几例。

（我常在入睡前玩一个小游戏，不是像别人那样数羊，而是在心里默数和我们合作的奢侈品专卖店，从缅因州波特兰的波蒂厄斯专卖店和米切尔 & 布朗专卖店开始，顺着东海岸南下，一路依次路过波士顿的 R.H. 斯特恩专卖店和法林百货，普罗维登斯的格拉丁斯专卖店，哈特福德的 G. 福克斯专卖店，等等。在雅诗兰黛的巅峰时期，我们仅在美国就有超过 650 家合作的奢侈品专卖店。大多数时候，还没等数到位于纽约的那几家奢侈品专卖店，我就已经进入了梦乡。）

我说的专卖店可不是一般的商店，它们风格独特，并且自成一派。这些专卖店就像俱乐部一样，它们的会员会根据自己的品味和风格在不同专卖店中进行筛选。它们就像是一个有趣的集市，走进专卖店大门，就像一头钻进了阿拉丁的藏宝洞，里面陈列着闪闪发光的玻璃杯、镜子和锃亮的黄铜制品，货架上堆满了奢华的丝绸、柔软的皮革、诱人的香水和绝对会让你变得更美的产品。它们像是华丽的游乐场，会员们可以花上一个下午甚至一整天，和朋友一起试穿那些优雅的帽子、裙子和鞋子，尝试各种不同的新造型。城里其他商店可没有类似的服务，只有专卖店能让自己的会员们沉醉其中，难以自拔。

这些声名显赫的专卖店符合我母亲对经销商的所有要求。它们的会员有能力购买昂贵的产品。并且这些专卖店的购物环境十分优雅，可以提升我们的品牌形象。在曼哈顿之外，了解雅诗兰黛的女性并不多，专卖店的专柜就是我们能拿到的最好的品牌背书。

此外，专卖店还有一项极具诱惑力的优势，顶级专卖店能够为会员办理可透支的会员卡——相当于信用卡！

母亲立刻看到了商机。

当时几乎所有零售行业都信奉"现金为王"的理念。维萨信用卡、大来国际卡和美国运通签账卡直到20世纪50年代才开始出现。（信用卡与签账卡的区别在于，银行发行的信用卡允许用户分期付款，而签账卡的账单必须按月全额支付。）现金支付杜绝了冲动购物的可能，而化妆品买卖依赖的恰恰就是顾客的购物冲动。如果一个女人的钱包里没有多余的钱，那么无论她多想买一瓶雅诗兰黛的面膜，她都没办法满足自己的欲望。

唯一的例外只会出现在奢侈品专卖店，它们会向一部分有钱、有社会地位的顾客提供一张钱包大小的金属会员卡。持有会员卡的顾客不必使用现金购物，他们可以将购物费用暂时挂在自己名下。萨克斯第五大道精品百货的会员卡是很多人梦寐以求的宝贝，当我问未婚妻伊芙琳想要什么结婚礼物时，她立刻在我耳边小声说："萨克斯的会员卡！"

第五大道上的另一座大教堂

在所有知名专卖店中，萨克斯第五大道精品百货最负盛名。正如当时在其美妆部做采购员的鲍勃·菲斯克所说:"没入驻萨克斯,你就等于没入行。"

萨克斯第五大道精品百货是亚当·金贝尔的杰作,金贝尔家族的百货公司在20世纪30年代时是世界上最大的连锁百货公司。金贝尔家族在纽约建立的第一个百货公司位于33号大街。由于他们迫切需要在最大的竞争对手梅西百货对面拥有一席之地,1923年时,金贝尔家族买下了位于34号大街的萨克斯百货商店,这家萨克斯公司旗下的商店此前一直被称为"34号大街萨克斯"。

金贝尔家族向来擅长吸引崇尚节俭的中产阶级顾客群体,他们惯用的营销口号是"没有其他地方比金贝尔百货更便宜"。为了吸引更多的高收入顾客,霍勒斯·萨克斯说服他的新合伙人在第五大道开了另一家店。1924年9月15日,萨克斯第五大道精品百货开业了,新店坐落于圣帕特里克大教堂以南。从穿着毛皮大衣、戴着珍珠项链的顾客冲进闪闪发光的黄铜大门的那一刻开始,萨克斯第五大道精品百货就成了第五大道上的一座新教堂。

两年后,霍勒斯·萨克斯去世,亚当·金贝尔接任。亚当上任后的第一件事就是将整个店按照1925年巴黎世界博览会普及的豪华现代艺术风格重新装修。在他的领导下,萨克斯第五大道精品百货成为奢侈品零售行业的标杆,也是业内公认最具风格的奢侈品专卖店。除了各种各样的名品专柜,这里还出售亚当的妻子索菲设计的高级定制男士衬衫和独一无二的女士晚礼服。最重要的是这里有其他店都买不到的好东西——最高端的品牌化妆品。

母亲凭本能意识到,品牌的价值取决于出售它们的位置。如果我们的品牌能够在萨克斯第五大道精品百货开设专柜,我们就等于成功了一半。那段时间,每天晚餐时我们的话题都是围绕着"如何让雅诗兰黛进驻萨克斯第五大道精品百货"展开的。

在接下来的几年里，母亲特别喜欢讲述自己是如何与鲍勃·菲斯克周旋了好几个月，才让他接受雅诗兰黛的。每周三、周五的下午，母亲都会和其他四五十家商户一起，在菲斯克的办公室外面翘首以盼，希望菲斯克能批准他们的进驻申请，让他们得到自己梦寐以求的专柜柜台。她一再告诉菲斯克，萨克斯第五大道精品百货的顾客需要她的产品，但菲斯克总是回答他没有看到这方面的迹象。

在母亲"第一百万次请求"时，菲斯克彻底失去了耐心，他说："顾客没有这方面的需求，我不会考虑你的产品。"

母亲反驳说："我可以证明给你看，顾客需要我的产品。"

"如果是这样的话，"菲斯克退让道，"那么我们会重新考虑。"

是时候闭上嘴，让事实说话了。

证明它

母亲想出了一个巧妙的计划。

纽约最高雅的酒店当数华尔道夫酒店，母亲决定在店里最负盛名、最高雅精致的"星光之顶"举行一场女性慈善午宴和时装秀，并在那里发表演讲。这个计划最妙的是，华尔道夫酒店距离萨克斯第五大道精品百货只有两个街区。

她雇了一些漂亮的模特，让她们戴上印制了"雅诗兰黛"字样的蓝色肩带。背景音乐是华尔道夫酒店的管弦乐队演奏的《美丽的少女就像动听的歌曲》，模特们在酒店里四处漫步，她们会随手送给客人们散粉的小样，并且小声告诉他们："这是雅诗兰黛的礼物，雅诗兰黛的礼物，雅诗兰黛的礼物。"

（后来，很多人在讲起这个故事时，会说这份礼物是一支"公爵夫人红"的唇膏，但我可以告诉你那不是真的。事实上礼物是一个 2×2 英寸的盒子，里面装着散粉。我之所以知道，是因为每个盒子里的散粉都是我亲手装的。我先把散粉舀进漏斗，再把散粉从盒子底部的小孔中倒进去，然后把小孔堵住，再把盒子翻过来，用力拍一下，好让散粉落下来，最后迅速套上袋子，贴上雅诗兰黛的标签，然后把这几百个盒子小心地码放在纸箱里。要装满一个 2×2 英寸的盒子需要很多散粉，这是一份非常无聊的工作。但母亲认为，如果一位女士能把盒子用到见底，那么她一定已经使用这些散粉很长时间了，多半已经习惯并喜欢上了使用我们的散粉。这样的话，她一定会购买更多散粉。

哦，还要更正一件事。很多人说我当时用自行车把纸箱从位于西 64 号大街的工厂运到了华尔道夫酒店。事实上，虽然当时公园大道还不像今天这样动辄堵得水泄不通，但是我也不会拿这么重要的货物冒险。因此，我当时叫了一辆出租车。）

我母亲不知道菲斯克派了一名代表去华尔道夫酒店考察她的表现，如果有必要，菲斯克派出的代表可能会当众让她下不来台。但正如我母亲所预料的那样，菲斯克回忆说："午宴结束后，一大群人穿过公园大道和第五大道进入萨克斯第五大道精品百货。"他们要买雅诗兰黛的产品。"这件事说服了我，顾客确实有这方面的需求。"

那些顾客正是我母亲和萨克斯第五大道精品百货都梦寐以求的高端女性顾客。此外，我母亲答应过菲斯克："我将关闭在美容沙龙开设的所有专柜，把所有客流都引到你这里来。"菲斯克同意采购雅诗兰黛的产品，但有一个附加条件："只要你把产品重新包装一下，我们就马上进货。"

雅诗兰黛之蓝

鲍勃·菲斯克坚持要我的母亲更换产品包装，因为乳白色玻璃罐、黑色瓶盖，还有盖子上手工粘贴的标签，这看上去太像药品的包装了。而此时，我的母亲也刚好因为一起小事故认识到更换产品包装势在必行了。

一位计划去度假的顾客要购买4盎司[1]罐装的高效全能精华面霜，以备数月之用。"当然可以。"母亲回答说，她还提醒了这位顾客，启程前务必把面霜罐子放进冰箱里，以便尽可能地保持面霜的新鲜。

后来这位顾客告诉母亲，自己在出门前举办了一次告别晚宴。晚宴结束后，她走进厨房，看到吧台上放着高效全能精华面霜的罐子，但罐子上的标签不见了，而且罐子也空了。看起来似乎是冰箱里弥散的水汽打湿了标签，因此标签脱落了。而经过冰箱冷藏，面霜里的油脂全部跑到了罐子顶部。于是女佣把高效全能精华面霜当成了蛋黄酱，混进了沙拉里。

"蛋黄酱事件"让我母亲开始琢磨，大多数女性会把护肤品放在哪里呢？当然是浴室里！但是浴室里经常会有淋浴产生的水汽，水汽会导致标签脱落。因此我母亲下了决心，这些靠不住的标签必须去掉。雅诗兰黛的名字必须直接刻在罐子上。

"罐子必须得漂亮，"母亲继续做决定，"这就不用说了。"就这样，传统的乳白色罐子被淘汰了。

最重要的是，这些罐子不能与顾客的浴室装修风格冲突。恰恰相反，母亲的要求是："我希望（女性）用户群体能自豪地展示我的产品。这些罐子必须传递出奢华、和谐的感觉。它们必须是独一无二的。"

母亲定制了一些不同颜色的罐子样品。她把这些罐子装进她的化妆包，

---

[1] 英美制重量单位，1盎司合28.3495克。——编者注

然后开始用自己的方式做市场调查。"每次我去朋友家，或者走进一家优雅的餐厅后，我都会找个借口离开，然后溜进洗手间或浴室里，把罐子的颜色和各种颜色的墙纸搭配起来观察，"她写道，"我见过银灰色、紫色、黑白相间、棕色、金色、粉红色，甚至红色的浴室。那么究竟哪种颜色的罐子能够在所有浴室里看起来都很棒？为了回答这个问题，我研究了好几周。由于我花了太多时间去'补妆'，总是长时间缺席，大家都开始为我担心了。"

粉色不行，粉色已经是伊丽莎白·雅顿的标志了。她所有的产品商标都是粉色和金色，上面还有一个粉色的缎带蝴蝶结。她那辆由司机驾驶的绿色宾利轿车，还特意配了粉色的地毯。更有甚者，伊丽莎白·雅顿就连下葬时都身穿由奥斯卡·德拉伦塔设计的"雅顿粉"褶饰边礼服。（另一方面，赫莲娜·鲁宾斯坦还在犹豫，要不要将产品的包装统一，并从此固定下来。正如赫莲娜夫人对雅顿小姐的评价那样："用我的产品和她的包装，我们本可以统治世界。"）

母亲花了好几周调查各种各样的浴室，后来她在回忆录中说："终于，我想到了。"她想到的那个颜色"既不是蓝色，也不是绿色。它介于两者之间，是一种隐隐约约的、淡淡的、令人难忘的绿松石色。它和每一种墙纸搭配起来都很完美，无论是在最豪华的浴室里还是最朴素的浴室里"。

这种精致而与众不同的颜色被称为"雅诗兰黛蓝"。罐子被漆上了雅诗兰黛的名字和产品名，从此再也不会有脱落的标签了。

1947年4月8日，鲍勃·菲斯克订购了价值1020美元的雅诗兰黛商品，包括洁面油、润肤露、面霜、面膜，以及各种口红、散粉、腮红和眼影。（母亲给他50%的折扣，所以他实际上只花了510美元。）雅诗兰黛和萨克斯第五大道精品百货的合作由此开始了，我们的合作十分愉快，而且一直延续至今。

母亲答应过鲍勃·菲斯克，她会关闭市内所有美容沙龙里的柜台，把客流都引到萨克斯第五大道精品百货。为此她订购了小巧优雅的白色卡片，上面用金色的字写着"雅诗兰黛化妆品，现于纽约萨克斯第五大道精品百货有售"。现在我的工作来了，我要把所有这些卡片塞进信封，封好，在信封上盖章，再给美容沙龙留存的雅诗兰黛顾客名单上的所有人都寄一份。

为了确保自家产品可以在萨克斯第五大道精品百货脱颖而出，母亲把所有的客流都导向了这里。不久，雅诗兰黛赚的钱就足够支付大笔邮资了，此时母亲立刻对萨克斯第五大道精品百货的所有固定顾客都寄出了类似广告的邮件。

鲍勃·菲斯克的妻子海伦·贝列兹尼是邦维特·泰勒百货的美妆产品采购员。邦维特·泰勒百货位于第五大道和56号大街交会处，距离萨克斯第五大道精品百货仅几个街区，前者的顾客基础与后者不尽相同。前者更前卫，但也非常适合雅诗兰黛的产品。更多的金字卡片和更多的信封成就了又一次成功的推广。

我们的公司走上了正轨！

第五章

"她把整个买卖都拱手送人了！"

ESTÉE LAUDER

成为雅诗兰黛

母亲的事业一帆风顺。正如全得克萨斯州最时髦的专卖店奈曼·马库斯百货的老板斯坦利·马库斯所说："她走路的架势像拳击冠军舒格·雷·罗宾逊一样。"

母亲讲过一个故事，一次，她与玛丽·韦斯顿约好会面，玛丽是联合销售公司的采购员，这家公司旗下拥有数家子公司，其中包括曼哈顿的布鲁明戴尔百货、波士顿的法林百货，以及布鲁克林的亚伯拉罕 & 斯特劳斯百货。会面安排在上午9点，但当我母亲到达时，秘书告诉她："韦斯顿小姐现在很忙。你能改天再来吗？"

"没关系，"母亲回答说，"我会在这里等她。"

母亲就这么等了一整天，上午10点过去了，上午11点过去了，下午1点过去了……

当天下午6点，办公室的门开了，韦斯顿小姐探出头来，说："你还在这里？进来，我们谈谈。"

母亲最终做成了这笔买卖。

在争取潜在客户时，她从不主动放弃。

从不。

所以，当奈曼·马库斯百货的美妆部采购员试图冷落她时："没有地方再摆新柜台了——年景不好。有空的时候我会给你打电话,我们到时候再谈。"她可不会被这么几句话打发走。如果采购员没有给她打电话,她就主动打给采购员。如果采购员没时间见她,那么她就问人家,自己能见到谁。采购员把母亲打发到助理采购员西莉亚·艾森丁那里,母亲就拉着西莉亚的手,把她拽进洗手间,摁在马桶上坐好,再给她画一个美美的新妆容。当西莉亚从洗手间走出来时,她看上去就像个电影明星一样耀眼。

但她还是没能做成这笔买卖。

斯坦利·马库斯回忆过接下来发生的事:

"那天下午晚些时候,在我回家的路上,她找到了我。她自我介绍说:'我是雅诗·兰黛,我有世界上最棒的美妆产品,它们必须要在您的店里出售。'

"但我已经有了伊丽莎白·雅顿、芝曼蒙黛和丽思查尔斯,我不需要其他品牌了。于是我对她说:'你为什么不去和某某人谈谈呢?'我说的那个人是当时的采购员。雅诗回答道:'我已经找过他了,他让我改天再来。但正如您所看到的,马库斯先生,我没有那么多时间等您了,因为我的产品必须马上送到您的店里出售。'

"我问她:'你需要多大地方?'

"'没多大,'她回答,'四五英尺就够了。'

"'你什么时候能把货送来?'

"呃,我的天啊,那个女人已经把所有产品都带在身上了。她随身背着一个大包,里面塞满了样品。第二天,她就开始在奈曼·马库斯百货里推销自己的产品了。她拦住每一个走进来的人,并劝说他们:'试试这个。我是雅诗·兰黛,这可是世界上最了不起的美妆产品。'"

斯坦利总结道:"她是一个无比坚毅的销售员。对雅诗说'是'可比说'不'容易多了。"

看到母亲如何推销后,斯坦利同意让雅诗兰黛入驻奈曼·马库斯百货,专卖店的美妆部采购员也彻底缴械投降了。为了确保雅诗兰黛能打个开门红,母亲决定尝试点新花样,她可不会坐在柜台后守株待兔。

她跑去问奈曼·马库斯百货的采购员:"有什么广播节目可以让我上吗?能不能在开张前一天找个能让我说上 15 分钟的广播节目?"

采购员勉强同意了。那是 1949 年 12 月,采购员尽最大努力联系到了一档当地的女性广播节目,可以在元旦早上 8 点 15 分给母亲插播一段广告。之所以选在这个时间插播广告,是因为很少会有听众这么早就起床听节目。

"早上好,女士们。"1950 年 1 月 1 日清晨,母亲元气满满地对着麦克风说,"我是雅诗·兰黛,带着对美丽的最新见解和您相遇。在今天这种天气里,您必须十分努力才能让自己看起来光彩照人,而我恰好有能帮您保持美丽的秘诀。我要向您推荐一款高效全能精华面霜,它可以取代您正在用的四款面霜;我还有一款亮采面霜和一款散粉,不管天气多热,它们都能让您看起来清爽怡人。另外,我还给每一位前来试用的女士都准备了小礼物。"

她以一个精彩的金句结束了自己的广告,也许是为西莉亚化妆的经历启发了她,此后几十年,奈曼·马库斯百货每年都会在新年宣传活动中用到这句话:"过新年,换新颜。雅诗兰黛欢迎您。"

帝国内部的认可

专卖店和我们每年都要谈判,签署新一年的供货协议。但是,正如萨克斯第五大道精品百货开出的第一张发票所显示的那样,我们总是提供低至五折的供货折扣，尤其是在品牌创立初期。如果第一年的销售业绩很好，那么我们就可以在和专卖店的谈判中占据先机，签订对自己更有利的协议。这样一来，打好第一仗，确保"开门红"的压力就更大了。

为了吸引顾客，母亲想尽了千方百计。

她通常会在开张的前一天抵达专柜所在的城市，此后的一周，她都会留在那里做推广。雅诗兰黛根本没有营销预算，母亲要怎么做产品推广呢？她自有妙招："在离开一座城市之前，我一定会和城中每家杂志、报纸的美妆编辑都见个面。我会给她们送产品小样，并且帮她们化妆，另外还会给她们提一些美妆方面的建议。"美妆编辑们总是被她活泼开朗的性格吸引，大部分人都愿意帮这位努力创业的女士一把，在自己的专栏里为雅诗兰黛讲个好故事。

在那一周里，母亲充分利用了自己活泼外向的性格，这是她与生俱来的优势，她总能迅速与爱打扮的姑娘们打成一片。她亲手建立起了雅诗兰黛帝国，她的子民遍布每个奢侈品专卖店。

就像后来她在回忆录里写的："我会拜访服装部、鞋帽部的销售人员，还会去看望其他美妆品牌的销售人员。我给每名做销售的姑娘都带了一份我的化妆品或护肤品作为礼物——和我们送给顾客的小样完全一样。

"我知道，如果我向她们表达善意，那么在其他专柜卖化妆品的销售人员会对我更友好。毕竟，我并不想抢她们的生意，我只想激发自己的热情。但更重要的是，如果我能和一位卖帽子的女销售员成为朋友，那么她可能——只是可能——会向她的顾客说起，雅诗兰黛的专柜正在提供免费的化妆服务，何不去试试看呢？新的唇色会让那顶新帽子看起来更惊艳。而卖裙子的姑娘可能会告诉她的顾客，雅诗兰黛的口红颜色美极了，而且那个颜色和她身上穿的新裙子简直是绝配。"

她总结道："我把握住了营销的精髓，我要引导整个专卖店的人来为我的产品代言。营销的核心是展示，你要不断地把产品呈现在大众的视野中，不断设计新花样来引起消费者的关注。"

（母亲不停推出花样新颖的营销策略。大约 35 年后，她兴高采烈地写下了这样的广告语："如果你在最爱的百货公司日用品部门漂亮的蓝毛巾旁边，看到了一盒精美的蓝色香皂，或是一张别在浴衣上的便笺，那么你可不要太惊讶，上面会写着'请务必来雅诗兰黛专柜领取您的免费防晒霜小样'。"）

当顾客来到雅诗兰黛柜台时，她们会发现雅诗·兰黛本人就坐在那里。她是一个活生生的人，而不是一个空洞的品牌名称。她会监督美容顾问的工作，仔细整理货架，当然，她还会和潜在顾客接触和交谈。

"我会给每一位在我的专柜柜台前驻足的女士化妆。我会让她看到，花三分钟画个淡妆，可以给她的生活带来多大的改变。我会向她证明，化妆既不神秘，也不耗时费力，它就像呼吸一样轻快和方便。"

"此外，"她补充道，"我还会把产品的使用说明写在纸上，把每一个使用步骤都解释清楚。"

正如外祖父所说，母亲真的很喜欢抚摸别人的脸。基于她的这个爱好，我们提出了雅诗兰黛的营销口号："把最好的产品送给我们抚摸过的每一个人。"

"永远不要低估女人对美丽的渴望。"

每个人都应该记住这句话。

在得克萨斯州圣安东尼奥市的弗罗斯特兄弟百货的雅诗兰黛专柜开张仪式上，一位女士走上前来。"她的穿着不是很体面，与周围的环境格格不入，"母亲后来在自传里写道，"其他顾客微笑时都会露出雪白的牙齿，而她却镶了两颗金牙。"

但她显然对我们的产品感兴趣。

母亲正要去接待她，销售人员却拍了拍母亲的肩膀。"别理她，兰黛太太，"销售人员小声说，"别浪费时间了，她什么都不会买的。我是本地人，我了解这种顾客。"

母亲转过身，也拍了销售人员的肩膀一下："那你知道她包里有多少钞票吗？"

那位女士表示她想买一罐高效全能精华面霜。母亲称赞她的选择"很有品位"，然后立即开始忙碌。

"我拿出洁面油，轻轻拍在那位太太的脸上，然后用化妆棉擦掉。再为她敷上膏状面膜，一分钟后洗掉。然后我取出适量高效全能精华面霜，在她脸上涂开。我揩掉多余的面霜，轻轻刷一点腮红到颧骨处，好让她圆润的脸显得更有立体感，接下来再扫一层散粉，擦上唇膏。最后，我把镜子塞到她手里。

"她盯着自己的脸看了又看，然后笑了。她那坚毅、优雅的面孔瞬间容光焕发。在那一刻，我感觉我们之间建立了牢固的联系。"

"你一定猜到了故事的结局，"母亲写道，"她打开了已经变形的黑色旧钱包，里面的钞票多得都要溢出来了。我为她试用的每样产品，她都购买了两份，而且第二天她的亲戚们也跑来买了同样的产品。"

母亲由此得出结论："永远不要自认为高人一等，永远不要低估女人对美丽的渴望。"她总是以此告诫我们尊重消费者，这是雅诗兰黛得以发展壮大的基础。

"做广告！做广告！做广告！"

1950年年初，纽约的顾客可以在萨克斯第五大道精品百货或是邦维特·泰勒百货买到雅诗兰黛的产品，达拉斯的顾客可以去奈曼·马库斯百货购买，旧金山的顾客会去I.马格宁百货买。我们管这些门店叫"护旗手"，他们始终支持雅诗兰黛，一直在为我们的品牌摇旗呐喊。

母亲不停地出差，从这家"护旗手"跑到那家"护旗手"，为的是将火力集中到最富裕的地区。达拉斯，位于得克萨斯州东部的油田和西部的棉花田、畜牧区以及产油区之间；纽约，美国最富有的城市之一；旧金山，相当于西海岸的纽约。

她开始向这些高端商场发起攻势：位于波士顿、芝加哥和费城的三家邦维特·泰勒百货、匹兹堡的霍恩百货、新奥尔良的戈德肖百货、佛罗里达坦帕的马斯兄弟百货、亚特兰大的雷根斯坦百货，以及丹佛的纽斯泰特百货。母亲把目标锁定在那些还没建立起强大的美妆部门的高端精品百货公司和奢侈品专卖店上，我们刚好可以帮他们这个忙。

母亲的野心可远不止于此，她要把雅诗兰黛推进美国每一家高端商场。

尽管这些高端商场都赫赫有名，但在20世纪50年代，它们还没有养成到处开设分店的习惯。如果你想去I.马格宁百货购物，那么你就只能去旧金山。格调高雅的高端商场在其所属地往往有着很强的影响力，例如芝加哥的马歇尔·菲尔德百货、休斯敦的萨科威茨百货，以及布法罗的L.L.伯杰百货。（在圣劳伦斯河海道于1959年开通以前，所有来自五大湖地区的农产品都要通过伊利运河运输，这使得布法罗成为美国最富裕的城市之一。）

每家商场都有独特之处，它们的形态、商品和装潢往往能够反映出创始人的个性。这些商场大多由创始人或其直系亲属经营，母亲就直接找他们谈生意。很快，她就和斯坦利·马库斯、伯纳德·萨科威茨、亚当·金贝尔，以及其他零售业巨头成了可以直呼姓名的好友。她出差在外的时候还会借住在他们家里，她从不忘记给他们的妻子带一些小礼物以示感谢。当然，礼物肯定是雅诗兰黛的产品。我们成了他们家庭的一部分，他们也成了我们家庭的一部分。当我和妻子伊芙琳结婚时，斯坦利·马库斯送给我们一件漂亮的古董，那是一件英王乔治时期的银器。

不过这些都是后话了。

母亲的努力见效了，我们在各个地区的高端商场都取得了很好的业绩，但这并不能为雅诗兰黛建立更高水平的知名度，我们还算不上全国知名的大品牌。所有人都在提醒我父母："做广告！做广告！做广告！"

雅芳、科蒂、赫莲娜和露华浓这些价值数百万美元的巨型美妆公司通常会将净销售额的 20% 到 25% 用于广告营销。面向中低端用户的大众消费品市场的竞争就更激烈了，有些公司甚至会拿出高达 80% 的预算用于广告营销。

那时的雅诗兰黛可称不上大公司。初创公司第一年，总销售额仅为 5 万美元，扣除开支后，几乎一分钱都没剩下来。在最初的 5 年里，公司年收入远远低于 50 万美元。

我父母东拼西凑，好容易攒了 5 万美元，打算全部投到广告上去。这个数字对他们来说是一个令人难以置信的天价了。他们与位于麦迪逊大道的重量级公司天联广告公司的负责人约好见面。天联广告公司以往的客户都是像金宝汤、好彩香烟和露华浓这样全国知名的大公司。我父母认为，他们肯定知道如何把雅诗兰黛这样的小公司推广给更多用户。

令他们沮丧的是，天联广告公司的人告诉他们，想要让品牌产生一定影响，最少也得花 100 万美元。对方毫不客气地告诉他们："对你们的公司来说，5 万美元起不到任何作用。"

改变行业的创意

天联广告公司的拒绝最终被证明是来自上帝的恩赐。

这件事刺激到了我们,最后我们自己构思了一个与众不同的营销策略,并且按照我们自己的想法来执行。

一直以来,母亲推广产品都是靠着这两大法宝——优质的产品和"让女人知道"的营销策略。华尔道夫酒店的时装秀上,顾客们对雅诗兰黛散粉做出的反应,正是母亲检验这种营销策略是否可行的试金石。她一直相信,只要自己能说服顾客们试用样品,她们就会喜欢上它,并且回购更多产品,还会把它分享给她们的闺中密友。把顾客变成代言人,这是最省钱的广告。

母亲认定这个营销策略可以推广到更大的范围。

当母亲还在美容沙龙开专柜时,她就时常送小样给顾客,她最常送的是用蜡纸包好的高效全能精华面霜和亮采面霜。母亲认为,分发小样是"最诚实的买卖"。她解释说:"你送顾客一个小样。如果顾客对它的质量满意,自然就会回购。拉拢顾客不能只靠做广告,你要用产品说服他们。"

此外,当然了,她也希望这些被产品说服的顾客能在使用后帮我们做做宣传。来自顾客的支持可不比广告的效果差。

我们并不是第一家提供小样的公司,多年来丽思查尔斯一直都在送小样。1934年,《迪凯特每日评论》中就有这样的描述:"每位购买丽思查尔斯化妆品的顾客都将得到一盒专门为她配制的散粉。"这一策略在7年后仍然很有效,《辛辛那提问询报》在"航空公司庆祝5年内无死亡记录"那一页上刊登了一则广告:"免费赠送!满满一大盒丽思查尔斯散粉!本周内有效!购买任何产品,均可获赠。"

然而,母亲的宣传方式比传统的"购物即可获赠小样"更为激进,就算不买任何雅诗兰黛的产品，我们也送小样！

我的父母把赌注押在了这个大胆的营销策略上，他们拿出仅有的5万美元预算，生产出大量小样，分发到各个城市的专柜（活动规模之大，前所未有。）然后，他们要来了所有开设雅诗兰黛专柜的高端商场的会员名单，并给名单上的每位女士都寄了一份通知，邀请她们来专柜免费领取散粉。

这些散粉可都是顶呱呱的货色，是真正的优质产品。母亲的经营理念是，一定要尽最大努力给顾客留下最好的印象。这可不是其他厂商提供的那些小家子气的廉价产品。想想看，这样的好东西，专柜竟然连续免费供应60天，这真是太大方了！

随着雅诗兰黛商业版图的拓展，我们每把专柜开到一家新商场，都会说服商场负责人给其会员寄明信片、发广告——由商场支付邮费。广告明信片上写着："女士，您是我们最尊贵的客人，欢迎光临雅诗兰黛专柜，出示此明信片即可获赠免费礼物。"用这种方式分发小样是最直接、最人性化的，比通过广播或报纸广告提供免费礼物要来得更高明，这个营销策略取得了巨大的成功。

起初，与我们合作的商场并不想配合我们的活动，因为没有人想花钱。然而，一旦他们同意尝试，热切的购物者便蜂拥而至，这些购物者先到雅诗兰黛专柜领取小样，再像潮水一般席卷整个商场，这使得商场的销售额增长超过了100%。对我们和商场而言，这无疑是双赢的局面。

现如今大家都会广泛使用直邮广告来开发用户。但在那个年代，没有人会想到亲自联系用户，并与之建立联系，也很少有百货公司会使用邮件插页来为美妆产品做广告。后来这成了我们在各地开设新专柜时采取的固定策略。

免费小样为雅诗兰黛帝国打稳了地基。

顾客爱死我们的营销方式了。顾客成群结队地前来领取免费小样，很多人喜欢上了我们的小样，用上两个月就会回来再买点什么。与此同时，正如我们所希望的，她们会向自己的朋友推荐雅诗兰黛的产品。

商店也喜欢这个营销策略。奢侈品专卖店绝对是其所在城市最独特的商店，但不是最大的。任何能带来客流的营销策略都会帮助他们获利。母亲很清楚这一点，雅诗兰黛的促销活动引发了轰动效应，轰动效应造成大量新客流的涌入，而涌入的客流则给商店带来了生意。一直排到街道拐角的长队能让雅诗兰黛永远得到奢侈品专卖店老板的宠爱。

就连我们的竞争对手也很喜欢我们的策略，尽管他们的出发点不同。"她会破产的。"丽思查尔斯的一位主管在观察雅诗兰黛的免费小样营销策略时嘲笑说，"她把整个买卖都免费送人了！"

然而很快他们也开始赠送小样。母亲指出："丽思查尔斯送的是瑕疵品，卖不出的口红、滞销的过期面霜和上一年留下的失败产品。他们试图把那些无用的垃圾甩锅给顾客。要我说，这可真是白费力气。如果你送的是你最差的产品，就算是免费的，你也别指望顾客回头买你的产品。"

送完散粉小样后，雅诗兰黛又开始送袖珍口红和小号粉饼。我们持续供应最新产品，而且送得落落大方。赠送小样给我们创造了"高频率接触潜在顾客"的机会，它不但刺激了顾客消费的热情，提高了现有顾客群体的忠诚度，还带来了大批新顾客。

后来，免费赠送小样的营销策略日渐式微，母亲又想出了一个绝妙的新主意："我们可以说，你必须买点什么才能得到这份礼物。"这就是我们"有奖购物"促销策略的开始。

回想起来，如果当初有人介绍给我父母一家可以用 5 万美元做推广的小广告公司，那我们今天说不定连饭都没的吃了。

这些疯狂的想法都源于一个新公司拮据的财务状况。如果想要与大公司竞争，就只能源源不断地提供新想法，而母亲的想法改变了整个行业。

不到 10 年，大部分美妆公司都开始效仿我们，定期发放小样和礼品，好吸引顾客光顾自己的专柜。这是这个行业首次"追随雅诗兰黛的步伐"。

但这绝不是最后一次。

自给自足的种子

20 世纪 40 年代末的这段时间，我在布朗克斯科学高中上学，它是纽约最优秀的公立学校之一。

那段时间我母亲有一半的时间不在家，也许更多。当她精疲力竭地回到家后，会小睡片刻，然后马上回去工作。

她别无选择。我们的产品只能依靠顾客的口碑来营销，公司没有预算做广告，唯一能增加销售额的方法就是用她的个人形象做宣传。与此同时，为了能够保质保量地发货，父亲也在工厂里日以继夜地工作。

我经常在下午放学后去工厂里帮忙，做些往瓶子里填装洁面油之类的工作。干完活，我再回家写作业。

大部分时间，我都在自己找事情做，但我从未感到自己被忽视。我总是有事情可做，要么做家庭作业，要么去工厂里加班，我做事情的时候总感觉很快乐。这些事情逐渐灌输给我一种独立感，以及一种自给自足的快乐。

我记得有一次父母都不在家，祖父祖母留在我家过夜。当时我正在做语文作业，阅读乔治·奥威尔的《1984》。祖父说："你的表弟保罗总找他爸爸问作业题。你为什么不让赫尔曼叔叔辅导你做作业呢？"

我说："我不需要别人辅导。"

祖父又说："但是你的表弟一直接受你叔叔的辅导，并且取得了很好的成绩。"

我只好再次重申："我不需要别人辅导。其实我的成绩也挺好。"

我已经习惯了自己做决定、自己思考和自己行动。只是当时的我并没有意识到这一点。

有一次，我想去华盛顿特区旅行，我想看看这个国家的首都。于是我在伍德沃德&洛思罗普百货所在的街道上找了家旅馆，并预订了房间。伍德沃德&洛思罗普百货是我们的固定客户，它的旗舰店稳稳地矗立在首都的商业区。我乘火车南下，在那里待了两三天。父母知道了我要去，还给我拿了旅费。据我所知，他们并不怎么担心。他们相信我可以靠自己的能力独自旅行，这不过是小菜一碟。

现在回想起来，在我有自己的想法的时候，他们好像不知道要怎么办才好。母亲尤其困惑，她是一个控制欲很强的人，她永远也不能理解，为什么我们合作时，我总是不肯服从她的命令。

而我认为，我性格中最坚毅的一部分就是在那段时间培养出来的。当我明确了自己的选择，我就会努力把它做到最好。

1950年，我从布朗克斯科学高中毕业，并且开始思考自己的未来，加入雅诗兰黛公司似乎是唯一的选择。但是……

我应该以什么身份加入呢？

第六章
"你应该当个药剂师"

ESTÉE LAUDER
成为雅诗兰黛

高中毕业那年的一个周日早上，父亲把我叫到卧室谈话。当时我对商科很感兴趣，正在申请大学。

"为什么要选商科？"父亲问，"我们一直以为你会成为一名药剂师。"

像往常一样，我的父亲懒洋洋地躺在床上，床上扔着几张《纽约时报》。他把印着招聘启事的那一版递给我，示意我看那些招聘药剂师的广告，大约有三四十个之多。

"现在再看看针对商务人员的招聘。"他说。

一个也没有。

"我的建议是，"他说，"人总得有一技之长。你应该当个药剂师，以后做面霜。"

作为一个在"大萧条"中屡战屡败的商人，父亲坚信，每个人都应该有扎实的专业知识，这样无论经济如何变动，你的专业都会帮助你安身立命。雅诗兰黛的规模太小，而且还处于初创阶段，我们很难保证它未来会取得成功。

对我而言，毕业以后加入雅诗兰黛似乎一直是一件板上钉钉的事。父母经常一起规划公司未来的发展蓝图：母亲管销售，父亲掌管财务和后勤，我负责生产。

1950年1月，当我即将从布朗克斯科学高中毕业时，我的父母打算去佛罗里达度假，留下年仅17岁的我管理工厂。由此不难看出他们对我的信任。然而不走运的是，我那几天恰好生了水痘。他们只好取消了旅行，我也没有机会体验当总经理的感觉了。

就在那个时候，母亲告诉我，查尔斯·雷夫森提出要用100万美元收购雅诗兰黛。在1950年，这可是个天价。母亲说："我拒绝了，因为我想为我的孩子们留下这家公司。"我为此感到很开心。我喜欢在这家公司工作，但我并不想成为一名药剂师。虽然化学很有意思，但我对这个方向兴趣不大。我的未来不应该是"生产面霜"，"生产创意"才是我热爱的方向。尽管市面上根本没有这样的岗位，但我相信这是一个潜力无穷的市场。我认为，等我获得商业上的成功后，我完全可以在报纸上刊登招聘广告，雇一个药剂师来为我工作。

我理解父亲的担忧，但我仍然坚持自己的立场。我父母最终还是同意了。1950年秋，我进入宾夕法尼亚大学（简称宾大）沃顿商学院，攻读商学学士学位。

广播销售

1950年9月，我去宾大念书时，沃顿商学院还不是今天的样子。在我们那个年代，沃顿商学院的本科生必须学习社会学和政治学。我们的政治学教授后来先后担任了美国驻瑞典和土耳其大使。每次听他讲课，我都感到非常兴奋。我曾在沃顿商学院听过一次亚历山大·克伦斯基的演讲，他曾是俄国总理，十月革命中布尔什维克推翻了他的政府。我们都以为他已经过世，因为俄国革命早就被写进了历史书。但他本人就活生生地站在那里，神采奕奕，并且活力四射。他的演讲充满了力量感和信念感。

在大学念书的时间很充裕，我可以从容地选修自己喜欢的课程。我对美国文化这门课有浓厚的兴趣，尤其是安东尼·加文教授的课，他的教诲极具预见性，也很有力度，很多年前他就谈过气候变化带来的影响。

其他课程也令我终生难忘，包括商法课、销售技巧课和市场营销课。为了节省开支，刚进雅诗兰黛的几年我本人还兼任法务工作，在商法课上学到的知识也算有了用武之地。几年后公司业务量骤增，我才聘请专业律师来处理公司要面对的法律问题。

从入学第一天起，我就打定主意要尽可能多地参加课外活动。有的人参加课外活动是为了成为"校园里的大人物"，而我只想了解更多自己感兴趣的东西。于是，我的室友鲍勃·尼施鲍尔和我成了校报的业务员，我俩一起推销校报的广告位并获得收益，鲍勃还成了校报的明星销售员。（我还有一位大学时的室友叫阿诺德·甘兹，他是我高中时最好的朋友，后来还成了雅诗兰黛养老基金的顾问。他的业务能力非常出色，整整10年，我不必给基金投一分钱，因为投资回报率已经远远超过了我们的需求。）

第二年，我去了WXPN广播电台工作，这是一家授权给宾大的公共广播电台。其节目包括体育赛事的现场报道、校园新闻、古典音乐广播、现场音乐和戏剧表演。有一段时间WXPN广播电台一直在播放一部由哈罗德·普林斯创作的肥皂剧。哈罗德比我早几年从宾大毕业，后来他以音乐剧制作人的身份获得了托尼奖。他做了很多百老汇热门音乐剧，比如《屋顶上的提琴手》《卡巴莱》《歌剧魅影》。

我在WXPN广播电台发展得很顺利。事实上，我是整个电台业绩最棒的销售员。这一次我的任务依然是推销广告位，与上一份工作的不同之处是，这次我的搭档换成了查克·法伯，我们共同为当地企业撰写广告。查克的声音低沉而响亮,我会录下他朗读稿件的声音,然后拖着一台差不多有厨房桌子一半大小和重量的录音机,去到我们事先瞄好的餐馆或商店,找到他们的老板,将我们精心准备的广告放给他们听。小店的店主一般会将员工召集起来,一大帮厨师、洗碗工或售货员围坐在录音机旁,他们无一例外地为查克的声音着迷,而且一定会同意在我们的电台做付费广告。

WXPN 广播电台隶属于常春藤广播电台联盟,这是一个由常春藤盟校学生运营的广播电台所组成的联盟。也就是说,我们推销的那些电台广告可以辐射到整个美国。虽然这听起来是个好点子,但事实上它并不是很成功,因为所有客户都只想在哈佛大学和耶鲁大学的广播电台里做广告。当时的 WXPN 广播电台负责人是我的一位朋友,而我最后当上了业务部门的经理。这些工作经验对于我日后经营公司和建立人脉都非常有益。

(WXPN 广播电台在我的生活中占据了重要的地位。我的朋友乔治·希尔想做一档有关古典音乐的深夜节目,但由于演播室晚上 10 点以后就关门了,我们只好转移到兄弟会去做节目。毕业后我们一直保持着联系,我的妻子伊芙琳还把乔治介绍给了她大学时的好朋友。伊芙琳喜欢做媒,而乔治和她的朋友最终一起步入了婚姻殿堂。他们的婚礼在圣帕特里克大教堂举行,婚礼后的宴会则在乔治的朋友家——一套位于东 86 号街 11 号的公寓里举行。宴会结束的时候,乔治的朋友也成了我的朋友。几年之后,伊芙琳和我买下了那套公寓。)

与自己竞争

有些课外活动是我一手策划的。高中时,我曾因为每天下午都得去公司工作，而不得不搁置每周去现代艺术博物馆看电影的计划。但上大学后，我再也不必受到工作的束缚。大二那年，我成立了一个电影俱乐部。

在那个年代，新上映的电影每张票要 2 美元，老电影的票价只要 1 美元。而我的电影俱乐部一年的会费才 1 美元，入会者每年可以看 10 部电影。这太划算了！观众们经常会为了看某一部电影就办一张会员卡。

我们曾经举办过一届"查理·卓别林电影节"。卓别林当时被怀疑是共产党员，因此被禁止重返美国。此时参议院的麦卡锡对共产党大肆开展政治迫害，成千上万名演员、作家、艺术家、教师、劳工活动家和政府雇员被列入黑名单。当时八卦小报《费城每日新闻》发表了一篇社论，说我举办了卓别林相关的电影节，是共产党员。

在那次电影节后，我还放映了由克拉克·盖博和克劳德特·科尔伯特主演的《一夜风流》，然后是克拉克·盖博和查尔斯·劳顿的《叛舰喋血记》，以及《西线无战事》和《三十九级台阶》。电影俱乐部发展得很迅速，我一共卖出了 1500 张会员卡。唯一让我担心的问题是，我们的礼堂只能容纳 800 人。如果所有会员同时出席活动，那我可怎么办？

为了让会员分流，我成立了一个升级版的电影俱乐部——电影艺术协会。电影艺术协会的放映室在另外一个礼堂，在那里，会员只花 1.5 美元就可以看 3 部电影。电影艺术协会与电影俱乐部播放的影片类型完全不同，在电影艺术协会里我们主要放映实验电影。（从某种意义上说，这是纽约电影协会的前身，但没人知道我是该协会的创始人之一。）电影艺术协会的会员卡也很快售罄。

有些电影很前卫。我曾放映过一部拍摄于 1947 年的电影《烟火》，片长只有十几二十分钟，电影的导演是肯尼斯·安格。这部电影备受称赞，但我对它名声大噪的真实原因一无所知，当时我只知道这是一部实验电影。后来这部电影作为美国的第一部同性恋题材的叙事电影被人们熟知。电影中有一个镜头是一个水手解开自己的裤子，掏出一个看起来像阴茎的东西，用火柴点燃，然后"砰"的一声，那东西爆炸了。

他掏出来的其实是一支罗马烟花筒。即便如此，还是有一些观众被吓得跳了起来，慌慌张张地跑出了电影院。第二天，我就收到了教务长罗伯特·皮特的通知，他让我去教务处办公室报到。

"莱纳德，"他说，"你放映这部电影前有亲自预览过吗？"

"没有，先生。"

"答应我，以后你放映电影之前要先审查一下。"

"好的，先生。"

我们握了握手。

（11年后，我的弟弟罗纳德申请进入沃顿商学院学习，由我带他去费城面试。猜猜看谁是新的招生办主任？正是罗伯特·皮特！皮特先生一只手搭在我的肩膀上，另一只手搭在罗纳德身上，他对罗纳德说："如果你有你哥哥一半优秀……"）

两个俱乐部的所有海报都是我自己制作的，我在现代艺术博物馆的展厅里画了很多个下午。电影俱乐部的海报走的是瑞士现代风格，字体是海维提卡体。而制作电影艺术协会的海报时，我选择了俄国构成主义风格，用了黑色的建筑纸，并以白色、红色的字母点缀其间。

没人知道这两个俱乐部都是由我经营的。这个小秘密让我感到很开心。更让我感到开心的是，两家俱乐部都取得了成功。

我学到了宝贵的一课：你可以和自己竞争，也可以战胜自己。这个理念不但在10年后催生出了新品牌倩碧，还引发了我对雅诗兰黛旗下众多子品牌之间的排列组合的思考。

教孩子游泳……

和大多数大学生一样，暑假时我也出门打工。我在佛蒙特州拉特兰郊外的箭头夏令营里做过服务生，后来又成了他们的营地辅导员。

做服务生可以使我得到历练，因为我相信，成大事者要能吃苦。

我每天要替十几个孩子收拾餐盘，他们把自己餐盘里的剩菜倒进一个大海碗里，我把盘子和大海碗拿到厨房。让我大开眼界的是，当我走进厨房把大海碗拿给厨师厄尼时，厄尼会仔细地在大海碗里挑选，拣出相对完整的土豆和肉，把它们放进另一个大海碗里，那就是我们服务生的晚餐了。

我脑海里响起了母亲的唠叨，我小时候不肯吃饭时，母亲就会这样唠叨："想想欧洲的那些正在挨饿的孩子吧。"

想想欧洲的那些正在挨饿的孩子，再想想那些不愿意吃剩菜只能挨饿的服务生，我只能硬着头皮把剩菜吃了下去。

第二年夏天，我当上了辅导员，负责照顾一大群六七岁的男孩。我的主要任务是让这群孩子学会他们能在夏令营里掌握的一切技能，包括游泳。

我发现自己还挺擅长教学的。人们通常认为一对一的教学最高效，但我每次至少要同时带两个孩子。我会说"很好，乔伊，你给瑞奇看看，你是怎么吹泡泡的"，然后再说"现在，瑞奇，你让乔伊看看你是怎么把头埋进水里吹泡泡的"。一次教两个孩子吧，这样你就可以让他们互相帮助，彼此照应。

教孩子学东西时，你必须帮他们集中注意力，并让他们从基础学起。一旦你谈论了与主题无关的事，他们就会走神。如果你能成功教一个6岁的孩子学点新东西——不管是教他们把头伸进水里换气，还是打垒球，你就能教会任何人做任何事。教孩子学游泳和垒球是如此，教员工学销售也是如此。

秘诀就是自信。学习游泳需要自信，学习销售也需要自信。如果你克服不了对水的恐惧，你就永远学不会游泳。但当你不再恐惧水的时候，你自然就会游了。学习销售也是这个道理。

多年后，在我培训员工的时候，我用到了不少在夏令营积攒下的工作经验。无论是过去还是现在，培训员工都是雅诗兰黛公司的头等大事。这是我们区别于竞争对手的重要因素。其他公司喜欢教员工不停地讲解产品成分："这是一罐某某产品，里面蕴含这个成分那个成分，你把它往脸上一涂，你的脸就会立刻容光焕发！"

这算培训吗？绝对不是！

培训的核心是让顾客相信"我也可以成功"，只要让顾客明白自己想做什么、应该往哪个方向努力就行，因此，好的销售要懂得帮顾客建立自信。根据我过往的经验，如果一个从来没卖过美妆产品的新销售员在上岗的第一周没有开单，那么她就会选择离职。

但如果她在第一周就做成了一笔生意，那她就会永远留在这里。

这是我们在竞争中的优势。哦，我也可以教你怎么游泳。

获得"海军陆战队"的认可

在箭头夏令营，我学会了"认可"：认可别人，或是获得来自别人的认可。

故事还是要从我负责的几个孩子讲起。你要明白，尽管每个来参加夏令营的孩子都是6岁，但是他们的心智成熟度可是各不相同的，对于离开家人独立生活这件事，每个孩子的接受度也不尽相同。为了让每个孩子都能专心完成任务，我会先教他们做一些简单的家务，比如如何铺床会让房间看起来整洁一些；如何把自己的房间收拾得干干净净，因为妈妈不会来收拾你的烂摊子，莱纳德也不会；以及如何处理"海军陆战队员"，这是辅导员们对经常尿床的孩子的称呼。

假期的第一天，我搭便车沿着 7 号公路前往拉特兰，在伍尔沃斯的杂货店买 6 个便宜的塑料奖杯。每周我都会为孩子们举办一次颁奖典礼，谁的床铺最整洁、谁的房间最整齐，以及谁最能管住自己的膀胱。啊，这就是认可的力量！到了 7 月底，我带的孩子们的床铺，可是全夏令营气味最清新的！事实上，几年前，一个我带过的孩子还打电话跟我说："你是我遇到过的最好的辅导员。因为你，我现在也开设了夏令营。"

但是我知道，就算你把工作做得再出色，别人也有可能不愿认可你。第一个月的月末，夏令营向学员家长开放。组长告诉我："莱纳德，我会照顾好孩子们，你待在营地里休息吧。"他把我教的孩子们带到湖边，让他们在父母面前展示泳技，把家长们哄得开心不已，结果他拿到了所有的奖金。

我工作了一夏天，足足干了 8 周，只能拿到 50 美元，而学员家长足足给了组长几百美元的奖金。那笔钱本该是我的，而不是他的。就像我父亲常说的那句话："当一个有经验的人遇到一个有钱的人，很快，有经验的人就会有钱，而有钱的人就会有经验。"

我决定再也不让任何人拿走我应得的奖励。第二年，我趁组长还没来得及开口，就抢先说："鲍勃，你坐下休息休息吧，我带孩子们去湖边玩。"

这不是钱的问题。问题在于，当你认可别人时，一定要确认这个人配得上你的认可。

这段经历使我养成了一个习惯。多年后，当我视察雅诗兰黛的工厂或柜台时，我总会告诉经理或是任何带我视察的人："我想见一见你的员工。你给我介绍一下他们每个人的优点。"当我见到员工时，我会说："你的经理告诉我，你特别擅长做某事。"员工一定会开心不已，而经理也会心情愉悦，他们对彼此的印象都会变得更好。

在箭头夏令营的另一个有趣的经历也对我影响颇深。一天，营地里来了一名探水员。他有一种特殊的天赋，可以用一根分叉桦木做成的探测棒探寻地下水。我们队里的所有辅导员都试了试，但什么也没有发生。这时，这位探水员向我示意，让我握住那根桦木棒。他轻轻碰了碰我的胳膊。那根桦木棒在我手里晃来晃去。我控制不了它转动的方向，也不能把它紧紧握在手里。

显然，探水员在我身上感觉到了什么。多年之后，我才开始相信他是对的。虽然我没有做过探寻水源的工作，但我一生都致力于寻找隐藏的宝藏。

气味和情感

当我还在念大学时，父母就开始把公司所有的商业信函的副本都寄给我阅读。（阅读这些信函相当于修了一门额外的市场营销课。）因此，我知道他们做了一个重大决定。1953 年，雅诗兰黛化妆品公司会把业务扩展到香水领域。

如果说父母计划在全国范围内发行产品的决定，已经让会计师和律师担忧不已的话，那么他俩打算进军香水行业的想法，一定会让那些人更加抓狂。

香水行业历来封闭严重，外人很难入局。原因很简单，香水是最好的礼物。尤其是当香水被装进优雅的水晶瓶，用包装纸封得严严实实的时候，它会传递出明确的信息：香水只能在特殊场合使用。

其余时间里，那些精美的水晶瓶只能摆在梳妆台上积灰，看起来很可爱,却无人问津。

此外,正如我母亲所说,如果一个女人敢给自己买一瓶香水,那么别人多半会觉得她"自我放纵、自恋,甚至贪图享乐",更不用说经常使用香水了。古龙水、便宜的淡香水、散粉、香味浴液和其他带有香味的衍生产品,都是可以用的。但浓度较高的香水,绝对不行!

更要命的是,法国人几乎垄断了当时全世界的香水行业。20世纪20年代,弗朗索瓦·科蒂请珠宝设计师雷内·拉里克设计了一系列引人注目的香水瓶,开创了香水行业新的产品模式。其他法国香水制造商也迅速跟进,娇兰为"一千零一夜香水"设计了有刻面的巴卡拉水晶瓶,香奈儿推出了流线型的水晶方瓶,妙巴黎为"巴黎之夜"设计的深蓝色泪滴瓶就更不必说了。事实证明,大多数消费者都愿意花更多的钱去买一款家喻户晓,并且贴着法国品牌标签的香水,哪怕瓶子比里面装的液体贵得多。同时,这种类似珠宝的设定也强化了"香水不适合日常使用"的观念。

市场上也有很受欢迎的美国香水,比如伊丽莎白·雅顿的柑橘味"青青芳草"和赫莲娜·鲁宾斯坦的淡花香"天堂使者",但占据统治地位的还是法国香水。我们在专卖店里的主要竞争对手是浪凡的"光韵"。要知道,当时战争刚结束没几年,消费者仍旧普遍认为进口的法国香水是完美的。我们该如何打破法国香水的垄断?

我们得避开法国人的小雷达,走出一条新路。

我的母亲想要让美国女性接受这样的理念:香水和口红一样,都是自己想买就能买,而且每天都能使用的东西。我的父母本能地意识到,与"当权派"正面对抗只会导致失败——这是他们不能承受之重。于是他们决定从后门闯入香水市场。简而言之,我们没有把自己的产品定位为香水。事实上,"青春之露"甚至没有被分到香水的类别中,它被定位成青春之露润肤霜的伴侣产品,我们管它叫青春之露润肤浴油。母亲指出:"每天洗澡是很女性化、很美国式的，很像邻家女孩会做的事。"

这款香水是由我的母亲和她的朋友阿诺德·范·阿梅林根共同研发的，后者的公司后来成了行业巨头——美国国际香料香精公司。母亲知道自己想要什么，她要的是现在广告业称为"冲击力"的东西。"青春之露"刚好具备这种冲击力，它那激情四溢的香气热烈、火辣，并且穿透性极强，令人难以忘怀。

成功的甜美气息

青春之露润肤浴油于 1953 年在邦维特·泰勒百货正式上市。（最初它叫 Estoderme 青春之露润肤浴油，后来我们发现叫它青春之露润肤浴油也不影响销量，Estoderme 这个词就被抛弃了。）它的包装很简单，就是一只玻璃瓶，装在最常见的"雅诗兰黛蓝"盒子里。这样的包装使得产品更具亲和力，丝毫不刺眼。

每瓶青春之露润肤浴油仅售 3.75 美元，价格实惠，方便女性购买。这是一份给自己的礼物，每个女人都可以毫无愧疚感地买一瓶，不用等到过生日，也不用对丈夫做任何无聊的暗示。而且，这款产品性价比极高。由于母亲坚持使用纯净昂贵的香料，它的香气非常持久，留香时间竟能长达几小时。（一些诋毁者因此抱怨说，他们必须得反复擦洗才能把香味去掉。）

法国的香水制造商对雅诗兰黛的产品冷嘲热讽。"他们的香水太浓了，"法国制造商傲慢地宣称，"我们可不卖浴油，我们卖的是香水。"但我们狠狠教训了这些法国制造商——如果有人正在逐渐掌控局面，就不要无视他们的力量。当法国制造商不得不重新审视雅诗兰黛的时候，他们已经拿我们没办法了。

"青春之露"过去是并且现在仍是你不能忽视的香水。我们非常幸运，大部分女人或者男人都无法抗拒它。（也有许多品牌跟风，打造出风格类似的仿品。最接近的一款来自伊夫·圣·罗兰，他开发的鸦片香水显然受到了其中香辛料和广藿香气味的启发。）

我们想出了许多点子来推广青春之露润肤浴油。例如，法国香水厂商会采用密封包装来保存香水，因为香水大多挥发性极强，很容易弄得到处都是香气。而我们反其道而行之，刻意将青春之露润肤浴油的包装做得不那么严实，这样逛街的顾客就可以随手拧开瓶盖闻一闻。当然，香水的精华通常都留在了她们手上，她们所到之处都会留下热情、香甜且略微辛辣的气味，堪称雅诗兰黛的活广告。

还有一种新的促销手段，我们让专卖店在每月寄给顾客的账单信封里插入浸泡过青春之露润肤浴油的吸水纸。当顾客打开信封，抽出账单时，一股芳香便会扑面而来。这个促销手段取得了极好的效果，直到"愤怒先生事件"出现。邦维特·泰勒百货照惯例将账单信封寄到了顾客"愤怒先生"的办公室，他也照惯例把它往西装口袋里一塞就回家了。到家时，他浑身上下都散发着香气。那馥郁的香气实在太诱人了，以至于他的妻子怀疑他与其他女性有不正当的亲密行为。"愤怒先生"便给当时邦维特·泰勒百货的总裁沃尔特·霍文写了一封表达愤怒的信。霍文随后下令，除非能用什么东西来掩盖住气味，否则不允许再在账单信封中插吸水纸。所以后来我们在给顾客寄账单和吸水纸时，会先将香喷喷的吸水纸装进一个玻璃纸信封里。

有时我们会使用另一种传统的推销技巧。在演示产品时，母亲并不反对销售人员"不小心"将样品洒到商店的地板上，有一次甚至洒到了一位经销商身上——高浓度的香味保持了数小时之久，这不仅吸引了顾客，也向经销商证明了雅诗兰黛产品的价值。

我们的广告和美容顾问都会鼓励广大女性在洗澡时洒一些青春之露润肤浴油。圣诞节前后，我们会以 2 美元一块的价格出售气味与其一致的香皂，并赠送一瓶浴油小样。

青春之露润肤浴油为我们的品牌带来了更多生意，在奈曼·马库斯百货，雅诗兰黛的销售额从平均每周 300 美元飙升至 5000 美元。我们立刻成了经销商的宠儿。而它又是雅诗兰黛的宠儿，它的香气就是成功的气味。

几年后，我们推出了喷雾型的青春之露浓香水。喷雾型香水更灵便好用，也能将令人愉悦的香味传播得更远。它的成功超出了我们的想象。

青春之露[①]成了世界上最畅销的香水之一。它为雅诗兰黛品牌在美妆行业占据主导地位奠定了基础，并为我们敲开了美国奢侈品零售业的大门。这些改变可不是一夜之间发生的。送出去的小样和"有奖购物"的营销战略，就像我们种下的一颗橡树种子，它可不会立刻生根发芽。我们要等上一段时间，这颗种子才能长成大树，结出果实。这是无比珍贵的过程，它教会我们"耐心"。这也让我们在之后研发和推广新香水的过程中受益匪浅。

用一款浴油打开香水市场，这是我们的宝贵经验。我们低调的营销策略看起来似乎丝毫不具备威胁性，正是因此我们避开了竞争对手的关注。法国的香水制造商曾经嘲笑过我们，他们扬扬得意地说"我们可不卖浴油"。但当他们对我们品头论足时，青春之露的销量正在扶摇直上。这件事告诉我，我必须理性而客观地评估对手，不能因为对手看起来不具备竞争力，就对它视而不见。

为了庆祝青春之露的成功，父母送了我一辆车。那是一辆双开门普利

---

① 此处代指一个系列产品的香型，其中包含多种产品，后文出现时多为此含义。

茅斯跑车，当然了，车身是"雅诗兰黛蓝"色的。宾大的朋友们还为我举办了一个派对，庆祝我喜提新车。第一次开车兜风前，我在挡泥板上洒了几滴青春之露。一切都是如此顺理成章。

第七章
"海军让我获得了实践领导力的博士学位"

ESTÉE LAUDER
成为雅诗兰黛

1954年，我以全班第三的成绩从宾夕法尼亚大学毕业，我们班共有750人。

创办电影俱乐部一事证明了我对市场有自己的见解，也有让商业计划落地的能力。在WXPN广播电台的工作经历表明，我懂得如何做好销售工作。而在雅诗兰黛这家刚刚崭露头角的新公司里，有一个岗位正等着我入职。但我的下一个目标十分明晰——去读哈佛商学院。

我去马萨诸塞州的坎布里奇参加了哈佛商学院的面试。走进房间时，面试官背对我坐着，正在修剪手指甲。他没有转身，只问了一句："兰黛先生，我们为什么要拒绝那么多其他人，而接受你的申请呢？"

我没想到事情会是这样。

我简单思考了一下，然后向他表示，我认为自己是个不可多得的商业奇才。我又补充说，雅诗兰黛公司将会成为一家非常成功的公司，它的年销售额很快就会达到30万美元。最后，我给这番演说安上了一个匪夷所思的结尾。我表示自己明白身为校友应该勇于承担责任，并暗示他，我毕业以后一定会大力支持母校。

我可能创下了一项纪录，这大概是哈佛大学招生办主任有史以来听过的最傲慢的言论。哈佛大学方面肯定是这么认为的，因为他们狠狠地拒绝了我。

B 计划的好处

我的 B 计划是立即申请美国海军候补军官学校。朝鲜战争在两年前就结束了，但征兵选拔仍在进行。所以服兵役其实只是迟早的事，区别在于要么自己主动参军，要么被征召入伍。我所有的朋友在服兵役时都被派去做打字员了。但是我对自己说："我不会花两年时间在部队里学打字。我要学一些父母教不了我的东西。"

那就是领导力——海军系统最为人所称道的地方。

我无法在公司里学习领导力。因为公司太小了，没什么人可以让我领导。而且，说实话，我父母也没有正经学习过领导力，他们基本上是在实战中边摸索边学习的。而我需要受过领导力训练的人来引导我。

我确实得到了这方面的教育。经过接下来的长达三年零四个月的服役期之后——这是主动参军的服役期限，如果你是被征召入伍的话就只有两年，海军给了我一个实践领导力的博士学位。

1955 年 1 月 3 日，我被美国海军候补军官学校录取，并去罗德岛的纽波特报到。他们让我做的第一件事就是擦洗厕所，然后跪在地上用钢丝棉擦营房的木地板，最后再给地板打蜡，好让它更有光泽。

美国海军候补军官学校安排我们做这些，其实是在给我们立规矩。一艘船上能容纳 5000 人，但每个角落都必须干干净净、井井有条。因为如果大家都在小地方出差错，那么导弹就很难准时准点发射。对完美的追求和对专业精神的尊崇起源于每一间宿舍，起源于新生们自豪地看到地板闪闪发亮的那一刻。在这里，我认识到了这一点，没有一项工作是微不足道的。不管你是学士还是博士，都应该了解这一点（这里确实有不少学士和博士）。你应当了解那些需要遵守的准则，并且要确保自己和自己未来领导的人能做到遵守那些准则。

我在美国海军候补军官学校学到的东西影响了我的一生。

每晚，我们都要阅读材料，正常情况下阅读这些材料需要三到四个小时，但实际上我们只有两个小时可供支配。为此我学会了速读和速记。

训练期长达4个月，在这4个月中，每周都有测验。测验的成绩决定了学员们的排名。第一次排名出来时，我排在第12位，而我们总共只有24个人。

我惊呆了。我曾是那种被叫作"书呆子"的乖宝宝，我的朋友都管我叫"爱因斯坦"，这可不是什么赞美。我是那种会说出"这台相机有一个f2.8光圈的镜头，所以可以在弱光条件下拍照"的人，而他们则会嘲讽我："是啊，爱因斯坦，但谁在乎呢？"当时我不确定那是赞美还是侮辱，但我还是决定把它当成赞美来听。虽然在我父母说"我儿子可真聪明！"和"你到哪里都会做得很好！"这些话时，我并没有特别在意。但其实我已经习惯了一直被赞美伴随左右，我喜欢被表扬，也喜欢让大家觉得我比一般人聪明。

而此刻我脑海里警铃大作。我在宾大读书时，在750名同学中名列第三。我是怎么沦落到中等水平的呢？

重新认识自己总是格外痛苦的。

那天晚上，我躺在床上想："我能挺过去。"问题是，我必须找到自己真正的价值，人要了解自己的价值，才能充分发挥才智。

最终，我接受了现实："好，我不是这里最聪明的人。我只求问心无愧就好，我不需要向其他人证明自己。"

那是一个关键的转折点。

那次排名给我上了人生中最重要的一课：无论你认为自己有多聪明，总有人比你更聪明；无论你有多优秀，总有人比你更优秀。

我当即发誓，等我退役进入公司的时候，我会找到那些真正优秀的人才，请他们为我工作。如果他们担任了销售主管，那么他们肯定比我更懂推销。如果他们成为撰稿人，那么他们会写出比我写得更好的文案。他们一定会比我更优秀。而我会尊重和赞美他们的能力，并且绝不将他们视为威胁。

这个信念在雅诗兰黛的发展壮大中发挥了巨大作用，它帮助我建立了一家由世界上最伟大的人才组成的公司。

此外，每当我必须解雇某人时（偶尔我不得不这么做），我都会回想起在海军服役的日子，我会告诉他："每个人都有自己的价值。我们没能帮助你发挥优势，这并不是你的错，这是我们的问题。"这么多年来，我从没有激怒过一个被解雇的人。他们离开的时候往往比进来的时候感觉更好。只有一个人例外，他对我说："我不知道你为什么花了这么长时间才决定解雇我。"

报到

我是在1955年来部队报到的。完成美国海军候补军官学校的学业后，我被派往位于佐治亚州阿森斯的海军后勤学校，之后又被安排进"莱特号"任出纳主管，后来又担任海军补给军官。如今回首往事，我依然十分感慨，当时我才22岁，海军就已经让我肩负如此重任了。

"莱特号"是一艘反潜航空母舰，它不是一艘攻击型航空母舰，但它的飞机会搜寻潜艇，好帮其他战斗机或军舰找到攻击目标。"莱特号"船可是个大家伙，这艘船上运载的常驻船员有1800到2000人，而且全是男人，那时候船上一个女人都没有。除此之外，船上还有一个由500到1000名飞行员和机务保障人员组成的临时中队。

出纳主管负责管理船上的开支。我入职的第一天，三等士官杰克·多兰就跟我打招呼："欢迎你，兰黛先生。只要照我说的做，你就会没事。"

我很想弄清楚他是不是在威胁我，结果正相反，这个军衔比我低的人其实是在冒着风险给一个新手提供指导和支持。他的勇气给我留下了深刻的印象。我按照他和他的团队的指导行事，结果大家都很满意。我也认识到，我必须学会倾听来自基层的声音，并向他们学习。因为他们是真正了解基层情况的人。

（当杰克·多兰离开海军时，我为他写了一封推荐信，推荐他进入宾夕法尼亚大学读书。他毕业以后，我又请他来我们的工厂任职。这是我在人事方面做过的最棒的决定。杰克是雅诗兰黛有史以来工作效率最高的副总裁。）

不久以后，作为船上的补给官，我开始负责供应全体船员的生活用品。你可以在船上的商店里买到各种生活用品，从牙刷、肥皂、洗发水、糖果、零食，到手表或是任何你想当成礼物送给妈妈的东西。我甚至还搞来了一个冷饮柜。

我刚接手这项任务时，船上的商店看起来完全没有商店的样子，倒是更像一家汽车修理店。我认为它迫切需要改头换面。当"莱特号"停靠在布鲁克林海军造船厂进行整修时，我就跟装配工拼命套交情。我送了他不少青春之露润肤浴油，让他把这些礼物转送给自己的妻子。在他的帮助下，我重新设计了商店，增加了由树脂玻璃制成的货架以及相应的照明设备。他的手下和我一起施工，我们共同建造了这个美国海军系统中最漂亮的商店。

实际上，我等于在经营一家超市。船上的商店不能积压货物，所以我工作的重中之重就是确定采购清单，我只能采购那些大家都想买的东西。除了生活必需品，我还卖掉了很多可以让战友们拿去送家人的东西。比如说香水。(我喜欢买香水，香奈儿、浪凡、卡朗……它们的包装太漂亮了!)当"莱特号"驶进古巴的关塔那摩湾接受作战训练时，我搭上了一架飞往海地的海军飞机。我订购了一批雕刻精美的木制纪念品，其中包括漂亮的红木沙拉碗。当我抵达太子港时，这些可爱的木制纪念品已经在码头上等着我了。

所有东西都卖光了。这是我第一次进军零售业。成功虽然令人兴奋，但我依然小心翼翼地保持警惕，以免被胜利冲昏头脑。如果要说我的想法有什么变化，那就是现在的我比以往更加渴望事业上的成功。

我成了海店牌香烟的最大供应商，这是一种采用特殊军用包装而且价格特别低廉的纸盒香烟。一旦船离开港口3英里，进入国际水域，你就可以免税购买海店牌香烟了。那时候部队里人人都吸烟。当空军中队被派到我们船上执行任务时，他们一定会为家人购买海店牌香烟。那段时间我卖掉了几千盒香烟。

商店赚到的钱会被拨入船员们的活动基金。这家商店相当于船上的募捐基金会。如果船员在港口举办沙滩派对，我就会在沙滩上供应免费啤酒，我会用商店的盈余为大家支付啤酒的费用。

我还负责管理船上的理发店、可口可乐自动售货机和洗衣店。在洗衣店工作时，我无意中又学到了新知识。"莱特号"停在布鲁克林海军造船厂时，船上的洗衣设备要进行彻底的检修。但同时，我必须确保我们的船员有干净的衣服穿。

由于船上的洗衣机正在检修，我和当地的监狱工厂达成了一项协议，让他们出人手帮我们洗衣服。"莱特号"上有几百名军官，我给每个军官都发了一个装白衣服的大袋子，还有一个单独的小袋子装黑袜子，这样黑色就不会染到白衣服上了。结果，监狱工厂为了提高效率，把所有衣物都倒进了两个大袋子，一个装白衣服，一个装黑袜子。突然间，我不得不帮助船上所有人找袜子。上至舰长，下至军官，每个人都在等我告诉他，他的袜子到底在哪里。

有时你可以在意外发生前就有所准备，有时你只能在意外发生后尽快找到解决方案。我知道自己早晚有一天得面对洗衣房会发生的任何意外，但此时此刻，意外已经发生了，我必须马上给出解决方案。

最后我只好用商店的钱买了200双新袜子，解决了问题。

多年来，我经常回想起那次在袜子上遭遇的滑铁卢。每当下属们陷入争吵，我都只会说两个字——解决。如果你不知道如何解决，就去找知道的人。至于他们该如何解决这个问题，我不会把自己的意见强加给他们，相反，我给了他们决策权。我认为"解决"这两个字是一个人成为领袖的关键。

从"莱特号"身上学到的

一天晚上，"莱特号"停泊在关塔那摩湾，我打算在基地的军官俱乐部和一些同事共进晚餐。在等他们入席时，我与空军中队的一名中尉聊天，他被派到我们的船上，为我们在加勒比海的航行做准备。我的目光越过他的肩膀，看到许多飞行员正在一起吃晚饭。我问他，为什么不和中队的其他同伴坐在一起吃饭，他的回答令我至今难忘。

"我来告诉你为什么，"他说，"如果我和他们交往，大家像朋友一样相处，那么他们就会认为我和他们没什么不同。他们会把我当成朋友，而不是救命稻草。那样的话，未来的某一天，当他们被迫在恶劣的天气里，或是不得不在惊涛骇浪中着陆时，我可能会向某个方向发出信号，而他们可能会想：'我不同意。他又不是什么大人物。他肯定指错方向了。'然后他们就会跟着自己的直觉走,最终在茫茫大海中断送性命。"他是舰载飞机进舰降落信号员。在那个时代,飞行员还不能靠灯光指引着陆,舰载飞机进舰降落信号员的工作是用旗帜引导飞行员降落。

这节课让我永世难忘。我从此建立了这样的处世原则,我必须和那些为我工作的人保持一定距离。这并不是说我"不与别人交往",如果你想要鼓舞团队的士气,或是增进公司的凝聚力,"交往"就是不可或缺的环节,员工也会为此感到愉悦。但我和员工喝酒时总是很谨慎,而且我不会和他们一起打高尔夫球或网球,因为我不想让他们发现他们比我更强,即便他们真的比我强。那样一来,他们就会失去对我的敬畏。(唯一的例外是滑雪。我擅长滑雪,但我从不炫耀或尝试与别人一较高下。)

一艘船就像一个独立自足的公司,只是船上的人要受到军事纪律的约束。尽管海军里不会有人质疑来自长官的命令,但为了将船管理好,或者扩大点说,只要你想管理好一个组织,就必须处理好这些关键问题:如何下达命令,以及如何管理执行命令的人。

随着雅诗兰黛的发展壮大,我还总结出了这样一些经验:

第一,决断力是头等大事。打仗时哪有那么多时间供你细细推敲?错误的决断也胜过不做决断。

做生意时,这一点同样重要。为什么?因为你不能靠一堆从没做出过的决定来推动企业向前发展。永远记住,做决定!如果决定正确,那很棒;如果决定失误,那你会很快发现,然后解决它。

第二,下命令要准确清晰,再让合适的人去执行。命令本身一定不能含糊不清。当舰长下令做某事时,如果执行者需要停下来思考并重新诠释他的命令,那是非常危险的。

在公司里,如果你是老板,那么员工通常会给你一个他们认为你会喜欢的答案。但这往往不是正确的答案。

第三，既要表扬有功之臣，也要表扬那些肯干脏活累活的员工——只要他做出的努力是有意义的。表扬要具体，空洞的赞扬会降低你的权威感。

第四，表扬要当众说，批评要私下说。

这对我来说是最难的。如果我觉得有哪件事做得不对，那么我倾向于直截了当地说出来。但我必须学会睁大眼睛、闭上嘴巴，至少在我与对方私下交换意见之前，我必须如此。

第五，当有人告诉你，某人做了一件值得关注的事时，你要同时表扬做事的人和告诉你这件事的人，这样两个人都会对你的表扬心存感激。

第六，你可以下放权力，但你永远不能下放责任。

一个靠得住的领导者要对自己、对团队的行为和表现都负起责来，就算是团队里最无足轻重的成员，领导者也要负责。因为你们都在同一条船上。但如果产生问题，那么领导者是那个最应该被批评的人。责任也应该由领导者承担。

最后，但也是最重要的一点，如果你尊重为你工作的人，那么他们也会尊重你。

在"莱特号"上，我给士兵们开设了相当于高中水准的美国历史课。我的课程可不是只有老师站在那里讲个不停，我还给大家布置了阅读作业。我给士兵们发了一些图书做教材，这都是我自己掏钱买的。他们最喜欢的是肯尼斯·罗伯茨写的一部基于史实进行创作的历史小说《西北通道》。

我开班授课的消息传开了。我上课时从不点名，士兵们到场与否全凭自愿。但令我最自豪的是，公开课的听众越来越多。士兵们学习到了美国历史，而我得到了宝贵的经验：故事是一种强有力的传播途径，一个优秀的故事讲述者，可以把故事讲得比自己的亲身经历更吸引人。

从海上学到的故事和策略

我在"莱特号"上工作了一年多，直到 1956 年 12 月 31 日，我才被调到查尔斯·韦尔号上服役，这是一艘隶属于大西洋舰队的驱逐舰。除了在加勒比地区展开行动外，这艘驱逐舰还多次横渡大西洋，奔赴地中海和北欧执行任务。驱逐舰的巡航速度可以达到每小时 35 海里，但为了节省燃料，它通常会以每小时 15 海里的速度缓慢前行，换算成陆上速度，大约是每小时 17 英里。

每次横渡大西洋，我都会在休息时间深度阅读一位作者的作品。从海明威开始，我从头到尾阅读了他的所有作品。第二次我选择了斯坦贝克，每一次横渡大西洋的旅程对我来说都是一场学习之旅。

驱逐舰比航空母舰要小得多，只能容纳 365 人。所以我有很多不同的职责，除了担任补给官，我还担任过医务官、食堂监督员以及信息安全负责人。

由于有安全许可证的军官并不多，我经常被人不分昼夜地从床上拽起来，去加密小屋里破译密码。那是一个上锁的小房间，约有一张厨房桌子那么大。有时我破译完密码已经是凌晨一两点钟了，我得根据密码内容做出判断，是直接交给指挥官或副舰长，还是让他们先睡几个小时，再去叫醒他们。

日夜颠倒的日程安排让我变成了打盹专家。我经常在午饭后打盹，我还以为打盹是只有自己知道的小秘密。直到有一天，当我正在打盹时，宿舍的电话响了，我跳起来接电话："这里是船头军官宿舍，我是兰黛。"副舰长是南方人，他拖长了腔调，慢吞吞地说："兰，穿上裤子，上来见我。"

我喜欢打盹的秘密被揭穿了，但副舰长很是大度。当然了，这也算不上什么大事。直到今天，我还喜欢每天打个盹。

其他安保工作的体验就没那么轻松了。一次，舰长把我叫到他的船舱，问我："兰，有人偷了我的钱包。你能找出是谁干的吗？"

如果你身处一艘小船之上，那么你可不应该去偷舰长的钱包。我让商店的店长留意那些来消费的人。大约一两天后，他过来找我说："舰长身边的服务员刚花了45美元买了一只表。"在当时那可是一大笔钱。

我向舰长报告了我的发现。当时我们正停驻在关塔那摩湾，舰长说："你最好把他带到岸上的海军情报办公室，看看你能发现什么。"

我便把服务员带上岸，就在去往海军情报办公室的路上，我看到他摘下手表，塞进自己的口袋。我让他在办公室外面等着，自己独自进入办公室，对办公室里的军官说了我所见到的情形，军官说："把他带进来。"我们一起进去后，军官便说："某某，你涉嫌偷窃查尔斯·韦尔号舰长的钱包，钱包里面有65美元。"服务员回答道："不，长官。里面只有62美元。"

他被军事法庭判处在缅因州基特里的朴茨茅斯海军监狱服刑，为此我们还得把他送到那里。在我们北上送他去服刑的途中，他仍有在船上自由走动的权利。我有点担心他会杀了我，不过，我想他已经吸取了足够的教训。

作为负责船上伙食的军官，我总是想把最好的食物提供给大家。（精美的食物是鼓舞士气的关键因素。）前任补给官大概认为汉堡是美食之王，但我知道我们可以吃得更好。船上有一位大厨，我和他一起提出了每周一次的"国际之夜"计划，也就是一天晚上吃西班牙菜，另一天晚上吃德国菜。士兵们的伙食是如此美味，以至于军官们都偷偷溜出军官餐厅，加入士兵们的行列。直到舰长下令给每个人提供同样的伙食，这种现象才不再出现。

任何舰长想要的食物，我都能弄到。舰长想每周吃一次咖喱酸辣酱和威化胡椒饼？没问题！舰长想让全体船员在船尾上野炊？可以！当我们行至法国南部的戛纳时，舰长想借朋友的别墅搞场派对，让我帮他提供餐食。另外，他还顺便问我，能否帮他找一些漂亮的女客人？小菜一碟！只有一个小困难，我解释道："舰长，如果我一直在船上，我就很难做到这些事情。"

他给了我两天假。每天早上，我乘汽艇到戛纳，然后步行到卡尔顿酒店，这是大檐口一带最豪华的面向地中海的酒店。我租了一个储物柜，这让我得以进入卡尔顿酒店的私人海滩。然后我穿上泳裤，以最迷人的风度与年轻的女士们搭讪，并邀请她们参加派对。在约定好的那个傍晚，我为她们安排了往返别墅的交通工具。舰长对结果非常满意。

我也很高兴，因为我有了一个重要发现：我可以靠自己取得成功。海军不是家族企业。我的成功不是因为我的父母，也不是因为我的姓氏，而是因为我自己。这给了我信心，让我相信我可以做任何自己想做的事。

海军生涯也让我学到了一些战斗技巧。航空母舰身边总伴有几艘护航的驱逐舰，好为主力战舰打掩护。我做生意时经常用它来打比方，副线品牌会保护主线品牌。倩碧就是雅诗兰黛这艘航空母舰的第一道防线，之后还有悦木之源和处方。多年之后，我为公司的系列产品收购了多家品牌，它们对我们的原始品牌起到了支持和保护的作用。

休假时学到的

当海军给了我参观欧洲的机会。每当船进港时，我都会申请休假，然后前往距离港口最近的首都城市。船到达苏格兰的爱丁堡时，要在港口停靠一周，我便坐火车去伦敦，租一间小公寓住上整整6天。当我们在巴塞罗那靠岸时，我会在马德里待一周。我总是一个人去，因为如果和别人一起，那么我能做的就只剩下与其交谈了。如果你独自一人旅行，那么你会学到更多，并且观察更多。

我观察到了战后的欧洲是如何浴火重生的，它的经济、它的城市和它的时尚潮流都再次大放异彩。

1953年夏天，我和我的堂兄鲍勃，以及我的大学室友鲍勃·尼施鲍尔一起去欧洲游玩。当时许多城市还没有从战争的打击中走出来，放眼望去，满是废墟。科隆，一片废墟；法兰克福，一片废墟；在维也纳，我们住在一座旅馆的八层，这座旅馆的大楼底层已被彻底炸毁；伦敦也依然伤痕累累，闪电战留下的创伤历历在目，建筑物之间的空隙堆满了瓦砾。每个人看上去都瘦削、疲惫。

我记得在伦敦的时候，我曾去摄政公园看了一场莎士比亚剧目的演出。幕间休息时，我和大家一起排队买茶。轮到我的时候，我说："请不要放奶油。"当时队伍里的人都笑了，因为根本没有奶油。由于实行定量配给制，他们已经好几年没有吃过奶油了。（奶油定量配给制在那年9月份才被取消。）

4年时间带来了多么大的变化啊。

1957年，查尔斯·韦尔号从北极圈航行归来，停靠在爱丁堡。就像我之前说的那样，我立即坐火车去了伦敦。这一次我看到了一个我从未见过的伦敦。在经历了10年的艰苦岁月后，如今的伦敦到处洋溢着生机和活力，充满了欢声笑语。泡咖啡馆是时下年轻人追求的时尚行为，每个街区都有两三家咖啡馆，人们有说有笑地在这里进进出出，满面春风地聊闲天。巴黎常被称为"光明之城"，但对我来说，伦敦才是"光明之城"。残破的建筑物被雪白的高光涂料重新粉刷过，一切都是那么明亮，并且光彩夺目。

一个国家正在复苏。或许应该这样说，复苏的不仅仅是哪一个城市或哪一个国家，而是整个西欧。

一切都再度恢复了生机。这种活力并不是慢慢显现的，而是猛然间喷薄而出。巴黎因所谓的"光辉岁月"带来的兴奋而熠熠生辉。多亏了马歇尔计划的推动，"经济奇迹"正在重建西欧。

我眼见大地回春，我也知道明天会更好。就在这一时刻，我确信欧洲市场已经成熟到可以接纳一个新的美国高端美妆品牌了。欧洲已经准备好让雅诗兰黛进入了！

但雅诗兰黛准备好进军欧洲了吗？

开始新生活

我是1958年年初退役的。（我会在后备队待上几年。）退役后，我去了佛蒙特州的斯托，并在那里待了两周。我一边学习滑雪，一边理清思路，思考自己的未来。一开始，我很害怕从陡峭的斜坡上滑下来。但有一天，当我走出曼斯菲尔德山顶的电动缆车，环顾四周时，阳光穿过佛蒙特州美丽的蓝色天空。只有在最晴朗的冬日，天空才会如此湛蓝。它似乎在邀请我去碰碰运气。当我嗖地滑下斜坡时，我觉得自己已经走出了昔日的军旅生涯，投入了崭新的未来之中。

我热爱海军，热爱它的一切。我对海军的依恋如此深切，以至于有一段时间，我认真地考虑过重新进入海军服役。在海军服役对我来说是非常重要的人生经历。我曾想把"莱特号"上的商店打造成海军中最好的商店，最终我做到了。我曾想把查尔斯·韦尔号的食堂变成海军中最好的食堂，最终我也做到了。我取得了不少成就，而我从中得到的珍宝就更多了。

最重要的是，我意识到我可以对外界产生影响，我可以成为变革的推动者。而我需要的，只是为自己选择一个新舞台。

在佛蒙特州的那天，我确信自己命中注定要投身雅诗兰黛。为此我设定了一个新的目标——我要让雅诗兰黛成为世界上最好的公司。

02

第 二 部 分

追随兰黛

ESTEE LAUDER

免费小样为雅诗兰黛帝国打稳了地基。

"她会破产的。"丽思查尔斯的一位主管在观察雅诗兰黛的免费小样营销策略时嘲笑说,"她把整个买卖都免费送人了!"然而很快他们也开始赠送小样。母亲指出:"丽思查尔斯送的是瑕疵品,卖不出的口红、滞销的过期面霜和上一年留下的失败产品。他们试图把那些无用的垃圾甩锅给顾客。要我说,这可真是白费力气。如果你送的是你最差的产品,就算是免费的,你也别指望顾客回头买你的产品。"

第八章

"我有很多好主意!"

ESTÉE LAUDER
成为雅诗兰黛

1958年2月5日，我正式加入名为"雅诗和约瑟夫·兰黛"的私企工作，该公司以雅诗兰黛的名义经营。这是一家真正的夫妻店。公司里只有十几名员工，其中包括我的父母和我，2名常驻曼哈顿办事处的秘书，3名走遍全国各地推广产品的"旅行女孩"（这是我母亲发明的术语），还有几个常驻长岛加工厂的工人。我们的年收入不到100万美元，产品主要在一些有名望的奢侈品专卖店分销。

我们的办公室位于东53号大街15号，在一幢不起眼的办公楼的顶层。走进办公室，你会先看到一个简约优雅的会客区，旁边是两名秘书的工位。再往前走就是我母亲的办公室，这是一间阳光明媚的、朝南的房间，里面放着张雕花小桌子，那是母亲计划用来处理订单的地方。如今，门边的角落里有一张小桌子，这就是我的工位了。

首席秘书伊莱恩·贝茨把我送到桌前，桌上放着两沓未拆封的信件。"这些是什么？"我问。

"哦，"她回答，"这一堆是订单，另一堆是支票。你要做的是拆开信封，然后把订单寄给工厂，把支票寄给会计。"

这就是我在雅诗兰黛接受的新员工入职培训。

很快，我找到了更多可以做的事。每天晚上，我都会把各家门店的销售报告带回家仔细研读。我能从中看出哪些产品在哪里卖得好，以及哪些卖得不太好。我读得越多，就越意识到一个巨大的商机正摆在我们的眼前。

当时，世界上最大也是最知名的公司是通用汽车公司。在通用汽车公司出现之前，其他大公司做的都是提炼石油、锻造钢铁，以及生产半成品卖给别的公司之类的业务。通用汽车公司之所以能成为全球最大的公司，是因为他们专注于生产和销售那些面向个人消费者的产品。它的独创性和灵活性在于，它同时瞄准了多个不同的细分市场，每个细分市场的消费者群体都有着不同的特征和购买力。通用汽车公司用一句经典口号总结了他们的营销战略："为每个钱包、每个用途都造一辆车。"

我的梦想就是让雅诗兰黛成为美妆行业的通用汽车，拥有多个品牌、多条产品线，并在全世界都热销。

我不希望雅诗兰黛成为美妆行业的雪佛兰，靠低廉的价位取胜——毕竟我们的产品样样价值不菲。但我已经想到了我们将从高端细分市场中挖掘出的无限商机，我们的用户群体应该与奥兹莫比尔、别克和凯迪拉克这些品牌针对的用户群体相仿。

在那个年代，美妆行业的这些公司可不会做市场规划。当时每家公司都只有一个品牌，而每个品牌通常都有特定的某一类消费群体。露华浓公司只有露华浓一个牌子，定位大众市场，而伊丽莎白·雅顿也只有伊丽莎白·雅顿这一个牌子，仅在各种高端商场出售。赫莲娜、丽思查尔斯、黑兹尔·毕肖普等公司都是如此，欧洲那边的情况也是大同小异。

在我看来，这些公司就像美妆行业的福特公司。他们的产品很棒，却任由单一的品牌捆住自己的手脚。这样发展下去会导致什么结果呢？20世纪30年代初，通用汽车公司成了世界上最大的汽车制造商，而福特公司只能望尘莫及。

我要让历史再现。我相信我们可以，并且也应该与众不同。我们的独创性将会转化为商机和力量。

我要做的只是让我们的员工和我们合作的商场相信这一切。这不仅是我的工作，也是我背负的使命。

培训我自己

我上班的第一天，父母就去佛罗里达出差了。他们在那里待了三个多月，公司里的工作都留给了我一个人。没有指导，也没有沟通，他们只扔下一句"你知道该做什么"就走了。

这是一场没有人来做培训的新员工入职培训。

我知道该做什么吗？我不知道！可是我已经习惯了独立面对问题，我开始凭直觉为自己找事做。我早早到岗，了解自己该和谁沟通、向谁汇报，并教导员工"即使你觉得自己无权做决定，也要勇敢地做出决定"。

如今回想起来，我的直觉是对的。

除了拆信件，我的另一个任务是监督那些"旅行女孩"。我仍然记得她们的名字，住在纽约的伊丽莎白·帕特森，我们现在仍然有联系；住在得克萨斯州的维尔玛·福卡；还有住在圣路易斯的索菲娅·巴茨。她们不知疲倦地在全国各地奔走，帮助我母亲推销产品，代表她参加各种产品促销活动。

当时我们正在做促销活动，我们让商店给自己的会员寄出明信片，邀请会员到店免费领取雅诗兰黛的口红或散粉。"旅行女孩"的工作就是在赠送口红小样的时候向顾客推广雅诗兰黛产品。而我的工作则是为她们安排行程，并确保她们有足够的小样用于活动。

当时我们开发了一个非常精准的数字系统，可以精确计算出每位"旅行女孩"对应的礼品卡数量以及她们所需的小样数量。一名"旅行女孩"对应的礼品卡数量是一万张，如果一家商店寄了三万张礼品卡进行促销，那么三名"旅行女孩"就都必须在场做活动。

为她们制定行程是我的工作，但这份工作也难免出错。我尽量把她们的行程制定得合理一些（好让她们不必离家太远），然后把行程打印出来交给她们。但我曾经犯过一个大错。一次，我本应把一个女孩送到伊利诺伊州或俄亥俄州的一个小镇。但刚巧在路易斯安那州有一个小镇和我们原定目的地的名字一模一样，结果我把她错送到了路易斯安那。女孩惊慌失措地给我打来了长途电话："商店在哪里？我找不到！"

每个专柜都配有柜台经理，她们被称为"美容顾问"，美容顾问会按月给我发来销售报告，说明产品的销售情况。我们工厂的会计会根据报告算出佣金数额，然后把支票寄给我，同时寄来的还有一个写好地址的信封，用于回寄支票。

我曾经亲眼看见过母亲是如何与商场老板们套交情的，这其中包括奈曼·马库斯百货的斯坦利·马库斯、萨克斯第五大道精品百货的亚当·金贝尔，还有 I. 马格宁百货的赫克托·埃斯科博萨。这让我明白了人情往来的重要性。

因此我用我的方式向母亲致敬。我通过阅读销售报告来了解销售情况。如果销售情况好，那么我会在装支票的信封里附上一封手写的感谢信。就这样，我建立了一个由美容顾问组成的人脉网。

时间长了，我养成了每年给每一个工作在一线的员工写信的习惯，我会通过信件对他们的辛勤工作表示认可和感谢。这些信件都是写给各位员工本人的。这可不是写着"亲爱的朋友们"的群发邮件，我会在信件上认真地签下名字。

随着公司的发展，我不得不采取口述并由他人笔录的方式给大家写信。

但每封信都依旧是写给某个具体的员工的，我会在信末认真地签上名。

1972年，我出任雅诗兰黛公司总裁，从那以后，我开始用公司定制的专用信笺写信。信笺的颜色自然是我们的"雅诗兰黛蓝"，人们因此管我的信叫"蓝色信笺"。"蓝色信笺"逐渐演变成了一种私人化的认可。我会通过这个形式表扬当周或当月的优秀员工，感谢他们做出的贡献。偶尔我还会在信件里承认收信人的主张是对的，而我是错的，并表达我对他们坚持立场的行为的赞许。这些信都是手写的，因此收信的人会把它们保存下来。我已经记不清有多少次，当我去外地的雅诗兰黛门店视察时，有人会掏出自己珍藏的蓝色信笺给我看。

每次去门店视察，我都会结识许多新朋友。我不但会与采购员加深友情，还会努力尝试和采购助理甚至助理的助理们成为好朋友。每次视察完毕，我都会给他们手写感谢信。无论是过去还是现在，都正是这些人帮助我们打造了雅诗兰黛帝国。当年的采购员现在可能已经成为某家商店或是许多家商店的总经理了，但我们的友谊从未改变。

有意义的经历

入职雅诗兰黛的每一天，我都会有不同的感受，也学习到了不同的经验。一天，一名采购员给我打来电话："我想和您谈谈'示威游行'。"

示威游行？在我的理解中，示威游行只有一个含义，就是游行者向美国大使馆投掷烂番茄的示威活动。但我从来不知道，在美妆行业里，这个词指的是柜台后面的美容顾问推销产品时做的示范行为。这件事给了我很大启发。从此以后，每次招聘新员工时，我们都会为他们准备一份美妆行业的术语表。

另一次经历就更有意义了，这件事影响了我的整个职业生涯。我入职大约一个月后，阿尔文·普兰特走进了我的办公室，他是当时奈曼·马库斯百货的美妆产品采购员。他对我说："你知道吗？每一次我们派送这款产品的小样，顾客都会回来购买。不是'大多数时候'，而是'每一次'。这款产品就是你们的青春之露润肤浴油。你有一张王牌。"

青春之露润肤浴油早在1953年就上市了，那是5年前的事了。此时我们已经开发出了它的第一个衍生品——青春之露喷雾型浓香水。

根据阿尔文·普兰特的建议，我查看了一下公司银行账户，决定生产5万份青春之露润肤浴油的小样。这次生产出的小样不仅给奈曼·马库斯百货补足了货，还被我寄给了许多我认为市场潜力很大的经销商。我通知"旅行女孩"，做好随时出差的准备。哪里有需要，我们就奔赴哪里。

然后我坐在办公室里，愉快地看着办公桌被潮水般的订单淹没。

我决定同时推出两种规格的青春之露润肤浴油，一种是传统的大容量包装，另一种则装在钱包大小的小瓶子里，相当于4个小样的量。小瓶装的浴油以每瓶2美元的价格出售，这样的定价只能勉强回本。但顾客会同时购买两种包装的产品，这样一来，等于顾客为小瓶装的浴油提供了补贴。此外，小瓶装的瓶子是一次性的，不能反复灌装使用。也就是说，只要你买了一次小瓶装，就不得不一直买下去。如我所料，顾客的确都会来回购新的小瓶装浴油，而且是成群结队地来。

到1958年年底，雅诗兰黛80%的销售额都来自青春之露润肤浴油。

从阿尔文·普兰特溜达进我的办公室，把他的想法告诉我的那一刻起，雅诗兰黛的未来改变了。这给我上了宝贵的一课：倾听顾客和一线人员的声音。他们的意见就是最好的消费者调查报告，而且还是免费的。

激励他人拥有远大的梦想

随着公司销售额增长,我意识到一件事,那就是我们员工成长的速度,没有跟上公司成长的速度。

他们不知道巨大的改变即将出现在自己身上,也不知道自己正处在一个新世界的伊始,必须尽快适应这个崭新的世界。比如说,由于销售量大大超过了预期,我们的专柜开始频繁断货。因此我们要开更多的专柜,推出更多的产品,并且我们做决定的速度也必须加快。

我必须说服我们全部的这10名员工,让他们相信我们可以把买卖做得更大。尽管他们对公司现在的情况很满意,但我们完全可以把目标放大10倍,甚至20倍。他们必须学会大胆追梦,学会让自己成为更伟大的公司的员工。我试图让他们明白,我们正走在一条光明的大道上。

我给员工传递的第一个理念是:"错误的决定也比没有决定好。做决定,就现在!"(感谢海军!)

我是怎样说服我的员工相信他们可以成为更好的自己呢?让成绩说话。

当然,员工的工作态度不可能立刻就发生转变。但"旅行女孩"打来电话——她们的队伍正在快速壮大——描述了她们在促销现场见到的令人震撼的客流。不断增长的订单数也让我们的员工开始相信公司的潜力。

另外,还有专卖店老板们的来信。下面是一封来自位于克利夫兰的哈雷兄弟百货的老板沃尔特·哈雷的信。(信件落款是1963年7月26日,在我们那段时期收到的反馈中,哈雷的态度很有代表性。)

亲爱的雅诗:

比尔·拉里默给我发了一些雅诗兰黛的零售数据。根据我们的记录,今年1月到6月的销售额为88,709美元,去年同期是59,108美元。

不用过脑子就知道，增长率高达 50%。如果我们保持眼下的增长势头，那么截至今年年底，雅诗兰黛的销售额会达到将近 24 万美元。

此外，事实证明，那些香喷喷的广告插页起到了很好的促销效果。比尔估计，最近发放的广告插页至少带来了 1 万多美元的生意。因此，我们认为那些不愿带着青春之露香味回家的丈夫（他们没法向太太解释这股香味的来源）的意见微不足道，我们会把他们从会员名单上删除。

雅诗兰黛惊人的成长速度预示着它将成为美妆行业的翘楚，就像柯达公司在相机领域里那样举足轻重。到时候，女士们聊天时可能就不会再问对方用的是什么美妆产品，她们只会问："你用的是雅诗兰黛的哪款产品？"

哈雷太太和我可能会在未来两到三周内的某个时间去纽约，希望能与你和莱纳德见上一面。

哈　雷

1963 年 7 月 26 日

沃尔特·哈雷的预言绝对正确。截至当年年底，雅诗兰黛在哈雷兄弟百货的销售额达到了 24.8 万美元。

向母亲学习

回到 1958 年。

和母亲共用一间办公室对我来说是一种很好的职业培训。母亲从没有让我坐下来，然后对我说："宝贝，我是这样做事的。"她从不会这样做，因此我要做的就是观察、倾听和学习。我会听她怎么打电话，看她做了什么事，然后耳濡目染地学习经验。

我在我母亲办公室里听到的最难忘的对话，发生在1958年，当时我们正准备推出青春之露喷雾型香水。范阿梅林根·黑布勒公司（精油制造商，美国国际香料香精公司前身）的销售员犯了一个错误，她试图和我母亲争论："雅诗，这款香精的气味太浓烈了，不适合喷洒。我不想卖给你。"

"好吧，"我母亲回应道，"我会去别人那里买。"

说着我母亲就挂断了电话。

5分钟后，电话响了。

"好吧，好吧，"销售员说，"我卖给你。"

这段对话教会了我，当你足够了解自己的产品和顾客时，就要坚守自己的立场。永远不要在质量问题上敷衍了事，你要全心全意地生产最优质的产品，并把它们展示给大家看。不要屈服于任何试图让你放弃的人，包括我的母亲。

有一次，她想"改良"青春之露喷雾型香水的配方。要知道这款喷雾型香水是公司成功的主要原因，甚至比浴油更重要。于是我告诉她："你不能改变它的香味。如果你'改良'了它的香味，那么它就是另一个产品了，我们就只能一切从头开始，再去寻找一批新顾客。"

母亲总是坚持己见，并且毫不犹豫地表达出自己的看法。我和父亲有时需要"系好安全带"，好"抵御暴风雨"。有时她会无缘无故地对我大吼，我就会说："你冲我吼什么？那是你的主意。"然后她就会冷静下来，说："哦，你说的对。"除了少数几次冲突，大多数情况下我们最后都相安无事。

她最终放弃了"改良"配方的想法。

待一切恢复平静后，我们也厘清了各自的职责。

离开沃顿商学院和海军后，我将纪律带进了雅诗兰黛，改变了原本自由散漫、凭直觉行事、边干边学的运营模式。如果没有纪律的约束，我就无法在美国海军部队当好一名补给官。因为如果没有严明的纪律，我就无法搞清楚商店各项货物的进出情况，也无法做好年度审计。我刚加入雅诗兰黛时，担当的也是类似补给官的角色，因此我必须对公司的收入与支出了如指掌。

在这个过程中，我学会了如何"走钢丝"。也就是，在"为公司承担财务责任"和"为保持公司高速增长而继续投资"之间，保持微妙的平衡。

向父亲学习

母亲对我最大的批评是"跟你父亲一样"，但对我来说，这是最高的赞美了。

父亲可能是我见过的工作最努力的人。他是母亲最完美的伴侣和陪衬。母亲负责推销，在媒体上大肆宣传产品；父亲担任首席运营官，负责公司运营，除了监督生产、招聘员工，他还要管理财务。父亲的性格是如此真诚直率，以至于我们的一名老员工甚至给他取了个绰号叫"诚实的乔"。

质量监控工作也由父亲负责，他坚持采购最好的原料。父亲告诉我，一旦确定了某种原料的货源，就不要轻易改变，不要因为其他人给出更低廉的价格或是更方便的进货渠道就转向新卖家。澳大利亚檀香油与印度檀香油有很大区别，它们的名字也许相同，但和其他原料混合时却会产生非常不同的反应。

从父亲那里，我懂得了细节的重要性，上帝就藏在细节之中。

在父亲的敦促下，我开始和会计工作打交道。我把带有各项财务和生产数据的表格拿给他，他会扫一眼数字，然后把表格还给我："不对，你再做一次。"

"出了什么问题呢?"我问。

"你再试一次。多做几次,你就会发现问题了。"

结果正如他所预料,我发现了自己的错误。他是一个严厉的老板,对工作要求很高,但他也是一位慈爱的父亲。在他的监督下,我不但完成了工作,业务水平也提高了。

随着公司的不断扩张,父亲更加积极、深入地投入到新工厂的建设工作中。在他的督导下,我们在英国、比利时、瑞士和加拿大建设了第一批工厂。为什么要选择这些国家?第二次世界大战结束时,法国、西德、意大利、卢森堡、比利时和荷兰组成了共同市场。这是一个关税同盟,也是欧盟的前身。英国不在其中,其他一些我称之为"外部七国"的欧洲国家也被排除在外。我们在比利时建造工厂,用它来满足关税同盟的市场所需。而瑞士不是任何一个关税同盟的成员国,所以我们在那里也建了一个工厂。我们还在加拿大建了工厂,因为从加拿大运货到英国和美国可以享受英联邦优先权。

在加入海军之前,我曾就读于哥伦比亚商学院。一直到入伍前,我离拿到工商管理硕士学位只差三个学分。我曾向自己保证,退伍后就去完成学业。但在经历了三年的海上生活,开启了观察世界的新视角后,我决定去雅诗兰黛工作,而不是回到学校学习。我与工商管理硕士学位失之交臂,但我不认为自己失去了什么。我从父亲那里学到了同样多的实践经验。

从"母亲"到"兰黛夫人"

我对母亲的职业规划和我对公司未来的规划一样长远。

母亲有许多优点，她是个销售天才，既能把产品卖给消费者，又能说服商店接受我们的专柜。她对香味的品位在行业内数一数二。她非常擅长做品牌定位，而且她在宣传方面也颇有天赋。她可以毫不费力地为报纸和电台的美妆专栏撰写优质稿件，也可以愉快地轻抚着柜台前的脸庞，指点顾客化妆的技巧，她甚至可以同时应付上百名顾客。

早些年，我们真的没有广告预算。于是我们把钱花在了免费小样和邀请顾客来店里领取小样的广告插页上，除此之外，我们还会与经销商共同负担报纸上的广告费。只要有母亲在，我就不需要投钱做广告，因为她一个人就能把宣传工作搞得有声有色。

我的想法是让母亲成为万众瞩目的焦点，让雅诗·兰黛这个活生生、会呼吸的人成为雅诗兰黛的化身。她要成为美妆行业的贝蒂·克罗克。但与蛋糕粉盒子上的虚拟人物不同，雅诗兰黛背后有一个真实的雅诗·兰黛。

与此同时，母亲也明白，她必须把这个形象塑造好，这个形象比她的生命都重要。所以她总是穿着体面，以确保自己随时可以出现在镜头前，她时刻准备接受采访。我听说，一个人的成功，80%取决于"你是否能在恰当的时候上场亮相"。我母亲100%可以，她随时都能上场。

只要我们在全国性的杂志上刊登广告，我就会加上一句固定的广告词："雅诗·兰黛说……"她会根据所宣传的产品"说"出不一样的推荐语。例如，我们用"雅诗·兰黛说要让你的肌肤喝牛奶"这句广告词推广了三种以牛奶为原料的护肤品；"雅诗·兰黛说过度使用洗发水的时代已经结束了"是在推广全新蔚蓝天然洗发水时用的；而"雅诗·兰黛说是时候让真正的化妆品回归了！"则被用在我们的化妆品产品线上。

同时，我还想将她的形象加以升华，不仅要提高她在消费者心中的地位，还要提升她在经销商那里的权威性。我们的公司刚起步时，经销商帮我们做了许多宣传，提高了雅诗兰黛的品牌形象。等到品牌地位稳固以后，我们又给他们提供产品直供认证。这是完美的互惠共生关系。我希望将这种双赢的合作方式发扬光大。

20世纪30年代，奈曼·马库斯设立了奈曼·马库斯时尚杰出贡献奖，以表彰那些极具个人风格、对时尚行业有突出贡献的人。与科蒂奖不同的是，奈曼·马库斯时尚杰出贡献奖的获奖者不必非得是美国人，它的评选范围要大得多。1957年这个奖项的获奖者是可可·香奈儿，而在这之前的获奖者包括摩纳哥王妃格雷丝·凯莉、摄影师塞西尔·比顿，以及《生活》杂志的时尚编辑萨莉·柯克兰。

我认为这将是把我的母亲和我的公司带到美妆行业时尚最前线的最佳机会。

我飞往达拉斯，会见了斯坦利·马库斯以及他的兄弟拉里和埃迪，我竭力游说他们，试图让他们相信，把奖颁给我的母亲会让他们的大众时尚事业更上一层楼。他们在成长，我们也在进步。我们双方都拥有同一种使命感，那就是我们可以帮助彼此崛起，进而发展壮大。

他们当然都认识我的母亲，也都很喜欢她。而且他们一致认为，她的性格和职业资历都很适合他们的奖项。于是我们开始行动起来。1962年，我的母亲顺理成章地获得了这个奖项。

我知道，鼓励母亲成为偶像是要付出代价的，而这个代价就是改变我与母亲的关系。我们将变成合作伙伴，就像明星和经纪人那样。

管理的基本原则之一就是把人才放在他们最能发光的位置上。我们是个小公司，我必须考虑如何最高效地配置我们的资源。母亲是我们最有价值的资源之一，我的目标是让她发挥最大的潜能。

这意味着我要有意识地远离媒体，把聚光灯放在她身上，而她要努力扮演好美妆界大师的角色。我永远不会和她争夺公众注意力。在公共场合，我绝对不会叫她"妈妈",更不会称呼她为"母亲"。

她是"雅诗·兰黛夫人"。

随着雅诗兰黛的不断发展,她沉浸在成功的喜悦中。至于我,我认为只要雅诗兰黛成功了,我就成功了。

有利可图的合作关系

奈曼·马库斯时尚杰出贡献奖只是让我母亲进入角色的第一步。她很喜欢这个角色,她是雅诗·兰黛,也是品牌代表、首席美容顾问和天才艺人,必要的时候,她甚至可以变成一枚导弹。而我是她的经纪人,指挥导弹射向最能发挥威力的地方。

在父亲的建议下,我将工作重心转向销售。他相信,销售工作可以让人产生极强的责任心和义务感。我独立的思维模式使我非常适合做销售工作。我喜欢这份工作,并且很快就成了公司的销售冠军。

母亲已经拿下了全国各大城市的顶级专卖店,而我的工作就是用我们的专柜将地图上的空白填满。

由于产品越来越受欢迎,我们需要增设销售平台。我们需要加盟一些知名百货公司,比如纽约的布鲁明戴尔百货、费城的沃纳梅克百货、亚特兰大的里奇百货,以及洛杉矶的布洛克百货的威尔夏分店。

此时的雅诗兰黛还算不上家喻户晓的知名品牌,虽然我们已经入驻了若干家美国最奢华的奢侈品专卖店,但把雅诗兰黛推进知名百货公司的路途依然困难重重。你无法想象在走进百货公司美妆部采购员的办公室之前,我的内心经历了怎样的挣扎。我试着给他们打电话,想约个时间去拜访他们,对方却说:"我们不需要新品牌,我们已经有好多知名品牌了。"然后就挂断了电话。

在这种情况下，母亲就是我的秘密武器。

最难对付的谈判对象是亚伯拉罕&斯特劳斯百货，这是一家位于布鲁克林的大型百货公司。布鲁克林是一个自成一体的小世界，我们费尽周折，还是没能在布鲁克林迈出第一步。

当我走进采购员的办公室时，他正背对着我修剪指甲。（每当我要跟人进行重要会谈时，对方似乎都在修剪指甲。）他坐在那边，我坐在这边，我们一言不发。

沉默良久，我打破寂静，说："我能帮你赚钱。"

他放下指甲钳，转过身，说："怎么赚？"

我便向他解释，为什么说我们的专柜可以为商场带来客流。我着重指出，每卖出1美元的雅诗兰黛产品，商场的其他店铺就能卖出2美元的货。

听完这些，他说："我得让我的老板见一下雅诗·兰黛夫人。"

我们的一只脚已经伸进亚伯拉罕&斯特劳斯百货的大门里了，但谁也不敢保证这件事一定能办成。

我在那附近最好的意大利餐厅里安排了一场商务聚餐，让我母亲有机会施展她的魔法。我母亲发现亚伯拉罕&斯特劳斯百货的采购经理喜欢乘船出海，碰巧她和我父亲刚买了一艘小型的克里斯游艇。于是，令我大吃一惊的事发生了。我母亲说话的口气就像一个经验丰富的船长，她喋喋不休地谈论着她的船、采购经理的船，以及外面的每一条船。这是一个很小的支点，但我母亲像阿基米德撬动地球一样用它撬动了采购经理。

不需多言，她敲定了这笔交易。

让梦想成真

这是一个激动人心的时代，对国家、公司和我来说都是如此。

许多美国人过上了前所未有的富足生活。《退伍军人权利法》使成千上万的退伍军人不用花太多钱就能接受大学教育，这为美国提供了一大批受过高等教育的劳动力；来自美国油田的平价石油推动了工业发展；科学技术的进步提高了生产力；来自欧洲和亚洲的竞争微乎其微，因为这些地区仍未能从"二战"带来的萧条中彻底恢复……由于以上多方面有利因素的结合，美国经济在20世纪50年代增长了37%。即使是领着法定最低工资的老百姓，也过得比以前宽裕了不少。到20世纪末，普通美国家庭的购买力比20世纪初增强了整整30%。

总之，在经历过"大萧条"和定量配给制后，美国人爱上了消费。虽然美国人口只占世界人口的6%，但他们足足消费了全世界30%的商品和服务。联邦住房管理局和退伍军人管理局都提供低息贷款，帮助每个家庭购买新房。第一张信用卡——大来信用卡——诞生于1950年，接着就是诞生于1958年的美国运通信用卡。终于可以花钱了！大家开始购买所有能买到的商品，从房子、车子和电器到衣服、度假旅行和美妆产品，而这正是我所期待的。

我依然是个单身汉，不过我的社交生活十分充实。公司发展道路上的无限商机让我兴奋不已，我在工作上投入了巨大的精力。每天晚饭后，我会把佣金支票和我写的便笺一起寄出去。我还在那些光鲜的时尚杂志上下了不少功夫，动辄琢磨在哪些版面登广告能收到最好的效果。

我们的公司实在太小了，以至我成了一切工作的中心。无论有什么问题，都是我的问题。不过从另一个角度来看，也没有人会对我说不。因此我的每一个想法都可以付诸实施。

我做梦都在为雅诗兰黛寻觅新的机会。这是真实发生的！一天晚上，我忽然梦到我们的竞争对手丽思查尔斯推出了一套彩色唇釉。在那个年代，唇釉都是透明无色的。在梦中，我感到焦虑极了，因为对手抢在我们前面推出了新创意。醒来后，我才意识到一切都只是梦。但梦境中蕴含着巨大的商机，它就像一幅巨型广告牌，在我面前闪着光芒。过了不到一个月，雅诗兰黛就推出了第一款彩色唇釉。

我的另一个创意一直沿用至今。我打算在雅诗兰黛白金系列产品线中加上一款新口红。

我将在下一章更多地讲述有关白金系列的故事。但为了便于讲述，我先解释一下，我们的白金面霜采用了先进的科学技术，其中包含25种稀有成分，每罐重16盎司，售价高达115美元。我们把白金面霜定位为"世界上最昂贵的面霜"。

白金面霜让我们进入了高端护肤领域，现在我想推出我们的第一款高端口红。1958年我刚加入雅诗兰黛时，公司就已经为白金系列准备了口红。但这一次，我想发布一款全新的产品，用它重新定义"高端口红"。

新白金口红的定位非常明确——奢侈品。

我们在1959年1月重新推出了白金系列。那段时间，去欧洲旅行度假的人口数呈爆炸式增长。我决定给每款口红的颜色都赋予一个契合奢华旅行概念的名字。于是就有了"马德里宝石红""卡普里岛粉红""波托菲诺玫瑰""瓦伦西亚珊瑚"，以及其他受罗马和佛罗伦萨启发的色调。每当我带女孩出去约会时，我就会和她讨论口红色号，我的每次约会都以产品讨论会告终。

我们借鉴露华浓的做法，推出了多彩系列。露华浓每季都会推出色号相同的口红和指甲油，其广告语是"让嘴唇和指尖相配"。但一次性推出12种不同色号的口红，还是前所未有的大场面。

我让艺术总监为白金系列的每一款口红都设计了一幅旅行海报，然后将它们全部订在一起，做成折叠拉页手册的样子。当我和采购员交谈时，我会让他们抓住手册的一端，然后我会"呼"的一声拉开另一端！一个由华丽海报组成的手风琴手册就会展开！每一幅海报都让人印象深刻！这个创意是如此优秀，因此我们又将它复刻了一遍，在《VOGUE》杂志上做了整整一版插页广告，长达12页的全彩广告，就像一本迷你旅行笔记，鼓励读者"把这个名字涂在唇上"。

此前从未有人做过类似的尝试。

另外，我还设计了一款更新、更好的口红膏体形状。当时的口红都是子弹形状的，所以女士们涂口红时不得不噘起嘴唇，即便如此她们还是经常把口红涂在牙齿上或唇线外。有一天，我用吉列剃须刀把口红的尖端斜着切了下来。这样一来，女士们就可以用平坦的切面涂嘴唇，并用口红尖端勾勒出唇形了。我甚至没打算申请专利，我只是随手一切，一项新的行业标准就诞生了。

每当我醒来时，我总会发现："我有好多好点子！"我迫不及待地想要实现它们！

当这些好点子取得成果时，我们的商业信誉也随之上升，大家对雅诗兰黛的潜力深信不疑。每获得一次成功，我都会对自己更有信心，我相信自己可以让雅诗兰黛获得更多消费者和经销商的青睐！每一天，我都在全美各地宣传"雅诗兰黛未来必将无比辉煌"的理念！

不只是市场占有率

我经常旅行。旅行让我看到了美国各个地区之间的深刻差异。从那时起，我意识到美国并非一个高度同质化的市场。事实上，它是如此庞大和复杂，甚至可以说它是世界上同质化程度最低的市场。

我围绕这一点来谋划战略。

我决定专注于增长，尤其是在市场占有率和市场增长率方面的增长。

美国人热爱增长。增长是个令人兴奋的话题。关注利润率也许是一种更审慎的选择，我也不否定利润的重要性。但当你拿起任何一本商业出版物进行阅读时，你都会发现新闻标题或书名只与"增长"有关，没有多少人关心利润。用今天的话来说，增长会带来轰动效应。

矛盾的是，安分守己地做个小公司反而对我们更有利。我们没多少开销。我甚至可以坐在办公桌前，用一分钟都不到的时间估算出公司的全部资产：一间办公室、一台生产设备，以及用两只手就能数得过来的员工。我们不是上市公司，无须向股东负责，所以我们可以把公司的每一分钱都用于投资，以便提高市场占有率，实现增长。

我们的运营模式很简单：在专卖店进行限定分销，同时辅以美容顾问的个人化服务。限定分销是我们针对专卖店的顾客设计的主要卖点，当时我们是唯一一家以这种方式运营的美妆公司。

我们的产品可不是哪里都买得到的。当我们推销一款新产品或做有奖购物活动时，顾客会发现自己所在的城市里只有一家商场提供这款产品。这种做法具有无可争辩的好处。当我们向外投寄广告，宣传新的促销活动时，顾客会率先涌向我们的专柜，然后在主楼层的其他专柜来回转，摸一摸精美的皮具和丝巾，看一看华丽的珠宝首饰，最后掏钱。正如我向亚伯拉罕&斯特劳斯百货的采购员许诺的那样，雅诗兰黛促销期间，主楼层各家专柜的销售额增长超过100%。由于雅诗兰黛采取限定分销政策，各家商场都获得了极好的投资回报。

每个经销商都必须保证自家企业的持续增长。不增长，就灭亡。大家都很清楚这一点。多亏了雅诗兰黛不断推出的新产品和独家促销活动，我们一次又一次地向经销商证明了雅诗兰黛的发展潜力，我不断向他们承诺，雅诗兰黛会为他们的企业带来新的增长。

限定分销意味着我们必须学会重视美容顾问。为了购买我们的产品，顾客必须亲自光临某个商场的雅诗兰黛专柜，那里会有一位美容顾问为她提供服务。美容顾问会为不同的顾客建立个人档案，将她们的喜好一一列出。时间久了，顾客与美容顾问之间就会建立起信任，甚至成为好朋友。而美容顾问会从我们这里得到一小笔佣金，她建立的人脉对她自己、对我们都非常有用。我们通过限定分销的模式培养了一大批美容顾问，并与她们愉快地合作了很多年。

雅诗兰黛的市场占有率就借助这样的模式不断增长。其间，我始终在寻找提升品牌知名度的办法，我想让每个人都知道我们是发展最快的公司。这意味着我要生产出一个"爆品"。

爆品

雅诗兰黛是当时奢侈品专卖店里发展最快的品牌，但我们依然算不上主流品牌。即使我和母亲一起努力，也很难说服那些思想保守的消费者，他们喜欢只做常规营销活动的传统名牌，想让他们相信雅诗兰黛前景远大是如此困难。

我们怎样才能改变这种局面呢？

我们一直渴望打入中西部市场。我们在这一地区几乎没有买卖可做。芝加哥最知名的商店是马歇尔·菲尔德百货，但我无法让他们的采购员相信未来属于新生的雅诗兰黛，而不是赫莲娜、雅顿和芝曼蒙黛等老牌子。

在马歇尔·菲尔德百货以南两个街区，有一座由建筑师路易斯·沙利文设计的精美建筑物，这里有一家名为卡森·皮里·斯科特百货的商店。虽然它不像马歇尔·菲尔德百货那么雅致，但它愿意销售雅诗兰黛的产品。虽然它的年销售额约为 6000 美元，但是聊胜于无。如果我们利用卡森·皮里·斯科特百货来让马歇尔·菲尔德百货意识到他们在芝加哥并非只手遮天的大佬，那么结果会如何呢？我姑且把这称为零售业的"柔道"吧。

我想了一个主意，我们在周六晚上正式"关闭"了这家店，在周一早上再以全新的面貌"开业"。所谓"开业"，其实不过是把柜台重新粉刷一下，再擦得干干净净而已。我需要一个能引发公众关注的重磅炸弹。

幸运的是，1959 年的时候，芝加哥地区化妆品销售员协会刚好要在芝加哥举办年度大会。中西部每家商场的采购员和采购经理都会到场。

我设计了一款新赠品。到目前为止，许多竞争对手都在效仿我们，向顾客赠送小样，小样通常是一支口红。我放弃了送口红的方案，设计了一个小到可以塞进女士钱包的粉盒。当时，粉末状的化妆品都被装在笨重的大号粉盒里出售，袖珍粉盒可是个新点子。

我们发放了 10 万张卡片，好让大家知道我们打算把这个精巧的粉盒当成赠品送出去。我召集了一队"旅行女孩"，我们一起精心准备"开业"活动。

这是一次猛攻。"开业"当天，急切的顾客沿着大街排起了长队。更令人兴奋的是，我见到了来自芝加哥地区化妆品销售员协会的所有销售人员和采购人员，更不用说还有专卖店的管理层人员。他们盯着拥挤的人群不停地问："这是怎么回事？"整个中西部的专卖店负责人都在给我打电话。但最让人开心的问候来自马歇尔·菲尔德百货的采购员，他对我说："我们可以聊一聊吗？"

后来，我又在纽约的 B.奥尔特曼百货公司和亚特兰大的里奇百货采取了同样的战术。消息不断传开，一家家专卖店像成熟的甜美水果般被我们尽收囊中。最难能可贵的是，我们拿下了洛杉矶格调最高雅的专卖店——布洛克百货的威尔夏分店。它同意销售雅诗兰黛的产品。

1959年7月中旬，布洛克百货的威尔夏分店开业，那时我和妻子伊芙琳度恰好在度假。我们去了洛杉矶，然后租了一辆汽车，看着顾客沿着威尔夏大道排起长队。我随即驱车前往布洛克百货的帕萨迪分店和圣安娜分店，劝他们接受雅诗兰黛的产品。这两家分店的工作人员对威尔夏分店的顾客的疯狂行径早有耳闻，因此我轻而易举地说服了他们。

不过，我得花更长的时间说服我的新娘，请她原谅我在蜜月期间坚持工作。这就像是我们婚后生活的一次预演，工作和我的个人生活水乳交融，难解难分。

"手提包优雅"

这些钱包大小的粉盒创造了历史。早期的粉盒都是塑料制品，这又激发了我的新灵感，我要为女士提供一款与众不同的时尚粉盒。当她们从手提包里拿出我设计的粉盒时，其他女士都会羡慕得直流口水。

乔治·罗森堡，迷魅粉盒制造公司的老板，是我们为完成新任务而物色的完美人选。乔治是一个天生善于吸引公众注意力的人，他来到我的办公室，向我展示了一系列粉盒样品，一个比一个精美。每当我以为他讲完了的时候，他都会把手伸进口袋里，说着"不知道你有没有见过这个"，掏出一件更令人惊叹的好货。

第一个粉盒是镀金的，盒子上压着凹凸不平的花纹，看起来像鳄鱼皮，盒子内缘和底部刻有"雅诗兰黛"字样（一定不能刻在正面，那不体面），粉盒装在一个优雅的黑色首饰盒里。短短几周内我们就卖出了 5 万个漂亮的鳄鱼皮纹粉盒，每个售价 5 美元（约合今天的 45 美元），不用问，我们赚翻了。

这件事使我们发现了新战略——为顾客生产包装精美的粉盒、口红和香水。我由此提出了"手提包优雅"这个术语。

我们希望这些粉盒能流行起来，它们会成为另一种形式的广告，在消费者中口口相传。为此，我们让顾客可以单独购买雅诗兰黛的粉盒，而不必非得购买雅诗兰黛的美妆产品。

每一年我们都会推出一款全新的粉盒，即便现在也是如此。这些粉盒是真正的艺术品，有的形状像贝壳，有的镶嵌着施华洛世奇水晶，还有一些附有成套的可重复使用的口红盒，甚至可以根据你姓名首字母定制独家粉盒。和其他艺术品一样，它们已经成了有名的收藏品。所有看到如此精美的粉盒的人，都会想要拥有一只。

我学到了宝贵的一课：你必须学会引起轰动，尤其是在没人知道你是谁的时候。时尚潮流来了又去，但轰动带来的热度永不消失。

对自己能力的信心

在公司创立的前 20 年里，我坚持不懈地向包括我们的员工、经销商、当然还有顾客在内的每个人，推广这样一个理念——雅诗兰黛会成为美妆行业的龙头。

起初，人们会向我投来难以置信的目光，一些经销商甚至对此嗤之以鼻。

但每次开设新专柜时，我都会做一些让人耳目一新的营销活动。商场也看到了我们带来的客流和销量，上涨的不仅仅是雅诗兰黛的客流和营业额，整个楼层的商家都跟着受惠。我们成了专卖店和百货公司眼中的英雄，同时，我们也开始利用自己品牌的知名度去刺激其他商场开设我们的专柜。

我们也成了自己心目中的英雄。公司员工的使命感更强了，为了实现自己的理想，大家都在努力工作。员工对品牌的信心与日俱增。

而我也对自己、对自己身上的领导力更加有信心了。

我在雅诗兰黛渐渐站稳了脚跟，在这期间我也学到了一条宝贵经验。它对我未来的工作、生活影响都很大，那就是不管在公司内外，都要相信自己的直觉。直觉是与生俱来、根深蒂固的天赋，但要想让它发挥作用，就要建立在经验的基础上。如果你的经验够丰富，你的直觉就会在某些方面发挥作用。如果我们正在考虑是否要收购一家公司，那么我的经验会帮助我更快地将点连成线，看到一些别人看不到的征兆。然后我的直觉就会接手这项工作，并做出决定。

如果你在理性的判断和内心的呼声之间左右为难，那就听从内心的呼声吧！我就是这样做的。之后几年，我曾这样做过三个重要决定：迎娶伊芙琳，把雅诗兰黛推向全球，以及创立倩碧。

ESTEE LAUDER

**在争取潜在客户时,她从不主动放弃。
从不。**

会面安排在上午 9 点,但当我母亲到达时,秘书告诉她:"韦斯顿小姐现在很忙。你能改天再来吗?"
"没关系,"母亲回答说,"我会在这里等她。"
母亲就这么等了一整天,上午 10 点过去了,上午 11 点过去了,下午 1 点过去了……
当天下午 6 点,办公室的门开了,韦斯顿小姐探出头来,说:"你还在这里?进来,我们谈谈。"
母亲最终做成了这笔买卖。

第九章
"伊芙和莱纳秀"

ESTÉE LAUDER
成为雅诗兰黛

如果当初哈佛商学院录取了我，我就不会遇到此生的挚爱了。

正如我在第七章中描述的，哈佛拒绝我之后，我向美国海军候补军官学校提出了申请。加入海军一个月后，我去纽约度周末。我的大学室友鲍勃·尼什鲍尔邀请我参加派对，他在圣诞节假期中认识了一个名叫斯蒂芬妮·菲什曼的女孩，这个派对就是女孩的父母组织的。当我说自己单身时，鲍勃让斯蒂芬妮给我介绍了她的一位朋友——伊芙琳·豪斯纳。

从奥地利飞来

伊芙琳当时只有 18 岁，比我小 3 岁，但她的人生经历比大多数 18 岁的人丰富得多。她的父亲恩斯特·豪斯纳来自波兰，她的母亲米米来自奥地利的维也纳。二人于 1933 年夏天在意大利的里雅斯特的海滩上相遇，之后她的父亲跟着她的母亲去了维也纳。6 个月后，他们结婚了。黑尔佳·伊芙琳·豪斯纳于 1936 年 8 月 12 日出生。

维也纳是一座精致而生机勃勃的城市，这里素以医学发达而闻名于世，弗洛伊德曾在这里行医。同时，它还因拥有众多的音乐家、艺术家、手工艺者和作家而享有盛誉。最重要的是，这是一座优雅的城市，它是维也纳手工厂设计工坊引以为豪的发源地。恩斯特和米米在兰德大街豪普特大道（时尚的兰德街区的主要购物大道）开的商店非常适合这里，店内出售由米米设计和制作的精致的内衣和时髦的帽子。

伊芙琳原本田园牧歌般的童年因纳粹的兴起发生了巨大的转变。1938年3月12日，奥地利被纳粹德国吞并，当时的伊芙琳还不到一岁半。6个月后，"水晶之夜"来临了，这场大屠杀预示着犹太人将面临被种族灭绝的危险。没过多久，一个戴着纳粹十字袖章的男人走进了恩斯特的商店。"现在我是你的合伙人了。"他宣布。

类似的事件层出不穷，全国各地的犹太人老板都遭到了抢劫。

恩斯特知道，争辩是徒劳甚至危险的。恩斯特连忙说："哪里哪里，这家店都归你了。"然后，趁他不备，恩斯特迅速拿走了收银机里的现金和一些贵重物品，从后门溜出去，跑回了他和米米住的公寓里。"快收拾好所有东西，"他命令米米，"一找到车，我们就走。"

自从纳粹军队进入奥地利，米米的家人一直在为逃亡做准备。米米的兄弟，也就是伊芙琳的舅舅亚历克斯·西格尔已经去了美国，并试图帮其他人拿到签证。考虑到伊芙琳还小，他们决定让米米和恩斯特先走，之后是米米的姐姐吉塞尔和她的丈夫奥托·舍恩巴赫，最后才是米米的父母。恩斯特左右为难，一方面他想和米米一起走，另一方面他又想先帮自己的父亲、继母和5个带着孩子的兄弟离开波兰。

米米说："我不能阻拦你救你的兄弟，但不管你是否和我在一起，我都要带着孩子去美国。我不会跟你去波兰。"她的这番话决定了这个家庭的命运。恩斯特不愿抛弃米米，他决定陪伴在妻女身边。这个选择救了他一命。虽然他一直尝试帮助自己远在波兰的家人，但无论怎么努力都是徒劳。最令恩斯特痛苦的是，纳粹军队入侵波兰后，他的家人都被屠杀了。如果留在波兰，那他想必也难逃一死。

与此同时，在维也纳，米米慌慌张张地打包了三箱行李。她把家里的亚麻制品、心爱的咖啡研磨机和咖啡壶以及银器都打包带上了车。恩斯特找到了一辆卡车和一名司机。当夜幕降临的时候，他们一家已经在去往瑞士的路上了。

不幸的是，他们既没有离开奥地利的出境签证，也没有进入任何其他国家的入境签证。他们刚到边境就被警察抓获，被迫返回维也纳了。豪斯纳一家人和其他逃亡者一起被关在纳粹军队占领的一座豪华大厦里，这里奢华的环境像是一种愚弄。逃亡者甚至没有使用厕所的权利，他们只能在房间的一个小角落里解手。

经历了无休止的等待后，豪斯纳一家人被叫到一位纳粹军官面前。这位军官证实了所有人都在担心的事，战争即将爆发，而犹太人将被驱逐出境。但他预测说："战争将在几个月内结束。你们为什么不通过儿童运输计划把孩子送往英国呢？"

儿童运输计划是一个人道主义救援计划，旨在把来自德国、奥地利和捷克斯洛伐克的儿童安置在英国，但只是儿童，不包括他们的父母。

伊芙琳的母亲紧紧地抱住她："我们要么一起活，要么一起死。我不会和我的孩子分开。"

然后恩斯特开口了："长官，如果你真认为战争会在几个月内就结束，那你可以在我们被遣返回原籍之前，先帮我们照看一下银器吗？那些银器带在身上实在太重了。"

就像变魔术一样，前往比利时的出境签证突然出现了，豪斯纳一家人被送上了开往安特卫普的火车。伊芙琳最早的记忆之一，就是一天半夜父亲带着她穿过国境，她坐在母亲身边，她的另一边是一名戴着闪闪发亮的黑帽子的警察。

比利时只是一个暂时的避风港。恩斯特知道上次大战时德国人是如何轻而易举地占领了这个小国的,所以他感到非常不安,并且决定举家迁往英国。

命运之手再次出现。在前往伦敦的港口接驳列车上,他们和两位优雅的年长女士共用一个车厢,她们都是英国人。于是他们开始和这两位女士交谈。"她们问我们要去哪里,"伊芙琳在私人回忆录中写道,"我父母用蹩脚的英语解释了我们匆忙离开维也纳的前因后果。她们听罢便立即邀请我们住在她们位于切尔滕纳姆的房子里,直到我父亲拿到了我们移民美国的签证。"米米也因此成了两位女士的管家。

战后,在英国还继续实行食物定量配给制度的那些年,米米和恩斯特每月都会给金哈蒙太太及其伴侣寄去罐头食品,以表达感激之情。

"一个不同的孩子"

1939 年 9 月 1 日,德国入侵波兰,第二次世界大战拉开序幕。几周后,米米就被逮捕了,她和其他德国、奥地利的侨民一起被拘禁在马恩岛上。作为同盟国波兰的公民,恩斯特获准留在伦敦。

伊芙琳被夹在中间。尽管她出生在奥地利,却没有留在母亲身边的权利。(后来她觉得,这是因为当局不想再多养一个人了。)由于无法独自照料年仅 3 岁的女儿,恩斯特做出了一个痛苦的决定,他把伊芙琳安置在了孤儿院。

伊芙琳写道,当她意识到发生了什么的时候,"我抓住他的膝盖,我太小了,只能够到那里。我恳求他不要离开我"。她回忆说自己当时哭得上气不接下气,"我太痛苦了,我又难受,又害怕。我变成了另一个孩子"。

和其他孩子一样，伊芙琳最终适应了孤儿院的生活。孤儿院里有一只热情的斑点狗，伊芙琳喜欢骑着它到处跑。直到有人告诉她，这么做可能会伤害到狗，她才停止了这种做法。她学会了喝"樱桃茶"。由于当局实行定量配给制，没有糖，人们就把一匙樱桃酱拌进奶茶里，喝完之后杯底还会留下一点酸酸甜甜的惊喜。睡觉时间，她总在宿舍里跑来跑去，用勺子把所有床头都敲得叮当作响。"当然，我收获了一个大麻烦，女舍监不得不让我睡在她那舒适温暖的床上，"她写道，"但我想这正是一个3岁孩子所需要的。"

终于有一天，她父亲来了，他不光来看她，还要把她接走。他告诉伊芙琳，她母亲已经被释放了，正急切地想要见到女儿。尽管如此，伊芙琳还是花了一段时间才克服了被抛弃的愤怒和恐惧。"我再也不是一个乖巧的小女孩了。"她写道。

1940年8月，德军的炸弹开始落在伦敦。9月初，德军展开了激烈的闪电战。每当空袭警报响起时，伊芙琳都会跟着父母躲到附近教堂的地下室里。小伊芙琳奔跑着穿过教堂的墓地，发现墓碑上长着美丽的花朵。后来她知道，这种花叫作金鱼草。母亲让她摘一朵拿着玩。在昏暗的地下室里，伊芙琳蜷缩在一张小床上，用手捏着这朵花的"脸"，让它的"嘴"一张一合，好分散自己的注意力，不去管外面可怕的轰炸声。

她学会了根据引擎声音来区分英国飞机和德国飞机。每个人都会识别炸弹下落时发出的长长的呼啸声，像警报一样，先是尖细的哀鸣，而后是低沉的轰鸣，接着是令人恐惧的停顿，最后是可怕的爆炸声，人们脚下的地板一直在颤抖。

终于，他们一直期待，甚至为之祈祷的奇迹出现了，远在美国的家人通过多方努力，成功为他们一家办好了美国签证。伊芙琳说："每个亲戚都帮助了我们。我父亲的姐妹以及我母亲的兄弟，他们都为我们做了担保。"

幸运之神继续陪伴着这家人，他们从伦敦出发前往格拉斯哥，并在那里登上了卡梅罗尼号，和另外两艘轮船一起横渡大西洋。这是一次危险的航行。大家都听过贝拿勒斯城号事件，那艘船负责把英国儿童疏散到加拿大，但在1940年9月17日，贝拿勒斯城号被鱼雷击沉了。

果然，在航行途中，船队中的一艘轮船撞到了德国鱼雷，引发了爆炸，好在卡梅罗尼号毫发无损。不过，一名爆炸事件的幸存者被安排和豪斯纳一家同住一间客舱，这不断提醒着他们，危险依然无处不在。

之后的行程中，大家都战战兢兢，不过好在一路平安无事。一天清晨，米米摇醒伊芙琳，给她穿上了衣服。"我不想让你错过你将要看到的东西。"她催着伊芙琳走上甲板，在那里，伊芙琳看到自由女神像正矗立在船头左侧，金色的火炬在晨曦中闪闪发亮。

终于，他们安全了。

重建家园

豪斯纳一家在纽约下东区安顿下来，那是移民们通常会为自己选择的第一站。在纽约生活绝非易事，他们要谋生，要学英语，还要融入美国社会。恩斯特找到了一份切割钻石的工作。米米则照看着他们的小公寓，并教伊芙琳说德语。

虽然伊芙琳只有4岁，但她已经知道美国人和她的家人都憎恨德国人，她当然不希望被当成德国人。于是米米向她解释，外祖父外祖母不会说英语，等到他们到了美国，伊芙琳必须能说一口流利的德语，这样才能和外祖父外祖母交流。米米很确信他们会来美国，于是母女二人商量好了，在家说德语，在外说英语。

（米米的坚持最终得到了正面的回馈，不仅她的父母都获得了梦寐以求的签证，她的姐姐吉塞尔和姐夫奥托也拿到了签证。他们乘同一艘船来到了美国，全家人终于团聚。）

纽约收容了大量的德国和奥地利难民。德国人一般聚居在位于上西区的华盛顿高地区，奥地利人则倾向于住在下城区的西七十几号和八十几号大街。

恩斯特和米米从下东区搬到了上西区的哥伦布大道，后来又在西86号大街114号找到一套公寓。之后他们的其他家庭成员也都搬到了这附近。1947年，恩斯特和米米买下了曼哈顿的一家服装店。恩斯特善于适应环境，而且极具专业性和创造力。他曾在维也纳开过一家出售高端内衣和帽子的商店。现在，他依然经营着一家买卖不温不火的服装店。他会以清仓价收购上一年的爆款服装，然后等上一年，待到那些思想保守的顾客能够接受"新"款式时，再把囤积的服装卖掉。恩斯特本人就是个风度翩翩的绅士，这为他的店铺增添了一种国际化的氛围。他的经商理念和个人风格结合得如此成功，以至于他一连开了5家分店。与此同时，伊芙琳开始在西84号大街的第9公立学校上一年级。

纽约开始成为他们的家。

做律师，还是做兰黛

1954年秋天，伊芙琳进入亨特学院就读本科一年级。和同为女子学院的巴纳德学院一样，亨特学院以培养聪明、敏锐的女孩而闻名于世。但与巴纳德学院不同的是，亨特学院是城市大学系统的一部分，对所有纽约居民免费开放。亨特学院也因此成为来自移民家庭的志向远大的女孩们的最爱。她们打定主意，要在预算范围内获得最好的教育。

伊芙琳的梦想是邂逅一个法律专业的学生，并与他喜结良缘。寒假期间，她在纽约大学法学院附近的巴诺书店找到一份工作。"时薪5美元，这在1955年已经算是很高了。我一天能挣40美元呢！"

在那段时间里，她高中时的伙伴斯蒂芬妮·菲什曼打电话给她。"圣诞节期间，她在佛罗里达遇到了一个很棒的朋友，"伊芙琳写道，"他的名字是鲍勃·尼什鲍尔，他和他最好的朋友莱纳德·兰黛都在纽约。她问我周五是否愿意去参加她父母为朋友举办的派对。"

伊芙琳还记得当年我去她家里接她的样子，"一位穿着讲究、时髦、泰然自若的年轻人"。我和她父亲谈了几分钟，然后我们去斯蒂芬妮家里玩。我们几个"年轻人"坐在书房里，玩得很开心，长辈们则坐在客厅里聊天。

我发现伊芙琳非常吸引人。她是那么兴高采烈、那么快活。她经常开怀大笑，但笑得很自然，丝毫不做作。我觉得我们之间颇有共鸣。虽然这算不上一见钟情，但那时我已经对伊芙琳产生了兴趣。

每当我从美国海军候补军官学校回到纽约休假的时候，都会见到一个不一样的伊芙琳。她总是会换新发型，穿不同的衣服。她打扮得朴素而优雅，每次开门时，她看起来都美极了。她聪明又活泼，和她在一起时我总是感到很自在。我们在一起的时候，我总是格外开心。我想，我永远不会对她感到厌倦。

（伊芙琳的欢笑声一直回荡在我们的生活中，婚后也不曾减少。每次外出，我都会向她报备，无论身在巴黎、东京、伦敦还是其他任何地方，我都会给伊芙琳打电话。她接电话时，我会故意一句话也不说，而她会在电话那端哈哈大笑，这就是我们问候彼此的方式。）

伊芙琳对我们第一次约会的记忆与我不太一样。伊芙琳回忆说："莱纳德打车送我回了家，还亲吻了我的脸颊。"然后她就回家了。当她推开豪斯纳家的大门时,她的父亲正在等她。她立刻害怕了。"他以前从来没有这样等过我。我还以为妈妈出了什么事呢!"

"妈妈没事,"恩斯特安慰她说,"我只是想和你说一声,这个男孩不错。"

可是,伊芙琳当时正处在这样一个阶段,任何父亲赞成的事,她都会反对。当时恩斯特的话打消了她与我约会时积攒下来的好感。

她反驳父亲:"你那么喜欢他,怎么不自己嫁给他?"说完,她跑进房间,砰的一声关上了门。

我们的第二次约会差点给了我致命一击。

1955年3月,我父母在纽约的别墅里举办了一场派对,庆祝我22岁的生日。我邀请伊芙琳做我的舞伴。但我没想到的是,我母亲找到了我的电话簿,并且对电话簿上的每位女孩都发出了邀请,结果我的生日派对上有至少四五十人。伊芙琳和我难免会分开一会儿,为了找话题,伊芙琳开始和不同的女孩搭话:"你是怎么认识莱纳德的?""哦,约会认识的。"一个女孩说。

"哦,约会认识的。"另一个女孩也这么说。

她们一个接一个地给出了同样的回答:"约会认识的。"

听到五六次同样的回答后,伊芙琳认定:"这里没有我的位置了。"她拿好东西,朝门口走去。

然后伊芙琳遇到了我的母亲。

"亲爱的,你要上哪里去啊?"我的母亲问道。伊芙琳告诉她,她打算走了。我的母亲却说:"哦,莱纳德会很难过的。来,我带你上楼见见他。"

后来,伊芙琳这样描述自己当时的处境:"我能怎么办?她就像一台强势的压路机。"

不管怎么说,母亲的直觉真是无比精准。

需要记住的数字

我在美国海军候补军官学校读书期间,一直在和伊芙琳约会。起初,我们像是来自两个不同的世界。她是个大一新生,而我已经大学毕业,进入海军服役。伊芙琳回忆往事时说:"你是第一个带我去餐馆吃饭的约会对象。"如果我打算约会后搭火车回纽波特,我就会穿上蓝色海军制服去见她。这给她留下了深刻的印象。

早些时候,我把我的《神祇、陵墓与学者》这本书借给她,这是一本关于考古学的畅销书。每当我问她观感如何时,她都推说自己还没读完。后来我开玩笑说我娶她只是为了拿回我的书,而伊芙琳承认她一直故意留着那本书,这样我就会一直给她写信。

(婚后,我常拿那本书取笑她。我总是说"我当初就应该再买一本",伊芙琳总是没好气地回答"那你可省了好多钱"。)

那年春天,我即将从美国海军候补军官学校毕业。按计划,之后我会转到佐治亚州阿森斯的海军军官学校。那段时间我一直驻留在纽约,试着教会伊芙琳驾驶我心爱的普利茅斯汽车。我们去了琼斯海滩,那里有一个巨大的空停车场,我们有足够的空间练车。伊芙琳总是忘记松开刹车,而且怎么也学不会换挡,还差点把变速器弄坏了。

但这并不重要。

那时我们都还在和其他人约会,但对我来说,她已经是我的重点暧昧对象了,尽管我还没有告诉她。

回到海军后,我依然与她保持联系。虽然我擅长数学,但我总是记不住数字。而我在"莱特号"上的第一份工作就是出纳,也就是说,我要向所有船员支付现金。手头的现金太多了,以至于我找了6个保险柜才把它们安全地保管起来。按照海军规定,你不能在任何地方记下保险柜的密码,也不能用你的家庭住址、生日或其他容易猜到的数字当作密码。于是我用了伊芙琳的电话号码，这个号码我至今还记得：TR3－0833。

那个时候，电话号码的前两位对应的是街区电话交换台的前两个字母，比如 AC 代表西 100 号大街，CI 代表哥伦布圆环广场以南的街区，MU 代表东 30 号大街的默里山地区，TR 代表西 80 号大街，诸如此类。她的电话号码是我唯一能记得住的数字。

母亲也很喜欢伊芙琳。一次，我和母亲坐在金神湖湖畔的房子的门廊上聊天，她对我说："你知道吗？在和你约会过的所有女孩中，我唯一真正喜欢的就是伊芙琳。"我是一个固执的人，所以我一直非常抗拒母亲介入我的感情生活，但她说的这句话让我感到无比开心。

"这算是求婚吗？"

1958 年，我结束服役，正式加入了雅诗兰黛。我知道伊芙琳就是我的真命天女，但我还没有对她表白。那年夏天，她去了位于芝加哥的西北大学上暑期班。那段时间我非常想念她。回来后她告诉我，她之所以去西北大学，是因为有个芝加哥人一直在追求她，她想最后再看看那个人。我猜那个人之所以没有过关，是因为我和伊芙琳都决定从此不再和其他人约会了。

此时，伊芙琳的父母对我未来的规划十分好奇。我经常和他们的女儿约会，并且关系稳定。那时我还年轻，刚刚从海军退伍，正从事一份激动人心的工作，但这份工作占据了我很多的心思和精力，因此我还不准备对任何人做出承诺。

但是在那一年的圣诞节时，我邀请伊芙琳到我们在佛罗里达棕榈海滩的住处与家人聚会，这差不多就是公开表白了。度假时，我的外祖父突然生病了。我父母奔回纽约，只留下我和伊芙琳单独在家。

当我意识到没有监护人在场时，我对伊芙琳说："现在我只好娶你了。"她说："这算是求婚吗？"我说："是的。"

在回去的火车上，伊芙琳问："我们有钱吗？"在当时，也就是1958年，雅诗兰黛还不是一家知名公司，年销售额还不到100万美元。所有的利润都归公司所有。说实话，我手里的钱很少，于是我诚实地回答"没有"。后来我们总喜欢拿这事打趣，伊芙琳总说她嫁给我可不是为了我的钱。

也是在那趟火车上，伊芙琳说："我们先对结婚的事情保密。我喜欢秘密。"

我把她送回家，然后独自穿过中央公园回家。我刚进门电话就响了，是伊芙琳打来的。她的父母一直在等她，急切地盼着她带回好消息。

"你们还好吗？"他们问。

"什么还好？"伊芙琳支支吾吾地问。

他们失望地哭了起来。"所以我只好告诉他们了。"伊芙琳对我说。

她的母亲和我的母亲通了电话，两人一起开心地尖叫了起来。我们的秘密总共只保密了不到24个小时。

在柜台后面帮忙

伊芙琳很快就了解到了兰黛家族成员的生活方式。一次，布鲁明戴尔百货的雅诗兰黛美容顾问比拉·韦斯想和我谈谈，我便邀请了伊芙琳陪我一同前往。

那天伊芙琳穿了一件鲜红的仿男装样式的衬衣，看上去非常时髦。（事实上，她永远都是那么光彩照人。有恩斯特和米米那样的父母，她必定对当下的时尚潮流了然于心。）我问伊芙琳是否介意站在柜台后面招呼一会儿客人，好让比拉可以跟我出去喝杯咖啡。当我们聊完回店里的时候，客人已将柜台团团围住，位于人群中心的正是伊芙琳，她正忙着帮客人结账。

我一点也不吃惊。在她父母的言传身教下，伊芙琳非常懂得如何向顾客推销商品。她在人际交往方面是个天才，就像我母亲一样。我母亲坚信每个女人都是美丽的，而她的工作就是帮别人展现自己的美，而伊芙琳在布鲁明戴尔百货的专柜里也是这么做的。（后来这成了我们合作的固定模式，我去见商场老板，而她负责评估专柜的各项指标。）

那年春天，伊芙琳从亨特学院毕业了，我们于1959年7月5日完婚。起初我们计划去加拿大落基山脉的班芙镇度蜜月。我们花了一整天时间赶到班芙温泉酒店（一家历史悠久的铁路酒店），然后就再也走不动路了。我们一直睡到日上三竿，才被门外服务员叮叮当当的钥匙声吵醒。下午1点，噪音更大了，有人打电话来问我们："您一会儿会退房吗？"

对新婚夫妇的热烈欢迎到此为止。我们当晚就离开那里，飞往旧金山了。伊芙琳已经在诺布山的加州旅馆预订了房间。这才是我们蜜月真正开始的地方。我来过加州，但伊芙琳没有，所以我们都很激动，伊芙琳激动是因为来到了加州，我激动是因为可以与她分享我对加州的热爱。

我们在马林郡的斯廷森海滩上漫步，在我能负担得起的餐馆吃饭，直到很晚才回去睡觉。那真是一段令人愉快的时光。

然后我们飞往洛杉矶。

布洛克百货的威尔夏分店是洛杉矶最高端的商场，那时它刚刚同意出售雅诗兰黛的产品，我们去洛杉矶那天正好赶上威尔夏分店的雅诗兰黛专柜开业。我们的专柜还为顾客提供赠品——曾在芝加哥卡森·皮里·斯科特百货引发轰动的同款小粉盒。我忍不住租了一辆车前往威尔夏分店，沿途看着顾客在威尔夏大道排起的长队，心中无比满足。因为有了车，那一周我理所当然地驱车前往布洛克百货的帕萨迪分店和圣安娜分店，我说动了他们，这两家分店都开始销售雅诗兰黛的产品。

这就像是对我们未来的生活的一场预演，我们的私人生活和职业理想水乳交融，我们既是情侣，又是工作伙伴。我从没想过自己会找到这样一个能与我完美互补的好帮手。只要和她在一起，我就感到无比快乐！

我们的第一个公寓

正如我说过的那样，虽然我没钱，但我认识不少厉害的人。要在纽约找到一个好地方住，最重要的就是人脉。

幸运的是，我父母与蒂什曼一家相熟，他们是纽约的房地产大亨。我母亲在开往欧洲的美国号邮轮上遇到了戴维·蒂什曼，他曾邀请我母亲跳舞。当他做自我介绍时，我母亲觉得自己一定在什么地方听到过这个名字，只是一时记不起是在哪里。"请告诉我，"母亲问，"你是做高级成衣的吗？"

"当然不是！"他大声说，"我是做房地产的。"

由于那次误会，他们成了好朋友。当我和伊芙琳四处找地方住时，母亲给他打了电话。

蒂什曼家族拥有的萨顿排屋就坐落在第一大道和纽约大道之间的东六十几号大街上。在蒂什曼家族的帮助下，我们租到了一套极好的一居室公寓。三栋楼共用一个漂亮的后花园，非常适合孩子玩耍。除了卧室，我们的公寓还有一间小厨房、一间客厅，还有空间可以用来吃饭，后来我们把这部分空间改成了我们的第一个儿子威廉的育儿室。这套公寓每个月的房租是 155 美元。（我之所以提及租金，是因为大家都以为我继承了一大笔家产。但他们忘了,此时我还没多少家产,我得先帮助家人积累财富。)

在我们度蜜月时,我的父母已经为我们购置了床以外的所有家具(没买床是因为我们已经买好了)。我们度假回来后就发现自己的小公寓已经一应俱全,可以拎包入住了。也许有人会觉得这是父母对自己生活的入侵,但我和伊芙琳都很开心,我们认为这是超级贴心的礼物!有些家具我一直保留到了现在。

我的长子威廉就在这间公寓里学会了走路,每天早上,他拉着玩具腊肠犬陪我走到电梯旁边,我会亲亲他和腊肠犬,对他俩说"再见"。这是我们之间特殊的道别仪式。晚上我给威廉读睡前故事时,他总要坐在我腿上,等我读到结尾,我会亲亲他金黄的头发。两年后,类似的仪式又在我和威廉的弟弟加里之间重复上演。

在这间小公寓里,有许多温暖的回忆。

加入公司

回到纽约后,我们高兴地发现伊芙琳怀上了威廉。伊芙琳大学读的是教育专业,她原本打算在哈林区做一名助教。我担心教师这份工作会让她在怀孕期间染上麻疹,便建议她换个工作,到雅诗兰黛公司试试看。(那个年代麻疹疫苗还没问世,而麻疹可能会对子宫中的胎儿造成致命的伤害。)

这是我们人生的新起点,结婚,为人父母,进入雅诗兰黛工作。我们都很年轻,充满好奇心和活力。面对未知的世界,我们没有退缩,而是醉心于探索这个向我们敞开大门的新世界。这也为我们未来的生活定下了基调,永不停歇地寻找和拥抱新事物。

起初,伊芙琳在公司是"万金油"一般的存在。她会在柜台后面帮忙，会去接听公务电话，她能在任何需要人手的地方做出成绩。伊芙琳不但能说一口流利的德语和英语，还能用带有俄罗斯口音的德语说笑话，而且她还是个模仿大师，她可以用不同的声音让电话那边的人相信我们公司的规模比实际上的更大。她会用一种声音说："你好，这里是雅诗兰黛。请稍等。"再把电话"转接"出去并用另一种不同的口音说："这里是订单部，我能为您效劳吗？"最难能可贵的是，她能记住"自己"在哪个部门应该说什么口音。

为了让公司看起来更大一些，她还用了另一个计策，那就是使用她原本的姓氏，这样公司里就不会遍地都是兰黛了。一天晚上，怀着7个月身孕的她和我在卡内基音乐厅遇到了一位顾客。

"恭喜你，豪斯纳小姐。"他指着伊芙琳隆起的肚子说。

"现在我是兰黛太太了，"她纠正道，"我让他娶了我。"

谣言很快就传得满天飞，外面的人都说莱纳德·兰黛让助理怀孕了，所以不得不奉子成婚。

伊芙琳是一个出色的多面手。1960年4月威廉出生时，她以一种我永远也想不到的方式成了一名全职太太。

我们在跳蚤市场找到了一把夏克风格的摇椅，从此这就成了她的运营中心。坐在那把椅子上的她，既是慈爱的母亲，又是雅诗兰黛公司的品控员，而且她经常同时扮演这两种角色。直到现在，我的脑海里依然能浮现出她坐在椅子上的样子：一只手抱着威廉哺乳，另一手把口红样品涂到抱着威廉的那只手的手背上，好跟色卡做对照。

同年，公司办公室搬至纽约第五大道666号，就在现代艺术博物馆附近。伊芙琳经常到办公室来看我，我们会利用午餐时间在博物馆里闲逛。

一天，我们偶然看到一幅名为《猫咪女王》的画作。我们俩都忍不住笑了，"猫咪"是伊芙琳的母亲给她取的昵称之一。《猫咪女王》成了我们的小秘密。

伊芙琳在公司的职责还包括公关总监，她负责与所有媒体打交道。商务信函的惯例是秘书（那时候一般都是女性）应当在信件的左下角，打上她老板姓名首字母的大写和她自己姓名首字母的小写。伊芙琳身兼秘书和老板两个身份，所以她在信上写的是"EHL/qp"，这正是"猫咪女王"的缩写。

（顺便说一下，我的落款是"KP"——"猫咪之王"[①]的缩写。直到她去世那天为止，在我们相伴走过的日子里，我写给她的每一封私密信笺，无论是放在她枕头边还是水槽边上的，抬头都是 QP，落款则是 KP。）

当孩子们长到可以交给祖父祖母照看时，我们便开始一起出差，视察各家商场的专柜。我们会用不同的视角去观察各个城市。我会和老板、采购员坐在屋里谈业务，伊芙琳则会站在柜台后帮美容顾问打下手，同时暗暗观察和评估她们的工作。像我的母亲一样，伊芙琳喜欢给人化妆，也常会给人们的妆容提供建议，好让她们看起来更漂亮。然后我们会和当地报纸的时尚编辑和美妆编辑一起吃午餐或喝茶。我们是一个很棒的团队，打出了一套强强联合的组合拳。伊芙琳把我们的出差之旅称为"伊芙和莱纳秀"[②]。

很快，伊芙琳就开始负责培训美容顾问和销售，还为员工制订了培训计划。她良好的教育背景发挥了作用，她很快成了培训高手。后来，她还就任了雅诗兰黛公司的产品总监和市场总监。

伊芙琳为雅诗兰黛贡献了不少创意，很多日后被奉为经典的产品都来自伊芙琳的灵感，比如压成粉饼形状的腮红、我们的第一款晚霜（1969 年推出的床头柜面霜），还有装在口红管里的唇釉（之前的唇釉都装在小罐

[①] "猫咪女王"英文为 Queen of the Pussycats，"猫咪之王"英文为 King of the Pussycats。——编者注
[②] 伊芙和莱纳分别是伊芙琳和莱纳德的昵称，关系亲密的人通常会这样称呼彼此。——编者注

子里）。当我的母亲发现自己失去了敏锐的嗅觉时，她就会打电话给儿媳："伊芙，你得帮帮我。"伊芙琳创造了真爱香水，并监制了欢沁香水的生产全过程，而真爱和欢沁至今仍是我们最畅销的香水。

伊芙琳和我母亲有着同样强势的性格，但她们在相互尊重和理解的基础上达成了平衡。伊芙琳后来说："因为有过那样的童年经历，所以我比很多人都要坚强。我是少数几个会向雅诗吐露心声的人之一。"

并且伊芙琳也很理解我母亲想成为女明星的愿望。《纽约时报》在介绍雅诗兰黛的文章里把伊芙琳捧上天，伊芙琳知道我母亲可能会不高兴，便把这篇文章的预印本放到我的枕边，以确保我能第一个看到，她还留了一张小字条，上面写着："我要离开这个城市。"

好在这只是个玩笑。无论是公司还是我，都不能没有伊芙琳。

ESTEE LAUDER

定位即产品。

这些面霜毫不掩饰自己的昂贵,而这也正是它们的卖点之一。法国幽兰的 B-21 海洋面霜的广告的开场白是这样的:"为什么有钱人看起来和你我不一样?"
…………
在我们生产过的所有产品中,白金面霜的定位是最为突出的——全世界最贵的面霜。
可以肯定的是,这款面霜是高品质原料与先进科技的结晶,但使它大获成功的是定位,而不是成分。
永远会有新的"特殊成分"出现,但这个定位宣言是我们自己的,而且它永远属于我们。

第十章

第一个进入市场的人会赢

ESTÉE LAUDER
成为雅诗兰黛

母亲总是说："女性有自己的语言。无论我们各自有什么样的文化，什么样的背景，我们都能理解彼此。"从加入公司那一刻起，我就想让全世界的女性都有机会用"美"来进行交流。

20世纪50年代末，美国商界人士依然抱持着"战后西欧的经济实力无法支持奢侈品行业发展"的观念。毕竟英国在1951年还颁布了限制进口奢侈品的法令，而且一直拖到1954年7月，英国才废除了食物定量配给制度。

但根据我在海军服役时对欧洲的了解，我相信，被限制消费十多年后，欧洲女性对小型奢侈品的渴望已经到达了巅峰。到了1960年，也就是战争结束的第15年，西欧经济格局已经焕然一新。如同凤凰涅槃一般，古老的欧洲从废墟中浴火重生。这是经济学上的奇迹，有人甚至称之为"欧洲增长的黄金时代"，从英国到法国、德国、意大利，这些西欧国家纷纷开始经济复苏。历史学家所描述的"永久性的严重经济困难"曾一度笼罩了全世界四分之三的人口，而在1960年，这个数据迅速下降到了全世界人口的五分之一。

随着经济的强劲发展和生活质量的切实提高，西欧各地的女性渐渐具备了足够的能力，她们完全可以满足自己对美妆产品的需求。

此外，我还发现欧洲女性比美国女性更注重时尚，她们对自己的脸和身材也更加在意。毕竟，欧洲是泥浆浴、矿泉浴和烧钱的身体水疗的发源地。美国人习惯欣赏清纯自然的邻家女孩，而在欧洲，"自然"只能让位给"迷人"和"时尚"。

一直以来，我都梦想着将雅诗兰黛打入欧洲市场。而眼下我们正面对着千载难逢的好机会，我们有可能进入欧洲市场，并且成为这个潜力巨大的市场中的第一家高端美妆品牌。

内心深处，有一个声音告诉我，欧洲已经为雅诗兰黛的到来做好了准备。但我们准备好进入欧洲了吗？

另辟蹊径

我们在欧洲的第一个发力点是英国，因为雅诗兰黛还是一家小公司，共同的语言可以减少交易中的沟通障碍。我曾与我们的一个贴牌供货商讨论过我未来的商业计划。

他说："莱纳德，求你了，不要让雅诗兰黛在英国上市。这是一个平价市场，他们会嫌你们的产品贵。"

我没有反驳他，一个字也没有。但就像当年会计师和律师奉劝我的父母不要涉足美妆行业一样，我觉得这是一个信号，我要做的就是把那些别人劝我不要做的事做到极致。

战争带来的经济萎靡，就像伦敦塔上的沙粒一样，已经被打扫得干干净净，城市再度灯火通明。"摇摆伦敦"[①]的种子早已种下，并且开始发芽。

[①] 20世纪60年代中后期，由英国青年推动的一场文化革命运动，该运动见证了时尚、音乐和艺术的蓬勃发展，代表人物有披头士乐队。——译者注

1959 年，英国政府解除了对进口奢侈品的限制令。时机到了！

鉴于青春之露在美国获得的巨大成功，许多人认为它会是雅诗兰黛打入英国市场的首选利器。它不但广受好评，价格也非常亲民，它那热烈、辛辣的香味一定会牢牢地抓住英国市场，就像它之前牢牢抓住美国市场那样。

但是我们刻意选择了一个不同的产品：白金系列面霜，世界上最贵的面霜。

"面霜之王"

"面霜中的面霜"，我的母亲是这样称呼白金系列面霜的。它是雅诗兰黛产品定位的基石，正是它让雅诗兰黛得以在美国乃至全世界都成了真正的奢侈品。

对美妆公司而言，面霜市场一向是兵家必争之地。面霜的诱惑力是巨大的。一旦顾客发现某款面霜可以使她的皮肤看上去更清新、更年轻，摸起来更光滑、更润泽，用一句当年有名的广告语说就是，她宁愿跟人打一架都不会再选择另一个牌子（这是泰瑞登香烟的广告语）。对品牌方而言，面霜代表着长期的品牌忠诚度和源源不断的销量。

1950 年前后，行业内出现了一种新兴趋势，化妆品公司喜欢使用某种"特殊成分"制作护肤霜。芝曼蒙黛用一只蜜蜂的照片为其高贵的果冻状超级皇家面霜做广告，主题是"蜜蜂代表美丽，超级皇家面霜也是"。赫莲娜推出了基于对激素的研究开发出的超级女人味面霜、蕴含胎盘提取物的生命之树面霜，还有以富含海藻萃取物为卖点的碧欧泉活源精粹因子精华。

这些面霜毫不掩饰自己的昂贵，而这也正是它们的卖点之一。法国幽兰的 B-21 海洋面霜的广告的开场白是这样的:"为什么有钱人看起来和你我不一样。"

雅诗兰黛是这个高端俱乐部的领导者。按照母亲的规划,我们的白金面霜里要有不止一种"特殊成分"。(这件事和我没有关系,因为我当时还在海军服役。)这款面霜绝不仅仅是一个出色的产品,在我们生产过的所有产品中,白金面霜的产品定位是最为突出的——全世界最贵的面霜。

她只需要给新面霜起个名字。

"定位即产品"

我们公司的档案中有一张纸,上面潦草地写着我母亲就这款面霜的名字和产品定位想出的各种点子,其中包括"雅诗兰黛焕活滋养重建面霜"和"雅诗兰黛焕活滋养面霜"两个名字,还附有几条广告语,如"为了保持年轻的灵魂""为了变年轻的灵魂",以及"为了变年轻的感觉"。我们在档案中保存了那张纸,以证明这款产品的名字不是广告部的撰稿人创造出来的,为它命名的是雅诗·兰黛夫人。

母亲喜欢对外宣称:"我知道女人想要什么。"而雅诗兰黛这个牌子隐含的意思是:"我(雅诗·兰黛)是女人,我知道女人想要什么。"(这与查尔斯·雷夫森的言论形成鲜明对比,他的知名语录是"我知道男人喜欢什么样的女人"。)

最终母亲决定采用"焕活滋养"这个名字,当这款面霜于 1956 年在美国上市时,广告文案以一个直击灵魂深处的问题开头:"什么面霜值 115 美元?"然后,我们用了 25 行左右的文案解释它卖得这么贵的原因。这款面霜含有 26 种稀有成分,广告上说这款面霜"的确很贵,但很值得"。

女性消费者对此表示赞同。一罐罐面霜从货架上飞走，白金面霜一时间风光无两。

当我加入公司时，白金面霜成为我用来培训员工的经典案例。母亲与我们所有的竞争对手都不一样，她没有专注于突出某种特殊成分，而是聚焦于产品定位，这证明她有绝妙的市场洞察力。她从来没有学习过"产品定位"的概念，但她凭直觉知道，雅诗兰黛这个名字必须代表某种东西。这就是为何她初期会选择在萨克斯第五大道精品百货、奈曼·马库斯百货和 I. 马格宁百货这样的奢侈品专卖店里推销产品。还有什么能比被这些顶级名店的争相推销，更能强化你的品牌形象呢？

白金面霜是我们品牌的定位宣言。可以肯定的是，这款面霜是高品质原料和先进科技的结晶。但使它大获成功的是定位，而不是成分。永远会有新的"特殊成分"出现。但这个定位宣言是我们自己的，而且它永远属于我们。

定位即产品。

白金面霜成了我们的"英雄"产品。它仿佛在说："我就是雅诗兰黛。"

兰黛意味着"奢侈"

因为白金面霜和青春之露的成功，我们在美国的高端和低端市场都颇具影响力。白金面霜售价 115 美元，青春之露香皂和浴油组合售价 2.5 美元。至少在美国，我们已经算得上今天所说的"大众品牌"了。

不过，进入英国市场时，我却想把重点放在白金面霜上。

彼时的英国刚刚摆脱了长达 20 年的限制消费令，但在"二战"前，伦敦曾是世界最大的奢华品市场之一。每个知名品牌都会标榜自己在"伦敦、巴黎、纽约"售卖，他们决不会说"纽约、巴黎、伦敦"，伦敦总是排在第一位。

我敢打赌，伦敦将再次成为奢侈的代名词。而我们能为它做的，就是在伦敦推出白金面霜。

你听过那首古老的苏格兰民歌《我知道我要去哪里》吗？那就是我的态度。我不需要做市场调研就知道雅诗兰黛要去哪里。我想让雅诗兰黛成为那里最高端的品牌。我想做限定分销，如此一来，每家出售雅诗兰黛产品的商店都会发现，顾客必定会回购。反之，已经购买了产品的顾客则会陶醉于这些具有独特性的购买地点。

这就是建立伟大品牌和伟大事业的方法。

我知道我们的产品必须是最优质、最独特、最有创意、最新颖的，当然，也必须是最有效的。"雅诗兰黛"将成为"奢侈"的同义词，而白金面霜将成为奢侈品的象征和旗手。

它将是我们踏上世界舞台的第一步。

"哈罗德百货就交给我吧"

由于我们在国际市场上还是新手，所以我与一家公司达成协议，由它来帮我们在英国分销雅诗兰黛的产品。

我们的目标是在哈罗德百货开专柜。哈罗德百货不仅在伦敦声名远扬，它在整个英国，甚至是整个英联邦都赫赫有名。我们的代理商与哈罗德百货接洽后带回一个令人沮丧的消息：他们只肯销售有限的几样产品，如果这些产品卖光了，那么他们也许会考虑再多进一些。哦，当然了，因为这是一单很小的生意，所以雅诗兰黛的产品只能和其他普通美妆产品放在同一个货架上。哈罗德百货不接受任何其他替代方案。

这是我们在欧洲的第一站，但我们必然不能以这种方式推出雅诗兰黛的产品。我要的不是扩张，我要的是爆发。

我向母亲求助。我没怎么求过她，但只要我开口，这位女明星就能解决问题。她一直是我的终极武器。

"哈罗德百货就交给我吧。"她说。

她开始打电话，很快，伯纳德·金贝尔（金贝尔兄弟集团的主席，萨克斯第五大道精品百货正是隶属于该集团旗下，由伯纳德的堂兄弟亚当·金贝尔管理）写了一封信给哈罗德百货的总经理，理查德·伯比奇爵士。

这封信写于1959年10月26日，通过航空邮寄送到对方手中，在那个年代，这笔邮资可是相当可观的，这封信以"亲爱的迪克[①]"开头，接着，伯纳德写道：

> 雅诗·兰黛是我们萨克斯第五大道精品百货的重要客户，亚当和雷·约翰逊（亚当提携的晚辈，后来他成了萨克斯第五大道精品百货的主席）都对销售结果非常满意。
>
> 雅诗兰黛只在少数几家顶级商场开设专柜。前几天雅诗·兰黛对我说，她对和哈罗德百货建立合作关系一事非常感兴趣。她自己就是产品定位方面的专家，她有能力让员工批量售出昂贵的高级美妆产品。
>
> 请把这个信息转告给哈罗德百货的相关负责人，我相信，无论是哪位先生负责哈罗德百货的美妆部门，他都会收到兰黛夫人的信件。

他们确实收到了。

---

① Dick（迪克）是Richard（理查德）的昵称。——译者注

我的父母原计划在1960年春天前往法国，往常他们总是乘坐美国号邮轮出行。但是这一次，他们决定绕道伦敦。

从与《时尚芭莎》美国版主编南希·怀特共进午餐开始，母亲就已经在全力以赴推荐自家产品了。随后，她写了一张便笺送给南希。母亲特有的刚柔并济的措辞，引起了南希的注意。1960年3月4日，南希这样回复她：

"谢谢你贴心的信件。我喜欢和你一起吃午餐，我们必须再吃一次。

"与此同时，我已经给《时尚芭莎》英国版的艾琳·迪克森和《名利场》的菲利丝·贝利都写了信。你一到就给她们打电话，这两位编辑都非常愿意尽其所能地帮助你。"

母亲当然立刻打了电话。

几周后，第三封邮件发出，这次是迈耶&奥布赖恩公关公司总裁霍华德·迈耶写给伦敦顶级公关公司之一的公关联合董事长奥利弗·劳森·迪克的：

我的好友今天打电话来，礼貌地咨询了计划于明年7月在英国推出高端美妆产品的相关事宜，我冒昧地建议生产该系列产品的公司的负责人与您谈一谈。她就是雅诗·兰黛夫人。兰黛夫人和她的丈夫约瑟夫·兰黛将于4月3日左右抵达英国，届时他们会与你联系。

我必须承认，雅诗兰黛的产品可是美国顶级名牌产品，他们的产品只在最高端的专卖店销售。此次进入英国市场，也是雅诗兰黛在欧洲市场的首次亮相。

请放心，无论你能为兰黛夫人做什么，我都会非常感激。

战鼓正在响起。

一到伦敦，我父母就入住了以奢华著称的克拉里奇酒店，开始了为期一个月的访问。在那段时间里，我母亲拜访了每一位美妆编辑，好让自己的名字广为人知，并请朋友在英国的报纸和时尚杂志上帮自己捧场。当她与哈罗德百货的美妆部采购员伊丽莎白·托尔预约会面时，关于雅诗兰黛的消息已经传开了——无论是人还是产品，就像《星际迷航：下一代》中博格人吟诵的台词一样："抵抗是徒劳的。"

我母亲是个超级销售员。在她展示完产品的那一刻，哈罗德百货立刻同意购入雅诗兰黛的所有产品，并且绝不是仅仅进几款货而已。而且哈罗德百货还会将雅诗兰黛的产品放在他们自己的专柜上展示，而不仅仅是放在货架上。他们还允许我们请自己培训的美容顾问来展示产品。（托尔后来成了我们的好友。）

母亲曾说："把哈罗德百货交给我吧。"我把它交给了母亲，母亲便帮我们打赢了这场战争。1960年，雅诗兰黛首次在欧洲上市。我们是第一个进入战后欧洲市场的美国奢侈美妆品牌。

招聘更好的人

当我告诉我们的代理商，母亲已经完成了他无法完成的任务时，他感到十分羞愧，很快就辞职了。所以，现在我们必须自己张罗了。

幸运的是，当时我已经聘请了罗伯特·沃斯福尔德来领导我们的国际业务。鲍勃[①]之前在华纳·兰伯特公司工作，那是一家生产李施德林漱口水和止咳药水等产品的巨型公司。此外，他还能说一口流利的西班牙语。他

[①] 鲍勃是罗伯特的昵称。——译者注

看起来就是这个岗位最完美的人选。然而，鲍勃开价很高。

我在海军服役时，曾经发誓要雇用比我更优秀的人。这是我第一次验证自己能否信守誓言。我知道鲍勃能做到一些我做不到的事情，也就是抓好我们的国际业务，于是我想"好吧，我要下手了"。当时我一年能赚1万美元。为了说服鲍勃加入我们，我每年付给他1.3万美元，比我自己的薪水还高出30%。

事实证明，他值得这样的高薪。鲍勃在许多方面都比我出色，我们彼此互补。在接下来的21年时间里，鲍勃一直在管理我们的国际事业部。

当代理商抛弃我们时，我打电话给鲍勃说："我们遇到问题了，你得马上去一趟伦敦。"当时我完全不知道他的妻子蒂娜刚生了女儿马妮。鲍勃对此事一个字也没透露，他把妻女留在医院，自己上了飞机。鲍勃与新代理商会面，并顺利签下合约，这家代理商有我们不具备的商品进口资质。同时，鲍勃与哈罗德百货签署了供货协议。我将永远感激鲍勃和蒂娜，并且我要在此向蒂娜致意，求她原谅鲍勃。

女王陛下的粉盒

雅诗兰黛专柜在威尔夏分店开业时的盛况教会我一个道理，如果你在某个领域是个新手，你就得想方设法引起轰动，尤其是在没人知道你是谁的情况下。此刻，我就在试图掀起一场大风暴。

为了打入英国市场，我们在英国版《VOGUE》杂志上为白金面霜大做广告。在美国，白金面霜广告喊出了那个著名的问句："什么面霜值115美元？"到了英国，我们的广告文案换成了："什么面霜值50基尼？"

为什么用"基尼"而不是"英镑"呢？因为英国人喜欢用"基尼"来

标注奢侈品价格，珠宝、皮草、庄园，诸如此类。1英镑相当于20先令，而1基尼相当于21先令，基尼是一种独特的货币。我们用基尼来做白金面霜价格的货币单位，就是要确立雅诗兰黛作为"全英国最负盛名的美妆品牌"的地位。

（这一版白金面霜广告被投放到了欧洲的每一个国家，以及位于亚洲的日本，我们唯一需要调整的，就是广告文案中的货币单位。如今白金面霜是雅诗兰黛在国际市场上最畅销的产品之一。）

雅诗兰黛入驻哈罗德百货几个月后，福南梅森百货也推出了我们的产品。福南梅森百货因它令人垂涎的美食大厅闻名，这座大厅就坐落在它的一楼。但从美妆公司的角度看，福南梅森百货可算不上优秀——它竟然把化妆品柜台放在了二楼。要想把顾客从烟熏苏格兰三文鱼和斯蒂尔顿熟奶酪那里吸引过来，我们还需要准备一些特别的东西。

我复制了一年前我们在布洛克百货威尔夏分店的成功案例，寄出了承诺免费赠送粉盒的卡片。我甚至使用了相同的卡片设计，只是卡片上印的是福南梅森百货的标志。

活动当天，一辆汽车停在了福南梅森百货的大门前。一位衣着讲究的女士出现在我们的专柜前，并递上了名片。全体员工都很兴奋，因为名片上写的是"伦敦白金汉宫女王伊丽莎白二世"。（没有邮编，因为没有必要。）女王派了一名助理来取她的那份免费粉盒。

母亲是对的，无论社会地位如何，女人们讲的都是同一种语言。

高开高走

成功入驻哈罗德百货后，我们便以这一案例为模板，将我们在哈罗德百货取得的成功复制到世界各地。我们一直努力成为第一个进入新市场的人，因为抢占先机是获取成功的捷径。

我的经验是高开高走。当你向高端市场发起冲击时，你有两条路可以选择，或进，或退。如果你选择进军大众市场，那么你会发现永远有比你卖得更便宜的同类产品。除了降价你无路可走，只能跌入这"比比谁更便宜"的竞价深渊。

为产品定位时，要明确表达出"我们是谁"。我见过太多败在产品定位不明确的公司。搞清楚你是谁，然后坚持做自己，这才是成功的关键。你可以不断尝试提升品牌知名度，但永远不要试图重新定位它。

后来我们曾尝试通过降低白金面霜的定位来扩大销量，但白金面霜的初始定位留给顾客的印象太过深刻，实在难以撼动。当我们在英国领先的大众健康和美妆经销商博资开设专柜时，我们的员工试图在那里销售白金面霜，却根本卖不动。消费者无法把白金面霜和博资联系起来。几年后，我下架了在博资销售的白金面霜，结果白金面霜的总销量反而上升了。

先发制人，大力推广，保持强势。这一套手法当年就很有效，现在依然如此。

ESTEE LAUDER

母亲喜欢对外宣称:"我知道女人想要什么。"
(这与查尔斯·雷夫森的言论形成鲜明对比,他的知名语录是"我知道男人想要什么样的女人"。)

这是一场经典的大卫对歌利亚式的斗争。
露华浓很大很强,雅诗兰黛虽然小,但更灵活。

第十一章
露华浓之战

加入雅诗兰黛几个月后，我曾试图说服位于田纳西州首府纳什维尔的一家知名百货公司选择我们的产品。我记不清自己的原话了，大意是虽然我们公司现在还小，但总有一天我们会超过露华浓。我永远不会忘记采购员的回答："你觉得你们能超过露华浓？哈哈！"

早在20世纪60年代初，露华浓就已经是当之无愧的美妆行业巨头了。伊丽莎白·雅顿排第二，赫莲娜·鲁宾斯坦排第三，丽思查尔斯排第四。雅诗兰黛的排名很靠后，而且雅诗兰黛的销量只占露华浓的五十分之一。

和雅诗兰黛一样，露华浓也创立于20世纪30年代"大萧条"时期，创始人是雷夫森家的三兄弟，查尔斯、马丁、约瑟夫，以及他们的合伙人查尔斯·拉赫曼。当时，市面上的指甲油都是透明的，顶多微微带一抹彩色光泽，但是露华浓发明了一种无痕亮彩指甲油。（拉赫曼家族拥有德累斯顿化学公司，这家公司的产品恰恰可以用来制造指甲油。为了换取在德累斯顿化学公司赊账的权利，三兄弟把露华浓公司一半的股份交给了拉赫曼家族。）

使用普通透明指甲油时，你得小心翼翼地反复涂抹指甲油，而露华浓推出的乳脂珐琅指甲油可以轻松附着在指甲表面。它质感顺滑，还能掩盖指甲表面的瑕疵，这是此前任何一种指甲油都做不到的。

而且露华浓的指甲油还有颜色，不是那种浅浅的彩色光泽，而是真正的颜色。在 20 世纪 30 年代，露华浓主推的是红色。从"玫瑰色未来"到"猩红拖鞋"再到"樱桃可乐"，露华浓的指甲油色号涵盖了色谱中所有的红色。露华浓是第一家把色彩做成时尚的公司，从 1937 年开始，每年的春季和秋季，露华浓都会推出当季的新色号。

露华浓把色彩策略从指甲油延伸到了口红领域。"让嘴唇和指尖相配"并不是什么新点子，蔻丹从 1934 年就开始这么做了，但露华浓的广告文案更精彩。

此外，露华浓的掌门人是查尔斯·雷夫森。

残忍和无情

全世界的人都知道，美妆行业一直有很多传奇人物，但很少有人能像查尔斯·雷夫森那样冷酷无情。雷夫森有一句名言："我从不与竞争者对抗，我直接摧毁他们。"

他尖刻、粗暴，同时也是无可争议的天才。他曾用过一项充满才华和胆识的战术，令我颇为敬畏。露华浓进入指甲油领域时，遭遇到的最大的竞争对手是仙凝。在那个年代，美容沙龙是无色指甲油的最大的销售渠道，因为顾客坐在机器下面等待头发烫好的时间刚好可以用来做指甲。仙凝就是通过为美容沙龙提供免费样品的方式，确立了自己的行业地位。雷夫森想了个鬼点子，他定了个日子，这一天，露华浓所有的外勤人员都跑到与仙凝合作的美容沙龙里，他们买空了所有的仙凝指甲油，然后免费提供崭新的露华浓指甲油样品供美容沙龙试用。经过他们的一顿扫荡，唯一可供顾客使用的就只有露华浓指甲油了。

露华浓指甲油质量很好。雷夫森深知成功取决于质量，所以他要求露华浓的指甲油务必做到防碎、速干、持久，还要比所有竞品都更有光泽，更闪亮。但光靠质量还是不够的。

露华浓拥有美妆行业最剽悍的销售团队，其凶悍程度丝毫不亚于他们的老板。为了赢，露华浓的销售团队可以不择手段。正如查尔斯·雷夫森坦荡荡地在传记《火与冰》中描述的那样："如果仙凝的指甲油色卡不知为何碰巧被销售人员装在公文包里，从店里带了出来……呃，那它肯定会被一份露华浓的色卡取代；如果仙凝指甲油的瓶盖有一点松，导致指甲油硬化……呃，无论是商家还是顾客都会记住这个缺陷，从此再也不会购买这个劣质品牌的产品了；如果在竞争货架的时候，一名销售人员刚好张开双臂，不慎将竞品扫到地板上……呃，那么销售人员有权按成本价买下被摔坏的竞品，并免费为美容沙龙换上露华浓的产品。"

露华浓素来以胁迫零售商和供应商的恶行著称于世。露华浓威胁零售商，只准他们推销自家产品，还要求他们丢弃所有来自竞争对手的产品。而且他们还会不断给经销商施压，要求对方不得销售或推荐竞争对手的产品。露华浓甚至跑去恐吓杂志社，不准他们把竞争对手的广告放在更显眼的位置。

"当然了，其他人也有生存的权利，"雷夫森常说，"不过还是让他们换个行业生存吧。"

仙凝就此成了历史。

"抄袭一切，就可以避免犯错"

和时尚界一样，美妆界的抄袭事件屡见不鲜，并且堪称亘古不变的行业弊病。

但对雷夫森来说，从竞品的名字到竞品的成分，抄袭竞品是一项基本战略。"抄袭一切，就可以避免犯错"是他的人生信条。"让竞争对手去打地基，犯错误吧。要是他们撞上了什么好东西，你就把它做得更好，包装得更好，推广得更好，然后以此埋葬你的竞争对手。"

露华浓的实验室里配备了所有你能想到的仪器，用来分析产品和检测产品成分。雷夫森曾夸海口："无论别人发明了什么，我都可以在 24 小时之内破解并复制。"（没错，他抄袭我们的产品时，动作确实快得不可思议。）

赫莲娜·鲁宾斯坦曾轻蔑地称他为"那个做美甲的"，即便如此她依旧情不自禁地欣赏他，只不过前提是露华浓只生产口红和指甲油。1962 年，露华浓推出了 Eterna 27 面霜[①]，并以此为武器向赫莲娜·鲁宾斯坦的护肤品帝国发起猛攻。赫莲娜夫人发飙了，她气得从三楼办公室的窗口探出身子，对着位于公路对面第五大道 666 号的露华浓总部挥舞拳头，大声尖叫："你要干什么？你想弄死我！你这只耗子！"鲁宾斯坦的一位高管把她拉了回来，试图安抚她，于是就哄她说 Eterna27 面霜的销量会非常糟糕，到时候这个产品就会被叫作"退货"而不是"永远"。但赫莲娜夫人可是美妆市场的行家里手，她的判断果然是对的。

（简单说两句题外话。20 世纪 60 年代时，露华浓和雅诗兰黛的总部都设在第五大道 666 号。到了 1969 年，露华浓、雅诗兰黛和赫莲娜都搬进了新落成的通用汽车大楼，该大楼位于第五大道 767 号，俯瞰着广场酒店和中央公园。这座白色的摩天大楼很快就被戏称为"通用香喷喷大楼"。

露华浓承租了顶部的 4 个楼层，雅诗兰黛占据了 37 层和 38 层以及 39 层的一部分，赫莲娜则在较低的楼层，这似乎象征着这个品牌正在走向没落。幸运的是，每个美妆帝国都拥有自己的电梯。）

---

① 本文中出现大量外国品牌、产品、商店等名称，其中部分名称因年代久远或未曾引入中国等原因，而难以翻译，因此编者将这些名称依据读音和意义进行翻译，无法翻译的名称直接以原名呈现。后文皆依此例。——编者注

伊丽莎白·雅顿，美妆界三巨头之一。身为一家大型公司的创始人，伊丽莎白·雅顿拒绝提及雷夫森的名字，只用"那个人"指代他。为了气她，雷夫森进军香水市场，也就是雅顿的核心市场时，故意给自己于1958年推出的男士香水起名"那个人"。

简而言之，查尔斯·雷夫森是一个可怕的对手。如果你能躲开他，那就一定要躲开他，但你一定不能无视他。

性感有助销售

和他们的营销战略一样，露华浓的平面广告总是比竞争对手更具攻击性。

1944年，为了推广"灿烂牡丹"系列口红和指甲油，雅顿推出了一个经典广告。广告的亮点是一幅水彩画，画上一位身姿曼妙、妆容清丽的妙龄女子正在抚弄一朵牡丹花。与此同时，赫莲娜也在推广6支不同色号的新口红，赫莲娜的广告页上画着一枝硕大的玫瑰，几支口红散落在花茎周围，广告语写道："她的唇瓣就像一朵鲜红的玫瑰。"

露华浓则故意反其道而行之。1948年，露华浓推出"甜言蜜语"系列指甲油和口红，全彩跨页广告上，一位风情万种的性感女郎在扇子后面嘟着嘴。广告宣称女人们应该"不要矫揉造作的粉色"，相反，女人们要刷上"如锦缎般的玫瑰红色，享受溢美之词带来的悸动"。阿尔文·切雷斯金（与我们合作了二十多年，创造出诸多经典的雅诗兰黛广告的资深广告人）评论说，雷夫森把每位模特都打扮成情妇的样子，是因为他认为每个女人都想做情妇。

20世纪50年代时，美妆公司与消费者的沟通方式产生了巨大的变化。以前大家打广告只是为了让品牌获得消费者的认可。但是到了20世纪50年代，美妆市场竞争空前激烈，新产品层出不穷，每家公司都在寻找更好的营销战略，想方设法让自己的产品从竞争中脱颖而出。为了更好地了解消费者的需求和品位，也为了让消费者相信"你此刻看到的，就是你一直寻找的"，广告公司开始求助于心理学、社会学和市场调研。（1957年出版的《隐形的说服者》是一部开创性的著作，这本书揭示了广告商是如何利用心理学挖掘出隐藏在我们潜意识中的欲望，以便说服我们购买他们的产品的。）

同时，广告业开始流行"编辑风"。这种风格的广告模糊了虚构内容与非虚构内容之间的界限，它摒弃了以往广告中容易被人忽略的简单图片，创造出梦幻般的迷人景象，使广告变得十分吸引人。

1952年11月，露华浓带着名为"火与冰"的营销战略闯入了这个新世界。横贯两版的跨页广告上，模特朵莲·丽身着一件闪闪发光的紧身礼服——礼服上的每一颗水钻都是裁缝手工缝在裙子上的，炫耀着她傲人的性感曲线，涂过口红的嘴唇微微张开，略显湿润，涂了猩红指甲油的手指在唇边摇晃着，另一只手则挑逗地放在臀部。标题宣称："献给喜欢惹火、勇于踏冰的你。"

广告上印着极具挑战性的问题："你是为'火与冰'而生的吗？试试这个小测验吧。"如果你能从下面的15个问题中选出8个且回答为"是"，那么你就是他们要找的人。问题大致如下："你曾试过光脚跳舞吗？调情时你会脸红吗？如果食谱需要配比特苦酒，那么你会想喝双份吗？你会暗自希望下一个遇到的男人是个心理医生吗？你有没有想过戴脚链？黑貂皮会使你兴奋吗，即使它穿在别的女人身上？你喜欢仰视男人吗？接吻的时候，你会闭上眼睛吗？"

为了防止读者还没意识到时代已经变了，广告页上印着大大的黑体字："美国女孩是由什么做成的？蜜糖、香料，还是其他好东西？吉布森女孩的时代已经过去了！新的美国丽人来了，她风情万种、妖冶迷人、活泼却端庄。男人会觉得她有点琢磨不透，有时还有点让人抓狂。然而，他们承认她无疑是世界上最令人兴奋的女人！她就是'火与冰'女孩。（你是吗？）"

这条广告传递出的信息无疑就是性感有助于销售。

确实如此。近万个橱窗都在展示"火与冰"的广告。"火与冰"选美比赛在全国各地举办。"火与冰"被《广告时代》评为年度最佳广告。毫无疑问，它帮助露华浓树立了独特的品牌形象。随着时间的推移，麦迪逊大道的小圈子里开始流传这样的说法：在各大顶级品牌中，美宝莲是给不太聪明的女孩设计的，封面女郎是为乖女孩设计的，而露华浓是为轻佻的女孩设计的。

《价值 64000 美元的问题》

"火与冰"发动的闪电战在传统媒体方面取得了巨大成功，而露华浓在新媒体上的表现丝毫不逊色于传统媒体。这里所说的新媒体，指的是电视。

查尔斯·雷夫森原本是瞧不上电视广告的，他对这个领域一直不闻不问，这主要是因为当时的电视还是黑白的，没有任何色彩。但当竞争对手黑兹尔·毕肖普——她因发明了"吃不掉、咬不掉、亲不掉"的防掉色口红闻名于世——在 1953 年通过电视广告俘获了美国 25% 的口红市场时，雷夫森注意到了电视广告带来的影响力。

黑兹尔·毕肖普是广受欢迎的电视节目《这就是你的生活》和《隐藏摄像机》的广告赞助商。于是喜欢抄袭的雷夫森也开始寻找自己的电视节目。

有人给露华浓推荐了一档智力竞赛节目，此前这个节目已经被赫莲娜夫人拒绝了。（赫莲娜夫人不爱看电视，据说，她曾公开宣称"只有小人物才会看那些讨人厌的机器"。）尽管与自己的喜好相悖，雷夫森还是接受了这个长达 13 周的推广。

《价值 64000 美元的问题》于 1955 年 6 月 7 日晚上在美国哥伦比亚广告公司电视台首播，那天是周二。不到一个月，它就成了收视冠军，约有 5500 万名电视观众看到了露华浓的广告。不但广告中展示的商品销售额增长了 500%，露华浓当年的总营业额也翻了一倍，从 1954 年的 3360.4 万美元增长到 5100 多万，尽管这档节目 6 月份才开播。《价值 64000 美元的问题》是如此成功，于是露华浓又赞助了一档名为《价值 64000 美元的挑战》的衍生节目，这档节目被安排在周日晚上播出。

（到了 1956 年，露华浓口红在美国市场占据的份额已经差不多翻了一番，从 15% 激增至 28%。而黑兹尔·毕肖普在 1955 年到 1957 年连续三年亏损，不得不削减了自家产品的广告预算。黑兹尔·毕肖普从此一蹶不振。当《价值 64000 美元的问题》节目于 1958 年再次播出时，黑兹尔·毕肖普已经被露华浓逼得走投无路，露华浓却再一次巩固了自己的统治地位，它的强大不只体现在口红领域，大半个美国的化妆品市场都已经唯露华浓马首是瞻。）

1955 年 12 月，在节目开播 6 个月后，露华浓正式宣布上市。新股发行价格为 12 美元，不到 3 周股价就上涨了两倍。也许赫莲娜·鲁宾斯坦瞧不上"那个做美甲的"，但就连她也买了露华浓的股票。（她威胁说要用自己持有的股票获得参加露华浓股东年会的资格，这样她就可以在股东大会上吐槽露华浓抄袭她的产品。）

到了 1960 年，露华浓已成为生产口红、美甲产品和其他化妆品的头号商家，遥遥领先于各路竞争对手，甚至超越了雅芳。

坐拥数百万美元资金的露华浓令人望而生畏，查尔斯·雷夫森更是化妆品行业中无可争议的王者。稍有一点理智的人都不会想跟他抢地盘。

其中也包括雅诗兰黛。

"你应该有指甲油产品线"

当露华浓帝国四处扩张版图时,我还在海军服役。虽然我对他们的产品颇为熟悉,但我对查尔斯·雷夫森使用焦土政策惩罚对手的事并不了解。不过,我的母亲非常清楚那些被露华浓盯上的公司是什么下场。雅诗兰黛的规模只有露华浓的五十分之一。不是五分之一,而是五十分之一!露华浓捏死雅诗兰黛就像捏死一只虫子。

母亲下定决心要使雅诗兰黛避免这样的命运。

我刚进入雅诗兰黛的时候,位于肯塔基州列克星敦市的奢侈品专卖店沃特曼百货的老板杰克·沃特曼给我提过一个建议:"你应该开设一条生产指甲油的产品线。我们卖过露华浓的指甲油,产品质量不太好。我相信你们能做出更好的。"

当我向母亲提起这件事时,她勃然大怒:"不!我可不想惹上那个人!"

"什么人?"我疑惑地问道,"他是肯塔基州列克星敦市的杰克·沃特曼,是我们的忠实客户。"

母亲转而生气地对我说:"听我说。到目前为止,我在查尔斯·雷夫森心目中只是一个无足轻重的可爱花瓶。你父亲和我在社交场合遇到过他,我们的关系维持得还不错。但若我胆大包天地推出指甲油产品线,那他一定会杀了我。我们的公司这么小,一点胜算也没有。"

好吧,我决定不考虑指甲油的事了。

(几年前,我在母校沃顿商学院演讲时讲了这个故事。我问同学们:"我们能从这个故事里学到什么?"我刚准备说"保持低调",后排的一个同学就高声喊道:"听妈妈的话!")

雅诗兰黛无法承受与露华浓军团正面交锋的压力,于是我们暗中发力,不停向消费者强调雅诗兰黛的独特之处:雅诗兰黛推崇成熟知性的美,而不是赤裸裸地贩卖性感；雅诗兰黛的广告是优雅而复古的黑白色调，而不是五颜六色的彩色广告（这也更有利于我们保持较低的预算）；雅诗兰黛的产品只会出现在各大知名百货公司和奢侈品专卖店的货架上，从不在药店和普通百货公司出售。

虽然母亲也说过"当性感离开商业时，我们也会被扫地出门的"之类的话，但雅诗兰黛确实通过宣传产品成分和科技含量的方式提升了品牌形象。若将雅诗兰黛和露华浓的品牌形象对比来看，大家都会觉得前者优雅，而后者普通。

（讽刺的是，尽管露华浓凭借《价值 64000 美元的问题》赢得了口红大战，但将电视广告作为营销大战的主阵地，也确实拉低了品牌形象。20 世纪 60 年代和 70 年代时，露华浓曾多次尝试将品牌重新推向高端市场，却始终无法重现昔日的辉煌，更不要说像雅诗兰黛那样在高端市场独占鳌头了。）

这是一场经典的大卫对歌利亚式的斗争。露华浓很大很强，雅诗兰黛虽然小，但更灵活。我们的产品很特别，销售渠道相对专一，所以我们可以专注于手中的渠道，为商场创造更多效益，进而从经销商那里获得更多支持。

随着时间的推移，我们开始超越露华浓。从知名奢侈品专卖店到高端百货公司，无论在哪里，露华浓都无法继续稳坐化妆品畅销榜第一的宝座。虽然我们还没有攻入查尔斯·雷夫森的指甲油王国，但是我们已经占领了他最看重的那部分市场。雷夫森认为，这是针对他个人发起的攻击。

战争一触即发。

设计新游戏

只要有可能，我们就创造新的产品线，开辟新的细分市场。当然了，在这些新的领域里，雅诗兰黛是无可争议的王者。

露华浓一直引领着整个美国彩妆市场。雅诗兰黛的香水部门在青春之露的支持下堪称实力强劲，护肤品部门也颇具规模，但彩妆部门就相形见绌了。为了让雅诗兰黛获得全行业的认可，我们必须加强对彩妆部门的经营。问题是我们要如何走出雅诗兰黛自己的品牌特色？

露华浓推广彩妆产品的方式是每次只发布一款新色号，春天一款，秋天一款。我认定，如果雅诗兰黛想要打造一个独一无二的彩妆系列，唯一的办法就是一次推出一系列色号，就像我们的白金口红那样。与其尝试在露华浓设计的游戏里击败对方，不如发布我们自己的新玩法。

我们发布的新玩法就是晚妆系列。

1962年，晚妆系列发布了。这个系列包含30款针对面部、眼部和唇部设计的彩妆产品，有"金色雨""黄昏铜"和"夜珊瑚"等不同的色号。产品被装在礼盒中，盒子下面铺着华丽的提花织锦垫，外面用奢华的带有纹理的特种纸包裹。可以说，这个礼盒本身就是一件收藏品。

这是前所未有的创举。它为我们成为彩妆行业领军品牌奠定了基础。

我们要为晚妆系列拍摄什么风格的广告？对我来说，这是极其珍贵的记忆。我决定在所有时尚杂志上都做黑白跨页广告。波道夫·古德曼精品百货的前广告总监琼·利曼那一年刚刚以顾问的身份加入我们的团队。（1966年，她成了我们的全职创意总监，并在此后的30多年时间里一直帮我们推陈出新。）她给我们介绍了住在芝加哥的时尚摄影师维克托·斯克雷纳斯基。用黑与白来做一个关于色彩的广告似乎有些反常，但我们只负担得起黑白广告，而且维克托是黑白摄影方面的天才。

确定了要用的照片后，我们的创意团队开始写标题。但由于每个人对标题都有不同的想法，场面一度十分混乱。

我决定带着样版去乡下度周末，并问问伊芙琳的意见。到家时，我的胳膊下夹着一个超大的马尼拉纸信封，里面装着样版。伊芙琳问我信封里装着什么。我的回答是："就是最近在忙的一些事。"

为什么我临时改变了主意，没有与她分享自己的心事呢？因为在那一瞬间，我拿定了主意，与晚妆系列相关的一切责任都应该由我来承担。是我决定发布这一系列的产品，也是我做主通过了广告方案。如果这场战役成功了，那将是公司的成功。但如果它失败了，那将是我个人的失败。虽然这间公司顶着兰黛家族的姓氏，但是这条产品线是我坚持要做的。

我是那个要为全局负责的人。

我写了一个简单的标题："夜色中的你需要更改妆容——雅诗兰黛最新晚妆系列。"而这条标题无意中打响了露华浓之战的第一枪。

雷夫森十分恼火，但也只能仿效。他确实这么做了，露华浓花了一段时间才推出他们的晚妆系列。

无论是否愿意，我们都已经被卷入了战争。

活下去

晚妆系列于1962年推出，同时公司决定向欧洲市场全面进军。为了打开欧洲市场，我们在发布晚妆系列和白金面霜（全线产品上市还需要几年时间）的时候，也没忘记在欧洲同步进行新品宣发。我们为宣传做的所有努力都得到了回报，越来越多的欧洲人想要购买我们的产品，回头客的数量也与日俱增。每一个产品发布会都比上一次更成功，每一款新品都让雅诗兰黛的权威地位更加稳固。

我一直在思考品牌和广告之间的关系。如何通过广告树立品牌形象？对此我思量再三。在这之前，广告都是针对某一款产品设计的。但我认为，与其用广告来推销产品，不如用它来打造品牌。品牌不受时间影响，也不受语言和国别的限制。我们所有的广告都应该针对品牌本身。品牌得到的关注度可以塑造我们的品牌形象，品牌将成为我们的北斗星，引领我们继续前行，实现我们的梦想——将雅诗兰黛打造为一家跨国大公司。

打造品牌会赋予你更强的议价能力。如果说一款产品就像一种乐器，那么一个品牌就是一整支管弦乐队。而我们这支乐队演奏的歌曲就是"雅诗兰黛的世界"，这是一支高端、优雅的歌曲。与露华浓的性感鼓点不同，雅诗兰黛的抒情曲激发了广大女性对浪漫的向往。

在接下来的几年里，雅诗兰黛的象征就是名模卡伦·格雷厄姆。由维克托·斯克雷纳斯基操刀摄影，卡伦或站在微风吹拂的阳台上沐浴热带余晖，或在布满鲜花的客厅里懒洋洋地卧在沙发上。她出色地饰演着有关雅诗兰黛的女性形象，很多女性甚至以为她就是雅诗·兰黛本人。

但我说得有点仓促了。回到1962年，那时的我仍在不断产出新创意。雅诗兰黛的业绩蒸蒸日上，这是无可争辩的事实。但是，这也是对查尔斯·雷夫森的挑战。

雅诗兰黛的每一场新品发布会，都像是在一头已经被激怒的公牛面前又挥舞了一下红色斗篷。现在我们必须想出好点子，而且多多益善。只有这样我们才能持续领先于露华浓，并且存活下去。

紧随晚妆系列登场的是日光系列。日光系列的产品最引人注目的特征是它们拥有不同的主题，关于色彩、季节或是其他内容。紧接着，我们又迎来了即刻眼妆的大获全胜。即刻眼妆是一个完整组合，包含一系列不同种类和色号的眼妆产品，它甚至比晚妆系列还要受欢迎。

我敏感地把握到了一个经常被忽视的消费者群体的需求，雅男士因此于1963年问世，雅男士是第一款名贵男士香水，也是未来我们推出的一系列男性美妆产品的奠基之作。（这款香水的名字来源于一种外来的土耳其树根，最初是用来制造春药的。作为一个对法国情有独钟的人，我特别喜欢阿拉密斯，他是三个火枪手里最有趣、最热情的一位。）

我喜欢那些有利于推广产品的奇思妙想，我们的创意成本极低。在美国，有奖购物活动是推广女性产品时屡试不爽的策略。我决定在每份雅诗兰黛的购物奖品中都放一小瓶雅男士香水，作为送给消费者的惊喜。每只小瓶中盛着四分之一盎司香水，我们总共送出了30万到40万瓶。除了小样的费用，我们一分钱都没花。我们既没有做广告，也没有邮寄，但每个女性消费者都把小样给了她们的丈夫或男友。一夜之间，雅男士香水获得了巨大的成功。

雅男士香水是第一个在奢侈品专卖店和高端百货公司出售的名贵男士香水。这款香水只是我们所谓的"雅男士总体计划"的一部分，按照这个计划，我们会发布一个由20种男性美妆产品组成的系列，这个系列将彻底开发男性美妆产品的市场。当我们为雅男士做广告时，我们同时锁定了男性消费者和那些愿意花钱让她们的男人闻起来香喷喷的女性消费者。雅男士的成功证明"真正的男人都会使用香水"。

讽刺的是，雅男士其实并不是为了挑战露华浓而推出的产品。事实上，它的诞生是对丹娜拥有的一款名为"独木舟"的香水所获得的巨大成功的致敬。但查尔斯·雷夫森却认为这款香水是在针对自己。

露华浓立即研发并推出了一款名为"布拉格"的新香水，试图迅速取代雅男士。我们把雅男士香水装在精美的棕色玳瑁纹样的盒子里，露华浓就把布拉格香水装在一个深棕色的盒子里。我们用牛皮纸在盒子里做内衬，露华浓也如法炮制。我们听说，因为露华浓的盒子露了个白边，所以雷夫森命令手下把所有布拉格香水盒的边缘手工涂成棕色。幸运的是，露华浓的香水没有我们的好。

雅男士非常成功，我甚至因此决定创立一个男性产品部。我以为这是一个绝佳的主意，但事实证明，创立男性产品部是我犯过的最大的错误之一。它让雅诗兰黛的部门之间出现内讧，结果两败俱伤。此外，为雅男士系列产品设置独立专柜的决定也是个错误，它拉低了不同部门的产品交叉销售的可能性。所谓的交叉销售，就是指女性顾客在为自己购买雅诗兰黛产品时，可以有机会给丈夫或男友也买点礼物。后来，当我看到露华浓的查理系列被转移到远离露华浓专柜的独立柜台销售时，我立即告诉我们的团队，露华浓现在很脆弱。我之所以如此笃定，是因为我自己就吃过这个亏。

我们的战争还在继续。我们有白金系列，而露华浓则全面更新了 Ultima 系列的产品线，并在 1964 年以 Ultima II 的名义重新推出这个系列的产品。这是露华浓专门用来对付白金系列的产品，二者的价位和名气都差不多。1968 年，我们推出了雅诗香水。紧接着，在 1970 年的时候，露华浓直接复制了雅诗香水的香味，推出了月霞草香水。3 年后，雷夫森甚至推出了以自己名字命名的女士香水查理。

1970 年，我们请名模卡伦·格雷厄姆担任雅诗兰黛的形象代言人。1973 年，露华浓与劳伦·赫顿签约。她成了 Ultima II 的代言人。我们委托维克托·斯克雷纳斯基担任卡伦的独家摄影师，露华浓就雇了理查德·埃夫登为劳伦拍照。

我们的办公室里流传着一个笑话："露华浓 50% 的产品研发都是在雅诗兰黛完成的。"当然，这代表着彩妆行业新的游戏规则是"追随兰黛"。

不要认为这很简单或很有趣，因为事实绝非如此。对我们来说，以上提及的都是生死攸关的时刻。当露华浓推出他们的山寨版雅男士时，雷夫森在波道夫·古德曼精品百货召开了产品发布会。该百货公司不仅是美国最负盛名的专卖店之一，也一直隶属于雅诗兰黛的势力范围！那里曾是雅诗兰黛的主场！

露华浓还在《纽约时报》周日版上发布了一则广告。他杜撰了一段对话，这段对话发生在查尔斯·雷夫森和波道夫·古德曼精品百货的老板安德鲁·古德曼之间。"亲爱的查尔斯""亲爱的安德鲁"，他们在对话中这样称呼对方。

雷夫森用安德鲁·古德曼的名字为他的产品做宣传。

我算是知道雷夫森是如何把赫莲娜·鲁宾斯坦气得向窗外尖叫了。但我们比露华浓强的可不只是创意，我们还有其他武器，其中一些恰恰来自露华浓内部。

反戈一击

就像任何一场战争一样，战争中的所有核心人物都可能被策反。我们有少量人才流失到了露华浓，但我们也从他们那里获得了一些非常有价值的天才。

某种程度上说，雅诗兰黛要想吸引露华浓"难民"并不是一件难事。一位曾被他榨干的高管指出："他会像吃维生素那样吃掉公司高管。"毕竟大家都知道，这家公司的创始人曾经骄傲地宣称"人人都恨我"。为了佐证这一点，他还公开发表这样的言论："为什么公司里只有我一个人在思考？""创意人员就像湿毛巾，拧干以后再拿一条就好。"尽管露华浓提供的薪金非常丰厚，但由于公司高管频繁逃跑，露华浓总部一度被戏称为"一扇巨大的旋转门"。

这也是我能请到原露华浓研发主管约瑟夫·古伯尼克的原因。当我意识到雅诗兰黛"必须拥有自己的实验室"时，我并不觉得这是什么了不起的想法。但当新推出的产品大受好评时，我明确意识到，组建自己的研发团队是一件非常重要的事情。

我请来了天才中的天才，约瑟夫·古伯尼克。我说服了他，让他相信和我们一起工作会更快乐。约瑟夫与露华浓的劳动合同中有一年的竞业禁止条款，但我还是和他签了约，并欣然支付了他整整一年的工资。在经历了一年的等待后，约瑟夫于1972年正式加入了雅诗兰黛建立的创投实验室。

他值得我为他投资。作为创投实验室的负责人，他取得了诸多成就，雅诗兰黛的夜间修护精华就是由他主持研发的。这款产品于1982年推出，至今仍是我们最赚钱、最受欢迎的明星产品。此外，他还帮我们研发了悦木之源的许多产品。多亏了创投实验室的负责人约瑟夫和丹尼尔·梅斯，雅诗兰黛多次获得法国久负盛名的欧洲小姐美容大奖，并先后拥有了120多项专利，其中的很多专利都极具突破性。

约瑟夫在退休前为我们引荐了另一位他在露华浓时的同事哈维·格德翁。哈维创造了倩碧的卓研系列，后来还接过了实验室负责人的重担。

雷夫森对待高管的方式帮我明确了管理人才的方向，我一直认为这个方向对我们意义重大。你应该打造一个令人愉悦的工作环境，同时还要让大家都赚到钱，要让每个人都知道他们必须认真做好自己的工作。好人才能成功，这个理念会改变世界。

专柜对专柜的战争

露华浓之战不仅是品牌对品牌的战争，更牵扯出了露华浓和雅诗兰黛的创始人之间多年来的积怨。战争就是战争，当争斗涉及脸面时，对胜利的渴望就变得更加疯狂。

查尔斯·雷夫森十分嫉妒我母亲的社会地位。对他来说，"向上爬"是一场风险极高且单枪匹马的游戏。除了要赌上他的 Ultima II 号快艇，他还押上了自己在公园大道上那栋包含三套独立公寓的楼房，这栋楼曾属于赫莲娜·鲁宾斯坦，也曾被他用来与我父母在棕榈海滩和法国蔚蓝海岸的房产一较高下。

我父母被拍到与温莎公爵和公爵夫人这样的人社交，这就像是在雷夫森的伤口上撒盐。雷夫森不禁妒火中烧，因为他和我母亲有着相似的背景，却从来无法得到这样的殊荣。他曾愤怒地对哈里·多伊尔（露华浓为了进入高端市场而创造的贝佳斯皇妃系列的负责人）说："该死的，哈里，她的名字不是雅诗，而是埃丝特！她是来自布鲁克林的埃丝特！"（这里需要更正一下，雷夫森先生，我母亲其实是来自皇后区的约瑟菲娜。）

不仅两位品牌创始人在社交舞台上总是明争暗斗，而且两大品牌也一直在抢夺各家知名百货公司的销售冠军。萨克斯第五大道精品百货的负责人告诉雷夫森，雅诗兰黛比露华浓卖得好。这让雷夫森如芒在背，并沮丧不已。

但在我看来，最关键的事情并不是争夺各个门店的销售冠军。我们有比这更重要的事要做，我们要让那些同时销售雅诗兰黛和露华浓的经销商在第一时间拿出最好的专柜位置，陈列和销售雅诗兰黛的产品。主楼层右首边入口内的位置可以拦截进入商店的所有客流，这是能对销量产生至关重要的影响的位置。因此人人都想要这个位置。而我们所做的每一件事都是为了让雅诗兰黛在各个门店赢得或保持销售冠军的称号，只有这样我们才能确保自己拥有优先选择专柜位置的权利。

露华浓对此也抱有同样看法。

这场战争需要我们一家店接着一家店、一个专柜接着一个专柜地打。这个时候，我们就能看出人际关系的重要性了。

我在巴黎出差时，堪称时尚代名词的顶级百货公司邦维特·泰勒百货，在芝加哥新落成的西尔斯大厦开设了一家分店。经过沟通，邦维特·泰勒百货给雅诗兰黛安排了一个极好的专柜位置。这个位置就在中心过道的右首边，一进门就能看到。这样我们的美容顾问就可以轻松地招呼进来的客人，同时照顾好整个专柜。（施工期间，我研究了楼层平面图，对客人的行走路线了若指掌。）

开业前一天，实际上当时巴黎已经是晚上了，我接到了雅诗兰黛芝加哥大区经理沃纳·拜勒姆的电话。他告诉我查尔斯·雷夫森那天下午也去过那家店，雷夫森看到了雅诗兰黛专柜的位置，然后他立刻扑向了离自己最近的电话。邦维特·泰勒百货的总裁米尔德丽德·库斯廷一直都是雷夫森的Ultima II号快艇的常客。沃纳告诉我，他听说雷夫森要求米尔德丽德把雅诗兰黛的专柜位置让给露华浓。而且，虽然雅诗兰黛一直都是邦维特·泰勒百货的优秀供应商，但米尔德丽德还是同意了。

我们和邦维特·泰勒百货没有签过合同，所以我们也无法诉诸法律。我告诉沃纳："马上去商店，别离开。如果有必要的话，就用手铐把自己锁在专柜上，在那里过夜。总之，无论如何都别离开专柜。"

露华浓的销售人员聚集在我们的专柜周围，但沃纳坚守阵地，并且丝毫不为所动。他在柜台上过夜了吗？我不知道。但第二天早上，当商店在热烈的掌声中开门时，那个专柜仍然是我们的。

据说，先到者在诉讼中通常会占上风。在那种情况下，抢占先机就是一切。

露华浓之战是我们参加的第一场正面交锋的战役。它很精彩，也充满教育意义。而且，正是这场战役为雅诗兰黛未来的市场份额之战打下了基础。与此同时，随着20世纪60年代雅诗兰黛的发展，我们开发了一款可以用于与露华浓展开激烈竞争的新型武器——倩碧。

第十二章
"捉贼记"

ESTÉE LAUDER
成为雅诗兰黛

20世纪60年代中期，我们遇到了新问题，雅诗兰黛的增长率只有20%。

受惠于青春之露、雅男士和白金系列，以及有奖购物、免费小样这些极具创新意识的营销策略，到1965年，雅诗兰黛已成为美国发展最快的美妆品牌。我们成功了。雅诗兰黛成了当下最炙手可热的美妆品牌。

但我们原本预估的年增长率是40%，对比数据，我们不难得出结论，公司的发展正在放缓。

我记得自己接到了五月百货的首席执行官戴维·法雷尔的电话，他告诉我："打电话来是因为我有点担心。这个月，你们的销售增长率只有24%。"

24%的增长率也是不容小觑的，但与我们业务往来频繁的若干家知名百货公司都明确表示"我们想要更多"。

我担心拼命维持高增长率会对品牌造成不良影响，长此以往，说不定反而会对品牌不利。或许我们可以做更多促销活动，但这会削弱促销活动的影响力。我们也可以考虑把业务扩展到中低端百货公司，或是知名奢侈品专卖店的附属小商店，但新的分销点会拉低我们的产品定位和品牌形象。

如何才能避免雅诗兰黛的品牌形象被经销商的诉求拉低，同时也不给日益壮大的竞争对手留出机会呢？

时代在变，消费者在变

就在我们忙着争夺知名百货公司里最好的专柜位置时，这些百货公司面对的消费者群体也在不断变化，这也是一直以来我们制定营销策略的基础。就美国而言，人们逐渐放弃了脏乱的市中心，纷纷搬到郊区住了。郊区的购物中心如雨后春笋般涌现，迅速吸引了大批消费者。人们在这些崭新的"成人游乐场"里逛得流连忘返，心甘情愿地奉上自己的时间和金钱。

郊区的购物中心欣欣向荣，市中心的老牌名店却只能眼睁睁地看着自己的市场被一点点蚕食。尽管市区的老牌名店还在端着架子勉力支撑，但那些新兴的大型购物中心已经开始真抓实干了，比如长岛的罗斯福广场购物中心、北弗吉尼亚的泰森斯角购物中心、芝加哥郊外的奥克布鲁克购物中心，以及亚特兰大的莱诺克斯广场购物中心。1960年，美国有4500家购物中心，占零售总额的14%。到1975年，美国已经有16400家购物中心，占零售总额的33%。正如《消费者报告》所写，购物中心是"美国新的主干道"。

雅诗兰黛永不缺席。进入第一家位于郊区的购物中心时，我们还不清楚这里到底发生了什么。但我们马上发现，市区的老牌名店每周只有一个晚上——通常是周四的晚上——会营业到很晚，而郊区的购物中心除了周日，每天都营业到深夜。雅诗兰黛是唯一敢在柜台后安排两名美容顾问的品牌，这样就算营业时间再长，我们也有足够的人手换班。我们就靠这一手拿下了郊区购物中心。第一个打入新市场的人总是赢家。

不过，变化的不仅仅是商店。一股巨大的力量正在重塑美国的文化和消费者。出生于"婴儿潮"（"二战"结束后，大批军人返回美国，从1946年至1964年，美国共有7590多万婴儿出生，这个人群被称为"婴儿潮一代"）时期的女性已经长大，到了可以购买化妆品的年龄。越来越多的女性进入职场，她们不会在烦琐的美妆流程上投入过多的时间和精力。与此同时，嬉皮士文化和女性主义也在努力唤起女性群体的自我意识，要大家"做自己"。

虽然大家对于如何"做自己"还有些困惑，但有一件事是非常清楚的，这些潜在的用户群体可不想成为她们母亲那样的人，也不想让自己看起来像母亲一样。当然，她们也不会继续使用母亲那一辈人的妆容。

就像鲍勃·迪伦吟诵的那样，"时代在变"。迪伦的歌曲正在成为新一代的心声。正因如此，我知道雅诗兰黛也需要改变。

捉贼记

我常常担心自己过于成功，因为成功会招致竞争。雅诗兰黛与露华浓展开肉搏战已经足够惊心动魄。我如何才能不让雅诗兰黛成为众矢之的？或者说，如果雅诗兰黛已经成为行业领跑者，那么我要怎样才能确保其他公司不能取代雅诗兰黛呢？

从加里·格兰特和格蕾丝·凯利主演的精彩电影《捉贼记》中，我受到了启发。与其坐等对手出招，不如抢在他们前面，我们自己制造一个竞争对手，这样不是更好吗？

这个想法并不像听起来那么不靠谱。在宾夕法尼亚大学读书时，我就已经这么做过了。我创立的电影俱乐部非常成功，但我不得不成立一个与之竞争的电影艺术协会，好让观影人群分流。

建立子品牌的想法一直萦绕在我脑海中，挥之不去。我反复琢磨："我自己最明白该如何与雅诗兰黛展开竞争。那么我为什么要等着竞争对手出现呢？我可以自己来！"

我亲眼看到蒸蒸日上的美国经济是如何推动雅诗兰黛发展的。当女性觉得自己手里阔绰时，她们便会花钱购买那些代表魅力的奢侈品。作为一个野心勃勃的品牌，这是雅诗兰黛的最佳进攻时机。

而且，我还注意到一个有趣的趋势，女性往脸上花的钱越多，就会越关注自己的皮肤是否敏感。人们甚至创造了一个词来描述这个细分市场的特质——"低敏感"。虽然这一趋势已经出现，但此时市面上还没有一款针对敏感肌的大牌产品。

我们可能会成为第一个推出针对敏感肌的优质产品的大公司！这将是一个全新的市场，它面向一批全新的消费者！这是一片蓝海。

我兴奋极了！雅男士的巨大成功开启了男性美妆产品和男士香水市场。但与深受敏感肌困扰的潜在女性市场相比，男性市场的份额根本不值一提。

这是我的机会！

打造概念

在最初的设计理念中，"倩碧"是以组合的形式出现的，它被预设为一个包含多种独立而又互补的护肤品和化妆品的系列产品。以往公司每次只发布一款单品，比如说青春之露的浴油。如果单品卖得好，那么我们会逐步扩充产品线，增加青春之露香粉或者喷雾型香水等产品。从来没有人从一开始就设计出一条完整的产品线。这是一场豪赌，而我们决定碰碰运气。

第一步是立即开始研发产品，因为产品研发消耗的时间远远大过其他环节。雅诗兰黛产品研发部的负责人找到了诺曼·奥伦特里奇医生。奥伦特里奇医生开设了一家颇受欢迎的皮肤诊所，作为纽约最有名的皮肤科医生，他因发明了一系列针对敏感肌的产品而享誉四海。

奥伦特里奇医生为他的患者开创了"三步护肤法"：清洁、去角质和保湿。在今天看来，这不过是基础的护肤过程。但在当时，这一套方法绝对是充满开拓性的创举。奥伦特里奇医生告诉他的患者,如果你根据自己的皮肤类型,每天按照"三步护肤法"做两次皮肤护理,那么你会看到令你难以置信的效果。奥伦特里奇医生开始负责为倩碧做产品研发。亲自带头开发新产品的同时,他还要为每一款产品做敏感测试,只要出现一例过敏反应,他就立即撤下旧配方,换个新方向从头再来。

接下来,我打算找一个擅长炒作概念的合作者。我不要陈腐的老把戏,我要搞点新创意。

我需要一个善于同媒体打交道,懂得向媒体诠释新理念的行家里手,一个愿意把自己全部的时间和精力都用于推广倩碧的人。这个人就是卡萝尔·菲利普斯,《VOGUE》杂志的专题编辑和美妆编辑。卡萝尔意志坚定,且心直口快,她曾公开批评过许多无所作为的美妆公司,也提出过很多了不起的建议。一言以蔽之,她是个天才。

我开始跟卡萝尔讨论这件事,但是没过多久,我就得去欧洲出趟差,不得不离开美国。可是说服卡萝尔加入我们这件事太重要了,不能等到我回来再做定夺,于是我请美国销售部的主管鲍勃·尼尔森代替我继续劝说卡萝尔入伙。我给鲍勃下的指示很简单:"我不希望看到任何拒绝。"

我职业生涯中最快乐的时刻之一,就是我打开鲍勃的电报,看到"她同意"三个字的那一刻。

卡萝尔于1968年1月1日开始与我们一起工作。

谁能想到,就在我计划推出倩碧的同一时期,卡萝尔也构思并发表了一篇文章,题目是《好皮肤能养出来吗?》。她在文章中提出了一系列有关护肤的问题,访问对象不是别人,正是奥伦特里奇医生。这些问题包括:"你认为皮肤修复产品中最引人注目的类别有哪些?"还有:"性生活和皮肤状况有关系吗?"(奥伦特里奇医生对后者的回答是:"我医治过许多修女,她们的皮肤并不比已婚妇女更好或更差。")

几乎所有人都认为倩碧的诞生是受到了那篇文章的启发。但事实上，我当时根本没读过它。这纯粹是机缘凑巧，我从脑海里浮现的诸多想法中选了一个，而卡萝尔和我碰巧想到一起去了。

名字里有什么？

我最大的顾虑之一，就是如何让庞大的倩碧计划落地，同时又不让它暴露在冤家对头露华浓的面前。经过雅男士与布拉格的香水之战，我明白了查尔斯·雷夫森会不惜一切代价抄袭我们的产品。甚至更糟，他可能会抢在我们前头。

我们都知道，第一个打入新市场的人总是赢家。

任何人只要肯睁开眼睛看看人口普查数据，就会发现针对年轻消费者的市场马上就会有巨大的增长。许多大型美妆公司都在开发专门为青少年设计的系列产品，这里仅举几例，比如伦敦雅德莉、邦妮·贝尔和封面女孩。因此我想让大家知道，雅诗兰黛也在研发青少年产品线。这个项目的代号是"兰黛小姐"。

刚开始研发产品时，我们还没有为这个新品牌命名。有一次我们去巴黎出差，我的妻子伊芙琳注意到一块招牌，上面写着"美的诊所"。她知道这是一家专门做面部护理、身体护理，以及其他类型的皮肤护理的美容沙龙。我很喜欢"诊所"[①]这个单词，这个词有种干干净净的感觉，又带有"新鲜"和"简洁实用的临床方法"的寓意。我们考虑的另一个备选名称是"诊所配方"。

我们在这两个名称之间犹豫不决。最终，我们得出结论，"诊所"（即

[①] "诊所"一词在英文中为 Clinique，"倩碧"为"诊所"一词的音译译名。——编者注

"倩碧")这个名字比"诊所配方"更简洁响亮。(不过,为了安全起见,我们还是在包装盒上设计了阴影印刷的"诊所配方"字样,以避开竞争对手的监视。)

起初,我的母亲对这件事丝毫不感兴趣,无论是概念还是名字。她认为,推出一系列通过了敏感测试的产品似乎暗示着雅诗兰黛的其他产品存在这方面的问题。此外,她还担心新产品会让老顾客感到困惑。她觉得顾客会把这两个品牌混为一谈,而她之所以会产生这样的想法,是因为她以为这个新品牌的名字叫作"雅诗兰黛的倩碧"。她无法想象一款雅诗兰黛的产品上竟然没有她的名字。

"我是雅诗·兰黛,我要让我的名字出现在产品上。"她争辩道。

"我是莱纳德·兰黛,我不会让你这么做。"我回应道。

我们对峙良久。

起初,她非常不愿意接受一个与她的品牌相竞争的新品牌。经过我反复解释和劝说,她最终接受了这个设定。我是这么评价我母亲这个人的:当她下定决心做某事时,她就会全力以赴。她是那种会把自己的心都掏出来的人。正是因为这样,她总是在工作的同时提醒自己:"既然我们打算创立倩碧,那么我们就要让它完美无瑕。"

母亲为倩碧的包装盒选择了华丽的花卉图案,这样一来,倩碧的产品就显得女人味十足,削弱了"诊所"这个词带来的冷酷无情的感觉。倩碧的每个广告都必须严正声明自己的产品"已通过严格的敏感测试,百分之百不含香料",这也是母亲提出的主张。

倩碧的核心优势是它的所有产品都通过了严格的敏感测试,并且是由权威人士奥伦特里奇医生进行的测试。我的母亲则更进一步,她要求倩碧的产品必须百分之百不含香料。我们的产品研发团队坚信,美国女孩都想要纯天然的芳香剂,并且她们绝对不会接受一款没有香味的产品。就连卡萝尔也站在了支持添加香料的那一边。

我的母亲坚决不肯让步。我到现在都记得她敲着桌子，坚持自己观点的样子："不，卡萝尔，不，不，不！我要它百分之百不含香料，我会在广告中强调这一点。"我的母亲明白，我们已经有了香味馥郁的青春之露和雅男士，那么也应该出一些不含香料的产品了。她坚持认定，倩碧的产品必须通过严格的敏感测试，并且百分之百不含香料。

我的母亲是对的。

"已通过敏感测试，百分之百不含香料"的广告语将倩碧推上了畅销榜。

"未来的美"

在我们定下"倩碧"这个名字后，我给设计部打了电话。他们的任务是设计一款能体现"未来"概念的超现代化妆品包装。

"未来"是20世纪60年代末美国流行文化中一个极为强有力的概念，它在许多领域闪耀着光芒。迪士尼的未来世界，当时建成还不到10年；激动人心的1964年纽约世界博览会；像纽约世贸中心双子塔那样视野开阔的建筑（其比例模型曾在纽约世界博览会上展出）；约翰·肯尼迪的"10年内把人类送上月球"的梦想；还有前卫设计师安德烈·库雷热设计的银白相间的太空服。"未来"激动人心又诱惑力十足。

我希望这一切都能体现在倩碧的产品外观上。

包装必须有现代感，但又要包含奢华元素，这样才不会显得廉价。为了区分护肤品和化妆品，我们将前者包装在青瓷绿的盒子里，而包装后者的盒子则让人联想到日本水粉画，在温和的桃红色背景下，淡绿色的纤细葡萄藤缠绕在一起。护肤品的包装盒上印有"临床""清洁""先进科技"

等字样，而用于化妆品包装盒的花卉图案要更柔美、更优雅、更有女人味。我希望产品的包装可以同时兼顾"未来感"和"女人味"两方面，而它也确实做到了。

两个系列都用亮银色的加粗并且拉长的大写字母"C"作为品牌标识，并且在产品的名称中还会重复出现这个独具特色的字母"C"。"防水眼线"这个平凡的单词从未如此优雅过。

设计部摒弃了传统包装中总是用到的金色，他们极其巧妙地选用了酷炫的银色。口红盒的设计也让我惊叹不已，拉丝银与流线型相结合，银箍环绕着圆柱，这是典型的未来主义风格。我的桌子上现在还摆着一个倩碧口红盒做成的小雕塑。在我看来，倩碧的产品标识和口红盒都可以算是艺术品。

在设计产品包装的同时，雅诗兰黛创意总监琼·利曼起草了品牌定位宣言。她写下了引领我们走向胜利的品牌定位宣言："倩碧代表未来的美——未来已至。"

倩碧计算机

与此同时，卡萝尔提出了一个将品牌差异化做到极致的想法——倩碧计算机。

倩碧主张的护肤概念以奥伦特里奇医生提出的概念为基础，将皮肤分为四种基本类型：类型1、类型2、类型3和类型4。向顾客推荐适合对方的护肤品之前，我们必须了解对方的皮肤类型。

专柜可没有皮肤科医生为我们提供咨询服务，那我们该如何确定顾客的皮肤属于哪种类型呢？

为此卡萝尔发明了一种机械"计算机"，它其实更像算盘，不过竞争对手都把它比作占卜板。这块板子会问你 8 个简单的问题："你的眼睛是什么颜色？""你的自然发色是什么？""你的皮肤会长疹子吗？频率是很少、经常还是从不？""晒太阳时，你会立即被晒黑还是被晒一会儿才变黑？"诸如此类。每个答案都对应一种颜色。如果你的答案中黄色选项占多数，你的皮肤就属于类型 2；如果是绿色占多数，就是类型 3……有了这些信息，倩碧的美容顾问可以在 30 秒之内识别出你的皮肤类型，并为你推荐一套定制的护肤方案。

这是前所未有的产品理念。此前美妆行业推出的都是"一刀切"的产品，同一款面霜、同一款乳液、同一款散粉……这意味着所有女性都要使用一模一样的产品。而倩碧提供了一个完整的护肤体系，它包含不同种类的产品，每个种类都是为特定的皮肤类型专门设计的。

它是有科学依据的，并且非常可靠，而且它传递的护肤理念很好理解，至少我们是这样认为的。但是，我们错了。倩碧的这种"具体问题具体分析"的护肤理念是如此超前，以至于连我们的销售团队起初都很难理解它。

我们与销售团队之间的沟通陷入混乱。因此卡萝尔转而使用了全世界的编辑们反复吟咏的箴言："展示，而不是辩解。"她飞快地跑到附近的一家鞋店里，借了一个量脚器，这是一种在每家鞋店都能找到的标准设备，可以测量脚的长度和宽度，以确保顾客能买到合适的鞋。卡萝尔站在销售团队面前，挥舞着量脚器对大家喊话："顾客们就是用这个找鞋的，尤其是女顾客们。所以我们为什么不找个类似的工具，来帮顾客们的脸找到合适的产品呢？"

"这个，"她边说边高举倩碧计算机，"就是你要用到的工具。"

在场的每个人都明白了。

产品才是主角

卡萝尔有很好的表达能力。她知道女人想要什么，并会通过独特的产品名来提醒消费者，我们能够满足您的需求。

产品名既是描述，也是承诺。卡萝尔永远不会简单粗暴地为新研发的面霜起名"保湿霜"，她一定会取个类似"卓越保湿润肤乳"的名字。她为自己研发的粉底起名为"持久遮瑕粉底"，眼影则叫"日常眼部护理眼影"；而去角质产品的名字则提醒消费者注意使用时间，比如"第7天洗护"和"10分钟护肤油"，这些名字能精确地告诉你护理的时间和时长；再比如"超效止汗体香剂"……这些产品名简明扼要地为消费者提供了购买理由："它是必需品。"

早期的广告文案都极其冗长。倩碧放弃了传统广告中那些挑逗消费者、引诱她们进入梦幻世界的甜言蜜语，它用简明易懂的文案告诉消费者，她们能从这款产品中得到什么，并强调了倩碧护肤法的便利和有效。

倩碧护肤法本身也有些离经叛道的意味。1948年时，一家百货公司曾宣传过"雅诗兰黛护肤流程"，整套流程包含5个步骤，对应5种产品。这个过程既复杂又耗时，广告里却说："美丽需要修炼。"

倩碧故意反其道而行之，推出了一个极其简单的护肤流程，即所谓的"3步护肤法"：清洁、去角质和保湿。每个广告都反复叮嘱："3种产品，3个步骤，早晚各3分钟，搞定。"

另一个创新之处是，在我们的广告中，女模特看起来永远温柔又聪明，而且不施粉黛，素颜的女模特把倩碧计算机递给另一位温婉又睿智的女模特。这与露华浓那些性感撩人的广告传递出的信息完全相反。在倩碧的广告中，倩碧计算机才是主角，模特只是绿叶。

此后不久，卡萝尔又有了一个绝妙的新主意。她在《VOGUE》杂志工作多年，是时尚摄影师欧文·佩恩的超级崇拜者。欧文不仅是一名伟大的时尚摄影师，还是一个静物摄影天才，他会在自己的暗室里冲洗照片。在我个人看来，欧文·佩恩是20世纪最伟大的摄影师。我很了解他，也很欣赏他，但我从来没想过让他给倩碧拍广告。

但卡萝尔想到了。

我绝对信任卡萝尔，就像信任所有我聘请的员工一样，而卡萝尔也深知这一点。审核广告和新产品名称时，她从未征求我的同意。总而言之，她就是倩碧的掌门人。

卡萝尔决定彻底改变广告风格，不再通过大量文案强调模特手里的倩碧计算机，而是彻底放弃文案，聚焦产品本身。她请了欧文·佩恩来操刀拍摄广告片。卡萝尔的理念是"产品要为自己代言"。

用我们的行话说："产品才是主角。"

欧文·佩恩拍摄的第一个跨页广告中，左边有一把插在水杯里的牙刷，右边陈列了倩碧的三种基本产品：香皂、洁肤水和卓越保湿润肤乳。牙刷上方的标题是"一天两次"。"一天两次"这句文案会反复出现在倩碧产品上方。

这则广告一遍一遍又一遍地出现，不仅出现在美国，还顺利打入了海外市场。这句文案简洁易懂，也不难翻译。这句话成就了倩碧。它是如此鲜明，如此具备辨识度，以至于这则广告被送进了现代艺术博物馆，面向大众展出。

"以产品为主角"的原则促成了"无声系列"广告的诞生。如今，广告页上不再有烦琐的文案，而只有一幅产品照片，产品的名字自然会说明一切：宛若新生光采面霜、水嫩保湿润肤霜、瞬间浓密睫毛膏……

看起来像一件白大褂

独特的品牌需要独特的销售环境。为了区分倩碧和雅诗兰黛这两个品牌，我们设计了单独的专柜，专柜的柜台通体雪白，仅用少量银色饰物装点。我们安装了闪亮的银色"诊断"灯来提供明亮的光线以便更细致地检查顾客的皮肤——实际上它们是建筑师用灯。新鲜的蕨类植物增添了一抹自然的绿意。（整整10年之后，美国雅皮士喜爱的"绿色酒吧"才开始风靡全国。）

为了给倩碧的美容顾问设计一款"一眼就能认出来是倩碧的人"的制服，整个团队都绞尽脑汁。一天，我们的律师卡萝尔·布朗热来找我。这位卡萝尔律师向来衣着入时，那天她穿了白色的套装，简单而优雅。

"卡萝尔，"我喊道，"你的外套正是我要找的东西！"我向她解释了原因，于是她走进洗手间换下外套，把它递给了我。我立即把衣服寄给了倩碧的卡萝尔·菲利普斯，并附上一张字条："就是它了！"

而律师卡萝尔·布朗热则穿着我们翻箱倒柜找出来的一件浴袍和我谈事。

后来，我母亲看到她穿着白色套装的样子时，忍不住逗她说："你是医生吗？如果不是，那么你为什么穿着医生的白大褂？"

我们都笑了，但这件衣服确实很重要。当我们的美容顾问穿上缀有银扣的白大褂时，权威感与时尚感完美结合，这正是我们想要展现的风格。

这就是朋友的意义

为了赶上1968年9月的产品发布会，我们忙得不可开交。但那年初夏，我的一个市场经理打电话告诉我，芝加哥马歇尔·菲尔德百货的美妆部采购员提醒我们，我们可能有麻烦了，似乎别人已经使用了"倩碧"这个名字。

我们早就对这个名字做过调查，目的就是确保没有人使用过它。调查显示我们是安全的，于是我们迅速注册了"倩碧"这个名字。所以，当我听说有其他人使用这个名字时，我的回应是："那是不可能的。"

不幸的是，这是有可能的。一家名叫雅克的美妆公司有一款名为"收敛诊所"①的产品。不是倩碧，而是收敛诊所。我们的商标团队没有注意到它，因为他们只搜索了以"C"开头的商标，没有看过以"A"开头的。

现在是7月份，发布会定在9月举行。包装已经在生产了。我们现在不能改变方向了。我打电话给我的商标律师，说："倩碧是我们的名字，我们买下了它。"他回复说："莱纳德，事情是这样的。你可以就这样开发布会，但如果他们对你提起诉讼，那他们一定会赢。"

一切都像踩了急刹车一样。我们不能继续推广倩碧了，现在我们已经确认其他公司的产品和我们同名，继续推广的话，我们面临的风险就太大了。

我们该怎么办呢？

巧合的是，我的律师朋友埃里克·贾维茨代表他的一位客户给我打来了电话。故事很复杂，但简单来说就是：埃里克的客户埃德·达温拥有一本名为《猫迷》的杂志，而这家杂志社拥有雅克公司，就是这家公司的产品与倩碧重名，引来了这么多麻烦。雅克公司并没有为这个名字申请商标，但他们已经拥有了使用这个名字的优先权。因此如果我们用"倩碧"这个名字来做广告，那他们可以起诉我们。

不过只要能攀上关系，一切就有希望。埃里克把我介绍给埃德·达温，我们一起坐下来协商此事。此时的我还不确认倩碧到底有多大潜力，所以我告诉埃德我们真的没有钱——这也不能算是胡说八道。最后我们敲定，

---

① 收敛诊所英文为 Astringent Clinique，倩碧英文为 Clinique。——编者注

我为这个名字支付埃德10万美元，分5年支付，每年2万美元。在今天看来，这笔钱可能不算多，但对当时的我们来说，这可是一笔巨款。

我们握手言和。

谈判结束后，埃德说："我们一起出去吃午饭庆祝一下吧。"于是我们出去了，埃德请埃里克和我吃了一顿非常令人愉快的午餐，后来他还成了我的好朋友。埃德是一位当代艺术品收藏家，当我想筹资为惠特尼博物馆购买贾斯珀·约翰的《三面旗帜》时，他非常好心地捐了一大笔钱。

然而，版权问题并没有到此结束。在吸取了美国商标法的教训后，我们对国际商标法进行了更深入的研究，并发现了一家与倩碧同名的瑞士公司。我总在思考，会不会有一天倩碧能火遍全球？所以我必须弄清楚全球还有哪些公司使用了这个商标。

为此我曾去巴黎拜访我们的律师勒内·德尚布伦伯爵。勒内是拉斐德侯爵的直系后裔，他娶了法国前总理的女儿。人脉在任何地方都很重要，尤其在法国，良好的人脉是做生意的必要条件。勒内有一个极其体面的人脉网，而且他还是个讲究时尚的人，这意味着他对于此事颇感兴趣。

"没错，我认识这个商标所有者的父亲。"勒内温和地告诉我。

我告诉他，我最多只能出10万法郎，约合2.5万美元。勒内看了我一会儿，然后回答："我会跟他父亲打个招呼。"

他是个言而有信的君子，没过多久，倩碧商标的国际版权就属于我了。

我母亲总说"重要的不是你知道什么，而是你认识谁"，她说的没错。

露华浓得了白喉病

你应该听过那句话，"虽然你患上了被害妄想症，但是这并不代表没有人想追杀你"。这个想"追杀"我的人就是查尔斯·雷夫森。

我们的"兰黛小姐"战略为我们赢得了抢先推出产品的时机。尽管如此，我还是觉得露华浓一定会倾尽所有资源试图打败我们。果然，就在我们首次公开推出倩碧时，露华浓宣布他们也将推出通过了敏感测试的系列产品——Etherea。（在雅诗兰黛内部，有人开玩笑称之为"白喉病"[①]。）

Etherea 于 1969 年 5 月正式发售。

露华浓花了一年时间山寨我们的雅男士。但这一次，它只用了 6 个月。

在雅诗兰黛与露华浓的大战中，围绕倩碧展开的战斗是最为激烈的。露华浓想抢在倩碧上市之前就把我们赶出百货公司。这是一场专柜对专柜的战斗，只不过这次他们使用的不是"明枪"，而是"暗箭"。例如，雅诗兰黛与加州的 I. 马格宁百货一直有着稳定的合作，然而查尔斯·雷夫森与 I. 马格宁百货的美妆部采购员瓦妮·文纳里私交甚笃。雷夫森经常邀请她乘坐自己的 Ultima II 号快艇，甚至有传言说他给瓦妮买了一件黑貂皮大衣。

在 Etherea 建立自己的专柜之前，瓦妮拒绝在南加州推出倩碧，她甚至连考虑都不考虑。因此我们不得不通过 J.W. 鲁宾逊百货，将倩碧打入南加州市场。那是一家同样很不错的百货公司，虽然不像 I. 马格宁百货那么顶级。

模仿我们的公司可不止露华浓一家。接下来的几年里，出现了近百种效仿倩碧的产品。但是它们在产品名称、包装设计甚至用纸方面的差异又刚好可以避免自己被起诉。所有这些公司都标榜自己生产的美妆产品质量过硬、高级、时尚，而且也通过了敏感测试。然而没有一家公司能模仿我们产品的灵魂，因为他们不明白，倩碧不只是一款新的护肤品或化妆品，它是一种全新的思考美的方式。

[①] 白喉病的英文为"Diphtheria"，与此处提到的"Etherea"相似。——编者注

艰难的平衡之举

这一天终于到来了！1968年9月9日，倩碧在雅诗兰黛公司最传统的发布平台（萨克斯第五大道精品百货）首次亮相。专柜柜台闪闪发光，蕨类植物郁郁葱葱。（不幸的是，在没有阳光的室内，蕨类植物活不久。不断更换柜台上的蕨类植物是倩碧最大的业务开销之一。）我们在柜台上准备了全系列110种不同的护肤品和化妆品，每一种都是为四种皮肤类型中的一种定制的。我们的销售人员穿上了时髦的制服，倩碧计算机也准备就绪了。

"三步护肤法"一直被定位为倩碧的核心元素。但当最初的激情过去时，新品发布会却没有带来我们期待中的结果。我们像往常一样把人群吸引到专柜，但不知为什么，就是没有人购买产品。营销计划突然就失败了。

萨克斯第五大道精品百货有一套不同寻常的销售制度。美妆部门的销售人员可以从自己销售的任何产品中获得佣金，所以我们可以大大方方地让其他品牌的销售人员进入倩碧的专柜，反之亦然。但倩碧是如此与众不同，甚至连销售人员都不知道该如何推销它。

这些销售人员个个身经百战，对自己的能力充满信心。但现在，她们被倩碧搞糊涂了。我请正在负责销售人员培训的伊芙琳来解决此事，我的妻子伊芙琳曾在纽约的公立学校接受过教师培训，她很擅长将复杂的概念解释清楚。

问题的重点是，萨克斯第五大道精品百货的销售人员习惯于一次只销售一种昂贵的产品。对她们来说，倩碧的护肤化妆一体化、定制化的服务理念是全新的。当然，她们此前也从未见过倩碧计算机。

伊芙琳解释说，她们要卖的是一整套护肤流程，而不是一件产品。因为倩碧的产品配方是基于科学进行研发的，所以销售人员要像科学家一样说话。她们必须分析顾客的皮肤类型，然后向顾客推销适合该皮肤类型的产品。销售人员不该说"这款面霜会让你的肌肤感觉很好",而要说"这款产品会产生效果,因为你的皮肤属于类型2,你不能太频繁地去角质"。市面上虽然还有其他一些基于科学进行研发的系列产品,但倩碧的优势在于简单明了。

在伊芙琳的指导下,萨克斯第五大道精品百货的销售人员领悟到,尽管倩碧的产品单品价格相对较低,但"三步护肤法"是可以让消费者购买整个系列的产品的敲门砖。销售额终于开始飙升。

尽管如此,倩碧还是花了一段时间才达到目标。

我们已经知道雅诗兰黛会在哪里获得成功:在那些人们追捧时尚潮流、女性会有意识地追求时尚的城市和国家,比如洛杉矶和纽约。但令我们困惑的是,倩碧在那些以时尚为焦点的市场里经历了一段艰难的时期。但它在芝加哥和费城的中心城区表现极好,而当它走向国际时,它迅速成为加拿大和斯堪的纳维亚半岛的第一品牌。

我们花了一段时间才弄明白到底发生了什么,为什么一些市场会热情接受倩碧的理念,而另外一些市场却会给我们带来麻烦。当我们找到症结时,大家茅塞顿开。虽然我们一直坚持倩碧并不是雅诗兰黛的子品牌,但在潜意识中,我们仍旧觉得它是雅诗兰黛的一个分支。现在我们意识到有两组完全不同的消费者正在以完全不同的方式接受这两个品牌。这就好像我们一直在对一群法国女人说芬兰语,难怪会造成这样的混乱。

区别很明显。这两个品牌都有各自成功的逻辑。雅诗兰黛品牌有一种魅力光环,它是一个野心勃勃的品牌。而倩碧更加大众,它与野心关系不大,更关乎日常生活中的实用主义。雅诗兰黛是为那些想要青春常驻的消费者设计的,而倩碧的消费者更年轻一些。雅诗兰黛奢华精致,倩碧则朴素天真。经过激烈的竞争,雅诗兰黛从无数竞品中脱颖而出,成为大家耳熟能详的品牌。但倩碧是独一无二的。

（倩碧在德国和瑞士也都表现不俗，这两个国家都以朴实无华的审美方式著称。然而，当地的竞争对手讨厌我们的成功并试图压制我们。在德国，政府声称"倩碧"听起来太过医学，并试图强迫我们更改名字。我们将名字改成"linique"，却在上面加上了巨大的字母"C"标志。在瑞士，出于同样的原因，他们让我们把"雅诗兰黛"的名字放在前面，即"雅诗兰黛倩碧"。不过，倩碧的销量继续保持着强劲势头。几年后，情况稳定下来，倩碧王国迎来了幸福的时刻。）

回想起来，倩碧和雅诗兰黛这两个牌子既相互竞争，又彼此互补。倩碧是"反化妆品"的，所以在雅诗兰黛卖得好的地方，倩碧的销售业绩就不理想。而雅诗兰黛业绩落后的地方，倩碧的业绩就很好。

花了几年时间，还有几百万美元，我们才理顺了倩碧的产品逻辑。但是在倩碧取得成功之前，我们也承担了一些经济损失。即便如此，卡萝尔·菲利普斯和我依然相信这个品牌最终会成功。终于，在过了大约 5 年之后，我们的付出得到了回报。

一旦我意识到发生了什么，我就觉得自己好像无意中把精灵从瓶子里放了出来，我真是高兴极了。这比我最初对倩碧作为雅诗兰黛的竞争品牌的预期要好得多。最终，雅诗兰黛和倩碧这两个品牌一起成了美国市场的主导者。

倩碧的创立是利用市场细分的一个经典案例。回顾过去，这可能是我整个职业生涯中学到的最重要的一课：如果你理解了市场细分，那你就理解了一切。

如果你了解市场细分，那你就会明白一次营销活动不可能覆盖全球，必须要有许多次针对不同国家和文化定制的活动。不过可以肯定的是，我们在倩碧身上使用了许多从雅诗兰黛那里学到的品牌建立技巧，比如慷慨地赠送免费小样和展开有奖购物活动。但用正确的信息定位正确的消费者

（这就要归功于市场细分），这是倩碧教我们的。

幸运的是，我很早就上过这一课。倩碧的创立和经营过程相当于我的在职培训，好让我此后在世界各地推出新品时都能取得成功。

现金流危机

不过以上我所讲的都是后话了。

认识到雅诗兰黛和倩碧之间的品牌差异后，我们收获了许多宝贵的经验，但在认清这些差异之前，我为自己的无知付出了极其高昂的代价。

就像我说的，20世纪60年代，雅诗兰黛一路高歌猛进。我们的销量持续增长，并且有充足的利润，所以我们不用借钱就能为公司的发展提供资金。

我认为倩碧也会遵循同样的模式。我期待它能像雅诗兰黛一样迅速获得成功。因此我从没想过其他的可能。然而，倩碧与雅诗兰黛大不相同。而我必须重新调整思维，好让自己能在两个平行宇宙之间来回切换思维模式。

我们向倩碧全面注资，却没有意识到这样做无异于把钱投进大海。此时我们还不知道，我们不能一推出一个新品牌，就期待这个品牌能立即落地生根。这是一个漫长的过程。

倩碧于1968年9月推出。到1969年年初，我们发现自己资金短缺，缺少库存。一直以来，我们推出的都是单品，从来没有一次性推出一整条产品线，而且我们在预测现金流方面做得也不够好。1969年1月，我发现公司已经到了没米下锅的状态。而往年这个时候，我们已经收到了足够支持公司度过下一年的现金，就像圣诞礼物一样准时。那个时候我手头只有90万美元，而以往我们的现金储备通常在800万到1000万美元之间。

我们尽力在不减少广告费用的情况下削减成本。但到1969年4月，也就是倩碧推出 6 个月后，我们的现金流问题还是演变成了一场危机。就在这个时候，露华浓推出了 Etherea，我们需要调动一切可调动的资源去对付他们。

因此，我们必须削减管理费用。

众所周知，复活节前的那个周五是耶稣受难日。在公司内部，这一天被称为"黑色周五"。因为就在那一天，我宣布我们被迫裁员 10%。

我认识每个员工。我知道，每个员工背后都有一个家庭，他们需要食物、衣服、住房、教育和医疗保健。因此，对我来说，那是一次痛苦的经历，以至于给我留下了难以磨灭的印象。

可公司必须继续前进。因此，我将精力集中在推动雅诗兰黛最畅销的产品的销售上，并加大了对雅诗兰黛瑞士全效精华霜这类顶级畅销产品的生产投入。（白金面霜可能是"世界上最昂贵的面霜"，但如果只卖货给非常富有的人，那你就不可能赚钱，因为这些人的数量实在太少了。而雅诗兰黛瑞士全效精华霜是一款畅销产品，拥有广泛的消费者基础。）

当时的我们仍然没能猜透倩碧的消费者的心思，但我们知道它在哪里受欢迎，因此我们可以把精力投向这些地方。但这种成功带来了另一个问题——我们在长岛梅尔维尔的工厂成立还不到两年，而它的生产线已经开始超负荷运转了。

值得一提的是，我们在梅尔维尔的工厂是我与建筑师理查德·达特纳的第一次合作，他后来设计了中央公园的游乐场，这件事我在第十九章中会详细描述。梅尔维尔工厂外观上的流线型结构突出了美感，《建筑论坛》杂志称其瓷质的外立面就像是"马路上的一条白丝带"。不仅如此，梅尔维尔工厂在功能上也有创新，它有两层楼高，所以原料和产品可以在重力作用下流向包装区域。

（梅尔维尔工厂的内在和外在即使到了今天也十分特别。梅尔维尔工厂的人自称被判了"无期徒刑"，因为他们整个职业生涯都在那里度过，他们的孩子也在那里工作，他们形成了一个封闭社区。我从未见过有人为自己的事业牺牲这么多，他们曾创建过一个质量保证程序，通过这个程序，每条流水线上的工人都能确保我们的产品是完美无瑕的。冠状病毒大流行期间，他们自己承担责任，开工为当地医院生产洗手液。我们在明尼苏达州布莱恩、宾夕法尼亚州布里斯托尔、瑞士拉亨、比利时乌弗尔、中国上海的工厂和研发中心，以及在英国彼得斯菲尔德的惠特曼实验室里的工作人员，都以在梅尔维尔的同事为榜样。）

当你要同时满足来自雅诗兰黛和倩碧的需求时，你会优先考虑哪个品牌呢？是像雅诗兰黛这样已经证明自己能赚钱的品牌，还是一个成长迅速、潜力巨大但还不能自我支持的年轻品牌？

这让我想起了一个故事，说的是一位女士有两只鸡，一只健康，一只体弱。而她把健康的鸡宰了给生病的鸡做营养汤。1969年年初，我们终于走出困境，我们在长岛的旧韦斯特伯里开办了第二家工厂，为了加快倩碧的产品生产速度，这家工厂只服务倩碧。

到了年底，我们的现金流恢复到了应有的水平，我也变得更理性明智。

不过，这些在灾难的深渊中学习到的经验，使我在未来的日子里变得更谨慎。尤其是在推出新品的时候，我必须要知道自己在做什么，并确保自己有足够的现金继续做下去。

一切都会好起来

这并不是倩碧早年遇到的唯一挑战。

即使身处极乐世界也难免会遇到麻烦。卡萝尔·菲利普斯素有倩碧总指挥的名号，但她希望循序渐进建立品牌的想法，与销售部门激进扩张的主张之间存在矛盾。卡萝尔为此感到很沮丧，我也是。

于是卡萝尔丢下了一颗重磅炸弹，她告诉我她想离开。

想离开？！没有卡萝尔，倩碧就不再是倩碧了。她连在办公室写便条都要用倩碧绿色的墨水。

我向弟弟罗纳德求助，我请他介入，做卡萝尔的合伙人，他和卡萝尔联手将所向披靡。

然后，罗纳德大胆地请来简·齐默曼做倩碧的艺术总监。这是一个多么超群的团队啊！倩碧的销售额和利润一路飙升。

我们由此有了一个由卡萝尔、琼·利曼和罗纳德组成的伟大创意团队。但在《VOGUE》杂志工作的那些年让卡萝尔明白了这个道理，每名主编都需要一个执行主编来做具体运营。为此她提拔了尤尼斯·瓦尔迪维亚，直到今天，尤尼斯都是我们效率最高的首席运营官。倩碧团队成了化妆品行业运营最流畅、领导有方的团队。

我学到的经验是，每个品牌的总经理都需要团队中有一位与自己能力互补的二把手。这是组成伟大团队的必要条件。

顺便说一下，你可能已经注意到，整个倩碧领导团队几乎都由女性组成。（这么多年了，只要倩碧由女性管理，它损益表上的数据就会是我们所有品牌中最漂亮的。）这就是我的秘密武器。

准确地说，是我把它变成一项管理原则的。我每次设立国际办事处，都希望有两个负责人——一男一女。进军德国时，我们的负责人就是一名女性和一名男性二把手。而在我们进入法国时，一把手是男性，二把手是女性。我们总采取这样男女搭配的模式，两个性别不同的人会有不同的思维方式。而这个模式做到了"一加一等于三"。

坚持不提价

倩碧推出时，美国的通货膨胀率开始飙升。1968年，通货膨胀率徘徊在4.5%左右。然而在接下来的6年里，通货膨胀率几乎增加了两倍，超过了12%。一般来说，我们应对通货膨胀率飙升的策略就是提升价格。

我去找卡萝尔商量提价的问题。卡萝尔却说："不。"

她拒绝提高倩碧的价格，因为她把赌注押在增加单位销量以降低成本上。通货膨胀率越高，她就越固执己见。

"相信我。"她这样对我说。

我相信了她。如果没有对员工的信任和支持，我就无法建立一家伟大的公司。

起初，这个决定的确令人紧张，但事实证明卡萝尔是对的。

当其他品牌都试图通过涨价跑赢通货膨胀时，我们依然坚守阵地。倩碧最初是以奢侈品的价格推出的，而卡萝尔坚持不提价，这实际上就等于倩碧多年来一直在降价。我们索性以此为基础，创作了倩碧历史上最成功的广告："好皮肤值多少钱？"

结果，倩碧此次的营销成了传奇，商店不得不竖起护栏来控制人群。直到今天，我们在知名商场中依旧在实行大众定价理念，我会永远因此而感激卡萝尔。

（有趣的是，发布倩碧系列产品时，我们得到的最大支持来自那些最初拒绝采购雅诗兰黛的专卖店和百货公司。他们羞于承认自己曾经犯过错误，所以当我们推出一个新品牌时，他们便大力支持。）

对那些还买不起雅诗兰黛的年轻女性来说，倩碧成了入门级的化妆品和护肤品品牌。她们以自己能够负担的价格享受了等同于雅诗兰黛的高端服务。这些年来，倩碧不但取得了巨大发展，还积累了庞大的消费者资源，她们的忠诚度一直延续到今天。

另一个推动倩碧发展的群体是职业女性。从20世纪60年代开始，女性就业率迅速增长（从1964年到1974年的10年间增加了43%），其中最多的就是年轻女性。她们没有时间来完成复杂的美容流程，也没有精力分辨各式各样的皮肤护理方法的异同。倩碧极简的护肤方法和根据皮肤类型进行选择的产品模式非常适合她们。

卡萝尔的价格策略产生了一个意想不到的好处，它为我们提振滞后的销售提供了一个有效的杠杆。市场通常由销售（以收入衡量）和增长（以一段时间的总收入衡量）定义。我给这个定义加了一个新元素，那就是要一直关注单位产品销售额。由于我们通常会给国际市场一定的定价裁量权，所以一些市场会不断提高产品价格，但这些市场会在竞争中逐渐失势。在雅诗兰黛公司上市之前，我把价格拉回了入门水平，此时，销售总额会反弹35%到50%，并再次推动整个品牌向前发展。

到20世纪70年代中期，倩碧依然是美国增长最快的美妆品牌。倩碧的销售额成倍增加，最终超过了雅诗兰黛。直到今天，倩碧在许多市场中仍然是顶级品牌之一。

在构思和推出倩碧系列产品，以及铸就和保持倩碧品牌的成功的过程中，我学到了很多，其中最重要的经验就是不要落入"我们和别人比起来如何"的陷阱中，相反，要善于思考"我们是谁"。倩碧的成功使我明白，进入市场的消费者是如此之多，雅诗兰黛这个品牌不可能凭一己之力吸纳所有消费者。尽管雅诗兰黛这一品牌仍将是公司的核心，但未来的成功需要我们拓展不同的品牌。

倩碧开启了将雅诗兰黛转变为我想象中的跨国多品牌公司的进程。

03

第 三 部 分

美丽变形记

ESTEE LAUDER

战争就是战争。

我告诉沃纳:"马上去商店,别离开。如果有必要的话,就用手铐把自己锁在专柜上,在那里过夜。总之,无论如何都别离开专柜。"

露华浓的销售人员聚集在我们的专柜周围,但沃纳坚守阵地,并且丝毫不为所动。他在柜台上过夜了吗?我不知道。但第二天早上,当商店在热烈的掌声中开门时,那个专柜仍然是我们的。

第十三章

黄金十年

ESTÉE LAUDER
成为雅诗兰黛

"这已经是行业传统了。"奥斯卡·科林评论道,他是赫莲娜·鲁宾斯坦的侄子,在她退休后接管了公司。"当一家公司的天才创始人去世时,这家公司原有的运营模式就会迅速分崩离析。"

20世纪70年代,化妆品行业的双子星相继陨落。赫莲娜·鲁宾斯坦于1965年去世,与她缠斗一生的老对手伊丽莎白·雅顿于次年离世。令人遗憾的是,奥斯卡·科林的先见之明被证明是完全正确的。他在1970年时发表了那番关于创始人的言论,就在那一年,礼来制药公司收购了伊丽莎白·雅顿。仅仅过了3年,日化用品巨头高露洁棕榄集团便将赫莲娜·鲁宾斯坦收入囊中。在新东家的领导下,两个品牌都将重心转移到了大众市场,它们的创始人毕生都致力于打造奢华的品牌形象,但是如今这些努力都付诸东流。

1972年,时年39岁的我就任雅诗兰黛总裁。虽然我的母亲仍然参与公司经营,但这份责任已经正式交接到了我手上。

我很清楚,没有创始人掌舵,那些知名美妆品牌的灵魂会逐渐消失。赫莲娜和雅顿只是其中的两个,蜜丝佛陀、多萝西·格雷、黑兹尔·毕肖普……它们大多殊途同归,但是我可不希望雅诗兰黛重蹈它们的覆辙。

我再次转向另一个行业寻求灵感。没有人会因为汤姆·沃特森不在公司坐镇就停止购买IBM①的产品。我不希望雅诗兰黛成为另一个伊丽莎白·雅顿或赫莲娜·鲁宾斯坦，我要成为另一个IBM。

到1970年，我们的年销售额已经突破了5000万美元大关。为了让你对这个增长率更有概念，我要在此特别说明一下，1960年时我们的销售额也就刚刚超过175万美元。

不过，现在还不是我能够安心躺在功劳簿上睡大觉的时候。对我来说，生存和发展并不意味着你必须改变通向成功的基本规则。你要让这些基本规则去适应不断变化的时代，要把它们制度化、规范化，并在这个基础上加以发展。

"闻不到就卖不掉"

1969年，我们推出了雅诗香水，将业务范畴拓展到女性香水领域，这是我们除了青春之露推出的第一款香水。

我们一直对香水很有好感，毕竟是青春之露使我们家喻户晓。这不仅仅是因为青春之露沁人心脾的芬芳令每个使用者都感到自信，还因为我们从青春之露中学到了许多经验，这些经验造就了我们之后几十年的成功。

我们学会了在推出产品时要有想象力和决断力。我们把带有青春之露香气的吸水纸放进商店每月寄给顾客的账单里，通过有奖购物的方式分发大量小样，还"不小心"在商店的主过道上洒上几滴香水……我们深思熟虑，最终决定使用最优质的原料，虽然这样做确实会提高香水的生产成本，但同时也会使香味在女性的肌肤上停留更长时间。就连香水的包装也是精

---

① 全名"万国商业机器公司"，是全球最大的信息技术和业务解决方案公司。——编者注

心设计过的，这种特殊的包装让潜在顾客可以迅速打开瓶子闻一闻香水的味道。这与法国香水形成了鲜明的对比，法国香水总是封得严严实实，像法老的坟墓一样。最重要的是，在那个时代，香水一般只在特殊场合作为礼物赠送，而青春之露的产品定位和定价使得它成为每位女性都可以买给自己，而且每天都可以使用的东西。

所有这些创意都来自母亲，这也是她把香水视为自己品牌独特的过人之处的原因之一。

另一个原因是她有一个"好鼻子"。在香水的世界里，"好鼻子"可不仅仅指你脸上凸起的那个器官，它指的是少数拥有极强嗅觉的人。就像大厨不仅懂得鉴赏一道菜，还能识别出使菜肴美味的秘密配料一样，一个"好鼻子"也能区分出什么气味让人觉得平淡无奇，什么气味又让人欲罢不能。

"好鼻子"是天生的，我的母亲就有一个天生的"好鼻子"。

母亲相信她的嗅觉，也相信自己的直觉。"我知道女人想要什么，"她说，"而且我知道男人想从女人那里得到什么。"

男人想从女人那里得到什么呢？"没人想要平平无奇的气味，每个人都想被记住。"

她想让自己的香水变成个人宣言。对她来说，香气并没有挑逗的意思。正如她经常说的，"闻不到就卖不掉"。

母亲的鼻子和商业直觉使她成为我们在香水领域大获成功的秘密武器。

为什么我们想要在香水领域留下自己的印记呢？

香水是美妆品牌的品质证明。它既是品牌的一部分，也是通往更多其他相关产品的大门。一款口红，无论谁涂，颜色都是一样的。但香水是非常个人化的，由于香水中的各种成分会与女性的皮肤产生化学反应，同样的香水在每个人身上体现出的香味总是会有细微差别。因此，一款香水可以吸引大量顾客。

而当顾客循着香味走进高端百货公司和专卖店（当时这些店的营业额占我们收入的 90%），一路找到我们的专柜跟前时，她会受到美容顾问的热情接待，我们的美容顾问会鼓励她尝试雅诗兰黛的其他产品。

在我们行业中有一个常识，当顾客喜欢某个品牌的某款产品时，他们往往会愿意尝试并购买这个品牌的其他产品。换句话说，香水拓宽了整个雅诗兰黛品牌的利润流。

香水是美妆品牌的标志。化妆品和护肤品都是功能性质的，你使用它们是有原因的。而香水是终极奢侈品，它没有什么实际的效用，你不需要用它去除皱纹，它的作用只是令人愉悦。让自己闻起来很香是一种顶级的个人享受，而当别人注意到你身上散发着芬芳馥郁的香气时，他们也能从中感受到你的魅力。

"香水，"可可·香奈儿曾说过，"是一种看不见但又令人难以忘怀的终极时尚配饰。它既预示着一位女性的到来，也延长了她在场的时间。"从商业角度来看，还有比"你闻起来很香，你喷的是什么香水？"更好的产品广告吗？

母亲成立自己的公司，靠的就是产品宣传。在电视出现之前的几年里，她经常提到三种最有效的宣传方式是"打电话、发电报、让女人知道"。对香水来说，就是"让女人闻到"，这是"用鼻子交流"的广告。

嗅觉传播十分有效。一次，我母亲打车去广场酒店赴约。那时候的出租车里，乘客和司机之间并没有树脂玻璃隔着。她下车时，司机说："我知道你喷的是什么，你喷的是雅诗兰黛的香水。"（她当时用的是青春之露。）

"是的，"我母亲高兴地回答，"事实上，我就是雅诗·兰黛。"

"是吗？是吗？"那名司机半信半疑地用明显的布鲁克林口音回应着。

"我还是卡里·格兰特[①]呢。"

虽然这名司机并不认为母亲说的是真的,但这件事的重点在于这名司机不仅注意到了,还认出了母亲的香水。这就是嗅觉传播。

现在,香水将是我们的最佳发力点,它是一把开启新帝国的钥匙。

香水衣柜

我们遇到的挑战之一是人们普遍秉持着这样的观念,女人要选择一种具有代表性的香水,然后一直用上个几十年,甚至可能一辈子都只用一种。虽然我们曾说服数百万女性选择青春之露作为自己的终身之选,但现在我们不得不再次改变她们的观念。

我母亲想出了一个点子——香水衣柜。

我们曾通过晚妆系列给大众植入了"白天和夜晚应该化不同的妆容"的概念。而现在母亲说:"你不会穿着上班的衣服去参加派对,那么我为什么不能根据心情和目的地来改换香水呢?"

雅诗是一款名贵香水,它的定价也高。与之相反的是,青春之露的定价使其成为全美国最受大众欢迎的香水。我们已经拥有了高端和低端市场,基于此,不难判断我们的当务之急就是要抓住中端市场。

从雅诗开始,整个20世纪70年代,我们几乎每隔一年就推出一款最新的香水,蔚蓝、亚里时代(第一款女性运动香水)、白麻、私藏,以及朱砂等等。最终,我们的香水提供了全面的、还在不断扩大范围的、可选择的香味,从新鲜清爽的气味到浓厚馥郁的花香,从热情洋溢的气味到带有

[①] 一位电影明星。——译者注

一丝刺激的奢华香气，应有尽有。除此之外，我们还有专为男士准备的香水（包括雅男士和以我父亲的名字命名的香水）。每款香水都有自己的个性，而我们想要传达的观念就是无论你喜欢什么样的香味，雅诗兰黛的香水总有一款适合你，并且它还是由雅诗·兰黛亲自调制的。

（20世纪80年代中期，当母亲开始失去嗅觉时，她求助于我的妻子伊芙琳。伊芙琳于1985年推出了真爱香水，赢得了母亲的信任，也赢得了我们香水部门所有人的信任。她帮忙调制的香水的余香至今仍在我们身边萦绕。）

另一项创新是在春季时就推出我们的香水，然后在秋季发布会上再推一次。这一点与我们的竞争对手非常不同，他们只在秋季推出新品。这样的话，我们就可以用一款新香水拿下两个节日带来的市场——母亲节和圣诞节，此举堪称一箭双雕。当然，每次做有奖购物活动时，我们都会赠一份香水小样。

我们成了派发香水样品的专家。我们和德百世公司合作，他们发明了一款大型喷雾器，可以把香水喷到高端百货公司的入口处。你还记得当你推开萨克斯第五大道精品百货或奈曼·马库斯百货的大门时，那种扑面而来、暗示你即将进入一个不同世界的特殊气味吗？那香味经常出自我们的产品。

当然，我们的竞争对手依然在试图模仿我们。露华浓费尽心机地模仿我们的创意，但他们永远不能完全还原我们的香水味道。讽刺的是，模仿的障碍起源于经济。我们是一家小公司，管理费用已经很少了，而在我对开支的严格控制下，管理费用仍在进一步降低。

我的妻子伊芙琳喜欢把我节俭的故事当成笑话来讲。例如，我不理解她为什么要打车去巡视雅诗兰黛在布鲁克林的商店，我会发牢骚说："你为什么不能坐地铁呢？我就总是坐地铁。"1965年11月的一天，她屈服了，选择坐地铁出门。但不幸的是,那天正好赶上纽约市停电,那是迄今为止影响最大的一次停电。而且伊芙琳要从布鲁克林回来的时候又恰好是交通高峰期。过了好几个小时,她才终于到家,我抱歉地说:"好吧,下次你可以打车。"

不管怎样,因为我们的管理费用很低,所以我们才能用得起昂贵的原料,并且我们一直在坚持这一点。相比之下,身为大型公司的露华浓却因为要支付巨额的管理费用,而没办法在原料上投入过多成本。一位露华浓的高管也表达了同样的观点,他告诉我:"我们以敬畏之心看待你们创造的香水,因为我们复制不起。"

香水成为雅诗兰黛女性全方位概念的灵魂。我们的香水广告的卖点是浪漫和尊贵。抗皱面霜可不能把浪漫当卖点。

香水也成了我们财务规划中不可或缺的一部分。两个销售旺季,也就是母亲节和圣诞节,为我们提供了足够支撑公司运转一整年的资金。香水就是支撑我们业务的基石,是如直布罗陀巨岩一般的存在。

我的战略是把业务建立在三大支柱上——香水、护肤品和化妆品。这三类产品在我们的业务中所占份额相等,但吸引的受众不同。给予这三大支柱同等的重视使我们能够覆盖更多具有不同人口特征和消费心态的消费者细分市场。

例如,当我们在《VOGUE》上做广告时,会有一个跨页专门宣传我们最新的香水,接着会有另一个跨页专门推销化妆品,最后还有一个跨页介绍护肤品,我们不会把三种产品放在一起宣传。当然,所有广告用的都是同一个模特。这样做的效果是同时讲述三个故事,这给了我们一个巨大的、积极的助力。

我们必须这样做,因为零售业的局面已经在我们眼皮子底下发生了变化。

互惠支持体系

我已经讲过，与商店的亲密关系对雅诗兰黛的成长是何等重要。我也描述过我的母亲是如何与商店创始人、首席执行官以及美妆部采购员和销售经理成为密友的。全美国没有一个采购员没有得到过她的特别关注。

从一开始，母亲就在想方设法地确保这些关系能延续到下一代。每当我父母和这些人出去聚餐时，猜猜谁总是会加入他们？是我！当然了，罗纳德长大一点以后也会加入进来。对我们来说，生意关系实际上更像是家务事。

当然，这种温暖情谊来自坚如磐石的商业成功。每家商店的管理层都支持我们，因为他们知道自己可以依靠我们实现增长。人们常说，你能做得多好，取决于为你工作的人想要你做得多好。我想补充一句，我们能做得多好，也要看帮我们销售的人想要我们做得多好。为此，我们向这些商业伙伴传递的信息是："支持雅诗兰黛，就是在支持你的店。"

为了得到他们的支持，我们在幕后干了不少苦活累活。我们为每家店都做了以月度为执行单位的年度计划表，这个表的作用是向商店解释未来我们会做什么活动来提高我们专柜的业绩，以及商店整体的业绩。

我们的目标是每个月增长 10% 到 20%。随着公司规模扩大，保持这样的高增长率成为一项越来越具有挑战性的工作。我们必须不断寻找能重新点燃我们的增长之火的办法。

我们为化妆品、护肤品和香水各自制订了一个令人难以置信的新品计划。我们的目标是每年至少有 33% 的业务量要来自全新的产品。（这太有野心了，以至于我们并不是每次都能达成目标，即便如此我们也会十分接近它。）

我们有一大堆可以用来实现目标的途径。例如，我们每年会举办两次为期两周的有奖购物活动，有时甚至会举办三次；我们每个月都会推广一款产品或举办发布会；我们会在每年2月发布一款新的护肤品；3月或4月时我们会做一次新的化妆品促销；每年夏季的5月我们会推出一款新香水，附带母亲节的特别包装；每年6月我们会推出一款防晒产品；从6月一直到7月4日国庆，我们都会在店内举办名为"美国丽人"的特别活动……

如果没有新品推出，那么我们通常会在已有产品的基础上发布拓展产品，如给已有口红添几种色号，或提供某款香水的淡香版。我把这叫作"镶边"，这是我从大众市场营销人员那里学来的一种技术，他们会通过不断添加新花样的办法发明许多新的衣用洗涤剂。"镶边"已经被肥皂制造商使用了多年。当一款畅销产品的市场趋于饱和时，他们会想办法给它加点其他功效。就像全新升级的汰渍洗衣剂，还是那个汰渍洗衣剂，但加入了某种酶或漂白剂。当白麻香水的销售趋于停滞时，我们推出了淡香版的白麻微风香水。我们在1982年推出了具有里程碑意义的夜间修护面霜；随后，我们又推出了特润夜间修护精华露，然后是夜间修护精华眼霜和其他夜间修护系列产品。这就是所谓的巧妙地进行品牌建设。

我想出了一个利用矩阵系统沟通的主意，这个方法可以让我们轻松地与商店的代理人交流，并把所有事项用一个事先打印好的格式安排好。这个方法比较方便记录，也便于我们的市场部实施。

正是因为以上我讲的这些，与我们合作的商店没有一个月的生意是清淡的。

商店都会努力配合我们的产品发布工作，因为他们可以借此提高每月业绩的增长率，从预期的10%到20%再到40%，有时甚至能达到50%。我记得我曾经向在洛杉矶十分有名的J.W.鲁宾逊百货的销售经理透露消息说，她的一个竞争对手被选中推出一组名为"速效修护"的产品。J.W.鲁宾逊百货正与布洛克百货和 I. 马格宁百货展开残酷的竞争，争取第一个在洛杉矶推出雅诗兰黛的产品。当我告诉她我们要在 I. 马格宁百货首发时，她哭了起来。这让我很伤心，我理解她的心情，但我必须做出选择。

我认为雅诗兰黛的化妆品对那些有雄心壮志、追求魅力的消费者至关重要，所以在推出化妆品系列时，更有声望的商店会被优先考虑。在向商店解释这一点时，我总是尽量说得圆滑一些，然而这一招时而有效，时而完全不起作用。

百老汇百货的名气处于行业中游，但当这家店的销售经理知道她不能推出最新的雅诗兰黛色彩故事系列产品时，她差点扭头就走。当时我们正在洛杉矶的贝尔·艾尔酒店的花园里吃午饭，天气又热又湿。后来，她对我们的区域主管吼道："你认为我还会继续坐在这里看莱纳德·兰黛流汗吗？别做梦了！"

我把她的话牢记于心，我再也没有去贝尔·艾尔酒店的花园吃午饭，但我不会因此改变产品的发布地点。

但是，在实际工作中，你绝不能让一个销售经理对你放声大哭或大发雷霆。露华浓利用其财务影响力迫使各大商店同意自己的要求，丽思查尔斯一度臭名昭著，因为他们的销售人员威胁商店说，如果他们等预约等得太久或在其他方面感到被冒犯，那他们就会把整个产品线迁出商店。这可不是做买卖的路数。

当然也不是我们要走的路。

我们一直与商店保持伙伴关系，不仅仅是合作关系，这些商店也是雅诗兰黛大家庭的一部分。那么，接下来的问题是，要怎样才能不再发生这种两败俱伤的争吵呢？

稀释分销

我们最重要的领悟之一是:"你由你的分销定义。"

分销对我们来说,意味着奢侈品专卖店和高端百货公司,纯粹而简单。

但到了20世纪60年代末、70年代初,雅诗兰黛开始面临一个巨大的挑战——分销模式不再那么简单了。

我需要先介绍一点背景。最初我们致力于在奢侈品专卖店开设专柜,但在20世纪60年代初时,我们开始在高端百货公司开设专柜,这是一个层次更丰富的商店类别,每个城市的高端百货公司在富裕的郊区最多有一到两家分店。这些分店服务于正在崛起的中产和中高产社区,在这里,野心就是最核心的驱动力,而雅诗兰黛就是一个极具野心的品牌。我们和我们的经销商一道,将业务拓展到高端百货公司的郊区分店,像珍视城中的旗舰店一样珍视它们。

这种海纳百川的态度得到了回报,随着20世纪60年代的发展和郊区的迅速成长,我们也成了高端百货公司的宠儿,不是因为我们在市区商店的成功,而是因为我们在郊区商店成绩斐然。

1958年,当我们的销售额首次超过100万美元时,我们最大的联号分店是开在萨克斯第五大道精品百货和奈曼·马库斯百货里的两家旗舰店。(联号分店是零售业称呼联营商店的说法。)到20世纪60年代末,我们在奈曼·马库斯百货北部公园店的销售规模已经超过了达拉斯市区的总部旗舰店,并很快成为全美国雅诗兰黛的销售翘楚。到20世纪70年代初,迈阿密城外的伯丁戴德兰百货成为纽约南部规模最大的郊区百货公司。

我很喜欢威利·萨顿的故事,这个臭名昭著却又绅士派头十足的银行劫匪在被问到为何抢劫银行时回答道:"因为钱就在那里。"

我们能从这个故事里学到的就是要关注业务增长趋势。钱流向哪里，我们就跟到哪里。

然而，购物中心的巨大增长也给我们带来了意想不到的结果。百货公司如雨后春笋般在各地涌现。与过去只把一家百货公司作为主力店不同，像新泽西肖特山这样的豪华购物中心可能会有三到四个主力店，其中也许会有像萨克斯第五大道精品百货或I.马格宁百货这样有声望的店，也许还会有几家略小一点的分店，但它们都是雅诗兰黛的客户，都在抢同一款产品的首发机会。

良好的贸易关系，原本是我们公司的优势。但现在有太多门店要沟通，维持友善的合作关系变得越来越难。当我们进入一家新店，而这家店恰好与某个和我们长期合作但规模较小的零售伙伴形成竞争关系时，我就成了"坏人"。

但我不得不这么做，因为那些合作多年的伙伴此时都在作困兽之斗。进入20世纪70年代以来，我时常感到悲哀，我的父母和我发现我们只能眼睁睁地看着那些无法扩展到郊区的小型奢侈品专卖店渐渐消亡。就像中央空调曾经是奢侈品，现在却成了廉价的生活必需品那样，曾经为北方老城市的经济赋能的公司，现在都把工厂转移到了南方，因为那里的劳动力更廉价。随着工业和制造业的离开，税基开始削弱，市区中心失去了往日的光彩，昔日那些支撑起商业发展的人口也渐渐迁移。例如，布法罗曾是从中西部向纽约运输原材料的主要转运港，但由于圣劳伦斯河海道的修建，布法罗最终变得无足轻重。此外，L.L.伯杰百货也开始衰落，它曾是我们的忠诚支持者。

与此同时，专卖店和百货公司失去了抵御竞争对手的"护城河"。起初，这两类商店都能通过定制的商场会员卡提供赊购服务，这大大增强了他们的影响力。但是到了1966年，维萨卡和万事达卡相继推出，三年后，美国运通又推出了标志性的绿色信用卡。

曾经的"护城河"干涸了。一张塑料卡片不仅能让购物者在自己喜欢的商店享受赊购服务，还能让他们在同一个购物中心里的彼此竞争的各个分店里自由消费。萨克斯第五大道精品百货和奈曼·马库斯百货发放过许多金属会员卡，它们曾经如此珍贵，如今却已成为历史。

小型专卖店的消亡不是一夜之间发生的，而是像在一个阳光明媚的清晨观赏旧金山的雾气，虽然看不到它慢慢消散的过程，但你会在某个时刻突然意识到它已经不在那里了。当我在全国各地出差时，我看到同样的事情发生在那些市区中心的小型专卖店里——顾客已经不在那里了。

我们认识布法罗的伯杰家、克利夫兰的哈雷家，以及其他名字出现在商店门牌上的家族。这些商店不仅是我们的第一批客户，它们的创始人家族还是我们家族的延伸。但这些商店还能坚持多久呢？显然，它们已经陷入泥潭，从长远来看，它们肯定无法生存下去了。

与此同时，我们必须回答另外两个基本问题：我们要如何让建立在限定分销基础上的雅诗兰黛进入那些正在飞速扩张业务范围的新店？我们要如何让雅诗兰黛从独家品牌转变为共享品牌？

我们心情沉痛，但我们必须适应和前进。

"新赢家"

为了保持增长，我们必须找到新的志同道合的合作伙伴。由此，我们的新战略产生了，我称之为"新赢家"。

谁将是下一个十年的赢家？

每代生意人都必须知道人们会在哪里购物，并与大众购买方式搭上关系。我们需要见到购物者。

他们曾经会去纽约的布鲁明戴尔百货、中南部的迪拉德百货、东南部的贝尔克百货和西北部的诺德斯特龙百货购物。

这些商店多年来一直是中低价格商店的代名词。然后，情况开始发生变化。在20世纪50年代中期的纽约，第三大道高架铁路拆除后，上东区变成了富裕的代名词，布鲁明戴尔百货第一个抓住机会，成功地引领了该地区的繁荣。20世纪60年代中期，亚特兰大逐渐蜕变为美国南部现代城市的象征，开始吸引大联盟运动队、建设博物馆和音乐厅、利用自身大学资源，并说服财富五百强公司将总部迁到那里。同样的故事也在西北地区上演。

有远见的经销商们意识到，自己必须提高竞争力。一方面，为了生存，他们需要扩张到更富裕的郊区；另一方面，为了被高端购物中心视为潜在候选，他们必须提供比以往更加高端的产品。

我还记得我在海军服役时的贝尔克百货，那时我正驻扎在佐治亚州的阿森斯。当时的贝尔克百货只是一家迎合中下阶层消费者的商店。但是当汤姆·贝尔克决定把贝尔克百货扩张到东南部时，一切都改变了。同样，诺德斯特龙百货此前也一直是一家鞋类经销商，以出色的顾客服务著称，后来家族第三代的诺德斯特龙兄弟将其转变为一家以鞋类为支柱、以顾客服务为特色的高端时尚百货公司。

这些变化给我们带来了挑战，也带来了机遇。我们进行了一场堪称冷酷无情的商业行动，我们决定将我们的"独家专卖权"从衰落的专卖店中拿走，并将其转授那些迅速扩张的"新赢家"。曾经，我们依靠知名专卖店的声望擦亮我们这个不知名的品牌。时移世易，现在这些强烈渴望把自己打造成豪华百货公司的后起之秀，正需要我们的品牌来给他们重新定位过的身份做宣传。

像贝尔克百货、迪拉德百货、诺德斯特龙百货这样的新店，成了我们新战略皇冠上的明珠。我与贝尔克家族、迪拉德家族还有诺德斯特龙家族建立了牢固的关系，这与我母亲对上一代专卖店老板的做法没有太大不同。在频繁的合作中，我们还共同开发了一个缜密的、循序渐进的流程来了解他们的新顾客以及我们的服务能力。这对我们双方都很有效。

我还面临另一个挑战，我得让我的销售团队相信，未来属于那些他们曾经忽视的商店。我们分兵作战，将销售团队拆成两个部分，一部分人继续服务那些虽然日益衰落但仍有声望的传统家族专卖店，另一部分人则专注于服务"新赢家"。

让这两个团队完成同样的销售任务量是不公平的，也是不明智的，因为我知道，我们从"新赢家"连锁店获得的销售额将很快超过小型专卖店。有了这两个团队，加上缜密的平衡和监督，我们可以让船的两只桨同时划动，让每个人都差不多一样开心。

幸运的是，我们有很给力的产品。

我一直想进军彩妆领域。但怎么进呢？露华浓是彩妆方面的权威。每年春秋两季，他们都会推出一种新的"让嘴唇和指尖相配"的彩妆产品，并在电视和杂志上投放数量大到我们根本无法企及的广告。

我从露华浓对晚妆系列的反应中学到了经验，决定更深入地研究彩妆，创造一系列相关产品，而不是一个单一的色号。

我们最先发布的是一个新的眼妆系列，名为"即刻眼妆"，于1969年9月在《VOGUE》杂志上以跨页通版广告的形式做了首发。然后是"闪耀绸缎眼妆"，号称1970年第一款绝妙时尚彩妆，它包含眼部粉底、眼部遮瑕棒、眼影、眼线膏、可以拉长睫毛的睫毛膏，以及染眉膏等一系列产品。接着，我们又推出了1970年第二款绝妙时尚彩妆——"哑光天鹅绒眼妆"。之后，我们推出了独立的眼妆产品，包括第一款液体眼线。

我们还有许多其他彩妆产品，比如1976年的"天桥玫瑰"系列，由草莓玫瑰、玫瑰青铜和白兰地玫瑰等 17 种色调的口红、腮红和指甲油组成；1977 年推出的"日出日落"系列；以及 1978 年的"茶园"系列……

我们会为每家商店制订不同的促销计划，在一个城市的一家商店推出一种色彩系列，然后在不同的商店间轮流进行不同的促销活动，每家商店都有同等力度的促销计划。这些计划刚开始执行起来难免有点困难，但我们决心已下，全力以赴，决不回头。

"新赢家"战略让雅诗兰黛以一种我从未想过的方式一战成名。我们的销售额和利润一路飙升，到 20 世纪 70 年代时，我们的年销售额突破 5000 万美元。两年后，我们的销售额达到 1.04 亿美元，到 1975 年时，销售额破 2 亿美元。

但生活变得更加复杂了。

坐面包车的男人

在我帮助父母建立雅诗兰黛公司的过程中，最值得的，当然也是我最喜欢的工作之一，就是拜访我们的门店。这些拜访有几个目的，第一是倾听我们的美容顾问和采购员的意见，了解实际的运营情况；第二是让战壕里的战友们知道他们的工作得到了认可和赞赏，并激励他们做得更好；第三是给每个在我们公司工作的人传达这样的信息：拜访门店是很重要的事，必须去做。

大众市场的经销商称之为"检查门店"。然而，我不认为这些拜访活动是在检查。这是管理者的学习途径，也是激励每个员工的手段。

如果你研究过军事史，那么你会发现，最厉害的领导者往往会在战争前夜与自己的军队建立良好的关系。亨利五世会在阿金库尔战役前和他的

"兄弟们"谈话；特拉法加海战开始时，海军中将霍拉肖·纳尔逊向英国舰队发出信号："英国希望每个人都尽到自己的责任。"诺曼底登陆那天，艾森豪威尔将军在伞兵跳下飞机前与他们握手。我们的雅诗兰黛军团已经兵分两路，开始并肩作战，他们分别要拿下知名专卖店的"高端"竞争者和其他地方的"大众"对手。我们需要做的不仅仅是"检查门店"。我们需要了解并激励我们的员工、我们的门店以及我们自己。

正如我之前提到的，我就是忍不住要去拜访我们的门店，即使是在我的蜜月期！刚开始，我会以拜访门店为中心安排我的假期。每年8月，孩子们会去参加暑期夏令营，我的妻子伊芙琳和我会在这时去芝加哥。因为我总是特别注意我们的财务状况，所以我们总是坐火车出行，而且不是20世纪特快列车，因为它太贵了，我们选的是康内留斯·范德比尔特经营的火车。不过，我还是会预订一间私人包厢。

人们总在问："芝加哥？为什么是芝加哥？"我就告诉他们："因为那里有买卖。"我们去芝加哥不是因为它是美国时尚中心，而是因为它是美国中产阶级品位的缩影。而且，我们的门店都在市中心，所以我们很容易观察这个市场。

20世纪60年代末，在拜访了洛杉矶地区两个新的布洛克百货的商店后，我意识到南加州正在发生其他地方没有发生的事，于是我改变了自己的关注点。这是一次觉醒，而我从未想过它会来得如此之快。随着布洛克百货的扩张，雅诗兰黛的专柜开到全国各地，滚滚而来的客流简直把我们挤得喘不过气来。雅诗兰黛火了，但南加州更火。我意识到它将成为这个国家的先驱者，因此我要让它成为雅诗兰黛的展示台。

于是我们开启了每年到南加州旅行一周的传统。后来这项传统发展成了为期两周的公路旅行，旅行的路线是从南加州到西雅图西海岸。一开始车里只有几个人，雅诗兰黛西雅图西海岸销售主管鲍勃·巴恩斯，南加州市场主管迪克·奥布赖恩，还有我自己。

鲍勃·巴恩斯的加入，也证明了我要雇用比自己聪明之人的决心。当雅诗兰黛进入南加州时，我一直无法在为数不多的合作商店中拿到一个好的专柜位置。我可以改变露华浓和丽思查尔斯专柜的位置，但有一个品牌我怎么都搞不定，那就是多萝西·格雷。

反复受挫后，我问："是谁在负责多萝西·格雷在南加州的业务？"然后我被告知，此人正是鲍勃·巴恩斯。我打电话给我们的销售总监鲍勃·尼尔森："我们必须聘请他。他是最棒的。"

我们顺利地请到了他，而他也不负众望。鲍勃·巴恩斯后来成为雅诗兰黛美国公司的总裁兼首席执行官，并一直在公司工作到1991年退休。

我们到加州奥兰治县的第一天，迪克负责开车，但他找不到商店的位置，弄得鲍勃非常生气，曾在"二战"中担任海军陆战队上校的鲍勃便随口表达了自己的懊恼。然而迪克不是第一个，也不是最后一个在洛杉矶混乱的高速公路上迷路的人，他总是可怜巴巴地解释："但是，鲍勃，它昨天还在这儿。"多年来，每当我们的车开上洛杉矶的高速公路，这句话都会被重复一遍。

顺便说一下，迪克其实也吸取了教训。（鲍勃·巴恩斯曾命令过他："开出去，找到那些商店。"）在我们的首次南加州旅行结束几个月后，我和迪克飞到科罗拉多拜访位于丹佛的商店。此时的迪克能够准时到达每一家商店，因为他为了先熟悉一下路线，专门提前一天到达。

未经过滤的情报

后来，加入拜访门店之旅的人越来越多，我们租了一辆面包车，不久又换成一辆更大的面包车，最后是一辆12座的小巴车。我们会在上午9点整挤进面包车，然后出发。我会提醒大家注意三条规则：第一，不要偏袒自家品牌，我们就像一家人，每名成员都有平等的发言权，对每个品牌都有平等的发表意见的权利；第二，中午12点30分，我们会在购物中心的美食广场吃午饭；第三，下午2点，无论我们在哪里，都要打个盹。我在出发前提醒他们这三条规则，他们就不会觉得我讨厌了。

我们会从商店正门进入，然后向右侧看。通常，雅诗兰黛的专柜会占据最佳位置。（这都多亏了鲍勃！）后来，也有一些位置最好的专柜拨到了倩碧旗下。

美容顾问已经提前知道我要来。人们总是问我："为什么不直接出现，给他们一个惊喜呢？"我的回答是："如果他们知道我要来，那么他们当然会把事情办得漂漂亮亮。所以，当我到达时，如果状况看起来不太好，我就会意识到他们不知道该做什么。为什么要搞突然袭击？为什么不看看他们是否已经知道自己该做什么了呢？"

我会问柜台经理几个问题：近来最畅销的产品是什么？顾客想要什么？顾客喜欢什么？顾客不喜欢什么？顾客希望我们增加哪些产品呢？

如果有顾客在场，我就会向他们介绍自己并表示欢迎。我会说："感谢你们光顾雅诗兰黛，希望你们得到了良好的服务。"我还会问她们喜欢什么、不喜欢什么，以及希望我们推出什么新产品。我经常和顾客合影。无论拜访门店的过程是否愉快，我都会和整个雅诗兰黛专柜的团队合影，然后与倩碧、雅男士的团队合影。

我们得到的是未经过滤的原始调研结果，一点水也不掺。

例如，1969年雅诗香水推出后不久，我拜访了密尔沃基的金贝尔百货公司。香水在那里卖得不怎么样。我会指导美容顾问应该如何展示香水，然后告诉她一些小技巧，比如在给某位顾客化妆时可以提前在手掌上喷点香水,这样在你为顾客化妆、让她变美的同时,她就可以闻到香味。我对她讲,打烊前我还会回来,我敢打赌,我离开的这段时间里她能卖出10件产品。果然,当我回来时,她喜笑颜开地说:"我从没想过自己能做到!"

我们的行程通常还包括与当地商店的总经理以及各连锁店的总经理进行面谈。在百货公司大规模合并前,每家商店都有自己的总经理。我们会聚在一起,查看每一家商店的销售数据,然后讨论哪些地方还有待改进,双方都期待自己能做得更好。

在这个过程中,我学到了很多令我吃惊的知识。如果一家店的营业额增长了5%,而其他的连锁商店却增长了20%,那么这就说明我们对专柜销售人员的培训没有达标。

而且,你猜怎么着?一旦我们解决了这个问题,业绩就会变得更好。

另一个我关注的数据是员工流动率。有趣的是,在西雅图西海岸,梅西百货的员工流动率总是比五月百货的员工流动率高。我们很快找到了原因,梅西百货员工的工作时间是由计算机安排的,如果有人不得不为了参加孩子的球赛或去医院看病而换班,计算机的系统就很难灵活应对,然而五月百货有专人负责管理排班表,他会尽一切可能让员工感到愉快。当梅西百货和五月百货合并时,我首先要做的事,就是确保我们雇用的人事工作人员知道如何降低员工流动率。

表扬给了你批评的权利

拜访完门店后,我们会一起讨论我们看到的情况。到了午饭时间,我们会去购物中心的美食广场,我会给每个人买午餐,或者让他们各自去买自己喜欢的食物。然后我们会找一张桌子坐下，卷起袖子，谈论我们看到的情况。每天下午4点，我们会休息一下，喝点牛奶，吃点饼干（我真是太爱菲尔茨太太巧克力碎曲奇了），之后我们会回到面包车里，踏上拜访最后一家门店的旅程。

晚上，我们会找家酒店一起吃晚餐。有时我们会预订一个包间，邀请当地所有雅诗兰黛、倩碧和雅男士的销售人员及其配偶一起吃晚餐。有时我们会玩游戏。每当我想起伊芙琳模仿漫画人物查理·布朗歪戴着棒球帽，握着想象中的棒球棒的样子时，我都会大笑。我喜欢和团队待在一起，他们真的就像我的家人一样。

回到纽约后，我会给乘面包车旅行的每个伙伴写一封私人信件，不是那种预先写好的充满套话的感谢函，而是一封很个人化的信，信里会提到我们看到过和谈论过的事。

为了便于大家理解我的动机，我必须说明一点，我坚信人不会只为钱工作，人有时会为了得到认可而工作。我经常问那些在婚姻生活中面临挫折的朋友："你有没有告诉过你的配偶你爱她？"他们说："她知道我爱她。"我回答："我问的不是这个。你有没有说出来过？"

我的经验是：当某人出色地完成工作时，你必须要表达出对他的认可。

如果你表达出了足够的认可，你就获得了指出对方尚需改进之处的特权。一旦别人接受了你的赞扬，他就失去了拒绝批评的权利。

这让我想起了从母亲那里学到的另一条经验，当你批评别人时，口头批评就够了，千万不要书面批评。因为如果你把批评写下来，那个人就会一遍又一遍地读，然后一遍又一遍地生气。相反，如果你把表扬写下来，他们也会一遍又一遍地读，还会觉得你人很好。

如今，商学院都开设了情商课程。但在此之前，这些都只是出于我的直觉。

非正式的力量

西雅图西海岸的面包车旅行非常有效果,所以我又在佛罗里达、得克萨斯做了类似的安排,并推广到全美国和全球各个地区。(不同的是,在东京时我们会乘坐地铁。)时间一点点过去,要考察的品牌数量不断增加,坐在面包车里的人也越来越多。

面包车旅行在我和员工之间架起了一座桥梁。这些短途出差轻松随意、不拘礼节,并且能够鼓励员工向上级讲真话。我和他们一起出差的亲密经历,也让他们感觉到自己是一家大企业的重要组成部分。在旅途中,我们都是平等的,我们一起学习了很多。增进感情的同时,还鼓舞了士气,学习了技巧,还有什么比这更好的培训吗?

(一个团队的领导者要懂得用自己的行为传递正确的观念。例如,在一次面包车旅行中,我和两个做艺术品生意的朋友在一家豪华酒店吃早餐,话题渐渐转到我只坐经济舱出行这件事上。"经济舱?"他们问。一家奢侈美妆公司的总裁坐在飞机后排,这件事让他们感到震惊:"你怎么能只坐经济舱?"我回答:"如果我让我们所有的主管都坐经济舱,那我也要坐经济舱。"这就是我们不向银行借一分钱,还能让营业额快速增长的原因,他们知道这一点。)

很多和我一起乘坐面包车旅行的人,最终都因我们有机会深入讨论而有了很好的发展。帕梅拉·巴克斯特最初是西雅图西海岸雅男士的区域主管,最终成了我们彩妆品牌处方的总裁;约翰·丹赛后来成为魅可的负责人,如今是雅诗兰黛集团执行总裁,负责管理魅可、倩碧、汤姆·福特美妆和其他品牌;特雷莎·塞尔瓦焦和我旅行过许多次,她去过底特律、芝加哥,偶尔也去多伦多,虽然她现在退休了,但她做出了许多有价值的贡献;克里斯·霍华德曾是雅男士在亚特兰大的区域负责人,那时候她会让我帮忙在温迪辣汁汉堡店买午餐，现在她负责雅诗兰黛品牌在西雅图西海岸的运营。这只是我众多学习对象中的几位，他们都为我们公司的繁荣发展做出了巨大贡献。

这样的旅行一直持续到弗雷德·朗哈默尔于 2000 年 1 月就任首席执行官。当时我们的业务已经扩展到许多国家，对任何一位首席执行官来说，要想继续进行这样深入的研究，虽然不是不可能，但是非常困难。不论如何，我都觉得和同事们在面包车里度过的时光非常重要，它是我们能够时刻了解当时市场动态的关键因素。

即使在当今电子商务的天下，我仍然认为这样的旅行很重要，事实上，我认为它们比以往任何时候都更重要。如今我们的门店就是电子商务的展示页面，所以我说拜访门店的重要性并没有减弱，反而更重要了。而且，帮助我们的销售人员做好工作并提供支持也非常重要。

因此，这样的拜访不仅是检查门店，还是深入基层并在人群中传递理念的必要途径。我喜欢坐面包车旅行。它是促进公司顺利运营的助燃剂，雅诗兰黛和倩碧就是这样被打造成大品牌的。

20 世纪 70 年代的 10 年似乎闪着金光。在那 10 年里，我们的年销售额从 5000 万美元飙升到近 7 亿美元。1975 年，查尔斯·雷夫森死于胰腺癌。我们不共戴天的敌人走了，而我们自豪地站在各大商店陈列的知名美妆品牌的顶端。

换句话说，我们现在成了众矢之的。

第十四章
兰蔻之战

ESTÉE LAUDER
成为雅诗兰黛

我一直坚信公司小有公司小的好处。我们被迫想出一些原创、新颖的方法来发展壮大我们的公司，并绕过那些财力雄厚的竞争对手。我们对市场趋势的反应更灵活、更迅速，当那些"大块头"注意到我们时，为时已晚。

公司小不等于格局小。相反，小公司培养了创业、冒险和逆反精神，正是这些使我们成功。

我们成功了，并且是一次又一次成功。直到有一天，我惊奇地发现，我们再也不是业界新人了，我们成了权威。

到了 20 世纪 80 年代，雅诗兰黛已是行业内举足轻重的大公司，我们成了那些企图打入美国市场的竞争对手的假想敌。成熟、强大、财力雄厚的法国美妆品牌开始对雅诗兰黛群起而攻之。我们的竞争者包括迪奥；香奈儿，它原本是大众品牌，但它推出的美妆系列产品定价比雅诗兰黛还要高；伊夫·圣·罗兰，它旗下最畅销的鸦片香水显然受到了青春之露那刺激而热烈的香味的启发；以及最重要的兰蔻，一个由行业巨头欧莱雅持有的半大众品牌。

就像我之前提到过的那样，竞争对手试图模仿我们的产品，甚至山寨我们的品牌，但我们用高质量的原料和良好的合作关系抵挡住了他们的进攻。但是兰蔻对我们的威胁之所以来势汹汹，是因为它试图用我们的策略捕获我们的核心顾客。

渐渐地，兰蔻开始抢夺我们在加州的市场份额。加州是引领美国潮流的地方，也是我们获取全面胜利前必经的严峻考验。我知道，如果兰蔻在加州击败了我们，那他们就会以加州为阵地，开始在中西部、南部乃至全国各地攻击我们。

几年前，我曾向哈佛商学院教授迈克尔·波特就雅诗兰黛品牌的未来进行咨询。他的建议是："永远不要让自己夹在中间。"夹在中间等于无处可去。你既不是最赚钱的品牌，也不是最有声望的品牌，那你是什么？

在一个高定价等同于高端时尚的行业里，多年来，我们一直是定价最高的，也被视为最时尚的。突然间，我们被那些炫耀法国时尚血统、定价更奢侈的竞争对手重新定位了，我们被夹在了香奈儿、迪奥的顶级产品线和兰蔻时髦又打动人心的实惠产品之间。我发现雅诗兰黛身处最危险的位置——中等价位的炼狱。

就像在伤口上撒盐一般，法国品牌现在针对雅诗兰黛所采取的措施，恰恰就是我对露华浓、赫莲娜和伊丽莎白·雅顿等早期竞争对手所采取的措施，也就是用高昂的定价和定位，把对手的地位向下推。因此，我们都知道故事会如何结局。

1982年，我被任命为首席执行官。我最不希望看到的就是雅诗兰黛在我手中急转直下。

是榜样，也是目标

兰蔻于1935年在法国创立，创始人是被尊称为"先生"的阿尔芒·珀蒂让。最初兰蔻是一家香水公司，他们的第一款香水是如此成功，以至于珀蒂让先生很快把业务扩展到了护肤品领域，推出了一款名为"蜜妍"的多效保湿面霜，这款面霜的功效是舒缓各类皮肤刺激，包括晒伤、昆虫叮咬、烧伤和尿布皮疹等。几年后，兰蔻进军化妆品领域，推出了一款带有玫瑰香味的口红，并畅销了几十年。

这剧本实在是熟悉，不是吗？

珀蒂让先生对兰蔻的定位是"平价奢侈"品牌，是大众市场和高端市场的结合体，主要在欧洲销售。珀蒂让先生特地在兰蔻的品牌名上加了一个音调符号，如此一来，无论在哪里销售，顾客都能注意到兰蔻的法国血统。这并不是一个无心之举，它赋予品牌一种只可意会不可言传的高雅之感。

当然，这对我也很有吸引力。我一直有个长期计划，就是让雅诗兰黛成为世界级的知名品牌，我一直想在我们的品牌组合中增设一个法国品牌。那个时候，我们刚开始拓展国际市场不久，而珀蒂让先生恰好在此时退出兰蔻，我认为这是个绝佳的突破口，便试图收购兰蔻。这是个好主意，可惜最终胎死腹中。因为法国人不喜欢把公司卖给外国人。1964 年，兰蔻被大众市场品牌欧莱雅收购。

不过，直到 1981 年欧文·琼斯成为欧莱雅美国独家代理的首席执行官，兰蔻才真正成为我们在欧洲和美国的威胁。在欧文·琼斯的领导下，欧莱雅重新调整了产品结构，并且重新设计了产品包装。可以说，他们几乎是重新改装了自己的品牌。然后，欧莱雅将目光投向了美国市场。

雅诗兰黛就是他们的榜样，也是他们的靶子。

他们模仿了我们的广告策略，使用黑白广告，并在顶级时尚杂志刊登跨页广告。雅诗兰黛是第一家签约模特做品牌代言人的美妆公司。1970 年，我们签约卡伦·格雷厄姆担任雅诗兰黛形象大使，在此后 15 年的时间里，她都出色地完成了这一重任。1982 年，兰蔻聘请电影演员褒曼的女儿伊莎贝拉·罗塞利尼作为品牌形象大使和代言人。

那时，除了有奖购物，我们还有一个名为"优惠购买"的营销策略，在此策略之下顾客能以诱人的低价购买一组特定产品。兰蔻将这种营销策略如法炮制。我们在柜台安排了产品示范人员，他们也跟着安排。他们就这样一步一步地把我们走过的路重新走了一遍。

这还不是全部。我们在南加州的大客户百老汇百货，是一个中端连锁店。我们是他们主要的化妆品和护肤品供应商，倩碧是他们最畅销的品牌，而兰蔻直接把自己的专柜摆到倩碧专柜旁边。此外，他们还怂恿倩碧的销售顾问在兰蔻专柜没人照看的时候帮忙售卖兰蔻的产品。虽然这会提高倩碧销售顾问的收入，但对我们来说，这也会分散她们的忠诚度。

露华浓之战再次上演，只是从正面交锋变成了偷偷摸摸的游击战。

一个新品牌：处方

幸运的是，我们的军火库中有一个强大的新武器，一个名为"处方"的新品牌。

20世纪70年代末，我意识到我们需要一条新的产品线。倩碧已经问世10年了，真是时光飞逝！而雅诗兰黛的发展潜力也几乎到了极限。此刻，一个集化妆品、护肤品和香水于一体的新品牌可能会发掘出新的消费者群体。

处方于1979年推出。基于根据皮肤类型匹配妆容色彩的创新理念，它被打造成雅诗兰黛旗下的超级科学品牌，可以为顾客提供美妆护肤方面的深度咨询和建议。

让处方独一无二的是它的定制调色概念。我们不仅能确定每位女顾客适合什么色号的粉底，还能判定她们肌肤的底色，这是此前从未有过的概念。化妆品与皮肤底色相匹配会使妆容看起来非常自然，试过的女顾客都很喜欢。正是因此，处方开始以一种难以言喻的方式受到人们的狂热追捧。

处方的顾客体验到的东西与雅诗兰黛和倩碧都完全不同，这种新奇的体验让顾客十分着迷。处方也设置了与倩碧相似的柜台诊断环节，不同的是倩碧计算机不到 5 分钟就能分析出你的皮肤类型，而处方完成这一过程需要一个小时。它将雅诗兰黛的"高接触服务"发挥到了极致。

处方会将多个族裔的女性放在同一个广告里。即使在今天，美妆产品广告依然缺乏多样性。这意味着在那个时候，这样的广告是具有突破意义的。

（几乎所有美妆公司都因为忽视非白人女性而受到了深刻的批评，我认为这是对的。20 世纪 90 年代，我们扩充了处方的产品线，推出了名为"全皮肤"的新产品，这是为不同族裔女性设计的彩妆产品。到 1992 年年中，"全皮肤"平均每月能吸引 3800 名新顾客。）

处方还帮助我们开发不同年龄段的新顾户。倩碧吸引的是十几岁和二十出头的女性。雅诗兰黛吸引的是如今已经五六十岁的女性，她们在我母亲亲手帮她们涂抹面霜时就是雅诗兰黛的忠实顾客了。而处方巧妙地吸纳了介于二者之间的用户群体，三四十岁的职业女性会为自己购买了一个如此特殊品牌的产品而自豪。

处方的定制化体验意味着它是一种奢侈品，相应地，品牌定位、产品价格也都是按照奢侈品的路线定的。处方不仅要与香奈儿和迪奥这样的知名品牌竞争，还要独立在雅诗兰黛品牌之外，独自打下奢侈化妆品的天下。

然而，品牌都有自己的命运，它们并不总是遵循你为它们写好的剧本发展。就像是当一个孩子出生时，你认为他会成为一名医生，但他自己却决定成为一名宇航员或演员。我本以为我们推出的是另一个护肤品品牌，是另一个反雅诗兰黛系列，是第二个倩碧。但后来它变成了一个由花萼香水主导的彩妆品牌。这款香水就像是高挥发性的刺激因素，让处方异军突起，抓住所有人的注意力。

这倒也还好，但我还忽视了另一个关键点，那就是尽管处方在美国和英国的反响出乎意料地好（因为这两个国家都有不断壮大的多种族中产阶级），但它在除了英国以外的欧洲国家却反响平平，因为这些国家都更倾向于同质化。

即便如此，这依旧是一个强势的品牌，很快，处方在与我们合作的每个百货公司里都冲到了销量前四名的位置。但事实证明，它过于强势了，最终损害到了自身的利益。

只需说不！

1980年10月，当我们在伦敦推出处方时，警钟第一次敲响了。

发布会在哈罗德百货举办，获得处方产品的独家售卖权令该商店兴奋不已，产品也销售得很是顺利。当时我们在伦敦的第二大客户是塞尔弗里奇百货。他们也很想销售处方的产品，并且坚称如果我们不答应，那么我们公司和塞尔弗里奇百货之间的合作关系会受到严重影响。面对这种威胁，我们妥协了，最终我们在塞尔弗里奇百货也开设了处方的专柜。

我们在塞尔弗里奇百货销售处方产品的第一年，哈罗德百货和塞尔弗里奇百货加在一起的总销售额正好等于哈罗德百货上一年的销售额。但是第二年处方的销量就开始走下坡路，而且是两家店的销售额都在下滑。到了第三年，这两家店的销售额加在一起甚至都不及哈罗德百货曾经单独完成的销售额。处方从未在英国真正流行过，因为我们犯了错，我们向零销商的要求低了头。

在大西洋彼岸也发生了相同的问题。

我们在萨克斯第五大道精品百货和奈曼·马库斯百货同时销售处方，之后又加上了美国发展速度最快的连锁百货公司诺德斯特龙百货。但后来，处方的管理层决定，为了让大家都满意，我们还要给迪拉德百货和福利百货（后来变成梅西百货）供货，他们的店总是与萨克斯第五大道精品百货和奈曼·马库斯百货开在同一家购物中心里。这样做的结果是，在每个购物中心里，处方的销售额都分散成了三到四份。

这意味着处方的分析师和美容顾问的收入降低了。因为如果我们把处方独家授权给一家店，分析师和美容顾问的收入应该是现在的三到四倍。

我们曾为极低的员工流动率而自豪，但处方每年的员工流动率都达到了100%。

我曾说过，而且我未来还会重复一千次："你由你的分销定义。"如果你在奢侈品市场，那就待在奢侈品市场。不要因为某个与品牌价值不符的分销渠道可能带来的销量而鬼迷心窍。

在特定的城市或国家，由一家特定的商店推出某个品牌，商店才能为品牌背书，为它的宣传推广保驾护航。如果这家店没有强大的时尚影响力，或者说如果它不是品牌的唯一经销商，那么它的力量就会被稀释，它的宣传就会是无效或负面的。

我早该知道这一点。我应该直接拒绝。当市场需求没有变大，品牌也无法提供更多支持时，盲目增加分销渠道就是致命的错误。在奢侈品市场，没有一个品牌禁得起过度分销。分销永不磨灭。（很难想象，我们要为了拯救品牌而把处方的分销渠道砍掉一半，尤其是在我们成为上市公司以后。为了避免惹恼我们所有的合作伙伴，我们只能砍掉部分渠道，这注定了处方未来的命运。）

我记得我和奥斯卡·科林的一次谈话，他是赫莲娜·鲁宾斯坦的侄子，后来成了她公司的首席执行官。他告诉我，他犯过的最大错误，就是屈服于连锁药店的压力，盲目扩大分销渠道，扩张的速度超过了公司能够支持的极限，公司只能申请破产。"莱纳德，"他对我说，"过度分销害死了我们。"

每个人都是竞争对手

让我给你讲一讲另一个关于我母亲的故事。我在伦敦有一对好朋友，他们有两个十几岁的女儿。他们的小女儿卡伦自己调制了一款唇釉，她把唇釉倒进可口可乐的瓶盖里，并以每瓶盖 1 先令（约合 15 美分）的价格卖给她的同学。我觉得她好可爱，便对她的妈妈说："告诉卡伦，等我回到纽约，我要给她寄一些带盖子的小罐子，这样她的唇釉会看起来更像回事，她就可以卖得贵一点。"

我父母也认识这家人，所以当我母亲问我"旅行怎么样"时，我跟她讲了卡伦的唇釉，还有我答应给她寄罐子的事。但我母亲劝我说："别那么做！她会和我们竞争。"

请注意，这些罐子上根本没有品牌标识。而卡伦只有 12 岁，根本不足为惧。但我母亲灌输给我的观念是每个人都是竞争对手，或是潜在的竞争对手。我不能忽视任何人。

所以，我不能对来自兰蔻的威胁视若无睹。但在 20 世纪 80 年代中期，警钟暂未响起，我们还能用处方与兰蔻打个平手，而且我们还有非常靠得住的倩碧。多亏了卡萝尔·菲利普斯的先见之明，多亏了她坚持不涨价的决定，倩碧成了我们在百货公司的基石，它以入门级的价格为雅诗兰黛集团打响了知名度。

但是，我永远不会忘记，失去的市场是不可能轻易夺回的。所以我一直都在不惜一切代价保护我们的市场。作为一家私有公司，与那些已经上市的竞争对手相比，我们有一个巨大的优势，就是我们可以花费数年时间来培育一个新品牌，或者花钱来扩大市场份额，因为我们不必对股东负责。

现在，我，大名鼎鼎的头号守财奴，打开了公司的金库。

我守护地盘的唯一办法就是做广告。为了牵制兰蔻，我们的广告预算必须大于或者等于他们的。

我们坚守的信条是：当你做广告时，切记把它发到你的顾客最喜欢的媒体上。我们总是在杂志上发布雅诗兰黛的产品，并且大多是在用铜版纸印刷的时尚杂志或生活杂志上。必要的话，还可以发在报纸上，或利用直邮广告。但是我们永远不能在大众媒介上做广告，因为我们不是一家面向大众市场的公司。我们必须避开电视，就像赫莲娜·鲁宾斯坦做过的那样。母亲对电视的评价很低，她曾说过："我们的顾客不看电视。"

但到了20世纪70年代和80年代，专卖店和百货公司专有的签账卡已经被购物者钱包里的维萨卡、万事达卡和美国运通卡这样的通用信用卡取代。虽然我们很喜欢通过在商店寄给顾客的账单信封中放一张香喷喷的邮件插页的方式来做广告，但是我们通过这种方式建立起来的直邮广告堡垒事实上正在崩溃。而且，有很大一部分美国公众都在定期收看《全家福》、《玛丽·泰勒·摩尔秀》、《陆军野战医院》（又名《风流医生俏护士》）、《60分钟时事杂志》，以及其他在20世纪70年代改变了人们对电视的观念的节目。

我们成为第一个在电视上做广告的高端美妆品牌。（露华浓在20世纪50年代赞助了《价值64000美元的问题》，但推广的不是他们的高端品牌Ultima II，该品牌直到1962年才上市。）我们会避开全国性的电视广告，因为我们没有全国性的合作商店。相反，我们会购买地区性的电视广告，来配合当地的某一家商店的销售。这样做既可以降低成本，也能使关注度更加集中，它会把客流导入当地的商店，此举还加深了我们与商店的友谊。

我们开始在电视上宣传香水这一类的新产品，通常是发一些我们正在举办有奖购物活动的广告，这一策略取得了巨大的成功。每到周日晚上，卡伦·格雷厄姆轻抚马匹，在美术馆里漫步。一张布置得很正式的桌子上放着细长的蜡烛，卡伦会点亮它们，然后邀请《60分钟时事杂志》的几百万观众一同进入"雅诗兰黛的世界"。《60分钟时事杂志》是整个20世纪70年代周日晚间收视率最高的节目，到了1980年，它还一度成为电视台的收视冠军。

多亏了电视广告，我们的销量直线上升。到了1986年，我们的销售额突破了10亿美元。

当然，我们一直都在时尚杂志和报纸上大量刊登广告。（直到2010年出版业开始面临来自互联网和社交媒体的激烈竞争，我们才放弃了它们。）从那时起，我就将光彩照人的高端杂志作为推销雅诗兰黛品牌的阵地之一。品牌和产品不同。虽然是在给产品做广告，但品牌还是会在某种程度上占据优先地位。有时我会做一个跨页广告，上面只有位于华丽背景中的卡伦·格雷厄姆和"雅诗兰黛"字样。事实上我一直都在做类似的跨页广告，并且几乎没有文案。我们不是在推销某个产品，我们推销的是一种雅诗兰黛女性的生活方式。

兰蔻一直在和我们争夺杂志上的最佳位置，即封面后的第一个跨页，这个跨页可价格不菲。

为了抢夺这个位置，我也曾和露华浓周旋过。当我开始努力让雅诗兰黛的名字变成传奇时，我把《VOGUE》杂志视为刊登广告最好的选择。露华浓在美国版《VOGUE》杂志上拥有第一个跨页的广告位置。我清楚这一点，因此我与S.I.纽豪斯达成口头协议，他于1959年接管康泰纳仕出版集团并将其转型为杂志巨头。我和他约定，每当《VOGUE》杂志在一个新的国家推出时，雅诗兰黛都会占据最佳位置。也就是说，尽管露华浓一直在美国版《VOGUE》杂志上占据最佳位置，但雅诗兰黛却在《VOGUE》杂志的印度版、中国版和俄罗斯版上占据了首要版面。

我们在《时尚》杂志的各类国际版上也有类似的稳固地位。《时尚》杂志是赫斯特出版公司旗下的杂志，至少我是这么认为的。因为我被告知，欧莱雅曾威胁赫斯特出版公司，如果他们拿不到最佳位置，那么他们就会撤下其产品在《时尚》杂志上的所有广告。我们是第一家在《时尚》杂志英国版上做广告的美妆公司，甚至比欧莱雅还早几年。

我告诉赫斯特出版公司，如果欧莱雅坚持用这一手段威胁《时尚》杂志，那么我可以接盘，而且我愿意多付10%的版面费。

赫斯特出版公司拒绝了欧莱雅。欧莱雅果然撤下了广告，于是我马上接手了他们的版面，雅诗兰黛的广告数量大大超过了欧莱雅。两个月后，欧莱雅投降了。我告诉赫斯特出版公司的人："让他们拿回他们的位置，因为你们也需要收入。"

至此，一切问题终于都解决了。但我们也对外表明了态度，我们手里也是有一根大棍子的，而且必要时也会挥一挥。

遍地开花的购物中心和并购狂潮

我们需要尽可能多的武器来对抗兰蔻，因为市场格局再次发生了变化，我们必须适应未知的环境。

为了适应购物中心如雨后春笋般出现的新趋势，高端百货公司试图以时尚、便捷和廉价来重塑自己的定位，却在这一过程中丧失了自己的特性。而现在，随着设计师品牌变得越来越知名，曾经各有特色的购物中心也开始变得千篇一律，如今它们提供的都是一样的选择，如拉夫·劳伦、卡尔文·克莱恩、乔治·阿玛尼和唐娜·卡兰这些牌子。

新的连锁店奋力挤进市场，它们瞄准了特定的购物群体，把他们从百货公司吸引出来。安·泰勒专门为职场女性设计时尚实惠的服装；Tween Brands 和 The Limited 为青少年引入了设计师风格；罗斯百货则是设计师品牌的专营店。空中邮政、BCBG、盖尔斯、J.Crew、J.Jill 和汤米·希尔费格都成立于 20 世纪 80 年代。同时，像沃尔玛和塔吉特这样的大型百货公司也吸引了那些以前在中低端百货公司购物的消费者。

而带来致命打击的是所谓的"品类杀手"，如经营儿童玩具的玩具反斗城、经营家庭用品的陶瓷大谷仓、售卖家具的 Crate and Barrel，以及经营电子产品的 The Wiz and CompUSA，这些几乎占全了能把顾客吸引到大型百货公司的所有产品品类。举个例子，当我儿子威廉在 1960 年出生时，我的妻子伊芙琳和我在梅西百货买婴儿车，当时那里大约有 20 种不同型号的婴儿车，但是如果威廉晚出生 20 年，我们就肯定会去玩具反斗城找婴儿车了。

百货公司不再售卖种类繁多的商品，而是专注于服装、配饰和美妆产品。对许多连锁店来说，"百货公司"这个名头已经名不副实了。

与此同时，幕后的并购狂潮席卷了一个又一个行业，零售业也不例外。那些创立了 I. 马格宁百货、布洛克百货和其他著名商店的商业巨子都纷纷退休或去世。他们引以为豪的商店被联合百货、梅西百货、五月百货等类似公司收购，还有很多被加拿大地产投资者罗伯特·坎皮奥领导的集团公司抢购一空。1986 年，坎皮奥用 36 亿美元恶意举债收购了联盟百货，后者旗下拥有邦维特·泰勒百货、朱利叶斯·加芬克尔专卖店、乔丹·马什专卖店和 R.H. 斯特恩专卖店，之后，他迅速出售了其 22 家商店中的 15 家。

黑色周一

在不可持续的杠杆收购和垃圾债券热潮的推动下，1987年10月19日，气球爆炸了。

那天就是所谓的"黑色周一"，道琼斯工业平均指数下跌超过22%，美国和世界股市陷入金融动荡。百货公司已经遭受了并购和消费者习惯改变的双重打击，现在又被接踵而至的经济危机重击。在很短的时间内，我们60%的合作商店都处于破产状态或被列入了信用观察名单。

更糟的还在后头。1988年，罗伯特·坎皮奥贷款65亿美元（购买价格的97%）买下了联合百货。他们合并后的投资组合中包含了许多我们在全国的忠实支持者，例如加州的I.马格宁百货和布洛克百货，纽约的布鲁明戴尔百货和亚伯拉罕&斯特劳斯百货，亚特兰大的里奇百货和戈德史密斯百货，以及西雅图的邦·马尔谢百货。

我碰巧认识经手这笔交易的银行家。我了解到，他们计算了5%的额外利润，因为这些百货公司规模很大，所以这5%的额外利润来自商店强迫所有供应商给他们5%的额外折扣。在20世纪30年代，5%的额外折扣是惯例，像西尔斯百货这样的巨头，即便在"大萧条"时期也以此作为让供应商继续在里面经营的条件，但后来商业环境剧变，这种做法不太可能再次成功了。我向其中一位银行家提了建议，并表示如果他们能理解这一点，那么银行可以省下一大笔钱，而且可以避免尴尬。但他回答："我的同事告诉我，这是一个合理的假设。"

交易就这样达成了。

在坎皮奥收购联合百货之后，我接到了从他办公室打来的几个电话，要求我安排时间与他见面。我知道他为什么想见我。他想要我为那5%的折扣让步。我很担心，如果我是他第一个要拿下的供货商，并且我恰好不买账,那么他很有可能会停止采购我们的产品,好杀鸡儆猴。这代价太大了,我们输不起。

所以我躲起来了。在后来的很长一段时间里,我都随时处于"出差"状态。如果坎皮奥找不到我,那他就没法威胁我。

显然,没有人会给他那额外的5%。但是这样一来,两家公司合并的主要利润优势就会消失。坎皮奥原本预测自己当年就可获得7.4亿美元的利润,那么他就可以在1989年还清债务。然而,联合百货贡献的利润仅为预测的一半,而坎皮奥的债权人要求按时收回他们的贷款。1989年1月15日,由于无力偿还债务,联合百货和联盟百货申请了有史以来规模第二大的非银行破产。(德士古石油公司是第一大破产案。)

在由此造成的破产重组中,超过40家商店被清盘。

那些跟坎皮奥一起变得负债累累的百货公司,不得不与同样苦苦挣扎的竞争对手合并,或者完全消失。雅诗兰黛的专柜减少了,我们严谨的分销模式也崩溃了。人气旺盛的商店和门庭冷清的商店合并了,因为我们与那些人气旺盛的商店一直有合作关系,所以当他们收购了没什么人气的商店的时候,我们的产品自然也只能陈列在那些没什么人气的商店里了。我们什么都没做,却只能被迫在知名度较低的商店进行分销,这样一来,我们获取的利润也更少了。这是一个恶性循环的开始,它影响了所有奢侈品牌,并将困扰我们多年。

利润的囚徒

不要忘记,尽管身处混乱之中,我们仍在与兰蔻缠斗。

兰蔻和雅诗兰黛都遭受了相同的重创。然而,我们的应对措施体现了我们两家企业之间的根本性差异。

兰蔻采取了保守的做法，大幅削减了平面广告。和许多上市公司一样，他们成了利润的囚徒，他们需要保护自己已有的财产。

但是我们总是反其道而行之。当竞争对手收紧预算时，我们就增加预算。为了保住市场份额，我们加倍努力。雅诗兰黛几乎每个月都会推出新产品，我们打算在广告、促销活动和产品发布等方面都超过对手。

为了创造广告的兴奋点，我们通过"产品线内上新"的方法最大限度地撬动主品牌，也就是在现有产品线内推出一个新的产品组合。我们重新推出了雅诗兰黛的若干个彩妆系列，为它们升级新包装，新包装以午夜蓝色调为主，点缀着金色高光。这是一个巨大的成功。

我们还在广告上继续加大投资。另外一个不太为人所知，但同样在并购狂潮中受害严重的行业是报业。每家大型百货公司过去都在当地报纸上花费数百万美元做广告，尤其是在雅诗兰黛推出新产品时。并购带来的伤害使许多报纸陷入财务困境。我认为《洛杉矶时报》和《芝加哥论坛报》从那以后再也没有恢复过来。作为应对，我们加强了我们在精品杂志、广播和电视上的广告。这在最大程度上提高了我们在市场中的影响力。

然而，如果太多的商店倒闭，那我们再怎么努力将顾客向商店引流，也只是劳而无功。我曾彻夜难眠，为"我们"的商店不可预测的未来感到担忧。我花了很多时间拜访我们合作的商店，通过寄销商品和扩大赊销额度来帮助他们。这对他们有很大的影响。

"你让我们的市值降低了 2 亿美元"

这是非常困难的时期，不仅是在公司外部，公司内部也是如此。

兰蔻之战让公司分成了两派，一派认为要保住公司的市场份额，另一派则想保住公司的利润。我发现自己并不赞同那些认为我们不该参与市场份额之争的人。而领导后一阵营的人，正是我们当时的首席运营官。

有一天，他对我说："你知道你让我们的市值降低了2亿美元吗？"

幸运的是，因为我们是一家私有公司，所以没人知道我们的市值。

我目睹了伊丽莎白·雅顿、赫莲娜·鲁宾斯坦、露华浓、丽思查尔斯，以及其他美妆业巨头的遭遇，他们都成了利润的囚徒。因此我们很快就抢占了他们的市场，随后得到了他们的利润。我拒绝让步。我认为，今天损失2亿美元市值，总比明天损失整个公司更好。

尽管如此，这仍是一场十分惨烈的战斗，其影响波及整个公司。其中一个受害者就是首席运营官。早在我就读于沃顿商学院时，我俩就是同学。（我不是因为这个才雇用他的。）我们一度合作得很好。但现在我们站在两个阵营里，所以他不能再待下去了。

这是一个值得我引以为戒的教训。

后来，我和编辑海伦·格利·布朗成了好友，她把《时尚》杂志重新打造成了一本非常成功的杂志。海伦曾告诉我，当她得到《时尚》杂志的工作机会时，她接到了她最好的朋友打来的电话："海伦！我要到纽约来帮你发行杂志。"海伦的回答是："亲爱的小猫[①]，我不能雇用你，因为我不能解雇你。"

这则故事的教训是：**不要雇用你的好朋友，也不要雇用你以前的同学。友谊是友谊，生意是生意。**

[①] 关系亲密的朋友之间的昵称。——编者注

"团结让我们巍然屹立"

苦难能激发出人们最好的一面，也能让你看到其最糟糕的一面。兰蔻之战、严峻的经济形势、并购狂潮，以及随之而来的商店大规模倒闭，所有这些构成了一个令人焦虑、痛苦的环境，并导致了我们公司内部各品牌之间的全面竞争。

每个新品牌都代表着一种风险。我们一路走来的每一步都促使我们进一步寻找新的方法，来保持销售曲线的上升。我们会根据每个品牌的规模和个性特征，采取不同的分销模式。你永远不该试图让一个品牌超出其本身的自然规模。与此同时，推动品牌成长也是你必须要做的事。

我陷入了进退两难的困境。

当你拥有一个品牌组合，组合内的每个品牌都有自己的特点并且都在高端市场销售，这时，这些品牌就会在一定程度上相互竞争。但我现在看到的可不是兄弟姐妹间的善意竞争。恶意的刀尖已经显露出来了。

我创造倩碧是为了与雅诗兰黛竞争，而创造处方是为了与倩碧竞争。但是，当我们必须把全部精力都集中在打败兰蔻上时，我们最不希望看到的就是雅诗兰黛、倩碧和处方之间激烈的内讧。

用亚伯拉罕·林肯的话说就是："分裂之家无可持存。"

任何父母都知道，你不能简单地通过训斥孩子来让他们相处得更好。一位朋友曾对我说："你不能伤害那个向着你的人。"想到这儿，我受到了"团结让我们巍然屹立"理念的启发。

面对士气低落的公司，我面临的挑战是要思考如何让公司团结起来，恢复志同道合和友爱的感觉。

我是借助笑来做到的。笑是一种很好的平衡器和强力黏合剂，当人们一起笑的时候，就很难产生敌意。人们越紧张，找个理由笑一笑就越重要。

销售会议一直以来都非常严肃，但是现在我们把它变成了大家一起参与的庆祝会。我们设计了一个节目，让大家有机会讽刺公司和我们的各个品牌。倩碧的文案总监用"去角质对国家有利"这句话写了一首歌。这让我感到非常有趣。

我对各品牌的负责人说："当我们必须一致对外时，你们就不能互相对抗。"为了打破他们之间筑起的高墙，我邀请他们和我一起乘面包车旅行，并坚持一同行动。我没有居高临下地指挥他们，而是拥抱他们，并鼓励他们互相拥抱。在面包车里，大家都不再属于某个品牌。

在国际部，我们有一个传统，就是每次品牌会议后，我们都会举行一场扑克比赛。（我们的香港团队负责人总是赢。）有一次，英国团队的负责人抱怨美国货币让人摸不着头脑，因为美国货币没有像英国货币那样的颜色编码。"为什么美国人不给钱涂上颜色？"他抱怨道。这句话成了公司里的一句名言，总是逗得我们哈哈大笑。

危机可以成为将公司里的所有人融合在一起的手段。欢笑能帮助我们平稳度过艰难时期。

这次的经历给我上了宝贵的一课：当你进入战斗时，务必确保你知道自己正在做什么，要去往什么地方。你要把自己的盟友和军队聚集在一起，并且帮助大家相互理解。你不能指望别人在不知道你在做什么和为什么这样做的情况下就追随你。

最终，公司变得更强大了。我们浴血奋战，永不屈服。对于我们打响的战役，我从未后悔过。我们的利润确实受损了，可是我们的市场地位却更高了。

ESTEE LAUDER

我的经验是:当某人出色地完成工作时,你必须要表达出对他的认可。

如果你表达出了足够的认可,你就获得了指出对方尚需改进之处的特权。

一旦别人接受了你的赞扬,他就失去了拒绝批评的权利。

第十五章
"经营企业的家族"

ESTÉE LAUDER
成为雅诗兰黛

我母亲总喜欢讲这个故事：在雅诗兰黛刚刚成名之际，查尔斯·雷夫森曾经提出以 100 万美元的价格买下我们的公司。

那可是查尔斯·雷夫森，他才不会真的出价。实际情况是，在一次两人都出席的晚宴上，雷夫森告诉我母亲，他打算买下雅诗兰黛，"这样他就能成为美妆行业的凯迪拉克了"。

我母亲的回应是，她把雷夫森的提议看作一种奉承，不过她倒是愿意买下雷夫森的公司，然后成为该行业的劳斯莱斯。

结果是雷夫森昂首阔步地走开，然后对一些两人共同的朋友宣称："我要毁掉她。"

美国香水公司法贝热的创始人萨姆·鲁宾也有过类似想法，不过他很有礼貌，他先问了我母亲是否考虑出售公司。

"你对美妆产品不够了解，香水才是你的专长，"我母亲回答，"你为什么要买我的公司？我可以买你的。"

于是此人彬彬有礼的面具消失了。"小姑娘，"鲁宾咆哮道，"你不知道自己在说什么。"

母亲从不是一个会退缩的人，她反驳道："你根本没算过我的资产。重点是，虽然我也没算过你有多少资产，但我不认为你能拿出足够的预付金来买我的公司。"

母亲讲这个故事是为了强调她正在为自己的家族打地基。她要留给我们这样一份遗产，她在世时，这份产业能供养我们；她去世后，这份产业也能支持我们。她反复对我和罗纳德说："我想让你们来继承这家公司。"

她的意思是希望公司能以家族企业的形式经营下去。我也是按照她的想法执行的，只不过略有不同。当我在1958年加入公司时，《纽约时报》引用了我父亲的话："我们不只是家族企业，我们是经营企业的家族。"

我把这句话奉为圭臬。（我儿子威廉和他的堂姐妹爱琳和简也将把这句话当成他们的座右铭。）

"家族企业"和"经营企业的家族"，这二者之间的区别看上去很小，但很重要。"家族企业"意味着你获得的一切利益都是属于家族的。"经营企业的家族"的意思则是，虽然你所在的企业是由你的家族创立的，但它是一个人人都能从中获利的企业，而你应该公平地给予所有利益相关者属于他们的回报。

二者的区别还不止于此。它还意味着，即使公司打上了我们家族的姓氏，家族成员也不是生下来就能进入公司工作的。你不会因为姓兰黛就自动得到一份工作，你必须凭实力得到它。

当我们的下一代，我的儿子威廉和加里，还有我弟弟罗纳德的女儿爱琳和简开始思考他们的未来时，我要考虑的则是如何让家族和公司的利益最大化，以及如何使二者以最佳方式结合起来。

靠能力，不靠关系

有一句老话是这么说家族企业的："第一代建立，第二代享受，第三代破坏。"我下定决心要打破这种模式。我要创立一个伟大的家族企业，并且是那种能在很长的时间里为很多人做很多事的企业。

家族企业面临着一系列独特的挑战。我深入思考了如何把我和父母一起工作时学到的经验运用到下一代身上。我向顾问们咨询，尽可能从他们那里得到更多建议。无论哪个行业的家族企业出现重大分裂或是挂牌出售的情况，我都会深入研究相关报告。所有的家族企业，无论在什么情况下被出售，似乎都是因为下一代不再参与公司的经营，只对钱感兴趣。

我开始思考和筹划，为代际过渡做好准备。

最突出的问题是：许多家族企业都是从一颗很小的种子开始萌芽的，这颗种子就是创始人的雄心和抱负。你如何才能鼓励这颗种子在下一代人身上生根发芽，同时又能确保他们愿意参与企业经营呢？

当然，任人唯亲是大家都心照不宣的规则。如果雇用家庭成员，那么你该如何处理因偏袒而产生的指责？你要如何能让其他同事相信，雇用家庭成员是因为他们的能力，而不是亲戚关系？

正如我之前所说，我申请进入美国海军候补军官学校的主要原因之一，就是想从世界上管理最好的组织中获得第一手的领导力培训。在我的成长过程中，我从父母那里学到了很多。放学后以及周末为公司帮忙的时候，我也积累了很多经验。

不过，雅诗兰黛当时只是一家小公司，甚至可以说是一家夫妻店。我父亲之前有经商经验，而我母亲依靠的是自己的直觉。为了帮助公司成为我梦想中的全球巨头，我知道自己需要拓宽视野，积累实战经验。

海军不仅教授我领导力，还给予我信心，让我相信自己知道如何去领导别人。如果我大学毕业后直接到雅诗兰黛工作，我就不可能获得这两个重要的品质。我需要从受人尊敬的外部权威那里得到证明。

我弟弟罗纳德也有同感。1982年时他已经在为公司工作了，而且他在创建倩碧时发挥了重要作用。但当时他得到了在里根政府的国防部担任欧洲事务副助理国务卿的机会。他对此感到非常兴奋,我母亲却深感困惑。她问:"为什么罗纳德要离开公司去华盛顿工作?"

我的妻子伊芙琳巧妙地向我父母解释说:"他需要属于自己的一片天。"罗纳德给我的解释很简单,却十分令人难忘:"我想看看自己是不是真的很棒。"他当然很棒。

在外面工作

我鼓励所有的家族成员都向外发展,尝试从其他领域获取工作经验。如果一个姓兰黛的人通过在"外面"工作学会了应对挑战,还凭借自己的能力取得了成功,那么他们就不会觉得有什么东西是他们因姓氏而应得的。在"外面"工作还有助于使他们明白自己对公司负有更大的责任,运营企业时,他们也会拥有更广阔的视角。

当我的大儿子威廉从沃顿商学院毕业时,他被梅西百货录用并完成了管理培训课程。如果你想在零售业打拼,那么梅西百货作为美国最大的连锁百货公司,就是公认的最佳发展平台之一。

威廉在梅西百货工作了三年。他在具有地标性质的纽约海诺德广场店担任销售副经理,并负责梅西百货在达拉斯的新店的筹备工作。1986年,他加入雅诗兰黛,担任倩碧的纽约地区市场总监。

梅西百货给了他大量培训和丰富的经验。更重要的是,这让他自己以及其他人相信他能胜任工作。梅西百货的认可就像是《美国好主妇》杂志的"盖章认可"。他知道自己很棒,其他人也知道。

如今,家族下一代的四个人中有三个都在塑造雅诗兰黛的未来中发挥着至关重要的作用。

威廉·兰黛被提拔到若干个高级领导职位上，最终在2004年成为首席执行官。2009年，他成为执行总裁，并一直担任这个职位。他创建了我们的线上业务，而且做得很好。我们是美妆产品线上销售比例最高的品牌之一，这都要归功于威廉。

罗纳德的大女儿爱琳·兰黛在雅诗兰黛的职业生涯是从处方开始的，她曾是处方营销团队的一员，后来她成为雅诗兰黛的风格和形象总监，塑造了我们旗舰品牌的全球形象。她是一位卓越的时尚引领者，因此爱琳顺理成章地成为她祖母的时尚继承人。作为有着畅销香水和护肤品的奢侈生活品牌爱琳的创始人和创意总监，她不断从旅行中寻找灵感，并用不同的包装讲述不同的故事，她的能力完完全全继承了她祖母的风格。

简·兰黛可能是我见过最专注的人。在她五六岁的时候，她就会说："现在听我说！"然后她会拽着我的耳朵，把我的头拉向她，以确保我在认真听。她的思考总是先人一步，当她专注于某件事时，她就会把事情完成得很好。简在雅诗兰黛公司工作超过17年，负责管理一系列品牌。在她的领导下，倩碧重新聚焦用户个体，还在创造力方面达到新高。她现在是执行副总裁，还兼任企业营销官和首席数据官。

我的小儿子加里选了一条不同的道路。他是风险投资公司兰黛有限合伙公司的董事总经理，该公司总部位于硅谷，主要在信息技术领域进行投资。

而现在家族有了第四代，威廉的女儿丹妮尔·兰黛推出了自己的奢侈化妆品系列，是为雅诗兰黛设计的包含七种产品的小容量套装，名为"第四幕"。

他们都继承了我父母的不同特质。威廉稳定的管理能力就像我的父亲；爱琳的创造力同我母亲如出一辙；简身上混合了领导方式上的创新能力和强烈的品牌聚焦能力；加里有利他主义的献身精神，并且擅于经营自己的事业；丹妮尔继承了她祖母和曾祖母的信念，即"美丽是每个女人的权利"。看着下一代人找到他们最擅长的领域真的很有趣。他们每个人都有独特的才能，我为他们感到骄傲。

我们确实是一个"经营企业的家族"。

食物大战

有人说，有两件事会毁掉家族生意，即家族和生意。

这两者都必须守规矩。做生意守规矩不难，但让家族守规矩就没那么简单了。

威廉总结了自己遇到过的挑战，他说："担任一家上市公司的首席执行官就像坐牢，而担任私人控股的家族企业的首席执行官就像被判处无期徒刑。因为你最大的股东知道你家里的电话号码，无论白天还是晚上，他们都会毫不犹豫地打电话给你。"

人们经常听说美妆行业和其他行业的大部分家族都有长期的激烈斗争（例如雷夫森家族，以及拥有欧莱雅的贝登古尔家族），不过，我们家族很幸运，总体上都相处融洽。可以肯定的是，我们会有观点上的分歧——威廉称之为"食物大战"——但我们会尽最大努力关起门来解决问题。

人们经常问我应该如何避免手足相残。我的回答很简单，我们的家族不会出现内斗。我们不会在各种问题上纠缠不休，当问题初露端倪时我们就会立刻解决它。如果出现争议，那么我们会立即意识到并解决掉它，我们一家人会关起门来坐在一起解决。（这就是为什么我不会在这本书里描述任何分歧。私事永远是私事。）

我最喜欢的一句话是："抢占先机。"要把问题扼杀在萌芽状态，要懂得未雨绸缪。通过研究各家公司（无论是家族企业还是非家族企业）失败的原因，我得到了这样一条教训：今天犯下的错误，其影响可能会在隐藏多年后才显现出来。我一直觉得，你不能只考虑未来一两天的事，你必须对未来几十年的事有所考虑。我认为雅诗兰黛如此成功的原因之一，就是我们思考问题时会考虑到未来几十年的发展，而不是鼠目寸光，只看眼前。

另一个引发摩擦的原因可能是一个家族成员不得不为另一个家庭成员工作。为了确保威廉有"他自己的一片天"，除了极短的一段时期，他从未直接向我汇报工作，他从来都不是为我工作。不过，那一小段时期是我最美好的回忆之一，我们家族的三代人一起创建了一个新品牌——悦木之源。

悦木之源的诞生

20 世纪 70 年代见证了有机食品和环保意识的兴起。到了 20 世纪 80 年代，天然美妆产品的概念不再局限于食品商店，而是进入了主流视野。最能体现这一点的是美体小铺的惊人增长，它以每月两家新店的速度扩张，到 80 年代末的时候，它已经在 38 个国家开了 500 多家店。然而，虽然美体小铺大受欢迎，但他们不卖任何高端产品。（与主流做法相反，我并没有试图收购美体小铺。我只是想和他们见面聊聊，就像这么多年来我对所有竞争对手做的那样，但他们甚至拒绝与我交谈。）

就在我思考这一趋势时，我接到了《王后》杂志的美妆编辑打来的电话，《王后》杂志是与我们合作的英国顶级时尚杂志之一。她同样注意到了这一趋势，并有一个关于推出天然美妆产品的想法。她对我说："我认为你需要这样做。"

这仿佛是倩碧的重演,一颗令人兴奋的创意的种子在空中飘浮着,等待着播种和成长。(紧随卡萝尔·菲利普斯的脚步,这位编辑也担任了悦木之源的创意总监。)

我提出的想法是,我们要做的不是一款新的美妆产品,而是一个新的品牌。悦木之源的诞生基于这样一些理念:消费者试图更多地掌控自己的健康和幸福,包括他们对待自己的身体的方式,往远了说,他们希望掌控自己生活的环境。

和倩碧一样,悦木之源也有自己专属的研发团队。不过,创建和推出一个品牌是复杂的,悦木之源的团队也遭遇了许多困难。那时,我的儿子威廉还在雅诗兰黛工作,担任雅诗兰黛的区域销售主管。我觉得他在处方积累的经验使他变得非常适合完成这项任务,于是我便请他迅速加入并接管这项工作。他为悦木之源的概念注入了生命力。

悦木之源发布于1990年,它从过去到现在一直是一个独特、天然、环保、高效的品牌,并且在高端商店销售,它是第一个在百货公司"店中店"里销售的健康品牌,而且是在我们自己独立的悦木之源精品店里。我们把悦木之源定位为高端产品,只在高端渠道发售,这样一来,将自然美妆产品从健康食品店转移到亲时尚的环境中,便顺理成章了。与此同时,悦木之源的植物疗法和受植物启发的包装设计,吸引了所有年龄、性别和经济背景的有环保意识的消费者。这是一个令人兴奋的全新的细分市场。

还有一项革命性的举措,那就是当我们在百货公司推出悦木之源时,我们还开设了独立的精品店。除了已经倒闭的默尔·诺曼化妆品,还没有其他美妆品牌这样做过。

这是威廉针对该品牌提出的若干个了不起的想法中的一个,我很喜欢这个想法。我已经意识到百货公司的合并会使我们变得脆弱,为此我们需要另一种分销渠道来保护我们的品牌。如果我们有自己的店铺,我们就可以自己选择开店地点，而不必在百货公司里争抢专柜位置，也不必和百货公司瓜分利润。我认为，悦木之源的店铺就是我们的独立宣言。

与悦木之源有关的一切都是那么正确。我们的设计部门想出了一个完美的品牌标识：一对榕树的剪影，树枝伸展开来，就像倒挂的雨伞。员工们穿着设计精美的绿色制服。产品包装和品牌通信用的都是再生环保纸，产品配方中不使用任何动物原料（除了蜂蜜和蜂蜡）或以矿脂为基础的活性成分。产品名称也非常引人注目，比如怡然自得、人之初、沉淀，以及清透改善。①

悦木之源于1990年8月在波道夫·古德曼精品百货发布，并由我母亲剪彩。一年后的1991年9月，悦木之源开始在其第一家独立精品店销售，该店位于马萨诸塞州坎布里奇的布拉托街，就在哈佛广场边上。店址就像一个信号，表明我们在追求一个不同的消费群体。正如与雅诗兰黛不同的倩碧吸引的是更年轻、干练的女性，悦木之源瞄准的是那些深入思考世界和自身在世界之中所处位置的消费者。

每一次发布新品，我们都会拿出10%的资金捐给与悦木之源结盟的慈善机构。这个品牌领先于时代，它以高度科学的方式关注自然，而对自身灵感来源的真诚践行，让它走得更远。它不仅通过包装宣传自然理念，还通过回馈慈善事业来证明自己的信念。悦木之源是由价值驱动的，这也改变了我们的捐赠模式。

悦木之源在坎布里奇、纽约苏豪区西百老汇大街和曼哈顿下城的店铺，为该品牌确立了品质标准，也是其最好的广告。顾客可以根据自己的原则和主张审视这个品牌。我们也可以用自己的方式与顾客沟通，不必顾虑会有一整层的竞争者分走我们的关注度。

---

① 此处出现的部分产品名称可能存在与品牌官方网站产品名称不同的情况。实际产品名称以官网原名为准，本书中出现的产品名称皆依此例。——编者注

威廉成为整个公司的独立商店计划的领导者。独立商店计划成了我们的基本战略之一，从悦木之源扩展到魅可、倩碧，最后是亚洲的雅诗兰黛。对我们来说，这一战略无论在过去还是现在都很完美。没有什么比独立店铺更能提供"高接触"的服务了，这是保护品牌和把控用户体验的最佳方式。

令我特别自豪的是，悦木之源是我们一家三代通力合作的产物。每个人都为品牌的推出贡献了自己的专业知识。威廉在发展这个概念并将其推向市场方面做得非常出色，我母亲为她的孙子感到非常自豪，她每周六都会去苏豪区的悦木之源商店，并"教她们如何销售"。

兰黛家族的这三代人是无可匹敌的。悦木之源是第一个高端自然护理品牌，而且直到20世纪90年代中期，它仍是美国增长最快的化妆品品牌之一。

悦木之源是在正确时间出现的正确品牌。

"家庭"也是资产

我母亲坚信，"家庭"是一种强大的资产，她是对的。有很多研究将家族企业的可持续性和盈利能力与非家族企业进行比较，无论这些家族成员是掌握实权还是仅仅在那里工作，从长远来看，由于他们具有照管自家财产的责任感，家族企业都更赚钱，也更具有持续性。

于我而言，家庭不局限于血缘关系，家庭的概念延伸到了雅诗兰黛集团的每个员工身上。我们付出了巨大的努力，让公司里的每个人都感觉自己是雅诗兰黛大家庭中的一分子。这个理念始于我的父母，他们总是带着我和罗纳德参加公司的每一次活动。后来，我自己的孩子也参加了公司的所有活动，我的妻子伊芙琳还在公司野餐时因为打排球而弄伤了手腕。

家庭的理念也延伸到我们的品牌上。雅诗兰黛集团不仅是一家企业，它还是由许多品牌组成的家庭。每个品牌都是这个家庭的一员。

我们的"家庭"越强大，我们的企业就越强大。

当雅诗兰黛公司于1995年11月上市时，我说服了兰黛家族的所有成员，把他们的一部分个人股份拿出来作为礼物送给雅诗兰黛的员工。虽然那些钱不够让每个人去游艇上挥霍，但足够让每个人都感觉到我们是一个整体。最初，这并没显现出什么效果，但到了第二年夏天，当我们举办一年一度的野餐聚会时，情况就不同了，一位在公司工作了很长时间的员工走到我面前，伸出手对我说："你好，伙伴。"

我永远不会忘记那个情景。这表明，家庭理念确实有效。

第十六章

一个有争议的决策

ESTÉE LAUDER
成为雅诗兰黛

20世纪90年代初,"是否应该上市"这个问题成为家族成员谈话时的焦点。对我们这个只有少数人持股的公司来说,这是一个有争议的决策。

我并不完全反对上市。事实上,在相当长的一段时间里,公司一直是按照上市公司的标准进行管理的,公司有顶级的外部审计师提供的财务报表、季度报告,以及分开核算的公司利润中心。一切都为上市做好了准备,只差家族的允许。

当时机成熟时,我愿意考虑上市。但也有很多的利弊需要权衡。我很清楚这一点,因为多年来我一直在权衡利弊。

老板的看法

我研究过许多私有企业上市的案例,对他们的优势和劣势都很熟悉。(1977年,我的朋友,也是前竞争对手,丽思查尔斯的老板理查德·所罗门在《哈佛商业评论》上发表了一篇文章,题为《上市的再思考》。我诚挚地推荐大家阅读这篇文章。)

对大多数私有公司来说,令人信服的上市理由就是为了赚更多钱。上市能带来两个好处：

第一，你会有足够的资本进行扩张。我已经在考虑通过收购和培育美妆行业的小型私有公司来重振我们的创业精神，扩大我们的品牌组合，而这些公司也将从我们投入的资本和带来的经验中受益。（我会在第十八章对此进行更深入的描述。）但我们不需要额外的资本。公司从经营收入和正常信贷获得的资金已经足够满足需求。

第二，你可以为高管和员工提供股权激励。奖励那些在我们的成功之路上发挥重要作用的人是件好事。但雅诗兰黛已经经常出现在各类"最佳雇主"名单上，无须股票期权的诱惑，就能毫不费力地吸引和留住顶尖人才。

换句话说，我们并不需要利用这些优势。反之，上市也存在一些严重的潜在劣势：高管们可能会因为别人得到了更多股份而不择手段地谋取更高的职位，但是这将会是薪酬委员会的职权范围。而我很幸运地没有被允许进入薪酬委员会，我会很开心地置身事外，对谁赚到多少钱或得到多少股份毫不知情。然而我们刚刚从兰蔻之战导致的内讧中恢复过来，我最不希望看到的就是再有什么事让我们的高管相互争斗。股权激励不好的一面是，高管们可能会按照对自己股票期权最有利的方式行动，而不是为了公司长远的利益。

此外还有一个最大的劣势：公司将受制于来自外部股东的压力。

私有化的额外好处

我们的成功总是建立在保持控制的基础上，控制我们销售的产品、控制我们销售的方式和地点，以及控制决策过程。

我们这个"经营企业的家族"的一个特质是，我们为自己的耐心感到自豪。我的儿子威廉喜欢用"耐心资本"来概括我们配置资源的方式。我们知道，一个新品牌需要数年时间才能实现盈利，因此我们会投入大量时间和金钱，让一个品牌按照自己的节奏成长，并在特定的市场里成熟起来。

"耐心资本"需要你进行长期投入。有些人认为，如果你今天推出一款新产品，那么你要么马上赚钱，要么就得终止业务。经营一段时间后你就会知道，如果某款产品在第一年就赚钱了，那么几乎可以肯定的是，之后它就不会再赚钱了，这就是昙花一现。但如果你对这个产品的投入能坚持到第三年，那么在未来很长一段时间里，它都会带来回报。

如果你知道自己手里有好东西，那么"耐心资本"的理念会让你坚持下去，即使你需要等待一段时间才能看到回报。雅男士有长达几年的时间一直在赔钱。倩碧的推出几乎使公司破产，而且是在我们蒙受了巨大损失后才开始赚钱，但这些品牌最终获得了超过100倍的回报。

如果我们有了外部股东，那么他们就会要求我们保持稳定的增长并给他们利润回报。这样一来，我们就很难维持灵活性，而正是这种灵活性造就了倩碧和悦木之源。毋庸置疑的事实是，如果我们是一家上市公司，那么我们就无法创立这两个品牌。

相反，作为一家私有公司，我们可以比上市公司走得更快。我们可以用比竞争对手少一半的时间来推出新品。

如果你是一家上市公司，你就需要接受公开的检视。正如迪克·所罗门所言："现在，坐在客厅里的人都能看到卧室里发生的事情。"如果"客厅里的人"对你的所作所为不满意，他们就会觉得自己有权在公开场合大声地发表意见。但是这种透明性并没有特别困扰我，因为我对我们做的事情感到自豪，也很有信心。没人会拒绝掌声。

不过，你在公众视野中面临的审视，与你作为一家私有的家族企业所经历的审视，是完全不同的。我们不再独自掌舵这艘船。我们还必须为股东负责。外部股东的目标和考量往往与你自己的非常不同。他们会倾向于为了短期收益的即时回报而回避长期利益。即使你保留了控制权,王国内也会有更多的争论和更少的和平。

20世纪90年代初,我深信如果雅诗兰黛不是一家私有公司,我们就不会走到今天。而且我很坚定地认为,如果,或者说即使,我们保持私有性质,我们仍可以继续走我们的道路,建立一个非凡的企业。

此外,时机似乎也不太合适。1994年,我们开始收购魅可,并试图买下芭比波朗。(我将在第十八章讨论收购背后的想法。)我们以前从未进行过一次收购,更不用说连续两次收购了。在收购一家或两家公司的同时,还要进行首次公开募股,这当然不是完全不可能的,但这会让一切变得更加复杂。

"房间里的大象"

不过,选择上市也有一些个人原因,而且是非常有说服力的原因。

对许多企业家来说,上市是成功的终极标志。但对我来说这就不那么重要了,因为我不需得到上市的认可。我已经收获了足够的赞誉,也有足够的钱。除了需要资金进行其他投资来支持我的慈善活动,我不想也不期望我的生活发生什么明显的改变。当然了,我也不想活在恐惧中,我不想一直担心某个季度的不佳业绩会成为我永远的污点。

并不是所有家族成员都就此达成了一致意见。

关于上市还有一个问题,这个问题就像是"房间里的大象",而且是一头"非常敏感的大象",虽然这个问题显而易见,但大家都更倾向于对其避之不谈。因为我们是一家私人控股公司,所以家族成员可以仅凭单据(一种借款凭据)向公司借钱。对于这件事,我们做得非常谨慎,而且为每一种情况设置了合适的借款利率,我们都曾因此受益。但自从我担任董事长和首席执行官,家族成员就必须征得我的同意才能向"家族银行"借款,这偶尔会带来一些令人不快的人际互动。我厌倦了家族银行家的角色,也不想做那个永远说"不"的人。

令我深感悲痛的是,我的父亲在1982年去世了。我的母亲当时也快80岁了。她在1994年摔坏了髋部,此后便渐少参与公司运营。她从来都不是会拖泥带水的人,而且她担心自己欠公司的钱可能会引发不必要的股权再分配,当时的股权是在我母亲、我弟弟和我之间进行分配的。

企业银行家对公司的估值为30亿美元。如果涉及的金钱数额巨大,那么银行家和律师肯定都会参与其中。而当律师和银行家参与进来时,即使他们是来自博物馆和非营利组织理事会的同人,事情也会变得一团糟。当情绪开始翻腾的时候,理性的人也会做出非理性的决定。

作为家族企业,我们从未有过"分家"这类事情出现,我们为此感到非常自豪。现在我也不想看到类似的事情发生。于是在一个夜晚,我意识到我们正面临着一个无法解决的难题。

我们应该如何正视这个问题?

金钱有可能导致家庭分裂,并造成持久的仇恨、怨恨和痛苦。上市可以让钱的问题不再是问题。

所以我同意上市。我向我的家人承诺,我会为此提供支持,而且我们会一起来解决这个问题,尽量不让家族成员心生怨怼。我的字典里没有"家庭怨恨"这个词。"王国的和平"才是我的行事准则。

合适的价格

宣布上市后的下一步就是确定首次发行股票的价格。这是一个很微妙的问题，可能会再次引发家庭内部的争论。

我觉得价格应该适中，这样在二级市场才能看到强劲的增长，并让我们的投资者相信投资这家公司是正确的选择。例如，如果你认为一只股票价值 25 美元每股（我随便说的一个数字），而你出价 22 美元每股，然后它涨到 25 美元每股，那么每个以 22 美元每股买入股票的人都会感到激动不已。相反，如果你认为它值 25 美元每股，而你以 28 美元每股的价格买入，那么它有可能会跌到 25 美元每股，那时人们就会说："我本以为它会表现不俗，但我已经亏钱了。"

我不想把自己置于险境，和那些已经打算把自己的部分股份出售的家庭成员讨论股票定价。所以我们聘请了一位独立银行家，一个我们一致认为合适的人选。他提出了一个我们都认可的价格。

那是一个合适的价格，因为后来股价上涨了。

意想不到的皱纹

在上市过程中出现了一些有趣的时刻。作为董事长和首席执行官，我要面向潜在投资者进行路演，说服他们购买我们公司的股票。在一次路演中，我不禁注意到一位年轻的银行家正盯着我看，她对我的兴趣不亚于对我路演展示图表的兴趣。

路演结尾，我问："还有什么问题吗？"

她说："是的，我有一个问题。"

我鼓励地对她笑了笑，说："好的，这位女士，您有什么问题？"

她说："如果你的产品这么好，那为什么你脸上有这么多皱纹？"

幸运的是，我的皱纹并没有吓退投资者。1995 年 11 月 17 日，现在被称为雅诗兰黛集团公司的这家企业以 26 美元每股的价格进行了首次公开募股。在第一个交易日结束之时，它以 34.5 美元每股的价格收盘，而且从那以后一直在上涨。在此过程中，我们的首席运营官弗雷德·朗哈默尔既是我的伙伴也是我的参谋，我们完美互补。他喜欢说："钱的问题我来，品牌的事情你来。"弗雷德于 1975 年以日本地区运营总经理的身份加入公司，在他的支持下，倩碧在百货公司成了首屈一指的品牌。他在 1999 年之前一直担任首席运营官，之后接替我成为首席执行官。他培养了威廉·兰黛，而威廉在 2004 年接替他任职首席执行官。在雅诗兰黛的那些日子里，我们的合作关系也成就了我职业生涯中的高光时刻。

上市的代价

我向自己和同事发誓，我们将继续按照经营私人控股公司的方式经营雅诗兰黛，我们会按照有利于市场份额、长期利润和品牌价值的原则进行决策，而不是看华尔街的眼色行事。

多年之后，我才知道这个承诺的本意是好的，却很幼稚。当投资者和分析师都在为你欢呼，为你不断飞涨的市盈率（用华尔街的说法是 P/E）喝彩时，你根本无法信守这一承诺，反之亦然。

一旦公司开始对家族以外的人负责，游戏的性质就变了。许多决策现在成了转折点或岔路口。例如，我们应该以多快的速度扩大奢侈品牌的分销？这种扩张应该达到什么程度？如果经济形势不好，或者新产品发布后没有立即取得成功，那么我们该怎么办？我们应该坚持到底并承担股票市场的损失，还是应该扩大分销？我们是否应该削减广告费用以保持盈亏平衡，即便这样做会让竞争对手比我们增长更快，进而蚕食我们的市场份额？

第十六章 一个有争议的决策

在处方身上发生的事就是这一困境的例证。

到 1995 年 11 月我们上市时，处方已经过度分销。每当我们在某个购物中心旗下的一家商店销售处方，其他商店都会威胁说如果不让他们销售处方，那么他们就把我们品牌的其他产品全都撤下。由于我们曾做过让步，现在我们不得不在同一家购物中心的所有商店都销售处方。分销渠道太多，导致销售效率下跌。处方在每家商店的生意都不景气，之后便一蹶不振。

处方只能撑起一家门店的生意，绝不可能同时在一家购物中心里支持三家门店的生意。我觉得我们解决此问题的唯一方法就是砍掉二分之一的分销渠道，每个购物中心只聚焦一家门店。

当我提出合理化我们的产品分销渠道时，有人却劝我放弃这个想法。他们给出的理由是，如果把我们的分销渠道削减一半，那么我们的销售将受到沉重打击，而且还会动摇雅诗兰黛与商店之间的合作关系。我们的股东会反对。

可最终，公司里的每个人都明白了，即使只保留一个门店也太多了。处方的销量无法让柜台后训练有素的美容分析师坚持下去，而她们对品牌的成功至关重要。处方在 2008 年金融危机前就已经出现问题，而那次经济衰退则成了压垮骆驼的最后一根稻草。我们决定将处方从商店撤出。（之后处方通过电子商务重获新生。）

人人都知道，处方就像我的孩子。但在公司新任首席执行官法布里齐奥·弗雷达的要求下，我同意撤店，而这件事恰好表明了我对他的支持，告诉所有人没有什么是神圣不可侵犯的。

我把处方的结局归咎于过度分销，但我也同样责怪自己。我最后悔的一件事是我没有坚持——确切地说，是要求——在处方早期经营时就做正确的事。如果那时候坚持了，情况就会有所不同。财务分析师总是在赞扬"分销扩张"。但他们没有意识到，这其实是在鼓励慢性死亡，因为过度分销会扼杀奢侈品牌的发展。过度分销无疑害了销售处方的商店。而这尤其令人心酸，因为过度分销违背了我们所主张的一切。

我们成了市盈率的囚徒。

我可以稍微放松了，至少放松一下下

正如我所说的，我曾发誓，无论公司还是我都不会因为上市而改变。这是我犯的第一个错误。至于第二个，那就是我仍住在1971年买的那套公寓里。我在乡下还有一个只有一间卧室的隐居之处。我已经收藏了90%的立体主义绘画。虽然我的银行账户肯定受益于所持股票的良好增值，但我的生活没有明显的改变。

但还是有一个根本的不同。

从个人角度说，我终于可以走出"大萧条"的阴影了。我常说："你可以把孩子从'大萧条'中拯救出来，但是你无法去除'大萧条'带给孩子的阴影。"我总是担心，当音乐停止时会发生什么？[1] 那时我们会在哪里？

持有一家经营良好的上市公司的股票使我对未来有了信心。我不再有那种"下周就要破产"的焦虑，这种焦虑曾驱动着我的整个人生，也指导着我的职业生涯。现在我可以稍微放松了，至少放松一下下。

我获得的这种新的安全感，意味着我可以更好地控制我的财产，无论是在公司内部还是外部。

---

[1] 人们把金融比喻为抢椅子游戏，游戏中椅子的数量有限，当音乐停止时，有的企业则会因抢不到椅子而摔在地上。作者借此表达了对企业上市的担忧。——译者注

04

第 四 部 分

收藏家的艺术品

ESTEE LAUDER

**与其用广告来推销产品,
不如用它来打造品牌。**

品牌不受时间影响,也不受语言和国别的限制。
我们所有的广告都应该针对品牌本身。
打造品牌会赋予你更强的议价能力。
如果说一款产品就像一种乐器,那么一个品牌就是一整支管弦乐队。

第十七章
三个"哎呀"

ESTÉE LAUDER
成为雅诗兰黛

我一直有一个收藏家的灵魂。

回顾过去，我可以说，在我的职业生涯中，收藏自己心爱之物的欲望强化了我把雅诗兰黛打造成美妆行业的通用汽车公司的雄心。为了做到这一点，我必须创办一个世界级的高端美妆品牌组合。而且，正如本章描述的，我也乐在其中。

事实上，早在我听说通用汽车公司可能会成为家族企业之前，我就已经在培养自己的眼光了。如果你问一个收藏家是怎样养成收藏爱好的，你会听到收集瓶盖、甲壳虫、棒球卡之类的童年宝藏的故事。当然，我也不例外。我很早就开始积累自己的收藏。

我的第一个"情人"

我第一次对收集上瘾是在8岁那年，当时我在迈阿密海滩的一所寄宿学校上学。我的同学常常会收集和交换豪华酒店的明信片："嘿，我要用一张罗尼广场酒店的明信片换你一张谢尔本酒店的明信片。"（第二次世界大战期间，迈阿密海滩几乎所有的酒店都被美国空军征用，来安置军校学员——谢尔本酒店除外。作为为数不多的几家还在经营的酒店之一，它的明信片尤为珍贵。）

回到纽约时，我会用每周5美分的零花钱购买印有知名城市风景的明信片，比如日落时分的帝国大厦。我把明信片都收藏在一个鞋盒里，那就是我的私人财宝箱。我会时不时把它们拿出来欣赏一番。对我而言，最重要的是收集别人——至少是我认识的人——没有的东西。

像当时的许多男孩一样，我也集邮。（富兰克林·罗斯福以热衷集邮闻名。对一个男孩来说，难道还有比这位受人爱戴的美国总统更好的榜样吗？）正如我在第三章写到的，某个周六，我去了42号大街的一家邮票商店。这家商店在一座10层的大楼里，大楼里几乎每一层都有邮票商店。我随便走进一家店闲逛，这家店还卖一些老照片的明信片。店里的一名顾客向我展示了若干19世纪末20世纪初的德国和美国明信片，我被深深吸引住了。

这位先生是大都会明信片收集俱乐部的会员。他耐心地向我讲解是什么让明信片变得有价值，包括印刷工艺、卡片序列号的重要性，以及其他因素。更妙的是，他主动提出帮助我加入俱乐部，并邀请我参加下次在布鲁克林区某人家中举办的会议。俱乐部的年费是一美元，这也是我能负担的。我的会员编号是75号。直到今天，我仍然是这个俱乐部的会员。

这对我来说是多么重要的发现啊！我找到了一个收藏同好聚集的团体，他们中的大部分人都比我更有热情，也比我更博学。从那一刻起，我便经常向那些比我懂得多的人学习。因为对我来说，最刺激的不是探寻和获取宝藏，而是在探寻的过程中学到的知识。

我学到的太多了！

如今，大多数人认为明信片只是度假的纪念品，上面是由专业摄影师拍摄的风景照片，他们无法独自复制。要想搞清楚美术明信片在全盛时期

（大约从1898年到1914年）的受欢迎程度，你就必须了解当时的通信状况，那时候大多数家庭都没有电话，报纸和杂志倾向于使用插画而非照片。说到照片，虽然盒式相机当时已经开始使用，但是在1900年柯达布朗尼相机问世之前，盒式相机从未真正普及。

而就在1898年，国会通过了《私人邮寄卡片法案》，私人印制的明信片从此合法化，比起政府发行的明信片，私人印制的明信片的邮寄成本要低得多，寄一张明信片仅需1美分，比寄信便宜一半。之后，其他加入万国邮政联盟的国家也纷纷通过了类似的法案，这使得明信片的使用频率出现了一次高峰。

邮政服务的大幅改善进一步推动了明信片的普及。到1890年，美国城市居民平均每天会收到两三次邮件。（在伦敦，邮递员一天要派件12趟。）早上寄出的写着"今天下午我们一起喝茶"的明信片，中午就能送到。美国邮政总局于1896年推出了乡村免费邮寄制度，并在1902年成为永久性服务制度。多亏了这个制度，农民们每天在家就能收到信件，这样他们就不必长途跋涉去最近的邮局了——有些农民得走一周才能到达离家最近的邮局。

一时间，明信片风靡全球。数十亿张卡片被购买、邮寄，以及贴在收藏册中。用现在的说法，明信片就是推特、电子邮件、照片墙和脸书，它集所有这些社交媒体的功能于一身。

无论从通信角度看还是从娱乐角度看，明信片都有廉价和快捷的特点。明信片收集册构成了一本生活画册，记录了现代世界的奇观美景，万国博览会和世界博览会、充满异域风情的旅游景点和豪华邮轮、女性角色的变迁、日益流行的体育运动（自行车当时非常流行）、新科技，以及时尚、艺术和文化的流行趋势。许多艺术家会制作专为明信片设计的图片，他们把这些3×5英寸的卡纸变成珍贵的收藏品，并以此增加收入。在欧洲、美国，甚至日本，人们会排几个小时的队购买最新发售的明信片。

明信片也是一种早期的新闻摄影，它被广泛用于发布新闻、推广政治观点，以及政府宣传工作。每一个有新闻价值的事件，从洪水到地震，从战争到泰坦尼克号的沉没和幸存者的营救，都被明信片记录下来，许多明信片几乎同时发行。我一直迷恋20世纪的历史，所以你可以想象，当我第一次看到那张印有斐迪南大公走下萨拉热窝市政厅台阶照片的明信片时，我是多么激动。斐迪南大公是奥匈帝国的皇位继承人，他在走下台阶的几分钟后遭遇枪杀，这是第一次世界大战的导火索。

在我的收藏中，有一张明信片令人不寒而栗，上面记录的是1938年纳粹吞并奥地利后，大批人聚集在维也纳欢迎阿道夫·希特勒的场景。镜头聚焦在一个中年妇女的脸上，她的模样很普通，但表情很兴奋，她伸出右臂，向她的元首致敬。当我拿着那张明信片，阅读背后潦草的文字时，我仿佛置身其间，正从椅子上站起来，走向人群。一张明信片，就让我感觉身临其境。这是新闻摄影的巅峰之作。

现在你明白我为何如此迷恋明信片了，以及我的妻子伊芙琳为何会把我收藏的明信片称为我的"情人"。

"我们能做到"

明信片就像"入门成瘾药"，把我带向下一波藏品——美国海报。

我第一次购买海报是在1943年，当时我10岁。当时战争信息办公室发布了一系列爱国海报，"口风不紧舰船沉""食物就是武器——别浪费"，当然还有"我们能做到"（又名"铆工露西"），除此之外几千种口号，它们都被融入生动活泼、能够激发想象力的图像之中。

我最难忘的一张海报是一名船员的舰船被鱼雷击中，他绝望地走出黑暗的水面，头顶上方写着一行不祥之句："有人泄密！"这张海报警告人们不要传播护卫舰离港的消息，否则后果就如图所示。

我的目标是收集尽可能多的战争信息局发行的战争海报。我经常花几个小时乘坐地铁和公交车去偏远的行政区，拜访纽约市的每一家战争信息局的办公室，只为寻找暂缺的海报。这可不是什么苦差事，这是一种追求！

我认为自己是一个爱国的美国人，对美国充满热情。这种情怀很大程度上源于我在战争期间收集的海报，并因我在美国海军服役的经历得到加强。

1945年战争结束时，我12岁，即将上高中。我对海报的痴迷暂时消失了。

不知不觉中，这些海报使我学到了一个重要而影响深远的经验——最成功的海报是能立即引起反响的海报。海报上的字越少，效果就越好。

在雅诗兰黛，我能很敏锐地识别出什么是好的广告，这都得益于我所收集的海报对我的熏陶。一幅画需要一堆你永远记不住的文案来支撑吗？图片本身是否足以讲述一个故事？在我看来，"我们能做到"的海报和倩碧"一天两次"的广告之间，是有某种传承关系的。

我还记得自己重新燃起对海报的兴趣的那一刻。1977年，惠特尼美国艺术博物馆举办了一场展览，名为"世纪之交的美国"。在博物馆的一个隐秘的角落里，藏着一组19世纪90年代的杂志海报。

19世纪末，大多数杂志都在报摊上售卖，几乎每个街角都有一家报摊。那个时候的杂志封面全是黑白的。但是为了增加销量，一些知名杂志会邀请著名艺术家为杂志设计彩色海报，并在报摊上展示。

这些生动的图片表现出的精神内涵迷住了我。它们反映了一个自信并且看上去毫无问题的美国，表现了那个时代的新鲜、天真和兴奋。就在那一刻，我决定把那些海报作品收集起来，而且从一开始我就打算以后把它们捐给博物馆。(谢天谢地,我的家人不管是对在晚上和周末都不见踪影的我,还是对壁橱和床底下越来越多的海报,都很包容。)

我有很多东西要学,为此我不断阅读这方面的书籍。具备了相应的知识背景后,我逐渐勾勒出自己未来的收藏品的轮廓。我确定了哪些海报是我必须拥有的,还定下了自己未来的收藏品应有的整体基调。当我买到第一张海报的时候,我已经在脑海里反复定位过这幅收藏品,每张新购入的海报都填补了一个特定的空缺。当然,除此之外,还有许多美妙的惊喜,例如比利时艺术家亨利·卡西耶为红星航线创作的旅行海报。从1873年到1934年,该航线从安特卫普往纽约运送了超过200万名乘客。我是在明信片上第一次看到这幅画的,那张明信片是我在几年前以20美分一张的价格购买的。原来那张明信片是头等舱每日菜单的上半部分,菜单的上半部分可以撕下来,用来寄回家作为问候。我喜欢把这些线索串联起来。

对我来说,这是一个完美的培训,或者说实践,它为我后来的艺术品收藏铺平了道路。

"收藏家之胶"

小学时,我就对现代艺术产生了兴趣。我十分热衷于看电影,每周有那么两三次,我会自己乘坐地铁,去现代艺术博物馆看经典电影。(那个时候,孩子拥有极大的自由。)如果我到得早,或者电影结束后还有时间,我就会在博物馆的各个展区闲逛。那时我还不知道什么叫立体主义,但反复品味画作,想象它们是"我的",让我产生了极大的满足感。

我最喜欢的作品是帕维尔·切利乔夫的《捉迷藏》、彼得·布鲁姆的《永恒之城》,尤其是奥斯卡·施莱默的《包豪斯阶梯》,这幅画就挂在楼梯上，你一进来就能看到。这些画作有一个共同点，就是它们都体现了某种新的视角，呈现了一种看待事物的新方式，这一点与照片大不相同。

也许就是它们在我心里埋下了热爱立体主义的种子。

另一个重大时刻出现在1966年，美国最大的艺术品拍卖商帕克·贝尼特拍卖了匹兹堡实业家G.戴维·汤普森的收藏品——那真是汇聚了20世纪艺术精品的非凡收藏。我去过帕克·贝尼特两三次，只为欣赏那些藏品。帕克·贝尼特向我展示了一位收藏家是如何将不同艺术家的画作集合成一组，并留下个人风格鲜明的印记的。尽管藏品形形色色，不一而足，但它们却被一种我称之为"收藏家之胶"的东西联系起来。

同样，在我的内心深处，我很想搞清楚，为什么这么伟大的收藏，却一定要被拆分出售给私人收藏家。它们本可以成为一座新博物馆的核心展品，或是为一家现成的博物馆增光添彩。

我第一次购买重要艺术品就是在那次拍卖会上，我买了库尔特·施维特斯的一幅抽象拼贴画，施维特斯是20世纪上半叶的一位德国抽象派艺术家。我记得当时我坐在拍卖场里不断举手，每举一次都感觉很恐惧。我不敢相信自己出了那么高的价，3500美元，这对我来说可是一个大数目，但施维特斯把各种碎片和材料，以一种似乎可以理解，但又十分令人迷惑的方式组合在一起，这太令我着迷了。我可以欣赏那张拼贴画好几个小时。

我必须拥有它。

三个"哎呀"

每个狂热的收藏家搞收藏的目的都不尽相同，一些人是为了投资，一些人是为了与他人一争高下，还有人纯粹是为了收藏带来的满足感。我听过一个日本收藏家的故事，他对自己收藏的莫奈画作是如此钟爱，甚至要求用画作陪葬。

我不会这样做。

我喜爱收藏的原因有二。第一，建立一个完整的收藏体系，这令我感到兴奋。如果你不是一个疯狂的收藏家，那么你就很难完全理解当我可以填补体系中缺失的部分时，我会获得怎样一种令人兴奋的感觉。这就像在整个拼图中插入关键的一片，或在填字游戏中解决一个棘手的线索。当每一个点都联系起来，让一切都变得有意义时，你会有一种深深的喜悦感。

注意，我说的是"完整的收藏体系"，而不是"包罗万象"。我认为，在形成体系的过程中，选择总是起到重要作用。我拒绝的作品和那些最终被我纳入收藏的作品都有重要意义，我选择或不选择，要看它们的质量、构图和历史价值。这些选择反映了我个人对整个收藏体系的看法。

我喜爱收藏的第二个原因，是想为现在和未来几代人保存和分享我收集的作品。于我而言，终极的满足不在于拥有，而在于打造一个值得被博物馆收藏的系列，然后捐出去。

把作品编排在一起形成一个内在的体系，通常是不大容易的，至少对我来说是这样的。当我开始购买"重要"的艺术作品时，我发现自己喜爱的艺术家和作品真是数不胜数，古斯塔夫·克利姆特、埃贡·席勒和他们的水彩画，还有施莱默和他的《包豪斯阶梯》，这是一幅我从孩提时代就喜爱的画作。

我甚至愿意借钱购买一幅克利姆特的画作。尽管我的收入相当不错，但我实在没办法集齐自己喜爱的艺术作品。但我母亲过去总说："你只会为你没有买的东西后悔。"我不想为失去克利姆特的画作而后悔。

我没有受过艺术鉴赏方面的教育，也没有系统培训过自己的眼力。但是提高自己的鉴赏力的过程就像旅行一样，起初我会被一件好作品打动，然后我学会欣赏更好的作品，最后我会爱上那些顶级艺术品。我弟弟罗纳德也是我们这个时代最棒的收藏家之一，他把自己的收藏方法总结为"三个哎呀"——哎呀！哎呀，我的天！哎呀，我的上帝！

他的准则是"只收藏令自己发出第三个'哎呀'的作品"。

令人发出第三个"哎呀"说明作品是登峰造极的佳品。对这个观点，我举双手同意。

爱上立体主义

小时候参观现代艺术博物馆时，我就被毕加索的立体主义作品吸引。它们不像印象主义画作那样容易理解，比如同样在现代艺术博物馆展出的莫奈的睡莲系列。立体主义的作品中总有一种复杂且雄伟的东西吸引着我。我必须努力去发现它们的伟大之处，但一旦发现，我就会爱上它们。

1976年，我购得了我的第一件立体主义藏品，作者是费尔南·莱热。1980年，我买下了毕加索1909年的画作《玻璃水瓶和烛台》。从那个时候起，我就开始自学，了解开创了立体主义的画家，研究他们的画作和哲学，结识专营他们作品的艺术品经销商和收藏家。我花了很多时间观看现代艺术博物馆的艺术作品，买下了目所能及的每一本书，特别是作品名录，那些全面并且有注解的清单，列出了某位艺术家某一特定的或所有的艺术表现方式中所有已知的作品。早上在室内自行车上锻炼的时候，我经常一遍又一遍地阅读它们。每天晚上，我都会坐下来欣赏一幅立体主义画作。每一次，我都能看到以前没看到过的东西。我喜欢阅读关于它们的书籍，揭开那些近在眼前却隐藏起来的秘密。

我的教材就是皮埃尔和若昂合著的《毕加索：立体主义时代》，我几乎每天都仔细研读这本书。说实话，我对书中的图片更感兴趣，而不是那些晦涩难懂的学术文章。

我总是密切关注每幅画的主人。如果那幅画是"私人藏品"，就意味着有一天它可能会属于我。如果确实如此，那么我会时刻准备着。

我一直在培育自己的鉴赏力和自信心。

毕加索的画作《我们的未来在空气中》（也被称为《扇贝壳》）尤其令我着迷。我尽我所能了解有关它的一切，而令我高兴的是，1984年时我买到了它。一天，我参加了柯克·瓦恩多的一场讲座，他是杰出的艺术史学家，也是现代艺术博物馆的高级策展人。当时屏幕上投射的不是别的，就是这幅画。瓦恩多宣称："这是立体主义作品中最重要的一幅。"为什么这么说？"因为它是一个转折点，标志着从非常抽象的原始分析立体主义向综合立体主义的转变，后者有更多元素，完全抽象的背景和许多物体粘贴其上的前景，使它看起来更像一幅拼贴画。"

我坐在那间昏暗的屋子里，对自己说："那是我的画！难道我已经具备了创造伟大的收藏博物馆的能力？"

这对我来说就是一个转折点。从那一刻起，我信心满满，觉得自己可以创造一个收藏品合集，而且值得世界上最好的博物馆收藏。

我决定把我所有的收藏精力集中在立体主义和缔造了立体主义运动的四位艺术家身上，他们是乔治·布拉克、巴勃罗·毕加索、费尔南·莱热，以及朱昂·格里斯。这四位艺术家生逢思想变革的时代，那是一个出现了动力驱动飞行、弗洛伊德的释梦，以及爱因斯坦的相对论的时代。他们四人打破传统，敲开了通向现代艺术的大门。我决定用"内行的眼光"打造一个收藏体系，展现出立体主义完整的演变过程。

我选择的藏品都必须符合标准。标准是什么？我知道我想让自己的藏品进入博物馆，但我想要的可不止这些。许多博物馆都有自己的镇馆之宝，并且常年展出，想想现代艺术博物馆收藏的梵·高的《星空》、卢浮宫展出的《蒙娜丽莎》，还有马德里索菲娅王后国家艺术中心博物馆的《格尔尼卡》。其他作品通常会在聚光灯下短暂停留，然后就会被撤下。但我希望我所收藏的每一幅画作都足以让任何一位馆长说："让它在这里陈列久一些吧。"

幸运的是，当时有很多立体主义艺术作品。没错，它们是很贵，但远不及印象主义作品的天价。

当时，我是少数几个只对立体主义感兴趣的人之一。当时佳士得美国公司的主席克里斯托弗·伯杰告诉我，如果他举办的一个艺术品拍卖会上有立体主义画作，那么大多数人只会从那些画作旁边走过，甚至看都不看一眼。那些画作太难理解了，人们根本没兴趣收藏。当时，印象主义和后印象主义的市场要强劲得多。

我的资金只够专注于一个领域，那就是立体主义。此外，聚焦于四位关键艺术家，能让我的收藏更加精炼，也节省了资金。这样一来，只要有优秀作品出现，我就有钱去买。

这只是个开始，在接下来的35年时间里，我一直都在学习、旅行、购买、售出、坚持、犯错，以及精进。我在两大洲之间无数次奔走，结识合适的经销商，参加拍卖会，并"天花乱坠地谈论来自私人收藏的画作"。

我认识了几位专营立体主义画作的商人。我很早便知晓这个道理，永远不要想着抄底。我总是按要价付款，并尽快支付。大多数艺术品经销商都没有足够的流动资金，所以，如果不用讨价还价就能完成一笔交易，还能立即收到款项，他们就会想着我，下次他们有新作时就会先给我打电话。虽然并不是所有新作上市前我都能接到电话，但能接到的那些已经足够让我高兴了。

我不后悔。

我可以一遍又一遍地看这些作品，并且总能发现一些新东西。我收藏的作品的创作者们彼此之间也会学习借鉴，有时我会发现不同作品之间的联系或是此前从未注意过的隐藏细节，我还学到了图像中刚刚被破解的元素符号的意义所在。例如，拼贴画会一直为这个世界以及新的观看方式带来新的参考和借鉴，而这也开启了对其他图像的新诠释。

这就是为什么收藏对我来说是一种乐趣。我没有最喜欢的画作。收藏是一个整体，就像一块布，如果你抽出一根线，那么整块布就不一样了。

我的努力最终成就了"莱纳德·A.兰黛立体主义收藏"，它包含78幅绘画、素描和雕塑作品，其中有33件出自毕加索之手，还有17件乔治·布拉克的作品。大都会艺术博物馆2013年曾宣布要展出这一系列藏品，这条消息登上了《纽约时报》的头版，而且还在版面的上半部分！

有人说，生活模仿艺术。经过磨砺的收藏哲学变成了我构建精品品牌组合的商业策略，而这一策略则要发展并重新定义雅诗兰黛集团公司。就像有些人喜欢印象主义，也有些人喜欢立体主义一样，不同的人会喜欢不同品牌的奢侈美妆产品。

我的目标是让雅诗兰黛满足所有人。

ESTEE LAUDER

你由你的分销定义。

如果你在奢侈品市场,那就待在奢侈品市场。
不要因为某个与品牌价值不符的分销渠道可能带来的销量而鬼迷心窍。

第十八章

"树长不到天上去"

ESTÉE LAUDER
成为雅诗兰黛

我非常相信我所说的"横向创造力",也就是从其他领域获得想法。关于创造力迁移,我有诸多绝佳案例,其中一个案例的种子是在20世纪80年代种下的。当时我还是宾夕法尼亚大学的理事会成员。学校决定升级学院绿地,那是一块位于校园中心的类似公园的空间,为此学校聘请了著名的英国景观设计师。他在演示效果时说:"树长不到天上去,它们最终都会死。但是我们会种小树来替补老树,当老树死去,小树就会长起来,它们会无缝取代老树。"

大约也是在那个时候,经常有人跟我说:"我祖母喜欢雅诗兰黛的产品。"如果他们说"我女儿喜欢你们的产品",那么我会开心得多。但"我的祖母"——不!

我顿悟了。我意识到,我们需要新品牌来接替我们的现有品牌,填补市场空缺,扩张公司规模。我们需要发布新品牌或收购竞争对手的品牌,如此一来,当新的消费者进入市场时,他们会发现新品牌,并把它们当成自己经常使用的品牌。

那次演示启发我创造出我们的大品牌组合策略。

推向极致

早在 1968 年倩碧上市时，我就感觉到雅诗兰黛在扩大品牌影响力方面已经做到了极致。要想进一步增长，我们就得推出更多不同品牌，来吸引更多崭新且不同的消费群体。倩碧、处方和悦木之源的诞生证明了我的观点。

1970 年，公司年销售额略高于 5000 万美元。20 世纪 80 年代中期，这一数字已经超过 10 亿美元，到了 90 年代初，年销售额又翻了一番，达到 20 亿美元。

但是，公司能靠自己的力量一直行驶在快车道上吗？

可能不行了。

我们前进的每一步都在催促我们找到让销售曲线持续上升的新办法。我们根据每个品牌不同的规模和个性特征安排了不同的分销模式。我们永远不会把一个品牌推到超出它本身的规模。但我感觉到，我们旗下许多品牌的市场正趋于饱和。

创造一个新品牌是非常困难的，从一个已经成形的组织内部启动这套流程更加困难。局外人创业是为了打破传统："我必须打败那些老家伙。"而组织内部的人却会犹疑不决："创新时可得小心点，别伤到我们已有的东西。"

过度谨慎会削弱勇气。

要想发展，我们就必须打破常规。但随着公司规模越来越大，我害怕我们会变得厌恶风险。我担心我们已经失去了那种排除万难进行创新的勇气。

我母亲一直以来都很讨厌收购外部品牌的行为。她觉得我们应该创建自己的品牌。毕竟，公司已经推出过雅男士、倩碧、处方和悦木之源这些品牌，还推出过标志性的香水，比如青春之露、雅诗和白麻等，这些全都大获成功。但是，创造出能够触及新顾客的原创品牌变得越来越难了。

我突然意识到，只有像雅诗·兰黛这样的女人才能走出一条与众不同的新道路，但雅诗·兰黛只有一个。然而，我们不能再理所当然地把她当作创作源泉了。20世纪90年代初，母亲开始放慢脚步。虽然她还是会在棕榈海滩浪花酒店的年度销售会议上发表演讲——我的母亲喜欢这些活动，她也确实从中汲取了能量，但是，尽管她在公众面前一如既往地充满活力，可会议结束后她就筋疲力尽了。随后，她在1995年正式退休。

虽然我乐于提出新想法，但我也不想让公司只依赖我。

是时候走出一条新路了。我认为，通用汽车公司采用的"针对不同消费者的人群特征和地域特色推出不同品牌"的模式，仍有很大的发展空间。只不过那些令人兴奋的新想法都来自规模较小又斗志旺盛的独立公司，雅诗兰黛曾经就是这样一家公司。

持否定态度的人们担心收购外来品牌会侵蚀我们现有的业务，但我看到的是增长的潜力。增长一直推动着国家和我们公司前进，因此我愿意为它押上筹码。

我是个冒险家，一直都是。为了生存，我必须冒险。但我不认为创新的代价是摧毁旧世界。如果你认为破旧立新是唯一的生存之道，那么你将会失去立足之地。反之，你必须能从旧世界的基因中识别出那些特殊品质，然后在新生事物中确立并培育这些品质。只要过去的基础还在，就会有很多人支持你，你可以在过去的基础上建立一个崭新的公司。

品牌需要改变，才能维持它的价值和意义。消费者正在以你无法想象的方式不断进化。这不仅关乎他们的年龄，还有很多外在的影响因素，他们接受的教育、兴趣爱好、文化和经济背景，以及他们所处的环境，这些因素作为一个整体，共同组成了新的消费者需求。

在我看来，收购品牌曾经是而且仍然是扩大顾客基础的绝佳方法。为了实现增长，我不仅需要收购新品牌，还要收购新思维。获得新思维的最好方法就是收购一家公司并保留它的创始人，而创始人之后会在我们的帮助下，把自己的原创品牌推向新高度。虽然引入当下的新赢家，可能会动摇曾经的老赢家（也就是雅诗兰黛的核心品牌）的地位，但这种输入最终会成为我们共同财产的一部分。

20世纪90年代，经过深思熟虑，我踏上了这条收购之路。

不是一个来自上西区的好孩子

第一个引起我注意的品牌是加拿大品牌魅可。魅可与我们旗下的几个品牌从头到尾都十分不同。

魅可是由弗兰克·安杰洛和弗兰克·托斯坎共同创办的。安杰洛是一家美发沙龙的老板，托斯坎是化妆师和摄影师，也是安杰洛的生意伙伴和人生伴侣。从一开始，他们二人就在地下艺术、地下音乐和地下时尚界掀起了轩然大波。魅可的源头是前卫音乐和先锋时尚。它大胆而妖艳，它可不是文静的超模，它就像是美妆界的变装皇后鲁保罗和歌星麦当娜。而且麦当娜还在1990年的"金发雄心"世界巡回演唱会中称赞过"俄罗斯红"唇膏的持妆能力。

由于魅可的大部分产品都是在独立门店进行销售的，所以每家门店都是他们发布最新时尚宣言的舞台。每当有人走进一家魅可商店，即使隔一周就来一次，他们也会看到一些新东西。魅可坚持的理念就是：新世界，新产品。

魅可获得了巨大的成功，它把精心制作的产品、殿堂级的持妆能力和夸张的形象结合在一起，正如它的品牌宣言所承诺的那样，吸引着"所有年龄、种族和性别"的顾客。魅可的销售人员会把头发染成五颜六色，他们会文身，还会在鼻子、嘴唇、脸颊、眉毛，以及任何你能想到的部位打孔、穿环，以及戴上珠宝饰品。我承认，有些部位大胆到我都不敢想。他们实在太耀眼了。许多销售人员本身就是艺术家，在不同的艺术领域发光发热，文身界、美术界，还有百老汇的舞台上。魅可透露给消费者的隐含信息是，这是一种让每个人变美、感受美的新方式。

我去过多伦多的魅可商店，坦白地说，那里倒是没能引起我的共鸣。但后来我听说他们在诺德斯特龙百货的销售额非常好。当魅可在纽约格林尼治村的克里斯托弗街开设第一家独立商店时，变装艺人邦妮女士就在门口迎客，那时它几乎被围得水泄不通。它在纽约第五大道亨利·本德尔百货开业时，甚至引发了一场骚乱。

这都是我此前从未见过的。魅可如此前卫，充满了肾上腺素，令我目眩神迷，虽然我并不会真的那么容易就被搞晕。魅可不仅提供了不同的产品，还提供了与众不同的购物体验。你会和一群穿着疯狂的年轻人一起试妆，他们会热情地帮助你，让你的妆容别出心裁，同时还恰好是你想要的。这种体验几乎盖过了产品本身带来的影响。魅可不仅是一个品牌，它还是一种生活方式。很明显，魅可具有与我们现有品牌竞争的潜力。

我对自己说："我们要成就未来，而不是现在。这间格林尼治村的小店向你展示了未来。"

雅诗兰黛和倩碧曾是明日之星，但我们这种老牌企业的保守主义倾向，使我们无法想象出这样一个光怪陆离的新世界。一个来自纽约上西区的好孩子根本无法创造出可以吸引喜欢文身、戴鼻钉、穿眉环、染绿发的人的品牌。但两位弗兰克可以，他们也确实做到了。而且排在店门口的长队告诉我，这个品牌拥有巨大的潜力。

在尝试收购魅可的过程中，我遭到了现有高管们几乎百分之百的反对。

他们的理由是："我们明明可以在处方上投入同样多的钱，看着它飞速发展，为什么非要收购一个新品牌呢？"殊不知处方本质上是倩碧和雅诗兰黛的混合升级版，魅可却来自另一个星球。它有一个崭新、独一无二的故事要讲，而且是讲给完全不同的受众听。

这正是我思考的核心，永远做一个革命者和局外人，永远不要因为一个独特的公司以独特的方式吸引了独特的消费者，就对潜在的商机关上门。恰恰相反，我们应该敞开心扉。

不过，我们要如何让魅可的革命精神在一个老牌企业里活力长存呢？我做了一个至关重要的决定，它得益于我经营倩碧时遇到的一些挑战。魅可将拥有一个从上到下完全属于自己的团队。团队里的人能肆意创造自己的世界，不会有任何人说"你不能这么做"。魅可的团队周围不会有任何唱反调的人。

我还想起，当我母亲想购买一种特别的原料用来制作青春之露时，美国国际香料香精公司的人拒绝了她，我母亲回应那人："好吧，我会去别人那里买。"

创造者的心灵和头脑是独一无二的，而那种独一无二的心灵和头脑正是我想要的。我决定永远不去试图限制这些创造者，不对他们做事后批评。我想要的不仅是他们的品牌，我还要他们全身心地投入创作。要做到这一点，唯一的办法就是买下魅可，然后让他们自由成长。

1994年，雅诗兰黛集团公司收购了魅可51%的股份，同时得到了国际分销权。1998年，我们买下了其余49%的股份。

作为协议的一部分，我承诺保持魅可本色。我从来没有想到，这一承诺会打开我的心灵和头脑，也改变了我们的公司。

例如，魅可艾滋病基金就是弗兰克·安杰洛的一个绝妙创意，而这是我不可能想到的。为了筹集资金研究这个夺走许多人生命的疾病，1994年，魅可推出了薇拉葛兰唇膏，并说服他们所有的经销商把销售所得全部捐献给魅可艾滋病基金（现在改为薇拉葛兰基金）。

当时，一支魅可唇膏售价 12 美元。每出售一支薇拉葛兰唇膏，就会有 12 美元用于艾滋病研究。此前没有任何人做过这样的事情，更不用说请变装皇后鲁保罗做模特，以及请歌手凯蒂莲做代言人了。这成了一个别出心裁的营销策略，尽管初衷并非如此。涌向魅可柜台购买薇拉葛兰唇膏的顾客可能还会购买魅可的其他产品。这是魅可对雅诗兰黛"优惠购买"策略的继承，我称之为"意义购买"。

随着艾滋病基金的壮大，魅可的销售额也在增长。当时恰好是艾滋病研究的重要时期，能为一项有价值的事业做出贡献，顾客们也很高兴。媒体竞相报道，魅可的销售额直线上升。这标志着魅可开始迅速走红。

今天，雅诗兰黛集团公司仍在支持魅可的薇拉葛兰基金。我们在收购其他有特定理念的品牌时也都是如此，无论是保护洁净水源的艾梵达，还是通过教育赋予女性权利的芭比波朗。这是维系这些品牌基因的一部分，我们不想改变这些基因。

老牌企业很容易陷入"这就是我们"的陷阱，而无法走上"这就是我们必须成为的样子"的道路。从爱上魅可的那一刻起，我就意识到魅可是我们的员工永远无法想到的东西，它不是由一种企业文化创造的，而是由一种标新立异、非同凡响、打破常规的文化创造的。

而且我还意识到了另一件事，那就是如果我母亲年轻 50 岁，那么她就会成为魅可或者芭比波朗的创始人。

"不会尖叫的颜色"

回到我的大学时光，那时的我创办了两家相互竞争的电影俱乐部，以此吸引更多观众。我创造倩碧也是为了与雅诗兰黛竞争。与自己竞争是一个永远不会过时的想法。

谁会与魅可竞争？毫无疑问，答案就是芭比波朗。

和两位弗兰克一样，芭比是一位专业化妆师。但这是他们唯一的相似之处了。魅可意味着出格、夸张的妆容，而芭比波朗则意味着妆容得体、恰到好处。与魅可令人瞠目的紫红色和酸橙色相比，芭比波朗以"女人走进房间时不会像是要大喊大叫的得体颜色"闻名。魅可更像闹市区的品牌，芭比波朗则像在萨克斯第五大道精品百货、奈曼·马库斯百货和波道夫·古德曼精品百货里销售的品牌。而事实上，在这些地方，芭比波朗确实超过雅诗兰黛，成为最畅销的美妆品牌。

不过芭比和我都认为她的生意可以做得更好。芭比这么认为是因为她是一个企业家——企业家就是这么想问题的。我这么想是因为我知道雅诗兰黛集团公司可以把她的品牌带入全球市场，守护并传承她的品牌。

然而，还有一个潜在的小障碍。出于礼貌，我觉得我应该告诉魅可的弗兰克·托斯坎我要收购芭比波朗，这样他就不会被新闻吓到了。

弗兰克无法接受这个消息。事实上，他对我们邀请了一个竞争对手入局感到非常愤怒。他向我抱怨说："你为什么还要爱别人？你有我就足够了。"

这已经不是我第一次经历自己的两个品牌之间的竞争了，当然也不会是最后一次。我请求支援。在我儿子威廉和威廉的朋友加里·富尔曼的帮助下，我们安抚了弗兰克，并让他不要担心。富尔曼是收购和合作方面的专业顾问，在之后负责了许多我们的收购工作。"相信我们，"我们承诺道，"我们永远不会伤害你的'孩子'。"

这是我们在扩大品牌组合以及处理所有手足之争时的惯用的手法。这是一个令人信服的承诺，因为我们真的会做到。而且这一方法很有效。

就在收购魅可几个月后，雅诗兰黛集团公司收购了芭比波朗化妆品公司。该品牌现在行销于六十多个国家。

正因为芭比波朗与众不同的定位，它与魅可之间形成了完美的平衡。魅可和芭比波朗分别占据市场两端，这样一来我们便可在高级彩妆这个门类里占据领导地位。

建设并提升

开始的这两次收购使我的想法发生了翻天覆地的变化，从那时起，我就希望我们收购的品牌的创始人们能提出我们想不到的主意。我们会努力争取并支持这些新的创造者，提高他们的运营效率，但不会改变他们的企业基因。作为交换，我们将为他们提供一个机会，提升他们企业的声誉，拓宽他们的视野，延长他们企业的生命。我们会让他们和他们的员工更富有也更快乐。

我的策略是瞄准那些在特定品类击败我们或在奢侈品市场开辟新道路的品牌。我会寻找那些业绩良好、动力十足、拥有能支持自身顺利运转的组织架构的公司，然后了解它们的分销模式，搞清楚这种分销模式如何支持他们的品牌。我们可以帮助他们，在创始人所开创的事业的基础上更上一层楼。

我会避开那些有着根深蒂固的运行模式的大公司。我想要能在我们的帮助下拥有足够发展空间的小公司。我宁愿收购一家价值100万美元的公司并把它发展到价值1亿美元，也不愿收购一家价值1亿美元的公司并把它发展到价值2亿美元。

我们只收购那些已经呈现出良好发展势头的公司。牛顿惯性定律告诉我们，运动中的物体往往会保持运动状态。我们寻找的是那些正在增长的品牌，因为消费者已经免费替你做了价值数百万美元的市场调研。

我会避开那些过于赶时髦或专注于名人的品牌。这些都不会长久。同样，我也拒绝了那些看起来已经达到顶峰或陷入困境的品牌。我从来都对扭转乾坤不感兴趣，也没有耐心等一个深陷困境的品牌起死回生，况且这类品牌陷入困境是有必然原因的。

有些人认为，你只需要购买一个有前景的品牌，然后坐下等着利润滚滚而来就可以了。但实际上，找到并收购正确的品牌只是第一步。之后，你要深入挖掘品牌基因，识别出那些可以使品牌发扬光大的种子，并培育这些种子，让品牌能够发挥其最大潜力。我花了数百小时研究每个品牌，与它们的创始人合作将品牌提升到国际大品牌的水准。这就是为什么我认为自己不是一个品牌买手，而是一个品牌的建设者。

人们经常问我："怎样才能发现那些能够增强我们品牌组合的公司？"每次我去拜访一家门店，我就会问："什么卖得好？哪些是真正卖得好的？"我没有把自己局限在百货公司里，我还会参观一些概念店，如巴黎的克莱特（可惜现在已经歇业了）、伦敦和米兰的商店街，以及任何时尚前卫、个性鲜明的商店。我从不雇人为我四处搜寻，我总是亲自密切关注。我倾听、观察，并且乐此不疲，不曾放弃。我喜欢看到新鲜事物，也相信自己的直觉。对我来说，没有什么是禁区。

我认为我们买下的每个品牌都是不一样的。祖·玛珑是鲍勃·尼尔森在伦敦一家小商店里找到的品牌。我们也可能会购买经销商推荐的法国和英国品牌，只要它在美国可以畅销就行。

海蓝之谜就是这样加入我们的。

除了高级彩妆，还有另一根支柱，支持着我们的长期发展战略，那就是不断扩大我们在护肤品方面的名气和影响力。我们的一位负责高端百货公司的采购经理对我讲起了海蓝之谜。1995年，它还是一家小公司，年收入不到100万美元。但它的产品享有巨大声誉，并且有一个了不起的背景故事。

一位名叫麦克斯·贺伯的太空物理学家在一次实验室事故中遭遇不幸，脸部和双手严重烧伤。这段经历启发他尝试创造一种特殊的护肤霜，而且他确实做到了。经过12年的努力，以及6000次试验后，他研制出了一款名为"来自海洋的面霜"[①]的护肤产品。

我邀请麦克斯在洛杉矶的贝尔·艾尔酒店共进早餐。他想要向我展示他的产品有多么棒，于是他拿出一罐面霜，用手指挖了一小团，然后像戴隐形眼镜一样塞进自己眼睛里。餐厅里的每个人都在盯着他看。然后，他舔掉了手指上残留的面霜。他的理论是"如果我能吃了它，那它对我的皮肤也会有奇效"。

它的可食用性令我想起了我母亲的故事，曾有人把她制作的面霜误认成蛋黄酱。这款面霜的名气以及它的价格，都让我想起了白金面霜，麦克斯在科研和演示产品方面的特长也令我想起了我母亲。

自1995年加入雅诗兰黛集团公司以来，海蓝之谜已成为全世界最炙手可热的护肤品牌。

另一个以自己的产品为生的人是霍斯特·雷切尔贝克——艾梵达的创始人。

我觉得，如果想要成为美妆行业的全球领导者，我们就必须涉足美发行业。多年前我曾前往中国和俄罗斯出差，当时这些国家的经济还不够繁荣，女性生活朴素，唯一能够享受到的小奢侈就是做头发。雅诗兰黛集团公司在护肤品、化妆品和香水领域已经很有实力。我相信我们可以在美发

[①] 此处提到的产品，在其品牌官方网站名为"海蓝之谜经典精华面霜"。——编者注

领域建立第四根支柱。

我之所以被艾梵达吸引，是因为它独一无二的定位。这是一个高端品牌，使用最优质的天然成分制造产品，并且拥有极好的美发店分销渠道。

霍斯特曾去印度旅行，他在那里学习了瑜伽、冥想和阿育吠陀医学。受到这趟旅行的启发，他开始在自家厨房的水槽里用植物调配产品。（就像我的母亲！）对东方哲学的兴趣促使他在1978年创立了艾梵达，这个词在梵语中的意思是"全部的知识"。

20年后，他创立的这家公司年营收已经达到了1亿美元，但烦琐的日常管理工作常令他感到沮丧。他经常大喊："我就是个做头发的！我还有阅读障碍症！"于是他准备卸下职责，而我们已经做好了接盘的准备。

伊芙琳和我到威斯康星州的艾梵达水疗中心与霍斯特会面。为了给他留下良好的第一印象，我行事极其小心谨慎，我没有穿正装，而是换上了破旧的远足靴和卡其裤，我对他说："这就是我的生活方式。我想咱俩可以相处得很好。"

与此同时，加里·富尔曼已经在这家水疗中心住了好几周，他在这里接受水疗，上瑜伽班，每天静坐冥想，以便培养积极的心态，来接受艾梵达的品牌教育，并与霍斯特进行交流。我们一起吃过晚饭后，霍斯特把加里拉到一边说："我从莱纳德的眼睛里看出他想要艾梵达。我们做个交易吧！"

霍斯特报出了一个几乎不可能成交的价格。而我们想要参观工厂的愿望就更难实现了，因为他不想让员工知道他正在考虑卖掉公司。最后我们说服了他，霍斯特同意让我去找他的会计谈谈，还允许我在周末工厂休息的时候，偷偷溜进去参观一下。

你可以想象出当我告诉法务部，我们不能公开做尽职调查时，他们的反应。但是，就像许多由极具创意的企业家领导的公司一样，这里总有一些问题需要你去解决。这时你必须既灵活又坚定，才能达成双赢。

霍斯特穿着牛仔裤和凉鞋，拎着一个冰桶和一瓶香槟，参加了签约交割会。他说："我带来了香槟。我希望你们带了现金！"

有创意的授权合作

在开始进行收购的同时，我们也开始冒险建立授权合作关系。授权协议使我们得以与全世界最具标志性的时尚品牌和最知名的设计师合作，帮助他们将关于香水、护肤品和化妆品的理念变成现实。这对双方来说都是好买卖，我们分享我们的专业知识，他们贡献他们的创意视野。

我们的第一个授权合作伙伴是汤米·希尔费格。雅诗兰黛那时是典型的美国美妆品牌，而汤米则是一个年轻有为的典型的美国设计师。我不想让我们深厚的美国根基暴露在竞争对手面前，所以在鲍勃·尼尔森的建议下，我选择在汤米位于市中心的展示厅里会见他。我被他所做的事情吸引，更重要的是，我被他的热情吸引。我们于1993年推出了第一款汤米·希尔费格香水，之后又成功推出了汤米女孩和汤米男孩香水。从那时起，汤米就成了我的好友。

10年后，我们与另一位顶级设计师建立了合作关系，签订了成功的授权协议。他就是汤姆·福特。当我母亲于2004年4月去世时，公司内外都非常关心她留下的品牌如何才能继续焕发光彩。虽然她至少有10年没有参与过公司运作，但我们一直认为是她培养并守护了创意的火焰。

谁能接替她的位置呢？

我回想起迪奥公司在其创始人克莉丝汀·迪奥1957年因心脏病发作而去世后，是如何应对的。首先，他们提拔了迪奥的高级助理——一位刚出道的名叫伊夫·圣·罗兰的年轻设计师。之后，当伊夫·圣·罗兰于1960年应征入伍时，他们又找来了马克·博安，后者此前一直负责迪奥在伦敦的产品。没过多久，全世界都知道了迪奥没什么问题，这个品牌背后有很多能手。

2004年，我们面临同样的问题。我立即想到了汤姆·福特和他的商业伙伴多梅尼科·德索莱。他们在重振古驰这一品牌方面做得非常出色。汤姆不仅在时尚界有影响力，在此之外也有丰富的创意。我们进行了一次亲切友好的会面，并达成了一项协议，汤姆将为雅诗兰黛设计化妆品和香水。令我高兴的是，他告诉我他即将设计的香水并不是一款全新的香水，而是青春之露的升级版，青春之露带给他许多美好回忆，那曾经是他祖母的最爱。

汤姆·福特的雅诗兰黛系列于2005年9月在萨克斯第五大道精品百货的旗舰店推出。该系列产品吸引了千余名热情的顾客，几乎销售一空。我们有了另一个赢家。

不久之后，我儿子威廉通过谈判达成了一项协议，我们获得了汤姆·福特的授权，创建了汤姆·福特美妆，这是一个包含化妆品和香水的系列。这是伟大合作和珍贵友谊的开始。

万丈高楼平地起

自那以后，我们的收购品牌组合扩大到超过25个品牌。这是一个精心构建的品牌组合，能够让我们在品牌、市场和多样性方面保持平衡，而多样性对一家全球性大公司来说是必需品，具备多样性的公司才能在世界经济的起起落落中保护自己。这种平衡赋予了我们竞争实力和吸引消费者的能力。

建立品牌组合和创建立体主义艺术收藏体系，这二者并没有太大的不同。就像每件艺术品都必须能让馆长拍板，"把它作为我们的永久展览吧"一样，我也要每个品牌都能信心满满地回答我的问题——"这是雅诗兰黛的品牌吗？""是！"

我要的不是某个品牌"足够好"，好到可以成为雅诗兰黛集团公司的一部分，我要的是确保新品牌本身就实力超群，同时还具备品牌组合需要的一致性。

我通常只收购那些能够匹配我们需求的品牌。它们必须是我们想要拥有的产品类别，或是能打入我们想要占据的销售渠道，同时还能覆盖消费者需求的重点产品类别。这些产品类别首先是彩妆（魅可与芭比波朗），之后是护肤品（海蓝之谜），再之后是美发产品（艾梵达与宝宝和宝宝）。我们拓宽了奢侈美妆产品的价格范畴——从海蓝之谜到倩碧，还有BECCA旗下那些用于调整肤色的美妆产品，都可以算在里面。我们着眼于那些能够很好地适应不断增长的细分市场的品牌，引入了多面派对、格莱魅和魅惑丛林，这些都是丝芙兰的畅销品牌。我们还创造了一个香水花园，里面有祖·玛珑、馥马尔、香水实验室和克利安。我们还和汤姆·福特和汤米·希尔费格这样的明星设计师合作。

每个品牌都是不同的。虽然只有雅诗兰黛这一品牌的产品上才会印有"雅诗兰黛"字样，但这些品牌都是雅诗兰黛集团公司这个大家庭的一员，每一个收购来的品牌都扮演着重要的角色。

我制定的这条战略源自当年我在美国海军服役的经历。收购来的品牌就像是驱逐舰舰队，保护着我们的航空母舰——雅诗兰黛、倩碧和悦木之源。经销商想要在店里销售更新、更热门的品牌，我们就提供给他们，如此一来，新收购的品牌不仅支持了公司已有的老品牌，还能够帮助老品牌维护自己头部品牌的地位，延长品牌寿命。

从那时起，我们的策略就可以用"树长不到天上去"这句话来形容。收购的品牌为公司带来了健康的多样性，与此同时，公司也会培育年轻品牌，让它们不断成长，逐步摆脱成熟品牌的阴影。

正如我所希望的，我在20世纪90年代收购的一批小品牌，现在已经成为雅诗兰黛集团公司财务增长的主要驱动力。在不到10年的时间里，我们的年销售额再次翻倍，20世纪末，公司的年销售额超过了40亿美元。

成熟的树木还有很多年的寿命。与此同时，我们的森林在多样性和新生植物的作用下，长势良好、丰富多产。

ESTÉE LAUDER
成 为 雅 诗 兰 黛

05

第 五 部 分

"我可以
有所作为"

ESTEE LAUDER

团结让我们巍然屹立。

我认识每个员工。
我知道,每个员工背后都有一个家庭,
他们需要食物、衣服、住房、教育和医疗保健。

我从未想过仅仅做一个能给别人开支票的有钱人。

我喜欢创业。我一直想成为一个建设者、一个新想法的创造者，无论在哪个领域都是如此。我不想模仿任何人，我只想树立新的标准。因此，我准备的礼物和所做的捐赠都在回答三个问题：我怎样才能有所作为？世界是不是因为有了我而变得更美好？我能让别人以我为榜样吗？

我认为自己是一个有号召力的人，也是一个能说服人们跟随我的人。如果有什么事需要解决，而没有人去解决，我就会站出来。如果有什么好的想法需要支持，我就会投身其中，并寻找合作伙伴一起加入。我会以身作则，身体力行地将好的理念传播开来，并鼓励其他人也这样做。

这就是为什么我把自己所做的事称为"变革性慈善"。这是一种战略，是可以维护我信仰的事业，它们不仅帮我巩固了事业，还通过变革，让这些事业与未来息息相关。

有很多例子可以说明我是如何通过变革性慈善改变了不同领域的游戏规则的。接下来的几章将介绍我最喜欢的四个例子。

第十九章
游乐场的花衣吹笛手

ESTÉE LAUDER
成为雅诗兰黛

20世纪60年代初，雅诗兰黛公司在美妆行业逐渐站稳脚跟，我的父母与纽约上流社会社交圈的关系也愈加密切，当时出现了一批新的慈善机构，它们的主要目标只有一个："让我们打扮打扮，开个派对吧！"除了募集资金，这些慈善舞会还使人们有机会购置新礼服，把珠宝从保险柜里拿出来，并且看到自己的照片上报。

我母亲喜欢派对，而且由于许多慈善舞会都是她的朋友组织的，她收到了大量邀请函。前几年，我们还成立了雅诗和约瑟夫·兰黛基金会。这个基金会规模不大，我们投入的资金只够在这些慈善舞会中买一张桌子。我们的捐款在众多捐款中只是沧海一粟，我看不出它们有多大贡献。

鉴于我是该基金的主要"筹款人"，我觉得，我们应该把我们的钱投入到那些能够真正改变世界的事情上。

适合……大猩猩的游乐场？

那时候，我的孩子都还很小，他们几乎每天都会去中央公园的游乐场玩耍。每当我去接他们时，我都会对自己说："哦，天啊！什么都没有变，这里和我小时候一模一样。"

这可不是那种愉快的怀旧。游乐场的地面是由沥青铺成的，表面坑坑洼洼，场地周围被铁丝网包围着，看上去非常荒芜。游乐场里面的跷跷板非常适合把孩子弹射到粗糙的沥青地上，钢制秋千的高度正好能打到孩子的头。这里没有安全垫，也没有遮阴树，而且这里的洒水器有一半时间都不工作。警示牌上写着"禁止"二字，禁止孩子们做所有喜欢的事情。

1960 年《纽约时报》发表的一篇文章描述了人们对这座游乐场的普遍看法："为了测试设备的耐用度，两只成年大猩猩被安排在中央公园新设置的秋千上玩耍。"文章引用了中央公园动物园园长的话："理论上说，如果两只350 磅重的大猩猩都不能压垮秋千，那么孩子也不能。"因为大猩猩没有破坏掉这些设备，所以有关部门宣布这个游乐场适合纽约市的孩子们玩耍。

很明显，测试的重点在于保护游乐场不受儿童破坏，而不是让游乐场适合孩子玩耍，并且有关部门强调的是不可摧毁性，而不是想象力。

每次旅行，我都会去晨跑。这使我感到非常棒，我可以探索不同城市的不同社区，还能看看其他地方的人们做事的方式和我有什么不同。我在伦敦旅行时，看到了一种建造游乐场的新趋势，即冒险游乐场。它可以追溯到第二次世界大战结束后的那几年，当时的人们注意到孩子们可以仅凭自己的双手和想象力，就把一堆断壁残垣变成游乐场。

我想："如果我们换一种思路，在中央公园建一个全新的游乐场呢？"

我的很多朋友都逃离了这座城市，因为他们觉得纽约不是一个养育孩子的好地方。我想："也许建造一个新游乐场会使这个城市在这一方面有所提升，从而说服这些爸爸妈妈留下来。"

最后，我想："如果建造游乐场的成本不是太高，那么也许很多人都会开始建造更多游乐场。这样一来，不仅中央公园的游乐场会得到改善，还可能会影响到这座城市的其他游乐场。"

合作伙伴

我打电话给理查德·达特纳，他是一名建筑师，曾设计雅诗兰黛在长岛梅尔维尔的工厂，我们一起集思广益，想出了很多新点子。我拿着粗略的设计方案去见了托马斯·霍温，那时他刚刚成为纽约市公园管理局局长（后来成为大都会艺术博物馆馆长）。

在托马斯任职前的几十年，一直是另一个人负责这项工作，而那个人做得最出名或者说最臭名昭著的事，就是彻底拒绝翻新陈旧的游乐场，他还声称现有的游乐场在他年幼的时候就很够用了，因此他不能理解为什么会有人想要改变现状。

与之相反，托马斯不仅对新想法保持开放的态度，而且充满热情。他和我很合得来。我们达成了一项协议，由基金会出资重建3个游乐场，也就是说不动用市政府一分钱。

接下来，我们去了一个社区，那里的孩子经常在中央公园西67号大街的游乐场玩耍。正如理查德在《玩乐设计》一书中就游乐场设计问题所写的那样："每个人都参与到了新游乐场的规划工作中——城市、基金会、建筑师，还有妈妈委员会（一大群社区妇女），大家想法一致，都认为应该集全社区之力促成此事。"

这场社区福利工作组织得像一场政治运动。理查德写道："我们试图让尽可能多的居民了解这个游乐场，并征求他们对设计的建议，还要获得他们的积极支持。所有关于游乐场的通知都用西班牙语和英语印刷，这调动了大量西班牙裔移民，也表明了我们的态度，新游乐场是为社区里的所有居民设计的。"

理查德还向当地小学的孩子们展示了他的设计，给他们看了现有的游乐场照片和规划草图，并鼓励他们提出意见。（我的儿子威廉和加里，当时大约一个 6 岁，一个 4 岁，特意去提了要求："要有许多能够攀爬的东西，还要有能躲藏的地方，以及一个'崎岖'的滑梯。"他们要的是一个曲折下降的滑梯，而不是一个陡峭的滑道。最后他们不但如愿以偿，还额外获得了带有喷水装置和河道的嬉水池、一个圆形露天剧场、一座可以爬上去的金字塔，以及各种各样的冒险设施。）理查德说，每一个新设施都会让孩子们发出惊叹之声。

我们的基金会已经同意支付聘请建筑师和建造游乐场的费用。但是我们向社区提出了一项要求，这个要求彻底改变了游戏规则。社区需要筹集资金，用来给负责维修游乐场设施的全职工人发工资。

这是一个新想法，结果也证明这是游乐场成功的关键因素。为工人筹集工资的要求增加了人们对游乐场的兴趣和投入，游乐场被视为社区所有居民一起创建的项目，而不是强加给他们的负担。筹集工资这一要求还强调了一个问题，游乐场必须有人维护，而不是建完了事。它将社区居民团结在一起，提升了游乐场翻新工程的形象。

现在我要做的就是说服我父母把基金会的一部分钱捐给游乐场，而不是在 4 月份的巴黎慈善舞会上买一张桌子。我建议我们举办一次新闻发布会，并进行电视报道。我父亲向来不喜欢抛头露面，我母亲却很喜欢上电视。她高兴地同意了。

敞开大门

新游乐场在 1967 年正式开放，立即引起轰动。平均入园人次是过去的 10 倍。

艺术家朱莉娅·雅凯特在她关于童年的图像回忆录《我心灵的游乐场》

中，回忆了自己第一次进入冒险游乐场时的兴奋和激动，尤其是看到在游乐场中心还有一条清澈的河流的时候。50年后，她仍然记得"看到这条相互连通的河道时那种抑制不住的激动，那是一个圆形剧场一样的设施，中间有洒水器，洒水器和一个管道相连，水可以向下流入一个几何形状的嬉水池。这明显是为孩子们建造的，孩子们可以在里面走，还能把东西放进去。我立刻注意到，孩子们在高处把橡皮鸭和小帆船放到水里，看着它们顺流直下穿过这条30英尺长的水道，然后等它们在嬉水池里上下浮动时，再取回来。"这对我来说也很神奇。

从那以后，出现了许多类似的游乐场。

建造冒险游乐场之后，我们又在东81号大街建了远古游乐场，就在大都会艺术博物馆新的埃及侧展厅的北面。游乐场以丹铎神庙、金字塔，以及尼罗河作为参考元素。远古游乐场开放时，电视台工作人员拍摄了我母亲从滑梯上滑下来的情景。她很兴奋，我也很兴奋，我们见证了一个小小的创意是如何变成更伟大的东西的。

这一切都控制在一个相对可承受的预算之内，也就是8.5万美元。

这些项目开启了游乐场翻新的热潮，不只是中央公园，还有布鲁克林的展望公园和城市其他各处的游乐场。令人欣慰的是，这个趋势直到今天仍在持续。

冒险游乐场证明了我的理念，即小型但有战略意义的慈善事业可以带来改变。有多少人能捐出100万美元？不是很多。但有多少人愿意，甚至渴望筹集8.5万美元，为他们孩子的生活带来积极的影响？事实证明，相当多。

万事俱备，只欠一个人打头阵。

我已经找到了自己的使命。

第二十章
为全球未来做准备

ESTÉE LAUDER
成为雅诗兰黛

1960年，雅诗兰黛公司即将在意大利开展业务，当时的我们差点犯了一个可怕的错误。我们计划在意大利顶级时尚杂志上刊登一则广告，广告上是一位美女手捧一束繁茂的菊花。一切都很好，直到我们发现在意大利的传统中，菊花是献给葬礼上的死者的。

　　还有一段时间，我们研制了一款香水，想要在英国上市，那是一款可以用在房间和衣橱里的喷雾名叫"衣橱"[1]。幸运的是，我们的英国经理及时地提醒了大家，这款香水在英国上市时不能采用这个名字，因为在英国这个词指的不是衣橱而是卫生间。我们还差点在德国推出一款名为"乡村迷雾"[2]的香水，然而德语里"mist"的意思是粪便——画面不言而喻。

　　20世纪60年代，雅诗兰黛开始向国际扩张，跨文化营销的挑战一直困扰着我。那时，要想招聘到有外语能力的美国人几乎是不可能的，更不用说还要求有美国以外的生活背景和个人兴趣了。我记得自己曾在面试中询问过一位年轻的女性求职者，有没有美国以外的生活经验。

　　她兴高采烈地说："我去过瑞士。"

　　"有意思，"我回答道，"你去了瑞士哪里？"

---

[1] 即 Closet。——编者注
[2] 即 Country Mist。——编者注

"日内瓦。"

我喜欢日内瓦,而且一有机会就会去。"告诉我,"我继续说,"你在日内瓦住哪里?"

她停顿了一下,然后坦白:"好吧,实际上,我只是在日内瓦换乘飞机。"

1961年,当时我们第一次涉足国际市场,我在英国逗留了很久,我惊讶地发现英国是如此孤立。殖民地的独立运动切断了曾听命于英国的殖民地市场,而习惯处于垄断地位的大公司不知道如何适应新环境。他们似乎没有意识到,未来必须学会适应各种地域文化。

我很担心。我认为除非改变美国现行的教育制度,否则我们就会像英国一样跌入万丈深渊。

随着雅诗兰黛继续向国际市场扩张,我的担忧逐渐加剧。显而易见,只有顾客对某款产品产生需求,你才能进行销售。同样显而易见的是,如果你不能用顾客自己的方式与他交谈,你就无法理解顾客的需求。用顾客自己的方式与他交谈,当然意味着使用顾客的母语。

然而,美国人似乎没有意识到,国际贸易的语言不是英语,而是顾客的母语。我们的大学和学院几乎没有为下一代在全球舞台上经商做准备。1966年,36%的美国大学和学院要求学生必须掌握一门外语才能入学,到了1979年,这一数字下降到8%。

忽视外语并不是唯一的问题。美国外语和国际研究总统委员会1979年的一份报告提出,在经济全球化的今天,文化方面的匮乏成为美国商人进军全球市场的严重障碍。

我决定在我的母校,也就是宾夕法尼亚大学的沃顿商学院做点什么,以图改变美国教育,让美国在全球市场更具竞争力。

我的想法是创立一个为期两年的研究生项目并提供资金支持,该项目同时提供商业管理学位（工商管理硕士）和某一个经常使用外语进行研究的领域的语言类学位（文学硕士）。这个项目除了教授沃顿商学院原本的金融、管理和市场营销课程，还将强调语言技能、历史和文化的教学。我们要培养出一群有能力领导美国企业走向全球未来的精英。

20世纪70年代末，雅诗兰黛正迅速扩张，足迹遍布西欧、斯堪的纳维亚半岛、日本、泰国、新加坡和中国香港等国家和地区。当时我了解到美国只有一个商学院会把专业商业课程与国际研究相结合，那就是亚利桑那的雷鸟商学院。这意味着我可以轻松开启新领域。

至少我是这么想的。

寻找影响力

我的第一站是沃顿商学院院长办公室。他给了我一个标准的相当于"没有回答"的回答："我们已经在这么做了。"

但他们没有做任何事。沃顿商学院对本科生没有外语要求，更不用说对工商管理硕士有所要求了。他大概没有意识到我的提议是一份大礼的前奏。不过，这只是第一个打击。

虽然我也是宾夕法尼亚大学理事会成员，但我的影响力很小。不过，我认识一个有影响力的人——另一位理事会成员雷金纳德·琼斯。他是通用电气的董事长兼首席执行官。

雷吉[①]曾带领公司进军海外市场，并在1980年被《美国新闻与世界报道》评为最有影响力的商界人物。他在宾夕法尼亚大学很有影响力。我向

---

① 雷金纳德·琼斯的昵称。——编者注

他讲了自己的想法，他很喜欢。我问他是否会支持我，他回答："必须的。"（雷吉是个可爱的人，他有一种讽刺性的幽默感。从通用电气退休后，他开玩笑说自己从"知名人士"变成了"无名之辈"。）

然而，即使有他的支持，我们也无法启动项目。这是第二个打击。

我没有放弃。1981年夏天，身为阿斯彭研究所理事会成员，我抵达科罗拉多州的阿斯彭出席会议。那时阿斯彭研究所的规模比现在小得多，住在阿斯彭的理事会成员每周都会收到一份名单，上面列有出席研讨会的人员。我看到宾夕法尼亚大学新任教务处处长托马斯·埃利希计划参加一个学术研讨会，我立刻决定参加这个研讨会。我在研讨会上向他做了自我介绍，并邀请他共进晚餐。我阐述了自己的想法，问他能否帮忙。他热情地答应了。

我们又花了整整一年才得到了校方的许可。但不管怎样，他们同意了。我们要开始忙起来了！

开办兰黛研究所

1983年，约瑟夫·H.兰黛管理与国际问题研究所（简称兰黛研究所）成立。我弟弟罗纳德和我捐赠了1000万美元。（罗纳德至今仍是兰黛研究所理事会主席。）此外，我被授予沃顿商学院教授职位，以及文理学院政治学教授职位。

在汤姆的建议下，约拉姆·温德博士被任命为创办负责人。他是这一工作的最佳人选，他曾负责启动沃顿商学院的高级工商管理硕士项目，知道哪些教员适合开设哪些课程，也能够面面俱到地完成工作任务。我从来没见过有人像他那样急切地想要开始做一件事。语言项目的负责人是克莱尔·高迪亚尼博士，她是一位才华横溢的法语文学教授。她和约拉姆·温德博士组成了一支出色的团队。

1984年5月，研究所接收了第一批学生，包括25名美国人和25名外国人。为了被录取，他们必须证明自己具备的语言能力达到了美国外交部使用的跨部门语言圆桌量表上的二级标准。在费城校区待了4周后，他们又花了8周时间参加在他们各自所选语言国家进行的沉浸式学习项目。两年后，当这批学生毕业时，他们的语言能力已经达到了三级。

我们的理事会非常出色，除了雷金纳德·琼斯，还包括可口可乐的首席执行官罗伯托·戈伊苏埃塔、后来出任世界银行行长的詹姆斯·沃尔芬森、三井银行行长草叶敏郎、巴西邦基集团总裁豪尔赫·博恩、德意志银行行长阿尔弗雷德·赫尔豪森，以及大众汽车首席执行官卡尔·哈恩，所有成员都会给我们的学生讲课和安排实习。上述名单本身就像一块磁石，吸引了许多有才华和野心的学生。

兰黛研究所的课程项目如此实用，以至于部分高校将兰黛研究所的教学模式引入了本科教学。1994年，沃顿商学院的另一位毕业生老乔恩·亨茨曼创立了亨茨曼国际研究与商业项目，提供文学和商业的双学位。课程拟定由约拉姆·温德博士负责。

我的初衷就是希望自己的想法能给美国教育带来改变，如今看来，我确实做到了。自兰黛研究所成立以来，几乎所有美国顶级商学院，包括哈佛大学、耶鲁大学和西北大学凯洛格管理学院，都受到启发而创立了类似项目。如此广泛的支持令我非常满意，而作为沃顿商学院的毕业生，我更满意的是，宾夕法尼亚大学帮助确立了相应的标准。

在过去35年里，兰黛研究所经历了许多变化。但核心使命依旧不变，每年研究所有大约70名青年男女毕业，准备成为下一代的全球商业领袖。而令我十分高兴的是，他们中的一些人已经加入了雅诗兰黛集团公司。

第二十一章
验证医学突破的前景

ESTÉE LAUDER
成为雅诗兰黛

1988年，我的妻子伊芙琳因为左乳发现一个肿块而被送进手术室。我还记得医生打来电话说她得了二期乳腺癌时，她脸上的表情不是恐惧，而像是"又一个需要克服的挑战来了"。

我才是那个被吓坏了的人。在那个时候，被诊断出乳腺癌意味着无边的恐惧，以及极其渺茫的生存希望。

我们一起去医院看了一位顶级肿瘤专家，他邀请伊芙琳参加一项试验性药物研究。我对此感到很不愉快。那时候，乳腺癌是一个攸关生死的大病。我无法同意她参加这种试验，因为为了保证临床试验的客观性，病人有可能只拿到安慰剂。科研也许是我们唯一的希望，但我们想要更多。

与此同时，伊芙琳决定开始接受一位口碑很好的肿瘤专家的保守治疗。她的化疗原本安排在一个周一的早上，但就在手术过后没几天，在周六的时候，她感染了，因此化疗推迟了一周。

我觉得这次推迟是上帝的礼物，它给了我一周时间为她找到正确的选择。当时兰蔻之战正进行到最激烈的阶段，而我休了一周假。我开始打电话，并且我整周都没有放下电话。

当时我联系到的人里，有一位是纽约西奈山医院的埃兹拉·格林斯潘医生。他在业内声誉极高，而且他当时也在为自己的妻子治疗乳腺癌。然而，他说还有比他更好的人选，如果可以，他也会让那个人治疗自己的妻子。

那个人就是拉里·诺顿医生，当时他正要加入斯隆凯特琳癌症中心。

一个周三，我和拉里聊了聊。拉里是一位数学家，同时也是一位打破传统的乳腺肿瘤专家。他曾在美国国家癌症研究所与理查德·西蒙一同工作，他们通过研究癌症发展的数学原理，发现可以设计出更有效的治疗方法。他们共同开创了一种新的治疗方法，与传统的高剂量化疗不同，他们对小肿瘤采取少量多次的方法抑制癌细胞繁殖。起初，他们的"剂量密度序贯疗法"遭到医疗机构的谴责，但最终，美国国家癌症所将其誉为"20年来最为伟大的临床试验创新"。

拉里对我说："你们这些商人总是认为你们知道得更多。但说到癌症，还是我知道得更多。"我喜欢他的自信，也喜欢他的想法。而且我也喜欢拉里。

我知道我妻子是一个斗士，但我也能看到，恐惧使她盲目地倾向更冒险但也更有希望的选项。我们坐在卧室里，我对她说："听着，尽管这是你的身体和你的生活，但你并不是唯一的决策人。你是我的妻子，还是我们孩子的母亲，而我的职责就是让你活得好好的。"

这不仅是她的病，还是我们的病。这不是她的诊断结论，而是我们的诊断结论。我们都要扛起重担。

我们交谈，然后讨论，我们聊啊聊，一直聊到凌晨。我还记得当时她看着我，给了我一个充满爱意的微笑，然后说："好的，我会这样做的。"

后来她对我说："直到我得了乳腺癌，我才知道你有多爱我。我看到你为了帮我找合适的疗法而付出的热情，还有你为了说服我而付出的努力。谢谢你。"

在她接受治疗后不久的一天，我走在第五大道上，感到心情非常焦虑。我抬头望向天空，然后从右肩上方望向中央公园。突然间，好像有一只看不见的手搭在我的肩上，给我安慰和支持。一个清晰而确定的想法像电报一般浮现在我的脑海里：她会痊愈的，她会好起来的。

她确实好起来了。

丝带和研究

伊芙琳痊愈后，开始热衷于帮助那些罹患乳腺癌的人，并决定将她的经验付诸行动。1989年，伊芙琳发起了一项筹款活动，她在斯隆凯特琳癌症中心设立了一个当时最先进的专门治疗乳腺癌的诊断和治疗机构。"我当然不想再多做一份工作，"她告诉她的朋友迈拉（现任乳腺癌研究基金总裁兼首席执行官），"但如果我能做到，那么不做就是罪过。"

她非常善于说服别人，不仅筹到了建设该中心所需的1360万美元，还筹到了另外500万美元用于临床研究。1992年10月，伊芙琳·H.兰黛乳腺癌中心开业，这是全美第一家乳腺癌专科治疗中心。它成了美国乳腺癌治疗的黄金标杆。

与此同时，她和后来的《悦己》杂志首席编辑亚历山德拉·彭尼一起，发起了特色鲜明的粉红丝带运动，该运动目前已成为提高乳腺癌意识的国际知名运动。伊芙琳还在雅诗兰黛集团公司内部发起了提高乳腺癌意识的运动，我们会在全美国乃至全球的雅诗兰黛专柜分发由伊芙琳和我购买的丝带，还会发放乳腺癌自检指导卡片，让公众在一个熟悉、安全的美妆专柜的引导下关注乳腺癌。

粉红丝带运动使乳腺癌走到阳光下，让人们知道乳腺癌是可以被谈论的，而这一事实挽救了数百万人的生命。

但伊芙琳想做更多。

伊芙琳感觉自己和拉里·诺顿医生就像亲人一般，我没看到她和其他医生有这样的关系。拉里·诺顿医生也没有把伊芙琳当成病人，而是当作至亲来对待。一天晚上，他们坐在我家的餐桌旁，想出了创立乳腺癌研究基金的主意。

尽管已经有两家关注乳腺癌的非营利私人组织——苏珊·G.科门治愈中心和北美乳腺癌组织，但这两家机构都没有重点资助乳腺癌成因和新治疗形式的研究。而伊芙琳和拉里创立的乳腺癌研究基金将只做一件事，即支持寻找预防、诊断和治疗乳腺癌方法的研究。而且它会以一种新颖的方式来实现，那将是一种更快更有效的方式。

拉里建议，我们要根据研究人员正在研究的关键理念来提供资助，而不是要求研究人员提交一份典型的多页提案文件。他说："如果米开朗琪罗被要求提交一份西斯廷天顶画的招标方案，那这幅画很有可能永远不会被画出来。"

1993年，乳腺癌研究基金正式成立。该基金通过独特而精简的资助计划来寻找科学和医学领域头脑最聪明的研究人员，并为他们提供必要的资源来从事尖端研究。因此，研究人员能够找到新方法来解决乳腺癌相关的所有问题，而且完成时间也屡破纪录。

第一年，我们举办了一个小型晚宴来为我们资助的8位美国研究人员庆功，但我们的宴会厅很快就变得更大了。今年（2020年），乳腺癌研究基金计划向近275位来自全球顶尖高校和医疗机构的研究人员提供6660万美元的资助。

乳腺癌研究基金的研究人员几乎深度参与了每一个项目相关的重大突破，从预防到诊断和治疗，从肿瘤转移到术后存活，等等。由乳腺癌研究基金推动的一项颠覆性研究是TAILORx项目，该项目通过为期10年的国际研究发现，70%被诊断为早期乳腺癌的女性患者仅用激素疗法就可以治疗，而不需要化疗。美国每年将有超过 10 万名女性受益于这一发现。

今天，乳腺癌研究基金是世界上最大的私人乳腺癌研究资助机构，也是美国排名最高的乳腺癌相关组织，成立至今已筹集近 10 亿美元。

伊芙琳总说，战胜乳腺癌永远不能只靠一个人的努力，这需要一个团体来完成，战斗中的每个人都应受到尊重。尽管如此，仍有一个人值得特别赞许，那就是伊丽莎白·赫尔利。1994 年，就在伊丽莎白成为雅诗兰黛的模特的时候，她的祖母死于乳腺癌。当伊芙琳询问伊丽莎白是否愿意参与近期发起的乳腺癌运动时，伊丽莎白立马投身进来，以此纪念她的祖母，同时也致力于让乳腺癌成为最重要的公共健康问题。伊芙琳和伊丽莎白一起在全世界旅行，伊丽莎白一直致力于筹集资金并传递乳腺癌相关知识。伊丽莎白不仅是雅诗兰黛和乳腺癌研究基金的形象大使，从很多方面来看，她都像兰黛家族的一员。

2009 年 10 月，由于规模日渐扩大，斯隆凯特琳癌症中心的伊芙琳·H.兰黛乳腺癌中心（简称乳腺癌中心）搬到了一栋全新的大楼里，面积是原来的 3 倍。伊芙琳的愿景是在一个怀有希望并能振奋人心的环境中，提供最好的医疗服务。例如，圆顶天花板上安装着高科技的 CT 扫描仪，阳光透过树叶照射进来留下斑驳的影子。事实上，大楼里到处都是艺术品，其中大部分是伊芙琳亲自挑选的。这里还提供瑜伽课、按摩，以及针灸服务，除此之外这里还有艺术治疗项目、国际翻译，以及一家专卖头罩和假肢的精品店。

令我特别自豪的是，乳腺癌中心的概念已经被美国的许多大医院复制。

对伊芙琳来说，与乳腺癌的斗争不仅是个人问题，还是一场由她代表世界各地女性来进行的战斗，这场战斗每天都在持续。她会在每一次工作会议上都谈到提高乳腺癌意识，还会熬夜阅读最新的医学研究和试验进展。无论何时，任何在雅诗兰黛工作的人确诊患有乳腺癌，她都会打电话给她们提供支持。每晚，她都会说"我现在必须给我的患者打电话"，然后她就会拿起电话，确保她们得到了最好的治疗。她还经常介绍自己的医生为她们做检查。

伊芙琳总是想知道为什么自己能逃过大屠杀，她觉得自己得救是有原因的。因此，她想要留下一些重要的东西。2011年，伊芙琳因卵巢癌去世，当时帝国大厦亮起了粉红色的灯光，以纪念她那些具有开创性的慈善事业，还有她对许多人的生活产生的影响。

对抗阿尔茨海默病的新方法

乳腺癌研究基金为找到对抗阿尔茨海默病的新方法提供了一种新模式，而这才是伊芙琳留下的最重要的遗产。

我的外祖母和阿姨都患有阿尔茨海默病。对我母亲来说，这是一个糟糕而可怕的负担。当她自己也开始出现这种不祥的症状时，她成立了一个信托基金用于与这种疾病做斗争。我的弟弟和我利用这笔遗产成立了有关衰老的研究机构，后来这个机构发展成为阿尔茨海默病药物发现基金会。

早在20世纪90年代中期，当我们开始在这一领域开展工作时，其他非营利组织就已经把提高人们对阿尔茨海默病的认识，与为患病者提供支持和照顾结合起来了。（阿尔茨海默病是导致痴呆的最常见原因，它也是各种退行性疾病的总称。）而我们想做一些不同的事情，我们想治愈患者。

我们的目标很单纯，就是通过研究加速发现和研制能够预防和治疗阿尔茨海默病及相关疾病的药物。

与乳腺癌研究基金的模式一样，我们决定集中精力，把有前景的研究从实验室带到患者的床边。当时，很少有组织为这条行动路径提供资助。

这激起了我们的好奇心。因为这是一个我们可以有所作为的领域。

我们还以不同于当时其他研究基金的方式建立了我们的基金会。

在我们的首席科学官霍华德·菲利特医生的领导下，我们双管齐下，建立了科学审查委员会和商业审查委员会。科学审查委员会由科学家和外部专家组成，他们的工作是搜寻和审查来自世界各地的具有开创性的想法，无论是来自学术界还是产业界。商业审查委员会由来自生物技术和制药行业的成员组成，他们负责审查生物技术公司的资助申请。

除了给实验室提供早期资助，阿尔茨海默病药物发现基金会的财务支持还弥合了研究和临床试验概念验证之间的鸿沟。这个阶段通常被称为"死亡谷"，因为好的想法经常会在这个阶段由于缺乏资金而胎死腹中。借助严格的审查程序，该基金会的受助者更可能在"死亡谷"中幸存下来。而且，事实上，他们也已经从政府、制药公司和风险投资公司那里获得了超过25亿美元的后续资金承诺。

这就是阿尔茨海默病药物发现基金会模式的另一个创新之处发挥作用的地方。我们的研究补助是作为投资提供给受助者的。每一个受助者都会签署一份合同，合同规定研究若取得成功，就需要把一定比例的投资回报再投入科研。这种做法意味着基金会能够持续为自己提供资金，并且长期可持续发展。（在我们刚建立这种模式时，只有囊性纤维病基金会参与了这一风险性质的慈善事业。但是，如今这种模式已经很普遍了。）

然而，我们不能独自完成这项事业。这就是为何我们会与任何想在这个领域投资的人合作。他们不需要成立自己的基金会或自己雇用科学家，因为他们可以用我们的。这种合作模式极具诱惑和实效，比尔·盖茨夫妇[①]、杰夫·贝索斯和麦肯齐·斯科特都向阿尔茨海默病药物发现基金会捐

[①] 本书写于2020年，此处提到的比尔·盖茨夫妇于2021年正式离婚。另，接下来提到的麦肯齐·斯科特系杰夫·贝索斯的前妻。——编者注

了款。

阿尔茨海默病药物发现基金会模式最重要的一点是，任何捐款都会100%投入科学研究。这是因为我们每年都会承担阿尔茨海默病药物发现基金会的全部管理费用，包括员工工资、房屋租金和所有行政费用，因此，筹集到的每一分钱都会用于研究。

迄今为止（2020年），我们已经在19个国家的学术中心和生物技术公司资助了超过626个药物研究项目，投资额超过1.5亿美元。我们目前正在支持的临床药物试验多达120项，而且我们已经取得了第一个成功。

2012年，美国食品和药品监督管理局批准了Amyvid CT扫描技术，其研究的种子资金由我们提供，它是第一个可用于阿尔茨海默病的非侵入性诊断测试。

同样令人开心的是，美国其他许多疾病防治基金会也采用了阿尔茨海默病药物发现基金会的模式，有像NEXT这种针对自闭症的小型组织，也有像前列腺癌基金会和多发性骨髓瘤基金会这样的巨头。

这是对我们愿景最真实的认可。

ESTEE LAUDER

魅可如此前卫，充满了肾上腺素，令我目眩神迷。

我对自己说："我们要成就未来，而不是现在。这间格林尼治村的小店向你展示了未来。"
雅诗兰黛和倩碧曾是明日之星，但我们这种老牌企业的保守主义倾向，使我们无法想象出这样一个光怪陆离的新世界。一个来自纽约上西区的好孩子根本无法创造出可以吸引喜欢文身、戴鼻钉、穿眉环、染绿发的人的品牌。但两位弗兰克可以，他们也确实做到了。而且排在店门口的长队告诉我，这个品牌拥有巨大的潜力。
··········
永远做一个革命者和局外人，永远不要因为一个独特的公司以独特的方式吸引了独特的消费者，就对潜在的商机关上门。

第二十二章
改造博物馆

ESTÉE LAUDER
成为雅诗兰黛

我与惠特尼美国艺术博物馆（简称惠特尼博物馆）结缘纯粹出于偶然。1960年，也就是我加入雅诗兰黛两年后，我们把办公室搬到了第五大道666号，就在第五大道和53号大街的交会处。我们在大楼后侧第二层的位置，这对我来说是一种奖励，因为我可以透过窗户看到位于53号大街拐角处的现代艺术博物馆。我的艺术雷达被调到了现代艺术博物馆，在我成长的过程中，我几乎每周都去那里看电影、参观展厅。就是在那里，我爱上了艺术，那是我的精神家园。我经常绕道前往53号大街，就为了去看最新的展览。

非常偶然的是，一天午饭后，我刚好沿着第五和第六大道之间的54号大街闲逛。那里有一栋漂亮的建筑，而惠特尼博物馆就在里面。

每场展览都令人大开眼界

大多数美国大型艺术博物馆都是由富有的美国人创建的，他们会把自己收藏的艺术品捐赠给博物馆，确保公众能够长期接触到他们的藏品。现代艺术博物馆是由洛克菲勒家族创立的。美国国家美术馆的设想来自安德鲁·梅隆。惠特尼博物馆也不例外。

这座博物馆是由格特鲁德·范德比尔特·惠特尼于1930年创立的，在这之前，她曾主动提出向大都会艺术博物馆捐赠500多件出自美国艺术家的作品，但对方以"美国艺术不太有价值"这样轻蔑的理由拒绝了她。这是一座很舒适的博物馆，虽然没有像大都会艺术博物馆、现代艺术博物馆和古根海姆博物馆那么大的空间、那么多的参观者，也没有那么多捐赠，但这正是它的魅力所在。你几乎可以独享那些展厅，你可以在那里心无旁骛地研究爱德华·霍普、乔治·贝洛斯、约翰·斯隆，以及其他垃圾箱画派艺术家的杰出作品。我觉得它们都在与我对话。

1966年，惠特尼博物馆搬到了一栋新楼里，该建筑由马塞尔·布鲁尔设计，位于麦迪逊大道和75号大街的交会处。对纽约艺术来说，那是个激动人心的时代。林肯表演艺术中心刚刚开业，就成了纽约芭蕾舞团和纽约歌剧团里那些年轻大胆的天才展示才华的地方。《梦幻骑士》《生命的旋律》《冬狮》在百老汇大街的剧院轮番上演。每周都有必看、必听和必参加的演出。

仿佛所有的大事都在这里发生，而惠特尼博物馆就在中心位置。在主管杰克·鲍尔的领导下，突然间，它不再是默默无闻的"二表哥"，而是令人印象深刻的"四巨头"之一。与其他许多美术馆只聚焦于一类艺术家不同，惠特尼博物馆一反常规、大胆创新，用展览颂扬了当时的各种艺术运动，其中包括魔幻现实主义、视幻艺术、波普艺术等，应有尽有。

每场展览都令我大开眼界。

很快，我就加入了"惠特尼的朋友们"博物馆会员俱乐部。会员费每年250美元，这些钱会用于购买新兴艺术家的作品。如今的人们很难相信，购买价值如此之高的作品，竟然只要花这么一点钱。会员俱乐部以4500美元的价格买下了罗伊·利希滕斯坦的《小小巨作》，以19800美元购得威廉·德库宁的《通往河边的门》，以12500美元买到爱德华·霍普的《二楼上的阳光》，还以450美元的价格得到了安迪·沃霍尔的《金宝汤》。天啊，450美元！那段时间，俱乐部购买了许多沃霍尔的作品，时任惠特尼博物馆主管的劳埃德·古德里奇（他于1958年到1968年间在任）曾发火说："没有我的批准，如果你们再买一件沃霍尔的作品，我就辞职！"

这可是件令人兴奋的事。我说个我的故事你们就能理解了。结婚前，在我还和父母住在一起的时候，有一天，我走进堪称当代艺术中心的利奥·卡斯泰利美术馆——它就在我父母家的街对面。当时一位名叫贾斯珀·约翰斯的新画家正在那里举办画展。我问美术馆的销售代表："这幅画多少钱？"他回答说："哦，先生，那个已经卖了。"我又指着另一幅画。"那幅也卖了。"我又指向第三幅画，他说："先生，它们统统都卖完了。"我问自己是否还有机会买一幅。他说："我们会把你列入等候名单。"利奥，愿你安息，但我还在你们的等候名单上排队。

后来我才明白，我之所以没能从利奥·卡斯泰利美术馆买到画，是因为我不在收藏家的圈子里。虽然我收入有限，但我感觉自己在惠特尼博物馆很受欢迎。我最终被邀请加入收购委员会，我欣然接受邀请，并在1977年成为理事会的一员。

站在不被看好的队伍里

人们经常问我："你收藏的都是立体主义艺术作品，为何还要加入惠特尼博物馆的理事会？"答案很简单，如果我加入现代艺术博物馆或大都会艺术博物馆的理事会，那我只能算是大池塘里最微不足道的小鱼。而惠特尼博物馆的理事会就像个小池塘。我喜欢站在不被看好的队伍里。

因为我相信我能改变这一切。

博物馆的名声取决于其藏品的珍贵程度。我加入理事会时，便着手加强惠特尼博物馆的藏品珍贵程度，并设法鼓励人们将自己的藏品捐赠给博物馆，而不是在拍卖会上出售。我的目标是帮助惠特尼博物馆从一个小型的家庭博物馆转变为一个大型的公共机构，从一个地方艺术品收藏机构转变为世界知名机构，并且从依赖遗赠转变为让在世捐赠者积极捐赠。

加入收购委员会不久，我们就遇到了第一个挑战，即收购弗兰克·斯特拉的名画《旗正飘扬》。当代美国艺术界的知名收藏家尤金·施瓦茨和芭芭拉·施瓦茨夫妇主动提出，要以共同拥有的形式把这幅画卖给惠特尼博物馆。当时，这幅画估值为 15 万美元。施瓦茨夫妇说如果我们付给他们 7.5 万美元，他们就会把 50% 的所有权让渡给我们。这件事在今天看来可能很不可思议，但当时我们就是筹不到钱。

我们最终凑成了一个 15 人的财团，每人出资 5000 美元。画旁边的壁签上是一份很长的名单，读起来就像是曼哈顿的电话簿。这使我们看起来一点不像艺术界的重量级人物。

此后不久，我带惠特尼博物馆馆长汤姆·阿姆斯特朗去吃午饭。我说："汤姆，筹集 100 万美元可比筹集这种小金额捐助容易得多。你知道哪幅美国画作值 100 万美元吗？"

他想都没想就说："贾斯珀·约翰斯的《三面旗帜》。"

从来没有哪幅美国画作能卖到 100 万美元，此前从未有过。只要买下它，我们就可以将惠特尼博物馆带入一个新的圈层，不是小圈子，而是第一流的圈子。汤姆对此很认同，于是我说："好吧，我们开始行动吧。"

这幅画的主人是伯顿·特里梅因和埃米莉·特里梅因夫妇。他们愿意以 100 万美元的价格出售这幅画，但他们联系的第一个艺术品经销商，也就是卖给他们画的那个人，想要 10% 的佣金，而他们不愿意支付。我们能做什么呢？我接到我朋友阿恩·格里姆切的电话，他是佩斯画廊的老板，他说他会无偿帮我处理这次谈判。

我们开始忙碌起来。

我们组成了一个有 5 位俱乐部会员的受托财团，他们每人出资 15 万美元，另外 10 万美元将来自较小的捐助者。但我们还缺最后的 15 万美元。汤姆飞到底特律去见艾尔弗雷德·陶布曼，他是惠特尼博物馆理事会的新成员，后来还买下了苏富比。但在关键时刻，汤姆却说不出话来。他赞美了艾尔弗雷德的办公室装潢和艺术品收藏，但就是提不出"那个要求"，因为"绅士是不会开口向另一位绅士要钱的"。

拜访末尾，艾尔弗雷德陪汤姆走到电梯前。他把手搭在汤姆肩上说："汤姆，你大老远跑来底特律，不会就是为了称赞我的办公室吧？你心里有什么事吗？"

汤姆脱口而出："我需要 15 万美元去买贾斯珀·约翰斯的《三面旗帜》。"

贾斯珀说："行。"

买画的消息刊登在《纽约时报》头版。一下子，惠物尼博物馆的未来就改变了。《三面旗帜》使惠特尼博物馆一举成名。它至今仍是我们的代表藏品，它就像我们的《蒙娜丽莎》。

如今，它已是无价之宝。而且，它还帮惠物尼博物馆打开了局面，此后有 7000 件艺术品被捐给了惠特尼博物馆。

重塑我们的身份

20 世纪 80 年代，惠特尼博物馆开始实施一项扩建计划。博物馆聘请了世界知名建筑师迈克尔·格雷夫斯。他提议，在地标性建筑布鲁尔大楼

第二十二章 改造博物馆

顶部，增加 13.4 万平方英尺的建筑面积。我担心这会引起麻烦，果不其然。争议一直在持续，还伴随着一系列令人痛苦的公开争论。当设计方案被纽约市地标委员会拒绝时，争议已经引发了对博物馆确切定位的质疑，并因深受爱戴的馆长汤姆·阿姆斯特朗的离开和博物馆总裁的退出而达到高潮，所有这些都发生在短短几个月时间里。混乱过后，我陷入了尴尬的境地，我被邀请担任博物馆总裁。

我不会在这里描述细节，我只想说，那是惠特尼博物馆最黑暗的日子。情况急转直下，许多艺术品经销商觉得惠特尼博物馆风光不再。为此我一个一个地带他们去吃午餐，让他们相信我们的未来是光明的。在理事会成员身上，我也花了不少时间。这件事还占用了不少我用于管理公司的时间，但我觉得，守护惠特尼博物馆至关重要。

我们怎么能从迈克尔·格雷夫斯项目的失败中展望未来呢？我们如何才能让大家忘掉"老惠特尼"，而注意到"新世界"呢？我说："不要再建楼了，让我们把注意力转向艺术。"

正如我之前所说的，一座博物馆是因其藏品的分量而闻名的，而不是它的展览或大楼。提起大都会艺术博物馆、现代艺术博物馆或者卢浮宫，你想到的都是它们的藏品，那些印象主义画作、毕加索的作品或意大利文艺复兴时期的杰作。因此我觉得，强化藏品可以让我们团结在一起，提醒我们有着共同的事业，并重塑我们的身份。

我设立了许多委员会，有油画的、雕塑的和素描的，等等。每个委员会都各自收取会费。会费就是我们用来购买艺术品的共同基金。当然，我们欢迎大家额外投入资金。

现在，我们需要一个巨大的挑战来让大家团结起来——一个真正重大的挑战。

我想到了一个点子，即"美国遗产：给纽约的礼物"。在一次捐赠中，我作为理事会主席（我于1994年任这一职位）带着14名受托人做了集体捐赠，用《纽约时报》的话说就是他们"倾其所有，购买了价值2亿美元的战后艺术品，并将全部87件作品一次性捐赠给了惠物尼博物馆。这是一份爆炸性的礼物，它会引发轰动，会让慈善机构感到乐观，而且，我相信这也有望带动未来私人捐赠的潮流"。

这份礼物完整地体现了我的理念，即让收藏家、捐赠者和受托人一起做公益捐赠。在过去的三年里，我们的受托人，用《纽约时报》另一篇文章的说法，他们"默默地，几乎是秘密地在艺术家工作室、艺术画廊和拍卖行，甚至自己居住的房间里，四处搜寻那些重要的战后美国艺术作品，这类作品在市场上日益鲜见，因为它们都已经被收藏家和机构买去了"。

它在很多方面都是革命性的。《纽约时报》一篇文章的标题说明了一切："有了这份大礼，惠特尼博物馆不再是无足轻重的配角了。"长久以来，惠特尼博物馆都是纽约四大博物馆中最小的一个，它一直缺少一个有足够深度的永久馆藏，让人们有理由来这里参观——现在我们有了。

不过，这件礼物也带来了一个新问题，在这之前，惠特尼博物馆最多只能展示2%的藏品。我们需要一个更大的空间向公众展示我们的收藏。

向市中心进军

当我接任惠特尼博物馆总裁以及后来担任主席时，我觉得自己是一个守护者，我的职责是守护格特鲁德·范德比尔特·惠特尼的遗志，并且传承惠特尼的藏品，还有布鲁尔大楼。（格特鲁德的精神通过她的孙女弗洛拉·米勒·比德尔和曾孙女菲奥娜·比德尔·多诺万发扬光大，她们都在理事会任职。）

第二十二章 改造博物馆

之后有一天，我们的副馆长威拉德·霍姆斯来上班，碰巧注意到大楼外立面有一处花岗岩石块是歪的。原来，布鲁尔大楼在建造时，设计规格是用不锈钢架把石幕墙固定在大楼上的。但是由于某种原因，人们改用了镀锌钢架，而现在架子已经开始生锈了。要不是威拉德发现了，外立面的石块可能已经垮塌下来了。

我们立即搭起脚手架仔细检查，然后被告知必须重建整个博物馆的表层结构。我们不得不重开原来使用的那个采石场以获得匹配的花岗岩。

这场危机重启了有关寻找博物馆新址的讨论。

人人都想搬到市中心去。每个人，但除了我。我很不情愿，不仅因为我为布鲁尔大楼投入了感情、精神和金钱，还因为我担心找不到一批新游客。

但与此同时，我们委托麦肯锡公司进行的一项调查发现，我们也将很难保住市郊的游客。上东区变得越来越保守，而就在此时，由于纽约空中铁道的振兴，我们正在考虑迁往的曼哈顿肉库区开始焕发生机。曾经矗立在麦迪逊大道两旁的专卖店正在向南迁移，艺术品经销商也纷纷迁往曼哈顿西部的切尔西。我们也需要搬到那里去。

我知道自己不能在余下的任期里永远做一个"无名小卒"，所以我在理事会上说："如果你们投票赞成搬到市中心，那么我也会和你们一起投赞成票，这样我们就可以全票通过了。我不仅会投出这一票，还会送出一份大礼以确保有足够的捐赠来维持新馆大楼的运作。"

会议圆满结束。

我是一个输得起的人，但结果证明，我成了赢家。

我给出了惠特尼博物馆历史上最大的一笔捐赠。不过，更妙的是，这是一份有引领作用的礼物，它鼓励了惠特尼博物馆的其他受托人为市中心的项目慷慨解囊。

新馆址为我们呈现了可能性，使我们有机会"在一座新城市里创建一座新博物馆"，这个所谓的"新城市"包括炙手可热的曼哈顿市中心、布鲁克林区、皇后区和新泽西州，它们就在博物馆新址附近，或者可以通过公共交通工具直达博物馆新址。从那时起，我的规划建议就是"不要被我们在市郊的规划束缚，要足够大胆，要配得上我们的新馆所在的新社区"。

进馆参观的人数非常可观。

我们的新馆坐落于甘斯沃尔特街99号，由伦佐·皮亚诺设计，于2015年5月1日开放。我不是谦虚，但这确实令我非常惊讶，惠特尼博物馆把大楼命名为"莱纳德·A.兰黛大楼"，以示对我的尊重。这是我从未想过的荣誉。我真正想要的是有人能提供1亿美元捐款以换取冠名权。我一直以来在乎的都是组织机构的长盛不衰，而让我的名字出现在一座建筑上的荣耀非我所欲。

我被这一荣誉深深打动，但荣誉是短暂的。确保一个受人喜爱且有价值的机构继续存在，并继续参与其中，才是对我来说真正重要的。

这让我决定捐出我的立体主义收藏。

改造大都会艺术博物馆

正如我之前提到的（第十七章），我搞收藏的目的一直都是有朝一日能将其捐赠给博物馆。一直以来，我感兴趣的都是收藏本身，而不是拥有藏品；是分享我有幸积攒的艺术品，而不是为了个人享乐而囤积货物。

我想把自己的立体主义收藏捐给一家大博物馆。我花了三年时间来决定到底捐给哪一家。在此过程中，我逐渐完善了我的选择标准，因为这不能是一个仓促的决定。

于我而言，最重要的标准如下：它得是一间与我有私人或长期关系的博物馆；它所在的位置我可以到达；以及它得是一个大机构，财务上的安全和理事会的责任心都要无可挑剔。最重要的是，我不仅想要为自己的收藏找一个家，我还希望我选择的博物馆可以因为收入我的藏品而大为改观。

当时机成熟时，我会走进我选择的博物馆，看看他们是如何对待这些收藏的。我不想搞拍卖或玩价格战，我只想听听他们会怎么说。我决定不提出要求，我不会说："这些是我的条件。"相反，我会征求他们的建议："你们已经对我的收藏有所了解，我想知道你们会如何处理它们。"提出问题并倾听博物馆的回答才是关键。我可以通过这样的方法，了解许多机构的运作方式。

在寻找合适机构的过程中，我和美国国家美术馆的馆长，也是我的老朋友厄尔·鲍威尔有过多次交谈。在我们进行讨论的那段时间里，底特律市宣告破产。为了给市政债务筹集资金，该市宣布将出售或拍卖底特律艺术学院的部分藏品。当时的一则新闻的标题是这么说的："要钱还是要画？"

这可能有点痴心妄想，但我想着："如果美国出现财政困难，宣布不再支持美国国家美术馆的运营开支，会发生什么呢？美国国家美术馆会关门吗？可能不会。不过，不管协议怎么约定，它都可能会出售一些有价值的资产。因为，如果出于某种原因它破产了，那所有协议都将无效。"

虽然我很喜欢美国国家美术馆，并且我曾是受托委员会中的创始成员，但我不想冒险。

选择最终落在了大都会艺术博物馆和现代艺术博物馆之间。两座博物馆都在纽约，而且我都非常喜欢。

现代艺术博物馆似乎是一个顺理成章的选择。它收藏的毕加索作品非常非常厉害。虽然其他立体主义艺术家的收藏弱了些，但它拥有世界上最强大的 20 世纪艺术品收藏。

矛盾的是，这些反而成了一种阻碍。我预见到，在现代艺术博物馆，每个月或者每一年，都会有一场比赛在我的画和他们的画之间进行，以选出最终挂在墙上的是哪幅画。可我想让我的收藏永久展出。

而我的另一个选择，也就是大都会艺术博物馆，虽然是一座百科全书式的博物馆，但它的现代藏品很少。它的主要藏品属于早期艺术，包括古希腊和古罗马的艺术品、伊斯兰艺术品、古典绘画大师作品、一流的印象主义收藏，以及一些非凡的非洲艺术品。非洲艺术对毕加索立体主义的发展有巨大影响，而大都会艺术博物馆拥有毕加索收藏的非洲面具。

我的收藏进入现代艺术博物馆，只会让原本就很强的博物馆变得更强。反之如果进入大都会艺术博物馆，那它们会把博物馆推进 20 世纪。

我选择了大都会艺术博物馆。

（我想特别感谢时任现代艺术博物馆馆长的格伦·劳里。在宣布我要捐赠我的收藏那天，他参加了我的荣誉晚宴。尽管这份大礼并没有如其所愿地赠予现代艺术博物馆，但他的热情和亲切都无与伦比。）

但还有另一个因素影响了我的决策。

我从来都不想仅仅做一个捐助者。我想成为引领者。尽管在之前的几十年里，大都会艺术博物馆受益于一些重要的现代艺术遗赠，但如今一切都变得如此昂贵，甚至可以说大都会艺术博物馆哪怕只是想要跨进 20 世纪，都需要大量的资金或捐赠。通过给大都会艺术博物馆一份能改变其收藏状况的礼物，我可以激励其他拥有大量收藏的人把藏品捐给大都会艺术博物馆。

而这确实也是已经发生的事。

* * *

《圣经》写道："亚当生塞特，塞特生以挪士，以挪士生该南，该南生玛勒列，玛勒列生雅列……"

这归结起来大致就是我的变革性慈善的模式。中央公园的冒险游乐场引发了纽约市游乐场的变革，这些游乐场的翻新费用都是由个人慈善家支付的。约瑟夫·H.兰黛研究所带动了全国各地的大学开设类似项目。伊芙琳在纽约创造了第一家乳腺癌中心，之后催生了斯隆凯特琳癌症中心里的一家大中心和全国其他地方中心的建立。我给惠特尼博物馆和大都会艺术博物馆的捐赠带来了其他捐赠，这些捐赠极大地改变和加强了这些重要的文化机构。

我还有针对性地向一系列我感兴趣的机构捐赠，包括一些较小的博物馆，如纽约哈林区的工作室博物馆和罗格斯大学的齐默利艺术博物馆。

我所做的一切都是为了一个目标：有所作为。而且我相信我确实做到了。

不过，我做的最有价值的事可能无法用砖石或金钱来衡量。那就是我在与我一起工作的人们中激发和培养的诸多转变，以及他们对我的转变。

ESTEE LAUDER

我关注的不是人们买了什么或穿了什么，而是他们是否过着一种我们可以通过产品与之产生联系的生活。

我记得在一个美丽的春日清晨，我在杭州跑步穿过一个公园，那曾是中国古代最优雅的城市。那是在 20 世纪 70 年代末，当时那里的每个人，无论男女，都穿着一种用暗蓝色棉布做成的不合身的工装。一位年轻女性穿着一件工装，但因为天气开始变暖，她把衣服扣子解开了。在单调的暗蓝色工装里面，有着鲜艳的红色衬里。那时我就知道，中国市场会为雅诗兰黛的进入做好准备，一切只是时间问题。

第二十三章
我的遗产：改变人

ESTÉE LAUDER
成为雅诗兰黛

经常有人问我，最让我引以为荣的成就是什么。当然，创造和培养能够带来新消费者的产品、品牌和公司，这些工作都让我非常自豪。但最让我引以为荣的成就，莫过于指引年轻人，帮助他们成长。因为是他们成就了今天的雅诗兰黛。

从我把监督雅诗兰黛集团公司日常运营的职责交给别人算起，已经过去近20年了，而我卸任首席执行官也已经近10年了，但我依然在公司投入了大量的时间和精力。对我来说，把我的记忆、我的经历和我想在每个同事心中播下创造力种子的愿望抛在脑后是不可想象的。

如今，我非官方的角色是首席教学官。我会分享我的经验和我的错误，我有很多！我试图说服人们从前者中学习，而不要重复后者。在这一章中，我要分享一些相关的想法和观点，它们在我的生活中和我在雅诗兰黛的职业生涯中都很适用，而且我非常肯定，它们在未来仍然会有所帮助。其中一些我在之前已经提到过，但我觉得它们值得在这里被强调和重申。

关于领导力

这是我的职责

当我父亲对公司里发生的事情感到不快时，他会大吼："这是谁的错？"我会说："这是我的错。"然后他会说："我没问是不是你做的。"而我会回答："每个人都在为我工作。我负责指挥，所以我要对一切负责。这就是我的错。"

我在海军服役时，学会了承担责任。每个人都有责任做好自己的工作，否则舰船就不能运行良好。这也是你管理一家公司或一个团队的唯一途径。

作为领导者，你要对所有向你汇报的人负责，即使你不知道他们做了什么。你要对自己或下属的每一个决定和行动负责，因为这些决定和行动反映了你的领导力。如果你不能掌控每一个决定，那么你就根本不适合这项工作。

最基本的要点是：如果今天的你不承担责任，那么明天的你肯定会后悔。

你要像船长一样行动，从而让人们像船长一样思考

当我还是惠特尼博物馆的主席时，我经常在周六早上出现在那里，有时候街上的垃圾被风吹到博物馆门前，我就弯腰把垃圾拾起。当我走过公司大厅时，如果我看到地上有一片纸，我也会把它捡起来。

重要的是，要让员工看到你正在这样做。如果你都不关心，那他们为什么要关心呢？如果他们看到地上有纸，那么他们就会觉得工作环境邋遢一点也没关系。如果允许他们的工作场所凌乱不堪，他们就可能会对其他事情也不尽心，比如与顾客打交道和制造产品之类的工作。

主人翁意识并不来自你所拥有的股份，它来自你对公司和同事的责任感。

忽略"铁砧合唱"

这是一个有责任感的领导必须具备的素质。

我们的创意服务总监琼·利曼经常说:"一个想法很棒。两个想法不太有效。三个想法完全没用。"一百个人会有一百种不同的意见,琼把这种现象称为"铁砧合唱"。若一个会议出现了这种现象,就会使人想起歌剧《游吟诗人》中的场景,所有吉卜赛人一边尽情歌唱,一边大声地敲打着他们的铁砧——当然会议没有歌剧那么有趣。

经营公司时,你要避免出现"铁砧合唱"。

早在20世纪60年代初,我们为晚妆系列广告做最后定稿时,这一教训就让我印象深刻。我们的创意小组试图想出一个广告标题,但是每个人都有不同的想法。

周末,我把关于晚妆系列的各种想法带回家,打算和我的妻子伊芙琳分享。但后来我意识到,如果我把这些想法拿给她看,我就会面临一个两难的境地,如果我要按照自己的想法来投放广告,就要承担征求她的意见却置之不理而惹她生气的后果。我意识到,虽然我深爱并尊敬伊芙琳,但我不会征求她的意见。我负有最终的责任。推出晚妆系列是我的决定,这家公司姓兰黛,而且这条产品线也是我负责的。

从那时起,没有别人,只有我自己负责批准雅诗兰黛品牌的所有广告。我总是对不同观点持开放态度,尤其是琼·利曼和阿尔文·切雷斯金的观点,他们是广告天才,也是他们在20世纪六七十年代帮助创作了雅诗兰黛的标志性广告。但我永远不会依赖委员会来做最终决定。委员会是创造力和生产力死亡的象征。每个人都喜欢说"问问委员会"。但专门的委员会无非就是"铁砧合唱"的另一种说法。它会像铁匠用锤子击打一块滚烫的金属一样,彻底把一个好想法砸平。

做重大决定时要有女性在场

有一个雅诗·兰黛这样的母亲，我怎能不尊重、不去寻找那些聪明而坚韧的女性呢？那些强势的女性为公司做出了许多非常棒的决定。

作为一家公司，我们的强大力量来源于这样一个事实，即从一开始，我们就拥有一位女性领导人，她能够为其他女人提供产品和知识，让她们觉得自己很美丽。而不是像查尔斯·雷夫森告诉女人的那样，作为一个男人，他知道什么能让女人对男人有吸引力。今天，这就是所谓的"镜像市场"理论：让你的团队有非常熟悉消费者的人，他们要和消费者有同样的需求和欲望。对我来说，这只是常识。

这么做的好处已经得到了无数次的证明。这里仅举出两个例子：

20世纪80年代中期，我们开会讨论是否要推出一款新香水。销售部的负责人说："我们请专家委员会做了调研，也成立了专题小组讨论，得出了一些有趣的结果。"读到这里，你就会知道我对专家委员会和专题小组的看法如何了。我转向我们全球香水研发部的主管凯伦·库利，问："凯伦，这款香水好吗？"她说："是的。"我说："好的，那么就推出吧。"这款香水就是真爱，它后来成了雅诗兰黛香水中的销量冠军。

珍妮特·瓦格纳一直以来都是我们最优秀的雇员之一。事情是这样的，当时我正在巴黎开一个市场会议，计划在全球推出雅诗兰黛的一款重要产品。负责市场营销的高级副总裁说："现在，某某和某某会发表意见。"此时一股恐惧涌上心头，我意识到，会议中没有女性来分享她们的观点。我想："如果我们要面向女性营销，那么我们国际部的高级管理层就需要女性。"一回到纽约，我就去找了公司里最有成就的两位女性（除了我母亲），负责运营倩碧的卡萝尔·菲利普斯，和我们的创意服务总监琼·利曼。我分别问她们："你们认识的最厉害的女人是谁？"她俩都说，是负责《时尚》杂志国际出版的珍妮特·瓦格纳。我请她吃了个午餐，并对她印象深刻。

于是我立即打电话给雅诗兰黛国际部的负责人鲍勃·沃斯福尔德，告诉他："她很好，你会喜欢她的。"

珍妮特在雅诗兰黛工作了很长时间，她接替了鲍勃在国际部的工作，并最终成为雅诗兰黛国际部总裁，后来又担任了雅诗兰黛集团公司的首任副主席。

可以犯战术错误，但不能犯战略错误

你可以犯战术错误，但犯战略错误的后果是你不能承担的。

这是什么意思？

如果你今天犯了战术上的错误，那么你可能今天就得为此付出代价。但是如果你今天犯了战略上的错误，你会在明天、后天，甚至余生的每一天，都为这个错误付出代价。

例如，我记得几年前听说美国航空公司想要与美国运通合作，并提出了创建飞行常客项目的想法。但美国运通的意思是："我们不做营销联盟。"这为维萨和万事达在航空里程市场占据主导地位提供了机会。虽然美国运通最终也加入了战局，但它始终只能追赶别人的脚步。

最令我后悔的战略错误就是没有削减处方的分销渠道。正如我在第十四章和第十六章中描述的，由于当时专卖店和百货公司的兼并热潮，处方一直都在过度分销。我想削减分销渠道，专注高端市场。但当时我们刚刚上市，削减分销渠道可能会损害我们的股价。这个决定带来了短期的收益，但造成了长期的损失，我们最终不得不关闭所有的处方专柜。直到现在，我都希望自己当时能把那个妖怪塞回魔瓶。

先说"可以"

在我刚进公司时，我听得最多的就是"不行"。我会给一家又一家商店

的采购员打电话，试着约个时间拜访他们。而他们都会说："我们不需要新的高端品牌了。我们手上的品牌已经够用了。"然后就挂断电话。

很令人沮丧是吗？不完全是。在我看来，"不行"这个词实际上是"如何"和"何时"的意思。正确的时机和重新规划可以把"不行"变成"可以"。

花了一点时间，我终于见到了布鲁克林的大型百货公司亚伯拉罕＆斯特劳斯百货的采购员。我并没有在一开始就取得成功，当我到达时，采购员背对我坐着，正在认真地修剪他的指甲。沉默了很长时间后，我说："我能帮你赚钱。"

他放下指甲刀，转过身来说："怎么赚？"

我描述了雅诗兰黛的专柜是如何为商场带来客流的，每当我们卖出1美元的雅诗兰黛产品，就会带动周边专柜卖出价值2美元的产品。

他仔细地听着，然后他说："我得让我的老板见一下雅诗·兰黛夫人。"

在我看来，母亲是世界上最好的品牌推销员。她做成了这笔买卖。

当我还在阿斯彭研究所理事会时，我有幸认识了约翰·杰伊·麦科伊。约翰曾有过诸多成就，他曾做过军长，并在战后的西德任美国高级特派员，负责创建平民政府，重建西德的工商业。他成功的关键就是所谓的"有序说服"。为了避免会议上争议不断，他会寻找一个人人都能同意的基本点，即使只有一个。他告诉我，倾听、总结并阐明一个共同的观点是取得进展的第一步。我学会了这一招，并将其付诸实践。多年来，他的建议在各种情况下都使我受益良多。

如果在开始时就取得一个能让对方说"可以"的共识，而非说"不行"的分歧，那就更容易把事情做好。如果人们有积极的感受，那么一切就会变得更顺利。在意见出现分歧的会议上，我最喜欢说的一句话就是"我们回顾一下目标吧"。我的目的不是找出我们的分歧，而是阐明我们会在哪些地方达成一致。这就提醒了与会者，我们有许多相同的观点。而且这有助于理清我们尚未达成一致的观点，然后我们就可以把余下的争议点逐个击破。

我的朋友威廉·尤里写的一本商业畅销书有个很棒的名字，叫《达成一致》。正如我前面讲的那样，我认为你应该以"可以"作为开始，寻找共识。一旦你找到了，前进就容易得多了。

聘用、解雇，以及与人共事

雇用比你聪明的人

当我还是孩子时，我就相当聪明——有时也聪明过头了。我的朋友们曾叫我"爱因斯坦"，但这并不是在称赞我。我曾经是所有人里最聪明的一个。

而且我来自纽约。我还需要多说什么吗？

之后我加入了海军，进入了美国海军候补军官学校。我们那届的24个人来自美国各地。他们有人来自皮奥里亚，有人来自奥斯汀，但他们都有一个共同点，那就是他们都非常聪明。至少他们中的许多人肯定比我聪明。

我是以第12名的成绩从美国海军候补军官学校毕业的。要知道，我之前可是从沃顿商学院里有750个人的班级中，以第三名的成绩毕业的。而在美国海军候补军官学校我仅仅排在中游。这是否意味着我很平庸？

我有一两周都在为这件事难过。之后的一天晚上，我躺在床上，突然顿悟：这个世界到处都是比我聪明的人，我并不是只有成为所有人中最聪明的人才有价值。为此我发誓，从海军退役后，我的职责就是寻找并雇用那些比我聪明的人。而且我会欢迎他们、拥抱他们，而不是感觉自己受到了威胁。

我的确是这么做的。你可以是一个公司的负责人或一个团队的领导，但你不可能做所有的事情，也不能一直在那里指挥。你必须雇用一些代理人——一些有思想、负责任的人，他们能让你更了解情况、拥有更广泛的视野，还能提升你的业绩。

他们不必像你一样。事实上，你最不应该期望的是让一个团队由无数个"迷你版的你自己"组成。无论是不同的背景、不同的族裔、不同的年龄，还是不同的性别，差异才是力量之源。作为一家主要面向女性市场的美妆公司的男性领导者，我再怎么强调这一点都不为过。当然，差异是我们成功的源泉之一，也是持续的驱动力之一。

为了成功，你必须开阔眼界。

要如何做到呢？答案是雇用比你聪明的人。

还有一个推论，就是要小心那些自认为超级聪明的人。换句话说，他们就像年轻时的我一样，认为自己是所有人中最聪明的。他们一点也不谦逊。这不仅让他们难以共事，还很难让别人为他们工作，而且他们迟早会因为自作聪明，犯下可能会损害公司利益的错误。一切都是时间问题。

"亲爱的小猫"

我和海伦·格利·布朗是很好的朋友，这位传奇的编辑把《时尚》杂志变成了一本非常成功的杂志。海伦告诉我，当她被《时尚》杂志录用的消息传出去时，她接到了一个最好朋友打来的电话："海伦！我要来纽约帮你发行杂志。"

海伦的回答是："亲爱的小猫，我不能雇用你，因为我不能解雇你。"

"亲爱的小猫"的教训是：不要雇用你最好的朋友，也不要雇用以前的同学。简而言之，不要雇用那些你不能解雇的人。友谊是友谊，生意是生意。

你告诉她你爱她了吗？

我的"蓝色信笺"很出名。这是用"雅诗兰黛蓝"色的信笺手写的信件，我用它们来提出问题、提出建议，而我最常做的还有赞美和感激别人。这项工作太重要了，我甚至为此雇了一个助理，其职责之一就是告诉我："你必须完成下面这些手写的感谢信。"

人们不只会为了钱而工作，他们还会为了获得认可而工作。

我经常对那些在婚姻生活中面临挫折的朋友说："你有没有告诉过你的配偶你爱她？"他们总是回答："她知道我爱她。"我说："我问的不是这个。你有没有说出来过？"

你应该想办法为某人出色完成工作而喝彩。如果你说"感谢你出色的工作"，那么收信人就更可能为你赴汤蹈火，即使那只是你信里的一小句俏皮话。

而且如果你经常感谢他们的话，你就可以指出他们在哪些方面可以改进。一旦你因为他们做对了而称赞他们，你就有权利批评他们的错误。而且他们可能会对这种批评更上心。批评之前请三思，批评之前先表扬。

错了要道歉

永远不要害怕承认你犯了错误。承认错误会让人们觉得你很有人情味，人们会更尊重你。

在我们考虑扩大对杂志广告的投入时，我对琼·利曼说："让我们试试单页广告吧。它们比跨页广告更便宜，这样我们就能把钱省下来在更多杂志上登广告了。"琼没有马上拒绝，但是她回答说："单页广告很难表达强有力的观点。"她的想法绝对是正确的。当我看到第一个单页广告时，我给她写了一张便条："琼，别再刊登单页广告了！"我们再也没有这么做。

琼保留了那张便条，后来又将其归到了我们公司的档案中。我不介意任何人看到这张便条，因为它表明，虽然我犯了错误，但我可以从中吸取教训。

给他们一片天

放走一个有价值的员工从来不是件容易的事。我说的"放走"并不是解雇的委婉说法，而是说要放手让他们走自己的路。毕竟，他们的工作做得这么好，会让你的工作更轻松。

一个老板犯得最大的，也可能是最常见的错误，就是扼杀别人的雄心壮志。当我的弟弟罗纳德想要离开公司，去里根政府担任担任欧洲事务副助理国务卿时，我母亲很不高兴。我的妻子伊芙琳巧妙地解释道："他需要自己的一片天。"每个人都需要自己的一片天。如果你不给你的员工提供这样的天地，他就会去其他地方寻找。

例如，简·赫玛·胡迪斯在处方做各类市场工作时都表现一流。她当时的上司鲍勃·尼尔森对我说："她太优秀了，我们得让她变得更好。"我同意了，于是他派简去旧金山经营处方，担任地区市场营销总监。简现在是雅诗兰黛集团公司执行总裁，负责领导包括雅诗兰黛、海蓝之谜、芭比波朗、悦木之源，以及其他一系列品牌在内的品牌组合。有像简这样既有市场经验又有销售经验的女性，对确保公司能做出正确决策至关重要。

及时止损

我父亲在他必须解雇一个人时说过一句话："长痛不如短痛。"如果你被一个看起来无法进步的人困扰，那你最好帮他离开，而不是和他一起受苦。或者，如果你推出的一款产品卖不动，不要仅因为那是你的创意就放任其永远亏损。

超过了一定限度，耐心就会变成忽视。你应该快速放弃，减少损失。

解雇的最佳方式

这个世界上的每个人都有其价值。如果你不能让别人以令其满意的方式为你创造价值,那就是你的错,你应该诚实且带着敬意地承认这一点。

如果我不得不解雇某人,我就会对他们说:"这真不是你的错,这是我们的错。我们可能没有正确地培训你,没有很好地督导你,没有恰当地与你共事,也没有把你放到你最能胜任的职位上。我请你离开的原因不是你不好,而是我们还不够好,不能让你发挥自己伟大的才能。"

换句话说,不是每一种植物都适合在你的花园里生长。失败可能由于缺乏阳光、土壤贫瘠,或其他什么原因。错不在植物,你要做的就是移栽和重新种植。同理,错并不在人,让他们去其他地方重新成长,也许他们会做得很好。

市场的智慧

你由你的分销定义

这句简单凝练的话,我最初是从创意天才约翰·丹赛那里听来的,他曾是雅诗兰黛集团公司执行主席。不过我母亲本能地明白,人们会通过你经营的公司了解你、评价你。因此,她围绕这一点构建了我们的整个战略。

我们在高端专卖店销售我们的产品,因为这些店的声望对我们的名声有所增益。奢华的购物环境强调了雅诗兰黛的奢侈品牌定位。像萨克斯第五大道精品百货、奈曼·马库斯百货、哈罗德百货,以及塞尔弗里奇百货这些商店,它们的宣传就是对雅诗兰黛的认可。

相反,"你不在哪里销售"也和"你在哪里销售"一样重要。

不要被大量分销渠道这种极具诱惑但十分虚妄的幻象误导,最终降低了你的品牌价值。如果你属于奢侈品市场，那就待在奢侈品这个细分市场。不要为追求高销量而放弃你的核心身份，那种高销量是通过在那些配不上你的品牌的分销渠道销售获得的。

我记得我和奥斯卡·科林有过一次谈话，他是赫莲娜夫人的侄子，在赫莲娜夫人去世后，他成了公司的首席执行官。他告诉我，他犯的最大错误就是向连锁药店低头，那些药店要求扩大分销渠道，扩张速度超出了公司能够支持的极限，最后他的公司被迫申请破产。"莱纳德，"他告诉我，"过度分销害死了我们。"

为自己创造竞争对手

我常常担心我们是否会变得过于成功。因为成功会引起竞争对手的关注。但是，与其坐等对手出招然后我们再回应，不如事先超越他们，创造我们自己的竞争对手，这不是更好吗？

在我的整个职业生涯中，这都是一个成功的策略。我创建倩碧是为了与雅诗兰黛竞争。当我们开始收购其他公司时，我们先从魅可开始，接着很快就收购了与之截然相反的品牌，即芭比波朗。海蓝之谜与雅诗兰黛的高端产品白金系列竞争。在美发领域，我们收购了宝宝和宝宝来与艾梵达竞争。

为自己创造竞争对手既带来了一些东西，也阻止了一些东西。首先，我想要成为市场的领导者，我已经做到了。我们是世界上最大的名牌美妆产品供应商，我们在几乎每个名牌美妆产品市场都是占据主导地位的玩家，这主要归功于我们的竞争策略。

其次，我知道，一个品牌不可能永远存在。我看到曾经是市场领军者的老品牌相继衰落，伊丽莎白·雅顿、露华浓和赫莲娜·鲁宾斯坦，这里只提3个。人们会来跟我说："哦，雅诗兰黛，我祖母喜欢你们的产品。"如果他们说"我女儿喜欢你们的产品",我会很兴奋。但是"我祖母"?这不是很好。因此,我们不断收购公司或推出自己的竞争对手,这样当新消费者进入市场时,他们就会发现新的品牌,然后把这些品牌变成他们的专属品牌。我们现在有一个包含超过25个品牌的品牌组合,除了雅诗兰黛这一品牌的产品,我们的名字没有出现在其他任何品牌的产品上,所以没有人会说"哦,这是我祖母用的品牌"。

率先进入市场的人总是赢家

雅诗兰黛一次又一次地率先进入市场,我们是"二战"后第一个进军英国市场的美国奢侈品牌,雅男士是第一个男士护理全系列品牌,倩碧是第一个在高端商店销售的高品质抗过敏品牌。

如果你是第一个推出产品的,你就没有什么竞争对手需要理会。你会自动成为权威。之后的竞争对手会试图夺取你的权威,而占领高位的你只需要守住自己的地位,而竞争对手面对的困难可要多得多。

例如,我们正在研究一种突破性地使用脂质体的抗衰老产品。在我们即将推出产品之前不久,我们的主要竞争对手兰蔻推出了他们自己的脂质体面霜。(这是最高机密,我一直不明白他们怎么知道我们也在做这件事。)他们的产品质量不是很好,但是我非常不安,因为我们错过了抢占高位的时机。我们的研发负责人解释道:"我们还没有准备好,我们的脂质体还有渗漏问题。"

我说:"但是他们率先上市了。"

就算我们说"我们的脂质体不会像他们那样存在渗漏问题",也于事无补。我们的产品也许更好,但他们是第一个进入市场的,他们具有抢占第一市场的优势。

率先进入市场还能让你的企业成为有号召力的企业。雅诗兰黛集团公司是第一个发起提高乳腺癌意识的运动的公司。雅芳紧随其后也发起了自己的乳腺癌相关运动。我们很高兴大家都在支持这项事业。

走在曲线前面

如何确保你是第一个将了不起的创意推向市场的人？要想在业务上有创意，你不能只知道公司是如何运转的。这不仅意味着你要训练自己拥有一种感觉，了解在更大的背景下自己所处的位置，还意味着你要通过更广的视角观察这个世界，只有这样你才能寻找和利用重要的地缘政治机遇。

例如，当1989年11月柏林墙倒塌时，我立即向西柏林最负盛名的卡迪威百货运送了3万支倩碧唇膏。卡迪威百货在东德声名远播。当东德人涌入这座奢华的购物宫殿，寻找长期以来求而不得的奢侈品时，我们会给每位持有东德身份卡的女性免费赠送倩碧唇膏。我们传递的信息是："欢迎来到西德。"

以一种令人愉悦的方式制造新闻，有助于提升品牌在全球的声誉。

走在曲线前面还意味着要预设可能出现的问题，并做好应对的准备。不要坐等坏事发生在自己身上，更不要等到不得不捍卫自己的市场份额时才行动。在企业成长的过程中，你要争取每一个百分点，因为一旦失去，你就得花费极高的成本才能拿回来。

进军高端，留在高端

如果你想进入高端市场，那么你有两种选择，向上或者向下。如果你进入大众市场，那就一定会有品牌卖得比你更便宜，当你无路可走时，你就只能跟它们展开逐底竞争。因此你要做到，率先进入，强势进入，保持强势。

独自发现信号

在为雅诗兰黛工作的头50年里，我每次出差都会带着我的跑步装备。我在跑步过程中看到的事物令我倍感惊奇。天刚破晓时，我向伦敦海德公园跑去，看到一瓶瓶牛奶整齐地摆在联排别墅前，为房主的早茶做好了准备。清晨6点，我跑步穿过巴黎的战神广场，边跑边避开正在清扫昨晚留在广场上的垃圾的清洁工。我在12月的一场暴风雪中跑步穿过莫斯科红场，每个人都裹着厚厚的衣服，使我难以分辨包括我自己在内的所有人的面目。

跑步不仅是我酷爱的运动，也是我调查市场的方式。我关注的不是人们买了什么或穿了什么，而是他们是否过着一种我们可以通过产品与之产生联系的生活。用我们的广告口号来说就是，在雅诗兰黛的世界里，他们会觉得宾至如归吗？

我记得在一个美丽的春日清晨，我在杭州跑步穿过一个公园，那曾是中国古代最优雅的城市。那是在20世纪70年代末，当时那里的每个人，无论男女，都穿着一种用暗蓝色棉布做成的不合身的工装。一位年轻女性穿着一件工装，但因为天气开始变暖，她把衣服扣子解开了。在单调的暗蓝色工装里面，有着鲜艳的红色衬里。那时我就知道，中国市场会为雅诗兰黛的进入做好准备，一切只是时间问题。

信号源有很多。20世纪80年代末，我曾与宾夕法尼亚大学约瑟夫·H.兰黛管理与国际问题研究所早期的一位毕业生交谈，他当时正任职于中国的施格兰酒厂。我请他明确说出他遇到的最有趣的事。他说："对我们来说，最大的惊喜莫过于法国白兰地干邑的销量远远超出了我们的预期。"

这一信息对我有什么用？这一信息说明中国市场正在成为一个像日本市场一样富裕的市场。当雅诗兰黛进军日本市场时，干邑是日本企业男性高管最爱的酒。许多高端餐厅都有那种上锁的箱子，里面装着这些高管买来作为私人珍藏的白兰地干邑。多年以后，中国也发生了同样的事情。

我做了什么？我开始在中国为雅诗兰黛做广告。直到1993年，也就是5年之后，我们才正式进入中国市场，但我们可以先向越来越渴望得到产品的消费者发出信息。同样，我们也是第一批进入墨西哥、巴西和印度等市场的国际知名美妆公司，当时这些市场还没有开始萌芽。

我一直不明白，大公司的高管外出时为何都要配一群随行人员。如果我去拜访门店，我的工作就是与人交流并倾听他们说的话。如果你被自己的随行人员包围，那你就不会了解到很多东西。我会问美容顾问什么卖得好，以及她们认为为什么这些产品会卖得好，还有什么卖得不好，以及她们认为问题出在哪里。她们信任我，因为我从不反对她们的观点，相反，我感谢她们。我打造出了值得信赖的产品信誉。而她们还会告诉我更多东西，其中一些想法或是信息非常有价值。

我记得在去休斯敦拜访奈曼·马库斯百货的时候，我问那里的雅诗兰黛美容顾问，最畅销的粉底色号是什么，她回答是适合深肤色的色号。我很惊讶。她解释说："那些顾客刚刚安排了一架从拉各斯直飞休斯敦的航班，尼日利亚石油企业高管的夫人们和女儿们都快要被我们一网打尽了。"

这些经历足可以让我写一本书。每一个经历都在我的脑海中，难以忘却。每一个经历都对公司产生了影响。而且，每一个经历都是碰巧出现的，因为中间没有隔着第三人作为纽带。

做一只国际化的变色龙

作为一家总部设在美国的公司，我们仍然很难让每个人都明白，美国人对美的观念不一定会在世界上的其他地方产生共鸣。我理解这一点，因为我认为自己是一只国际化的变色龙。

一下飞机，我的保护色就变了。一到伦敦，我的英语就会立即改变。当说到汽车后备厢时，我不再使用美式的"trunk"，而是使用英式的"boot"，而说到排队时，我用的是"queueing up"，而不是"standing in line"。这是尊重当地文化的表现。

我希望每个人都能这样做。令人觉得不可思议的是，如果你不了解当地文化，你就会错过重要的销售机会。

一次，珍妮特·瓦格纳说我们的亚洲业务没有如预期般增长。于是我带着其中一个区域负责人前往印度尼西亚的雅加达，看看我是否能发现问题所在。事实上，我可以。

我们拜访了三家销售雅诗兰黛产品的百货公司，其中一家是日本公司，还有一家是中国公司，最后一家是印度尼西亚当地的公司。我事先学会了如何根据百货公司老板不同的文化背景以不同的方式交换名片：在中国，商人们通常是一只手递名片，另一只手要托着递名片那只手的胳膊；日本人则会双手呈上名片，并对我微微鞠躬，而我要做的就是花一点时间研究一下他们的名片；和印度尼西亚人交际时，我必须用右手递或收名片，因为左手被认为是不洁的。

我们的区域经理已经在该地区工作了三年，但他给每个人递名片都用单手。这表明，我们的公司没有完全了解当地的风俗习惯，也因此没有完全了解当地的消费者。

做真实的自己

在我的行业里，我多次观察到，当我们的竞争对手遇到销售问题时，他们总是会"改头换面"。"改头换面"就是死亡之吻，它表面看上去有益，实际上却具有毁灭性。重新包装非但没有为产品注入新的能量，还打开了失败之门。

如果你必须重新包装，那就保持颜色不变。比起文字，顾客更容易记住颜色。连锁药店已经很好地吸收了这个教训，当要制造所谓的"物美价廉"的自主品牌产品时，他们会使用他们想要山寨的产品的配色。当你在英语不是主要语言的国家销售产品时，如果你改变了你的配色，那你就会失去独特性。

消费者认为，如果包装变了，那么产品也就变了。重新包装会自动招致竞争对手抢走你的顾客。

为什么要冒这个险呢？

你还要小心辨别长期的流行趋势和一时的风尚。趋势很重要，它会引领你。而一时的风尚不会持续太久。追随潮流很容易，但在当今这个瞬息万变的环境下，不要为了昙花一现的繁荣而放弃你辛苦积累的品牌价值。

这并不意味着舍弃创新。我的意思是，创新时要忠于你自己。

倾听和学习

我父亲常说："上帝给了你两只耳朵和一张嘴。"当然，他还说我用留声机的唱针接种过疫苗，因为我说话太多了。

但我学会了倾听，而且我通过倾听来学习。

如果说有一个经久不衰的教训是我希望通过这本书告诉你的，那一定是这一个：我们总是在不断地学习，而最好的学习方法就是倾听。

主导你的未来

为了前进我总是会做反向推导。一开始我会设想从现在起三到五年甚至十年后，我要取得什么样的成果，然后我会反向推导，安排好为了实现这一目标我需要在今天、明天、明年以及后年必须采取的步骤。

约翰·肯尼迪在1961年就这么做了，当时他面对着来自全国的压力，因为他要把一个人送上月球，并令其安全返回地球。当我设想把一家小型的夫妻店转变为美妆行业的通用汽车公司时，我也是这么做的。

这不是什么复杂的事。你要允许自己敞开心扉，让想象力翱翔，同时还要脚踏实地。

我们都是自己未来的创造者，要大胆做梦。

* * *

我在写作本书时，新型冠状病毒正在世界各地肆虐流行，威胁着我们的亲朋好友，蚕食着我们的传统市场，摧毁着我们对未来的设想。这可能是雅诗兰黛在长达 70 年的历史中面临的最大挑战。

我们该怎么办？我们该做什么？

不可否认的是，目前我的水晶球还没显示出什么清楚的迹象。现在断言我们将去哪里还为时过早。但我可以保证我们会继续前进，原因如下：

我花了比平时更多的时间来倾听。我倾听人们描述他们的担忧和焦虑，他们的困惑和他们深刻的恐惧。有时虽然没用言语表达，但我也听到了他们的承诺和决心：为今天的难题找到创造性的答案，并在这个过程中善待和尊重他们的同事、客户和社区。

正是这些品质和价值观造就了雅诗兰黛集团公司，推动并引领了我们过去的增长，它们也将帮助我们在未来找到新的机会。通过倾听，我想起了我们共同创造的一切，也想起了我们是如何创造这一切的。多亏了它们，我恢复了信心，相信我们的韧性和能力能够帮助我们再一次适应一个变化的世界。

后记
第二次恋爱的机会

ESTÉE LAUDER
成为雅诗兰黛

写作本书时，我着重讲述了我过去的经历和努力。虽然本书回顾的是过去，但在自己的生活中我也陶醉于幸福的当下，并期待着与我的新妻子兼伙伴朱迪·格利克曼·兰黛在一起的美好未来。

我和先妻伊芙琳第一次见到朱迪和她的丈夫艾尔·格利克曼，是将近40年前，在阿斯彭艺术博物馆的一次招待会上。我们一见如故。艾尔和我曾每天一起滑雪，我们会在滑雪场的缆车上交谈，他成了我最亲密的伙伴之一。朱迪和伊芙琳也成了密友，她们一起打网球，并且都很热爱摄影。我们参加彼此的派对，还在彼此的家里不拘礼节地享用晚餐。从那以后每一年的夏天，只要伊芙琳和我打算去夏令营看望我们的孩子，我们就一定会去朱迪和艾尔在缅因州波特兰的家中拜访。

我们的生活日复一日、年复一年地交织在一起。我们经常惊讶于我们有那么多共同点，我们甚至都是在1959年那一年结婚！

之后我们又有了另外一些共同之处，一些我们本不希望发生的事。伊芙琳因卵巢癌去世两年后，艾尔也于2013年4月因帕金森症去世。我很荣幸地受邀为我的挚友致悼词。当我和朱迪都成了同一个"没人想要加入的俱乐部的会员"时，我们因同病相怜而走到一起。

艾尔去世几个月后，我在弗兰克·劳滕伯格的葬礼上见到了她。（当你活到一定岁数，你的许多社交活动都会是葬礼和追悼会。）我问她夏天有什么计划，她说："我要乘船游览波罗的海。"出于好奇，我问道："你和谁一起去？""我和我的相机一起去。"她回答道。

那一刻我意识到，我内心希望那个人会是我。

那天晚上，我和儿子加里在电话里分享了我的想法。加里立即打电话给朱迪的儿子戴维·格利克曼，他认识戴维的时间和我认识朱迪的时间一样长。几天后，我收到了一份来自加里的礼物，是一部新的苹果手机。手机通讯录的"收藏夹"里写着的是朱迪的电话号码。

朱迪曾问我是否可以在阿斯彭山上为艾尔安装一张纪念长凳。我很乐意帮忙。但是，阿斯彭滑雪公司不允许我们安装长凳，他们说如果他们同意我们这么做，那这座山就会变成充满纪念长凳的障碍训练场。所以我们种下了一片云杉树以兹纪念。2013年12月，我们与家人和朋友一起在阿斯彭山参加了树林的落成典礼。

那天晚些时候，朱迪和我坐下来吃午饭，当时只有我们两个人，那顿午饭我们吃了整整一下午。我们有说有笑，偶尔也会哭泣，那天我发现了一个我从未见过的朱迪。

我知道，朱迪和伊芙琳一样，是个有造诣的摄影师。但我没有意识到她的造诣有多么高。

她的作品得到了世界级的认可，并在300多个公共和私人机构展出，包括大都会艺术博物馆、保罗·格蒂博物馆、丹佛艺术博物馆、休斯敦美术馆、美国大屠杀纪念馆、犹太殉难博物馆、丹麦犹太人博物馆，还有我认为"属于我"的惠特尼博物馆。很多照片都在她最近的图书《走出阴影：大屠杀和丹麦犹太人灭绝》中收录，该书文本由犹太人大屠杀的幸存者和学者伊利·威塞尔提供。除此之外，朱迪还是英国皇家摄影协会的会员。

你可能会觉得朱迪天生就是一个摄影师，因为她几乎是从出生那一刻起就开始被拍摄了。她的父亲欧文·本内特·埃利斯是一位职业内科医生，副业是摄影师。朱迪是他的许多作品的主人公，那些作品都收录在《因为热爱：欧文·本内特·埃利斯摄影》一书中。

朱迪透露，由于父亲的拍摄，她无意中成了电视明星。大家可以看看视频网站上获奖的商业广告《转身——伊斯曼·柯达》，那是我所见过的最有力也最辛酸的广告。（这支广告入选克里奥国际广告奖名誉堂。）如你所知，我这辈子见过很多很有影响力的广告，但这支广告每次都能把我弄哭。

那次午饭后又过了几周，我邀请她到我在棕榈海滩的家中度周末。她立即回复了我："很抱歉，我去不了。"艾尔过世才一年多，我知道我必须体谅她的感受。

还没来得及意识到自己有多失望，电话就响了。是朱迪打来的，她说："我想我还是可以的。"

她后来告诉我，她给她的朋友弗兰克·劳滕伯格的遗孀邦尼·劳滕伯格打了电话，和邦尼说了我对她发出的邀请，以及她的拒绝。邦尼说："你说了些什么？快给他打回去！"

我很高兴她这么做了。

那天晚上，我们和我弟弟罗纳德以及弟媳乔·卡萝尔共进晚餐，好让他们有机会更好地了解朱迪。私下里，罗纳德拽住我的胳膊说："别把事情搞砸了！"

第二天晚上，我们一起看电影，她在我怀里睡着了。我想，她应该感觉还不错。

朱迪和我在2015年1月1日结婚，这是开始新一年和新生活的最佳方式。我们请了三位特别的人在仪式上主婚，他们是朱迪的两个儿子，杰弗里·格利克曼和布伦纳·格利克曼，还有布伦纳的妻子伊莱恩·格利克曼。

婚礼上，布伦纳说："莱纳德，我想提醒你，我妈妈是带着'包袱'来的。"他说的"包袱"指的是什么？朱迪有4个孩子，除了杰弗里和布伦纳，还有戴维·格利克曼和季格兰·凯斯藤博格，除此之外还有18个很棒的孙子孙女。我爱他们也祝福他们。我也有自己甜蜜的负担，我的两个儿子威廉和加里，威廉的前妻卡伦和他现在的伴侣洛丽·坎特·特里奇，加里的妻子劳拉，还有5个可爱的孙子孙女，他们是兰黛家的蕾切尔、丹妮尔、埃利安娜、乔舒亚和朱娜。我的孙女埃利安娜对新兄弟姐妹的出现感到非常兴奋，她说："我一直想成为大家庭的一员。"

我们给大家分发了T恤衫作为婚礼小礼物，上面还写着："你说了些什么？快给他打回去！"

谢谢你，邦尼·劳滕伯格，谢谢你，罗纳德·兰黛，谢谢你们帮助我们找到了第二次恋爱的机会。

我们很幸运，我们将共同谱写余下的人生篇章。最令我惊讶的是，我对朱迪的爱与对伊芙琳的爱完全不同。我全心全意地爱着朱迪。她非常独立，有强烈的自我意识，而且也是我的全面合作伙伴。我们互相挑战，而且我们都有各自热衷的事物，也有共同热爱的事情。她让我的生活变得如此快乐。

每天早上，我都问她是否愿意嫁给我。每天早上，她都会说愿意。然后我说："你知道谁爱你吗？"她回答："是的，我知道。"她会一边打开百叶窗一边唱歌。然后新的一天开始了。

谢谢你，朱迪，感谢你每天都给我的生活带来欢声笑语。

致　谢

读过这本书，你可能已经知道，没有什么比写一篇感谢信更让我高兴了。然而，我知道，我无法在这短短的几页纸里充分感谢那些曾影响了我，给我的生活带来无限欢乐、趣味和友谊的人。所有书中提到和没提到的人，希望你们知道，我非常感谢你们，因为你们让我的生活、工作和其他方面，都如此充实和快乐。我从心底感激你们。

在我感谢那些帮助我写出这本书的人之前，我必须感谢另外一些人，他们的日常工作和他们付出的友谊恰是我写本书的原因。

我要向我的父母表达无尽的感谢，他们不仅爱我、养育我，而且还为我树立了榜样，向我展示了努力工作的价值和真诚的伙伴关系的力量。如果没有他们，那么这一切都不可能发生。我爱你们，也很想念你们。你们就是我的北极星。

感谢雅诗兰黛集团公司过去和现在的每一位员工，感谢你们成为我的同事、朋友和家人。你们给每天的工作带来的欢乐，你们在行动中倾注的创造力，以及你们待人接物时表现出的同情心和善意，这些无时无刻不在激励着我。我钦佩你们所有人，感谢你们每天都在为公司树立家庭价值观的榜样。

虽然我已经从我热爱的这家公司的日常运营中退了出来，但令我非常感激的是，现在这家公司正由两位我非常敬佩的人领导，他们分别是我们的执行主席也是我出色的儿子威廉·兰黛，以及我们杰出的总裁兼首席执行官法布里齐奥·弗雷达。由于你们的共同管理、富有启发性的领导以及牢固的伙伴关系，我们的公司得到了很好的管理。

我还要感谢我们的高管团队，感谢你们贡献的才智、做出的判断和令人难以置信的辛勤工作。从我们的职能部门到我们的区域和品牌总裁，你们多样化的人才组合帮助这家公司保持强大。你们都是非常棒的人，是你们让这一切变得更加美好。我钦佩你们，并感谢你们所有人。

我还要特别感谢简·赫玛·胡迪斯和约翰·丹赛，你们领导我们的品牌达到更高的高度，同时确保每个独立品牌的形象都得到了培育和保护。你们的才能是惊人的，你们的友谊意味着一切。

我还必须感谢我们杰出的董事会及其主持董事欧文·霍克黛。我非常重视你们的建议和你们的支持，也非常感谢你们每一个人带来的想法和经验。

我还要感谢弗雷德·朗哈默尔，他是我们的第一位非家族成员首席执行官，也是一位非凡的合作伙伴和朋友。我感谢你的领导和你付出的友谊。

虽然我认为所有的同事都是大家庭的一员，但能有幸与自己的家人一起工作仍是一件难得的事。对我来说，和我的儿子威廉、我的弟弟罗纳德，以及我的两个侄女爱琳和简一起工作是一件很特别的事。威廉那令人印象深刻且富有同情心的领导能力，他对教学和继续教育的关注，以及他高瞻远瞩的战略性思考，每天都在给我留下深刻的印象，并为公司和所有把公司看作家庭的人带来巨大的价值。威廉是众多品牌的创造者，公司能够拥有他是十分幸运的，我也是。

罗纳德开拓了倩碧的视野，帮助巩固了这个品牌，并使其成为如今的强势品牌。谢谢你，罗纳德，谢谢你所做的一切。你的两个出色的女儿，爱琳和简，为公司和我们的家族贡献了非凡的才华。谢谢你们！我爱你们所有人。

加里和他才华横溢的妻子兼伙伴劳拉，一同在西海岸成家立业。尽管他们没有直接参与到家族企业中，但他们通过慈善事业和榜样作用，每一天都在践行和分享我们的家庭价值观。我为他们感到无比自豪。在他们的众多成就中，我仍对他们在阿斯彭研究所创建"苏格拉底项目"时所付出的努力怀有敬畏，该项目专注于为新兴领袖提供基于价值观的学习，这正是我们这个世界所需要的。

我喜欢美妆行业的一个原因是，我们所做的不仅关乎我们自己的员工，还关乎这个令人难以置信的行业中的所有人之间持续不断的相互作用。因此，我要感谢我们所有的合作伙伴，从我们的代言模特到我们的零售伙伴，从我们的供应商到媒体，你们让我一生的工作如此有趣！你们都是我们家庭的一部分，我感谢你们所有人！

我还要感谢我们的消费者，谢谢你们推动我们、激励我们，你们是我们工作的理由，是你们让我们每天都努力做到最好。

虽然在我人生的大部分时间里，雅诗兰黛集团公司都是我的职业主场，但如果我不感谢美国海军，那就太不负责任了，我有幸在那里开始我的职业生涯。对海军，对所有服过役的人，对所有仍在服役的人，你们的恩情我永远无法报答。这是一种多么棒的方式，通过这种方式我可以真正学习和践行我最珍视的价值观。无论我到哪里，那些有关责任、荣誉和国家的价值观都伴随着我。我永远为能和我所崇敬的人一起服役而心怀感激。

现在要感谢我伟大的图书团队。

感谢我的出版商哈珀·柯林斯出版集团的优秀团队，谢谢！感谢乔纳森·伯纳姆，他一早就对这本书的出版计划很有信心，并组建了出色的团队。我很高兴能和这么多才华横溢的专业人士一起工作，其中包括布莱恩·佩林、蒂娜·安德烈亚迪斯、彭妮·马克拉斯、雷切尔·爱林斯基、卡罗琳·约翰逊和温迪·王。你们的热情和支持对我很重要。我最要感谢杰出的编辑霍利斯·海姆鲍奇，感谢她令人惊奇的洞察力、刨根问底的精神和敏锐的眼光。谢谢大家！

罗伯特·鲍勃·巴尼特证明了一个事实，那就是结交新的、一辈子的朋友永远都不会太晚。他睿智的忠告、机智的幽默和渊博的知识使我立刻喜欢上了他，当我得知他也是一位明信片迷和收藏家时，我知道这定是一段伟大的友谊。谢谢你所有的建议，我非常期待我们接下来的多次长谈。

我私人办公室的玛格丽特·斯图尔特、埃玛·瓜拉诺、简·霍根、朱迪丝·辛索维茨和利娅·齐默尔曼，他们用良好的幽默感、洞察力、耐心和令人惊喜的组织能力，确保了这本书的出版计划和我生活中的一切都顺利运转。还要感谢埃米莉·布朗博士和林达·克利奇博士，他们是值得信赖的顾问，他们分别是我的艺术策展人和明信片策展人，多年来与我合作了许多项目。我要感谢我们的摄影策展人爱丽丝·莫姆。她的记忆力无可挑剔，她的技艺无比精湛，我们的友谊重要而有意义。

还有很大一部分功劳要归于出色的亚历克丝·特罗尔和她的整个全球沟通团队，感谢他们对这本书和我本人坚定不移的支持。我非常感谢安娜·克莱因和巴里·塞登·扬多年来的合作和指导。我也要感谢我们杰出的企业档案团队，特别是切尔西·佩恩，感谢他们的辛勤工作，使雅诗兰黛集团公司的历史和传统得以保存完好。我还要感谢艾莉森·佩斯的创造力和她多年来为这个项目付出的努力。

我非常感谢我们公司的副主席莎拉·莫斯和我们法律团队的莫琳·韦斯，感谢他们对本书深思熟虑的审读、编辑和支持。我非常感谢简·赫玛·胡迪斯和莎拉·比尼敏锐的目光、难以置信的好品位，以及在创意方面的支持。

在这漫长的旅程中，我还要感谢两位亲密的合作者，是他们确保我们按时、愉快地完成了任务。亚历山德拉·特拉伯·麦克纳马拉对公司大大小小的细节都有深刻的了解，她的外交技巧同样应该受到赞赏。我同样感谢凯瑟琳·弗雷德曼的笑声和她的文学才华。从她说话的方式到她回忆起吉伯特与沙利文的歌曲，再到她美味的家宴，这一切真是太有趣了！我不可能找到比她更好的写作搭档了。

写书是爱的劳动，如果没有我最珍惜的家人的支持、耐心和爱，我就不可能完成。再次感谢我的弟弟罗纳德，还有他出色的妻子乔·卡萝尔，这些年来，我们共同的生活给我们带来了许多快乐，为此我要感谢他们，谢谢他们的孩子简和凯文、爱琳和埃里克，以及他们的孩子，我爱他们。

感谢我的妻子朱迪，是你让我们的生活充满欢声笑语，是你让每个房间都充满了阳光，是你让我的心如此快乐，我每天都在感谢你。你还把你可爱的孩子和孙子孙女带到我们家，对此我非常感激。

家族的奇妙之处就在于它会不断扩大，我非常感谢朱迪和洛丽·坎特·特里奇把新的家族成员带入我们的生活。感谢朱迪把杰弗里和明迪、戴维和佩奇、季格兰、布伦纳和伊莱恩，以及他们的孩子带进我们的生活。非常感谢威廉的可爱伴侣洛丽，她是一位极具天赋的建筑师和设计师，感谢她加入我们的家庭，还给我们带来了萨曼莎和亚历山德拉。我爱他们所有人。

感谢威廉和卡伦、加里和劳拉，让我有幸成为孩子们的祖父，我深爱着他们，也为他们感到骄傲。做他们的祖父使我的生活充满了无限的快乐！

虽然带领一家公司成长是令人兴奋和满足的，但是没有什么比看着自己的孩子成长为有思想、有同情心、有所成就、有趣和善良的大人带来的快乐更大了。我的两个儿子威廉和加里,让我和伊芙琳感受到了这种快乐,我非常感谢他们。我爱他们俩。感谢我已故的妻子伊芙琳,是她让我有了威廉和加里,给了我这么多欢乐。我爱她,而且我很想念她。

感谢我的家人,是他们让我的生活,还有我的心,都如此充实。